徐 鹏 著

太平门

TAIPING
MEN

重庆出版集团
重庆出版社

图书在版编目(CIP)数据

太平门 / 徐鹏著. —重庆：重庆出版社，2021.8
（2022.6重印）
ISBN 978-7-229-15952-8

Ⅰ.①太… Ⅱ.①徐… Ⅲ.①长篇小说－中国－当代Ⅳ.①I247.5

中国版本图书馆CIP数据核字(2021)第151294号

太平门
TAIPINGMEN
徐鹏 著

责任编辑：徐　飞　刘惜田
责任校对：杨　婧
装帧设计：岚品　周　娟　钟　琛

重庆出版集团　出版
重庆出版社
重庆市南岸区南滨路162号1幢　邮政编码：400061　http://www.cqph.com
重庆出版社艺术设计有限公司制版
重庆恒昌印务有限公司印刷
重庆出版集团图书发行有限公司发行
E-MAIL:fxchu@cqph.com　邮购电话：023-61520646
全国新华书店经销

开本：890mm×1240mm　1/32　印张：14.125　字数：300千
2021年8月第1版　2022年6月第6次印刷
ISBN 978-7-229-15952-8
定价：59.00元

如有印装质量问题，请向本集团图书发行有限公司调换：023-61520678

版权所有　侵权必究

谨以此书献给

每个时代的新青年们

愿得此身长报国

——《太平门》第六次重印自序

2018年,我很荣幸地当选重庆欧美同学会副会长兼青年委员会会长,为更好履职,也为更多了解重庆侨海报国和留学人员的光荣历史,我习惯性地到档案馆查阅相关文献资料。

在浩如烟海的故纸堆中,我看到一个年轻海归的故事。清光绪二十八年(1902年),内忧外患,兵戈四起,整个中华大地都在风雨飘摇之中。重庆江津一名叫王培菁的十八岁青年,为求真理东渡日本,在日本士官学校留学期间认识了重庆老乡邹容,并受其革命思想启蒙加入了同盟会。

1908年,邹容牺牲三年后,同盟会重庆支部负责人杨庶堪创办重庆体育学堂,邀请王培菁回国到学堂担任教员,发展革命青年。杨庶堪又名杨沧白,少年时期便与邹容是同窗好友,后人为纪念他们而命名的沧白路和邹容路相隔不到一公里,至今都是重庆繁华的中心主干道。

王培菁在杨沧白的引荐下,与张培爵、张伯祥、邹杰、淡春谷、梁渡、席成元、张威、罗绳彦、周国琛、程仲汉、张启善、任鸿年、熊兆飞、吴楚等十四名重庆革命党人成为莫逆之交。他们大部分都是留学归来，正值青春年少，拯救国家命运的共同愿望，让他们毅然放弃了优越生活而走上了革命的道路。

1911年，成都爆发保路运动，四川同盟会成立保路同志军，重庆成立了保路协会，在各地发动武装起义遥相呼应，王培菁参与并负责江津保路同志分会工作。一时间川渝大地革命形势风起云涌，干柴之中火星飞溅。

为镇压保路运动，清廷急命端方率湖北新军西进入川，武汉三镇防卫为之一空。10月10日，武昌新军发动辛亥革命，南方各省陆续独立。11月22日，重庆体育学堂、府中学堂两校师生联合革命党人以及部分新军起义，宣告重庆独立，成立蜀军政府。张培爵任蜀军政府都督，王培菁任南路军司令。

南北和谈后清帝退位，孙中山让位于袁世凯。为扫除称帝的障碍，袁世凯利用北洋军铲除异己。1913年，袁世凯许诺王培菁为重庆镇守使，妄图以高官厚禄让其背叛革命，被拒绝后下令将其杀害，时年二十九岁。截至1916年袁世凯被迫取消帝制，王培菁的十四名好友也都陆续牺牲在历次讨袁战争中，无一幸存，重庆鹅岭公园内仍然屹立着其中十人的纪念碑。

在这些不畏牺牲的革命青年的影响和感召下，重庆迅速掀起了汹涌澎湃的革命浪潮。为让更多的年轻人到西方去寻找救国之路。1919年，重庆商会会长汪云松与温友松等人筹办留法勤工俭学重庆分会，联系帮助包括聂荣臻在内的三十五名重庆学子赴法勤工俭学。接着又由巴县教育局长温少鹤号召商会集资，开设了重庆留法预备学校，一百一十名寻找革命道路和真理的年轻人从各地来到这里读书，其中就包括来自四川广安的邓希贤（即邓小平）。

1920年7月19日，重庆留法预备学校首批毕业生结业，十六岁的邓希贤和他的远房叔父邓绍圣，以及周贡植、胡明德、冉钧、戴坤忠、傅汝霖、谢承常、胡大智、熊济平、熊禹九、江克明、唐世丞等在内的八十三名同学通过考核。8月27日，他们在重庆太平门码头乘坐"吉庆"号客轮顺江东下，到上海后又转乘法国邮轮"盎特莱蓬"号赴法勤工俭学。转过年的1921年，中国共产党在南湖一只小船上成立，自此中国革命如火如荼，面貌焕然一新。

这些革命先辈背后还有无数的无名英雄，他们只是那个时代千千万万投身于革命事业的年轻人的代表。一百多年过去了，现在很多年轻人已经不知道他们在中华民族危亡存续时期作过的牺牲。他们的名字和故事被尘封在档案袋里和冰冷的墓碑上，还有更多的人甚至连名字都没来得及留下，就殒灭在历史的长河中，犹如从来没有来过这个世界一样。

这些冰冷名字的背后都是一个个卓尔不群、有血有肉的年轻人，都曾鲜衣怒马、凌云飞纱，都是父疼母爱，灼灼其华。他们都有着自己的故事，自己的喜怒哀乐，他们本来可以有安定的生活和幸福的家庭，却最终都选择了海外求真理，回国闹革命，义无反顾地把生命定格在青春年华。因为他们都坚信，这世上总有些事情要比生命更重要。

深思熟虑之后，我决定去撰写一套以清末到中华人民共和国成立之前重庆史为主题的长篇小说，我希望让更多人看到他们的名字，知道他们的故事，传承他们的精神。

在中共重庆市委统战部的帮助下，我得以寻找到了更多的相关资料，内容也越来越充实，但是资料越多却发现压力越大，生怕自己的文笔拙劣而无法描述出先烈们的伟大事迹。

要特别感谢我的好友，同为山东老乡的张龙龙，我期望他能够在初稿的基础上帮我完成后期修改和历史背景的充实、完善，他二话没说便投入到修改和补充工作中。那时的他被派往外地挂职，工作繁重，但几乎每天都要帮我修改完善书稿到凌晨两三点钟，然后第二天一大早又要顶着熊猫眼上班。熬了大半年，几乎等同再造，终于杀青。

这本书讲述了从1910年川汉铁路筹建到1920年重庆留法预备学校首批毕业生赴法国勤工俭学，这十年间川渝人民寻找革命道路的故事。档案馆里我曾看到的那些冰冷的名字终于在书中变成了有血有肉的人物。为了纪念那八十三名远赴重洋寻找救国真理的革命少年,不忘太平门外寻太平的那段百年记忆,故这本书取名为《太平门》。

《太平门》是我"重庆近代三部曲"创作计划中的第一部,这本书里所描述的每个人物都是一个群体的化身,也是那个波澜壮阔的时代最真实的画像,他们身份不同、阶层不同、性格不同,但在乱世之下,他们都坚守着初心,并找到了自己的使命。这也是为什么我去很多高校做讲座时,经常会问当代大学生两个问题:何为初心?何为使命?

何为初心?"新丰美酒斗十千,咸阳游侠多少年。相逢意气为君饮,系马高楼垂柳边。"是快意人生的初心;"汉家君臣欢宴终,高议云台论战功。天子临轩赐侯印,将军佩出明光宫。"是建功立业的初心;"出身仕汉羽林郎,初随骠骑战渔阳。孰知不向边庭苦,纵死犹闻侠骨香。"是壮志报国的初心。

何为使命?"但使龙城飞将在,不教胡马度阴山"是卫戍边疆的使命;"师夷长技以制夷"是知耻后勇的使命;"中华民族到了最危险的时候"是保家卫国的使命;"为中华之崛起而读书"是建设祖国的使命。

这本书 2021 年 8 月正式出版后,受到了出乎意料的欢迎,上市半年就加印了六次,创下了同类题材作品的记录;同时,被重庆市委宣传部评为"重庆市庆祝中国共产党成立 100 周年主题出版重点出版物",还被邓小平图书馆正式收藏,这让我更加深知这本书所承担的意义并不仅仅是一本小说那么简单了。

倚天照海花无数，流水高山心自知，每个时代都有奋斗的方向，每个人都有属于自己的责任和使命，我希望自己也能像《太平门》中的先辈们那样，用自己的光和热去改变和影响身边的人，做新时代里年轻人应该去做的事。

2021年12月5日，经过深思熟虑，我把《太平门》一书的稿费悉数捐给了重庆市慈善总会，成立了重庆市第一支乡村振兴教育基金——鸿鹄教育基金，在丰都县委县政府的大力支持下，丰都县龙河镇洞庄坪村成为我的定点帮扶村。我选择扎根乡村，把作品写在大地上，以三年为期，帮助这个山村改变落后的面貌。同时也希望用自己的微薄之力，带动身边更多的朋友投身到乡村振兴的伟大事业中去。

心中有誓深如海，愿得此身长报国。我深知这件事情难度更大，需要帮助和支持的地方更多，但胜利永远属于那些信仰坚定、永不动摇的人。所以不管有多少困难，我都会安下心，扎下根，为乡村振兴奉献自己的青春。

我们的祖国曾经文昌武盛、四海来朝；也曾经饱受欺凌、任人宰割。她很年长，拥有五千多年浩瀚的文明；她也很年轻，人民当家作主不过七十余年。无数先辈在寻找光明的道路上前仆后继，牺牲了一批又一批，尝试了君主立宪制、军政府制、共和制、议会制、责任内阁制、联省自治、多党制、总统制、五院制、执政制、委员会制、大元帅制等各种政治模式，最后都以失败告终。

历史最后做出了正确的选择，中国人民终于在中国共产党的带领下蹚过泥泞，穿过黑暗，找到光明，选择了最适合这个国家的伟大道路。

我们这代人是幸运的，不用和先辈们一样，出国读书需要冒着抛头颅洒热血的风险，也不用担心受到歧视和压迫，更不必担忧吃不饱饭。正是因为当年有无数如书中一样的年轻人，深知民族已到存亡之际，唯有奋不顾身，寻求真理甚至为此献出生命，今天的我们才得以身处中国历史上最好的时代，拥有前所未有的物质文化和精神文明。

写这本书的日日夜夜里，我时常会听那首《祖国不会忘记》，书中的人物如幻灯片般从我脑海中掠过，娓娓道来的歌词就像是他们在跟我对话：

不需要你认识我，不渴望你知道我，我把青春融进祖国的江河，山知道我，江河知道我，祖国不会忘记我。

我想对那些先辈说：
祖国从未忘记你们，人民从未忘记你们。
这也正是这本书的意义。

徐　鹏

2022年6月14日

于重庆市丰都县龙河镇洞庄坪村

目录

CONTENTS

愿得此身长报国		001
第一章/ 破庙相逢	乱世偶遇	002
	拜师开蒙	012
	兴隆茶馆	017
第二章/ 川汉铁路	小道消息	028
	修路的疑惑	036
	劝说革命	041
第三章/ 茅塞顿开	密谋运枪	052
	解疑答惑	060
第四章/ 斗智斗勇	重庆求学	076
	盘算	085
第五章/ 鱼市血战	一场凶杀案	098
	堂上会审	102
	和解	114

目录
Contents

第六章/ 偷天换日	《蜀报》的力量	122
	回乡	131

第七章/ 初进重庆	警告	144
	新式学堂	155

第八章/ 寻找方向	革命党的争论	168
	大开眼界	177
	密谋起义	187

第九章/ 上海股灾	亏空风波	196
	暗流涌动	214

第十章/ 保路运动	悠闲的时光	230
	局面失控	236
	杀人立威	241

第十一章/ 火山爆发	攻打成都	258
	武昌一声雷	266

| 第十二章/ | 英雄悲歌 | 282 |
| 四川独立 | 绝笔信 | 305 |

第十三章/	游行示威	312
峰回路转	了却心愿	323
	离乡去渝	334

| 第十四章/ | 新生活 | 344 |
| 留法预备学校 | "五四"余波 | 355 |

| 第十五章/ | 戏园风波 | 364 |
| 故人相遇 | 字水宵灯 | 383 |

| 第十六章/ | 智破茶阵 | 398 |
| 有勇有谋 | 觉醒时刻 | 408 |

| 第十七章/ | 《新青年》 | 418 |
| 远赴重洋 | 太平之门 | 425 |

第一章
破庙相逢

乱世偶遇

"起来起来,老叫花子挪挪地儿!"

"老叫花子?"这个声音对于辛佑国而言,就像是从另外一个世界隔空传过来的,空旷而缥缈。他很想起身离开,但是却只是困难地扭了扭头,瞟了一眼。

他嗫嚅着,终究没有说出话来。因为他已经躺在这座破庙里至少有三天没吃任何东西了,已饿得前胸贴着后背。

靠着一丝余光,辛佑国看到踢他的是个精瘦的年轻人,衣服虽旧但还算干净,浑身的肌肉紧绷着,像是随时都能跟别人干一架。这个年轻人正想继续冲着地上的辛佑国发火,却被旁边的中年男子伸手拦住:"大虎!莫要生事,不要管他,快去捡柴。"

浑身没有力气的辛佑国懒得挪动地方,只能继续装睡,不大一会儿,他闻到了一股食物的香味,他迷迷糊糊地睁开眼睛,发现一个长相清秀的小男孩蹲在他面前,他手里拿着一个锅盔递给他。锅盔显然是刚刚烤过的,外皮焦脆,内里松香,对于好久没进食的辛佑国而言,这简直是天大的美味。他赶忙起身接过,恨不得一口吃下去喂饱身体里饥饿的巨兽,但是嘴巴和舌头却不听使唤,有几次甚至差点咬到自己的舌头。

看到这一幕,刚才制止大虎的中年人递给他一个壶。小男孩刚要阻止,谁知辛佑国接过根本没看,仰头就喝,一大口进肚后才发现是酒。

那酒还带着没过滤掉的杂质，粗咧咧的就顺着喉咙奔涌进肚，带来了一股回涌的灼热感。他也只是皱了下眉头，发出了响亮的咂嘴声。

肚子里暖了后，他开始回忆上一顿吃的是什么。好像是跟着上一个逃难戏班赶到这个破庙的时候，有人在后山打到了几只野兔，戏班中有会做的人把兔子悬着剥了皮，斩丁加了辣子花椒炒熟，连兔头都没浪费。这个戏班没有京班那么正式，等级也没有那么森严，都是一个人操持着许多角色。就连辛佑国都干过打门帘这样的工作。等到辣子兔丁做成了，辛佑国自然也分了几块，久不吃肉的人们吃起肉来像是忘了该怎样张嘴、咀嚼与吞咽。很多人吃第一口的时候一不小心就吸进了肚子里，压根没来得及用牙齿细细咀嚼。还有人一心急咬破了嘴唇。那是一群饥饿鬼的抢食像，也是一群穷苦人的求生群像。

也许是很久没吃肉，也许是辣椒的作用，那晚辛佑国跑了几次茅房，折腾了大半夜都没入睡，以至于后半夜戏班那一句"土匪来了"也并没有把他惊醒。等到他再一次醒来，已经日上三竿，搭伙的戏班已经连夜往前赶路去了。他索性就等在这里，等着下一个能把他带往下一个地方的戏班或者其他队伍。

吃完锅盔的他现在开始试图回味那带着炙热的温度一下子滑入咽喉的兔丁。那温度甚至一度烫到了他的胃里，带来了瞬时的百爪挠心的感觉。这是人在阔绰的时候感受不到的。那只兔子被抓住并快速地打整干净，迅速地洗净并斩成了丁。辛佑国还记得那块临时被充当案板的牌匾上，依稀写着"兰若"两个字。

"在寺庙里吃肉"，一想到这里，他就想到了《水浒传》中的花和尚鲁智深。走南闯北这么些年，他感觉这是少有的老老少少都喜欢的故事。每每看到衣不蔽体的听众眼睛里透出的对梁山好汉的敬仰和向往，就知道他们的喜好和他是一样的，也同样挣扎在死亡线上。

以前每次挨饿的时候，他也会不由自主地想起那些被自己狼吞虎咽吃下去的食物。碰上好点的年景，每逢春天，稀薄的土地浇透了雨水，就会自然而然地冒出各种带着清香可供食用的嫩芽。荠菜总是最好的果腹食物，车前草、稀繁菇、牛哈水也都是不错的。村里的人总是会在农忙之后撅着屁股漫山遍野地寻找这些食物，像极了在觅食的牲口，组成了一把一遍一遍梳理着大地的密齿梳子。

在辛佑国的记忆中，从小到大，吃饱饭都是一种奢侈，挨饿倒成了家常便饭。

说到挨饿，还真的不是什么大事。辛佑国的祖辈几代人都有人饿死。翻开二十四史，每个王朝末期都充斥着大量的"人食树皮""立人市鬻子女""父子相食""人相食"。就算康乾盛世，几乎也是一年一次大饥荒，更何况当下这个世道。

皇帝的奏折里当然是看不到饿殍遍地，只知道海晏河清，歌舞升平。光绪二十一年（1895年），辛佑国清楚地记得那一年，不是因为朝廷甲午海战输给了日本，更不是割让台湾岛和赔款两万万两白银，而是父母双双饿死在了那庆祝慈禧太后六十寿诞而搭建的硕大戏台下。

据说人和人在饥饿面前是迥然不同的。年轻人扛饿，饿久了就像是原野上的狼。老年人怕饿，饿久了就像是瘫在床上的羊。但不管是什么人，挨了饿总会先瘦后胖。水肿得像是吹起来的气球，又像是没发好的面团，一按一个窝窝。只要是挨过饿的人，都会对饿形成天然的记忆，会不顾一切地囤积粮食，以防灾年。

正当他胡思乱想的时候，中年男子看他一直发呆，使劲地用手掌拍着他的背，笑道："这位兄弟伙耿直，一口酒就喝旷（方言，意为呆傻）了！"

醒过神来的辛佑国被拍得直摆手："这位兄弟见笑了，别拍了别拍了，再拍老骨头要散架了。"

大虎在一旁突然很惊奇地叫了起来："老叫花子原来会说话嗦，我还以为是个哑巴。你这不是许仙的鸡冠儿吗？"

其他的人都跟着笑了起来，辛佑国听不懂这些人口中的川话，但又猜得到多半不是什么好话，就跟着笑了笑，说："拿人手短、吃人嘴软。我也刚好是靠嘴吃饭的，你说到许仙，那我就给你们说一段许仙，抵作饭食钱。"

话音刚落，这群陌生人的叫好声就跟着起来了。不管是太平盛世还是乱世灾年，上到皇亲国戚下到贩夫走卒，听书看戏是大家最喜闻乐见的。只见辛佑国又喝了一口酒，恢复了中气，才慢慢地讲起来。他说的与其说是书，其实更像是戏文夹杂在弹词里。他在这十几年的颠沛生涯中，跟过不少戏班，《白娘子永镇雷峰塔》《义妖传》早就烂熟于心，京戏《白蛇传》更是听了几百场。东拼西凑下讲的故事虽然有东有西，却有着别样的风采。他还特别在开场白中加上了这段传说的来龙去脉。

辛佑国说道,这许仙和白娘子的故事本是起于北宋年间,源于河南淇县和汤阴县的黑山淇河一带,当地有一个百丈悬崖青岩绝,青岩绝上有一白蛇洞,洞中有一白蛇仙女。在黑山主峰西侧不远,有一许家沟村,许家沟村的一位许姓老人,从一只黑鹰口中救过白蛇仙女的性命。白蛇仙女为报恩,嫁给了许家后人牧童许仙。婚后,白蛇仙女经常用草药为村民治病,这使得黑山上金山寺的香火变得冷清起来。

黑鹰转世的金山寺长老"法海"大为恼火,决心置"白娘子"于死地。就有了后来的法海扣许仙、水漫金山寺,白蛇仙女生下许仕林以后被镇压在雷峰塔下。等到许仕林状元及第后,便是三拜雷峰塔,雷峰塔轰然倒下的故事了。

后来靖康年间金兵南下,东京开封城破,徽钦二帝被俘北上,康王赵构南渡。随着赵构南迁的文人武夫中,自然是河南人居多。大名鼎鼎的岳飞本就是汤阴人,部下之中有不少黑山淇河附近的人。岳家军南征北战随宋室南迁后,把家乡的传说带到江南苏杭之地,再也没有回归故土,传说故事经过几百年的口口相传,裹在南迁遗民泪里的家乡传说就这样变成了西湖边的人蛇恋情。

辛佑国引经据典加上吃饱饭之后的精气神让这几个目不识丁的赶路人大开眼界,听得进去、听得明白。简单介绍了过场之后,辛佑国单刀直入讲起水漫金山。他多年练就的语调语气,加上旁若无人的自在之境,讲得众人仿佛都成了金山寺的佛僧信众，目瞪口呆。

"只见那法海向空中抛去一根银杖，顷刻变作一条气势汹汹的银龙，白娘子岂甘示弱，随手从发间拔下一支金钗，扔向空中，顿成一条通身焦黄摇头摆尾的金龙……"讲到这里辛佑国想喝口酒，却被众人催促着抓紧往下继续讲。在这荒郊野外的小小破庙之中，一身破旧长衫的年长说书人在此刻反而成了最光彩夺目的人物。

这一段书辛佑国也是说得酣畅淋漓，在饱受饥寒之苦后，又释放了多日来孤苦一人的寂寞，更让一帮赶路人刮目相看。书刚说罢，中年男子就带头鼓掌叫好。大虎巴掌都拍红了。辛佑国也在众人夸张的肢体和表情下看到了他们衣服下藏着的匕首和坐在屁股底下包得严严实实的枪。

这些显然不是戏班或者商队该有的东西。从体型上看，这几个人虽然黑瘦精干，但瞧着也不是土匪的身型。还没等他想明白这到底是一帮什么人的时候，中年男子就已经率先从兴奋中安静了下来，开始指挥众人准备休息。

"老六，今晚你守夜，把刘老板的货看好，这趟万不能出娄子。大虎，把明火灭了。省寨，把马喂好拴牢。明儿一早继续赶路。"

他指挥完就弯腰抱起了一床铺盖，丢给了辛佑国，说："你这个兄弟伙我认了，明儿跟我走吧，高低有口饭吃，比躺在这强得多。"说完不等回话，躺下便睡，一会儿就鼾声如雷。

辛佑国也不知道这些人是好是坏，现在肚子不饿的感觉让他很是满足，恍惚如在梦中。

看见中年男人睡着，旁边小男孩好奇地问他："您来自哪里？"

或许是因为那个锅盔让他想起了漂母对韩信的一饭之恩，辛佑国似乎对这个小男孩一见如故，便告诉小男孩，他来自遥远的北方，庚子国难的时候，八国联军打破北京城，整个北方乱成一锅粥，随着慈禧太后和光绪帝西逃的人们搅动了帝国首都周边省份那一个个偏远山村的宁静。

很多原本一辈子拴在土地和荒原上的人们像是被一竿子打下来的枣，有些落地烂了，有些落地熟了，还有些落地滚远了、生了根。而他从家乡逃难出来的时候已经四十出头，在这没黑没白的日子里，他从大字不识到能冒充说书先生，都是靠着这些"下九流"里的"不入流"人的帮忙，他也只不过是这洪流中的一粒微沙，流向哪儿，得看上天的意思。

说到这里，他不由得拽紧了一套像破棉絮的黝黑物件，如今自己已经年近五旬，却还在颠沛流离，恐怕这辈子也难回故土了，这戏袍似乎成了他魂魄的归宿。

辛佑国告诉小男孩，这是他跟着上上个戏班的时候，死去的王老头留给他的。王老头在戏班里管戏服。那个戏班是京城来的，也是被庚子国难那个浪花推过来的，是个在内务府堂郎中报了花名册、演出剧目的正经戏班。听戏班总管事人说还曾给官府交过甘结。

但就是这样的戏班也在不断的南下、西进、东出中散了形。先是头等角儿去了天津，二路角儿留在了西安，等快到了四川，就只剩了龙套和武行。靠着武行倒也能撑持下去。王老头看着辛佑国这个说书的就像个叫花子，找了半天给了他一个据说是原来京城名角穿过的戏袍。那个袍子的面料是辛佑国之前从未见过的，摸起来很滑，不像地里的麦子那么扎手。所以他格外珍惜这个袍子，穿上了它，他才觉得活得有意义。

"那你们怎么又走散了呢？"小男孩好奇地问。

当然，辛佑国并没有告诉小男孩，因王老头出城去找暗娼，不知道是被哪路土匪给剁了脑袋，赤条条地扔在了外边的官道上。闻讯而来的戏班人等也都吓破了胆，承班人索性就地散伙，分了家财。辛佑国也分得了一个银圆和几个锣鼓。除了王老头送的那身戏服，他把物什变卖换了现钱，统统寄回了老家，然后加入下一个逃难的戏班，继续南行。

交谈中，小男孩告诉他，自己叫华咸声，为首的那个中年人叫徐春风，是男孩的师父，也是这个队伍的头儿。

听到这个名字，他不禁打量着小男孩，咸声二字应该取"咸与维新，声闻于天"的首字，看起来他应该出身于诗书之家，否则也不会取出个这么文雅而有寓意的名字来，只不过他怎么和这帮子拿枪的土匪在一起呢？

当然他不敢问，于是他好奇地问华咸声："咸声，好名字哇！你是哪里人？"

咸声摇摇头："我是广安人。"

"广安，那可是个好地方啊！"

"你也知道广安？"华咸声听到这句话也惊奇不已。

辛佑国颔首道："当然知道，话说北宋开宝二年（969年），宋太祖赵匡胤应西川转运使刘仁燧之请,御笔点渠江县境秀屏山下的浓洄镇置军,取'广土安辑'之意,命名广安军,隶属梓州路,领渠州之渠江、合州之新明、果州之岳池三县,广安一名,由此始。还有诗曰:

>　　欲说宾城好,先夸方物妍。
>　　金羹收稻后,红腊落梅前。
>　　照座梨偏紫,堆盘荔更鲜。
>　　清州如斗大,盛事数从前。
>　　崖日神留传,山高子得仙。
>　　何诗春梦草,张谏力回天。
>　　人物宜旌表,虫鱼不足笺。"

华咸声听完顿时对他露出了钦佩的目光,他不知道眼前这个叫花子般的老头居然有此番学识。

"我们广安还流行这么一首民谣。"华咸声接着辛佑国的诗吟诵起来,"金广安,黄白莹莹然,桑麻榆枣丰,沃野无闲田。金广安,庶民百姓,忠介质朴,不畏水旱,抗拒凶顽,名冠天府,点染好家园。"

"是呐,天府虽好,可终究还是他乡。"辛佑国听到这里,不由得感慨了一句。

"你们呢?是做什么的,我看这几个人还带着刀枪,带着你这么个小朋友出来,也不像土匪。"憋了半天,辛佑国忍不住问华咸声。

华咸声指了指马车前面那面三角旗帜一努嘴:"你看,上面写着呢。"

辛佑国借着篝火,看到红色旗帜上用黑线绣着一个"洪"字,下面用金丝绣着一只猛虎。辛佑国瞬间明白了,这都是洪门的人。

洪门起源于明末清初,满人入关后强迫天下汉人剃发易服,为保留汉家文化,南明东宁总制使陈近南先生以明太祖朱元璋的洪武年号为名,秘密创立洪门反清复明。

洪门成立后便分散到五湖四海,有道是,庙堂之高皆进士,江湖之远尽洪门,凡有江湖之处,便有洪门子弟。从康熙到光绪年间,洪门一直是朝廷的心腹大患,庚子国难后,慈禧西太后带着光绪狼狈逃出京城,天下大乱,革命党风起云涌,朝廷威信一落千丈,这乡野码头便再也无力掌控,洪门也从地下转为地上。

虽然天下洪门是一家,各地南北风俗不同,旗子也有区别,北方爱用蓝底,南方多用红底,北方多绣熊,南方多绣虎,都是图个威猛吉祥之意。能用金丝绣旗,代表这是大的堂口,水陆都能吃得开,辛佑国见他们不是土匪,悬起的那颗心也就落下了大半。

"那你准备去哪儿啊?"华咸声好奇地问道。

辛佑国沉默了,出来这些年,他也不知道何去何从,这时候他不由得想起了一句话"宁做太平犬,不做乱世人"。在这个兵荒马乱的年月,人的命运有时候真的不是自己能把握的。

"死活存亡,听天由命去罢。"辛佑国自言自语道。

华咸声本来还想多问他戏班的趣事,结果辛佑国酒劲儿上来了，词不达意了几句后便心事重重地睡着了。

拜师开蒙

等到辛佑国再次醒来的时候，已经是天光大亮。众人没有生火做饭，而是直接收拾了东西上马赶路。辛佑国分到了一匹没人骑的灰白杂毛马，那马很温顺，不用赶就会顺着路往前走。他趁着赶路中间停马歇息的空当问了下华咸声口中那位领头大哥徐春风："徐大哥，咱们这是要去哪儿？"徐春风头也不抬地说了两个字："成都。"

成都，这个熟悉的名字，让辛佑国这个说书人心里多了几丝遐想。这是个古老而传奇的城市，古人说"一年成聚，二年成邑，三年成都"。

写下《子虚赋》的司马相如和卓文君在那里相遇，刘玄德拿下益州后在此地称帝，袁天罡算出了《推背图》，杜甫在这里设下了草堂，还写下那句："晓看红湿处，花重锦官城。"后蜀末代皇帝孟昶为博爱妃花蕊夫人一笑，在这里种满芙蓉花，所以成都还有一个蓉城的别称，更有人言"少不入川，老不出蜀"，他以五旬的年龄入蜀，难不成也会再不出川？

其实他之所以一直在路边徘徊而迟迟不入城，也有这份担忧。毕竟人人都想落叶归根，成都再好，也不是他的故乡，他不想落着一个客死他乡的结局。但他现在不得不做出抉择，如果不跟随徐春风的队伍走，那么他可能真的就饿死在这破庙之中了。

正在他犹豫不决的时候，看到华咸声那企盼的眼神，也许是肚子又饿了，也许是鬼使神差，瞬间没有了纠结。

在混合着马粪牛屎、脏水臭泥气味的道路上摇晃了十几天后，他们终于赶到了成都城外，徐春风他们却不急于进城，先在城外的一家小书局落了脚。只留下大虎陪着辛佑国，其他人则谜一样地带着那几车货消失了。在这三四天的光景里，书局老板郝寿临倒是经常有一搭没一搭地跟他聊天，兴致来了还会翻箱倒柜地找典籍给辛佑国纠正典故遣词。他们也会在书局门口支起一个小桌子，边喝茶边下棋。

辛佑国现在过的是穿着郝寿临的旧衣服，跟着大虎他们搭伙吃饭的日子。虽然不再担心饿肚子，但他自己也说不上这是一种什么样的关系。他甚至连徐春风这些人给谁运货，运的是什么货也不知道。书局里其他年轻人也不会跟他说话，郝寿临显然是唯一的突破口，但每次一聊到这个话题，郝又总是顾左右而言他。

有些时候，辛佑国甚至怀疑郝寿临也不过像自己一样，是被半路上捡回来的，他们既没想让他们这两个老家伙入伙，也没想让他们再度去讨饭。或许就是单纯的需要人看看家财、吃吃剩饭。

等到第五天的时候，辛佑国一大早就被马车的车轴声吵醒了。徐春风他们几人赶着三辆大车到了。等到马车停稳，徐春风就跳了下来。一个年轻人从书局里疾步迎上去，叫了一声"徐大哥"。

"少昌，你来了。"

徐春风安排好手下人将马卸下来拉到后院去后，华咸声看到年轻人后，便怯怯地叫了声："爸，你来了。"

辛佑国听到这句，心道原来这位叫少昌的年轻人就是华咸声的父亲。

却没承想，华少昌带着咸声直接走到了自己的面前："来，咸声，快叫师父。"

华少昌这一举动让辛佑国措手不及，他连连摆手："使不得使不得，我就是一个说书人，当不成师父。"

徐春风拉着辛佑国的袖子从中劝道："没得啥子。娃儿还没开蒙，辛大哥刚刚好。我虽然也是孩子的师父，但洪门子弟多是武夫，只会打打杀杀，教不了什么文化，少昌是我的兄弟，这个货栈是我们一起开的，他平时也没空管着儿子，还望辛大哥不要推辞。"

"辛大哥，我是华少昌，我是货栈东家，徐大哥是洪门堂主，这儿的兄弟既是货栈的力哥，也是洪门的子弟，都是自己人，我们一直寻思着给孩子物色个开蒙的师父，还望辛大哥莫要推辞。"

听到这里，徐春风拍手道："对极了，我等相逢便是缘啊。你来之后，我们一文一武来教习咸声，将来一定会将他培养成文武全才。"

华咸声在父亲和徐春风的催促之下，怯怯地叫了一声师父，便跑得无影无踪了。徐春风也不去追，只是跟辛佑国说："今天晚上我们就进城，到时候我找个住处给先生，先生可以一边教咸声，一边说书。钱的事，不用费心。我定期找人送来。"

辛佑国心怀感激地推辞道:"我本来就是穷困潦倒,蒙徐先生不弃,已是大恩难报,今又如此厚爱,我心中过意不去。"

徐春风爽朗地笑了:"先生只要把咸声带上正路,就当得、受得。"

辛佑国还想再次推辞,大虎跑过来跟徐春风和华少昌咬了一阵耳朵,三人就匆忙走开了。

那一天剩下的日子显得格外漫长。郝寿临让他随便挑几本书带走,还说以后空了都可以来书局坐坐,但是"以后买书要收钱了"。当郝寿临说这话的时候,两个人相视一笑。

辛佑国挑来挑去挑了本《尚书》,一本《三侠五义》。郝寿临左手一本右手一本地来回瞄着,思索着,说:"一本尚德,一本重义;一本庙堂之上,一本江湖恩怨。你啊,看得出来,也是个神人。"

等到夜色完全笼罩了大地之后,大虎走进房间,辛佑国正在教华咸声认字。大虎平淡地交代了下事情就出去了,由一个被称作王孃孃的中年妇女拿着包袱皮打包行李。随后几人从书局后门潜入了夜色,沿着荒无人烟的乡下小路向成都走去。

王孃孃一路上都在嘟囔,说的四川土话里夹杂着大量的脏话。辛佑国凭借着之前跟着戏班走南闯北时积攒下的经验,零零碎碎地听懂了一些。大概就是家里的儿媳妇还等着她回去替换好吃饭;家里的孙儿最近生湿疹,睡都睡不好,"焦心得很";这么晚了才跟她说来接人,还不让走大路;"那几个钱连一双娃娃的鞋子都做不了"。

这一路的唠叨让华咸声半路上就睡着了。等到辛佑国背着他到达成都广成货栈的时候,后背已经被汗水浸湿。王孃孃带着他们敲开了门,穿过天井走向偏房,开了锁丢下东西就走了。辛佑国慢慢地放下咸声,简单收拾了一下,也安稳地睡下了。

翌日凌晨,下起了雨,马蹄踩踏在石板路上和车轮碾过发出的声音尤好辨别。开门的声音虽然很轻,但依然惊醒了辛佑国。他虽然没有起身查看,但后面的时间却再也睡不着了,就这么睁着眼候到了天亮。

天快亮的时候,徐春风就来敲门了。他依然还是初次见面时的装扮,只是多了一顶帽子。他走进门来,将帽子放在桌上,掏出火折子把油灯点上。黄豆般大小的灯火将他魁梧的身影投射到墙壁上,显得更加英武逼人。

他拿起桌上的竹签慢慢地将灯芯挑起,好让灯光更亮一些。灯油燃烧后散发的香味和灯芯燃烧时噼里啪啦细碎的响声,闻起来听起来都让人感觉心生安宁。

辛佑国很快披上大衣,下了床。徐春风点了一锅烟刚嘬出火来,辛佑国就已经坐到了他的面前。

"辛师傅,这一单生意做完了还没开春,暂时有些空闲。华少昌你已经见过了,今儿我先带你认识一下隔壁茶馆的张老头。以后啊,你就跟着货栈的伙计们吃住,茶馆那边呢,照应一下,得闲了就在这儿说说书挣点闲散银子零花。"

辛佑国听完,心里感到温暖极了。他从来没想到会有一天结束自己漂泊流浪的生涯,找到一个能够固定落脚的地方。他总是觉得自己这把老骨头始终是走到哪儿撂到哪儿的命,甚至兴许死了都只是被好心人就地一埋，说不定什么时候风吹雨冲地就又晒了太阳。

他的嘴唇颤抖着，一只手撑着桌子，想顺势就这么跪下去，叩个首，但激动的身体却不听使唤。徐春风看出了他的举动，伸手扶住了他："您也别客气。再说这些也不是白给您的。"

徐春风回头看了眼还在熟睡的咸声，继续说道："这孩子聪明，又有点淘气。我和少昌都无暇管教他，以后不能让他再跟我们一样跑江湖了。以后，这孩子就跟着你，该开蒙开蒙，该棍棒棍棒。"

辛佑国两手抱拳，说道："我本来也是乡野间的村夫，逃难路上才学了点皮毛。您是我的救命恩公，只要您放心把咸声交给我，我一定悉心教导。"

徐春风开心地笑了："那就好，那就好。辛先生，我还有一个要求。那就是您这说书的营生，要大张旗鼓地搞起来。"

辛佑国对于这个要求却是充满了疑惑。他想拒绝，但话到嘴边，还是变成了点头应承下来。

兴隆茶馆

鸡鸣了三遍以后，就有伙计过来请他们去吃饭了。广成货栈是一个独门独院，由大堂、四个偏房还有账房、伙房、门房组成。屋子都已经有些年头了，是华少昌从当地人手里租下来的。

说是货栈，实际上要护送的货并不在这里集散。这也是成都城里大多数货栈的惯常做法。实际上很多货物的上岸、运输、交割，在码头就已经完成了，货栈只是供力哥、客商、乡亲们暂时歇脚的地方。这饭自然也就是随做随吃的大锅饭。饭做好了在天井中间支张桌子，自盛自取。

吃罢早饭，徐春风带着华少昌等人来到辛佑国住的偏房，介绍说："正式给辛师傅介绍下，我这位货栈东家华兄弟义薄云天，在我们洪门里都是能排得上号的。"

听到这里，华少昌倒是有些不好意思了，挠着脑袋说："这都是洪门里的兄弟们抬举。"

徐春风爽朗地笑了："少昌，你这个意思是我们这些老家伙不得行，把你们这些小兄弟给推到前头去了哟？"

华少昌这下倒不知道该说什么好了，于是大家都跟着笑了。

在背海堂的这段时间，辛佑国慢慢知道了洪门子弟不只遍布大江南北，还包括海外，有华人之处便有洪门，甚至官府兵营里都有堂口。各省绿营兵和曾国藩的湘军之中，下层兵勇几乎都是洪门出身。

特别是湘军，里面基本奉行的都是洪门的帮规会律，各营均有龙头、堂主、刑堂、巡风等各级头目，有时候为了控制手下兵丁，各级军官也不得不加入洪门，白天的军官可能晚上要给比自己级别高的士兵堂主叩首，所以有"白天为朝廷官军，晚上做洪门兄弟"一说，纵横天下的曾国藩也无可奈何。

让大半个中国天翻地覆的太平天国更是有过之无不及，太平军从广西到南京，所到之处，各地洪门群雄并起，有的开山设堂，有的占山为王，有的直接投了太平军，等到南京被湘军攻破，太平天国败亡之时，全国人口死掉了四分之一，但洪门却彻底一统了民间江湖，不管农民商贩、船夫纤夫、木匠铁匠，还是教书先生、官兵乡绅，三教九流、贩夫走卒几乎都成为了洪门中人。

听到这里，辛佑国不禁惊叹道："虽然国家兴亡，匹夫有责，但这反清复明四个大字何以有如此魔力，竟可在民间绵延百年而不绝？"

见辛佑国如此惊讶，徐春风哈哈大笑："你真是个老学究，江湖上哪有那些多胸怀大志的兄弟，庙堂之高，江湖之远，谁做皇帝关我们这些老百姓何事，哪个皇帝来了还不是要纳粮交租，自秦汉以来朝廷就管不到郊野码头，你们北方可有皇命不下县一说？"

"这个说法倒是有。"辛佑国点头道，"朝廷任命的官员就到县令为止，再往下就没有官府了，我们北方农村皆是族长乡绅一言九鼎，乡村之中若有争斗，哪怕出了人命也不会送官，而是押到祠堂任凭族长发落。"

徐春风点头道："你们天子脚下尚且如此，何况南方天高皇帝远，又是大山隔绝，更是如此。很多人一辈子都没进过官府，更没见过县令，一旦遇到纷争，自然是靠拳头打天下。别说不同地方，就是不同宗族，甚至不同字辈之间，一言不合就能械斗，打起来自然人多的一方占上风，所以大家入洪门多是图个依靠，出门有个保障而已。"

在徐春风的侃侃而谈中，辛佑国了解到四川山多水多，道路多在群山之中，所以货栈生意繁盛。货栈分水路和陆路，水路走船，陆路靠走马。广成货栈便是走的水路，水路靠码头，船夫纤夫和力哥尽是洪门兄弟，华少昌才入行时没有堂口罩着，自然备受欺负。后来遇到徐春风出手相助，便一起共了事。二人性格互补，外面的事交给徐春风，华少昌专心运营加管账。

洪门子弟虽然大部分各自出身不同，偶尔抢地盘时也会有争斗，但还都是会讲究"五伦八德"：五伦乃父子有亲、长幼有序、夫妇有别、君臣有义、朋友有信；八德乃孝、悌、忠、信、礼、义、廉、耻。会规中还有三十六条誓言和十条戒律，总之以义气为重，所以像徐春风这种经历丰富，尚武崇德又好打抱不平，见惯了大风大浪枪法又高超之人，自然受到众人拥护。

后来在徐春风的建议下，广成货栈明面上运米面粮油，实际上贩卖盐茶，于是迅速发展壮大起来，徐春风也在协兴码头开山立堂，坐上了这背海堂的头把交椅。

随后徐春风又带着辛佑国去了隔壁的兴隆茶馆，说是茶馆，实际上就是一堆破桌子烂板凳外加一个烧热水捏茶叶的老刘头。

老刘头是个罗锅，左眼还看不见东西。他负责烧水、打扫卫生、掺茶和收钱。之前兴隆茶馆还卖瓜子炒货，但是老刘头总觉得自己是"一抓准"，从来不上秤给顾客称东西。加上他又是独眼，经常瞎抓、缺斤短两，导致人们都给他起了个名号叫"一爪没"。后来来这儿喝茶的就开始自带瓜子零食了。老刘头劝不住，就定了个规矩：除了茶叶和热水不能带，其他爱带啥都行。

后来兴隆茶馆慢慢热闹起来了，有带麻将的，还有人来斗蛐蛐斗鸡斗狗的，有一年本地帮会的摆茶碗阵都是在兴隆茶馆搞的。兴隆茶馆之前也请过人说书，还有唱小曲、唱戏的，不过都要么跟老刘头不对付，要么是嫌挣钱少，都先后不干了。

听说辛佑国要来说书的时候，老刘头拿右手比了个九："你是第九个来说书的，估计也说不长的个。"说完老刘头就去照看自己的炉火去了。他这一天要源源不断地烧水，好供茶客们饮用。兴隆茶馆的老主顾都是些底层人士，喜好喝碎茶、砖茶还有老鹰茶，还都要一抓一大把，必须得多加水、加热水，才能冲得出香味、泡得出滋味。

辛佑国回到货栈，找来了一块木板和笔墨，在茶馆门口仔细地擦干净那块木板，等待表面干燥后，在上面写起了字来。他写字的时候一点儿也不像个落魄人，倒更像一位书生。花白的胡须更让他看起来像饱读诗书的老学士。他用枯瘦的手指握着毛笔一笔一画地写字时，华咸声就在旁边跪在长凳上认真地看着。爷孙俩亲热又专注的样子让走来过往的人都忍不住驻足观看。老刘头更是啧啧称赞，在他写好后伸出了一个大拇指："这个字写得精神。哪天给我这茶馆也题个牌匾。"

辛佑国还没来得及推辞，旁边就有人递过来了纸。辛佑国想了想，写下了兴隆茶馆四个字。围观的人无不叫好。掌声刚落，就有人发现了问题："唉，这个隆字怎么少了一笔？"

辛佑国还没说话，华少昌就在边上说："辛师傅这是说未来兴隆茶馆兴隆无边呐。"

大家这才醒悟过来，顿时爆发出了更热烈的掌声。老刘头当宝贝一样地把字收起来，连忙说改天就请个师傅来换个牌匾。等到热闹的人群散了，辛佑国这才发现徐春风他们又不知所踪了。

辛佑国后半天的时间都在思考第一场书该如何说好。连教华咸声写字都走神了几回。巴蜀地区除了盛行川剧，评书流派也有很多种。受坊间追捧的有盛春秋，是专讲春秋故事的；还有徐老道，爱讲封神榜；石烂龙是讲聊斋的。他自己擅长的东西，要是归总了，也够说一个月的。但是要说全本，他心里一点儿也没底。好在他在郝寿临那里拿了套《三侠五义》能够救急。

他早上正是在木板上写了出"设阴谋临产换太子，奋侠义替死救皇娘"。他又怕一出不够讲的，思来想去还是在教华咸声认完字后再准备一出。他从来没有感受到这么充实而有奔头的日子。

记忆中，他这辈子总是在为吃口饱饭而忙碌，但又总是徘徊在即将死去和能够苟活之间。他那个媒妁之言的妻子，也总是蜡黄蜡黄的脸，骨瘦如柴的手臂，饿得厉害的时候连眼眶都是深陷进去的。

等到他决定要逃荒的时候，她却死活也不愿意走，让本来打算跟他一起走的父母也犹豫了。即使等到他父母都饿死了之后，她也没改变过主意。辛佑国走的头一天晚上，她说了很多话。辛佑国也是第一次详细知道了她的过往,她那个没落了的秀才爹和不言不语的娘。

她从小家道殷实,但因为自己父亲写字忘了避皇上讳缺笔而死在牢里,从此家庭衰败。她说她小时候长大的村庄,那个时候怎么也不觉得会挨饿。她说后悔没给他生个一儿半女。说到后面辛佑国都很惊讶平时沉默寡言的妻子居然内心藏了这么多东西。

她到最后都没哭出来。辛佑国现在想想,她应该在他走后哭了很久。只是当着他的面时,她努力做出跟他短暂告别的样子。

他一路往南,中间也托人带过几次钱回家。前一两次还能收到她托人带来的裤袜。但后面他越来越居无定所,就再也没了她的音信。

现在他可以不用考虑填肚子的事儿了,甚至可以干点自己喜欢的事儿。兴许这件事儿做好了他还能让自己的妻子不再挨饿。

等到晚上,兴隆茶馆挑上灯的时候,辛佑国开始了属于自己的评书表演。他先吟诵了一段定场诗:"萧条市井上灯初,取次停门顾客疏,生意数它茶馆好,满堂人来听评书!"惊堂木清脆的声音加这一段半文半白的定场诗,立即引来台下叫好声一片,也让辛佑国更有了底气,讲得更加顺畅自然。

辛佑国在说书的时候,也不由自主地打量着下面坐着的人。很多人有着明显的特征,比如倚靠着一根棒棒的,就是力哥;穿着马褂布鞋的,很有可能是过路的商人;穿着僧佛道袍的，可能是在家的居士；面露精光，浑身都是肌肉的，肯定是货栈的武行。辛佑国用目光扫过众人的时候，惊讶地发现徐春风也在，他正在跟另外一个辛佑国没见过的彪形大汉讲话。他们边嗑着瓜子边聊天，看上去十分惬意。当他与辛佑国四目相接的时候，二人就像不认识一样，短暂接触了便错过了。

一回讲完，台下的观众纷纷叫好，还要求再讲一段。老刘头这个时候端着个脏兮兮的盒子四处讨赏，不一会儿就收了半盒子的铜钱。等到辛佑国按照众人要求开始讲第二回的时候，却用余光发现徐春风和那个男子已经不见了。

这一晚上的说书结束后，华咸声已经在边上睡着了。辛佑国收拾着东西，突然有人在背后拍了下他的肩膀。他吓了一跳，一回头，正是徐春风。

徐春风哈哈一笑："吓到你了？我可不是故意的。"他也开始搭手帮忙收拾东西。边收拾边说："先生饿不饿？一会儿跟到我去整点夜宵。"

听他这么一说，辛佑国才发现自己饿了，于是点点头。跟着徐春风顺着堤坝在月色映照下向江边走去。

两人走了一阵儿，终于到了离码头不远的几艘渔船旁。这几艘船都灯火通明，徐春风带头走进了第二艘船。辛佑国这时才发现除了那个他不认识的大汉，大虎和华少昌都在。

"来来来，坐坐坐。"徐春风招呼他像大家一样围着一口热气腾腾的锅坐下来，"这个是咱们川渝码头上的人最喜欢的东西，叫火锅。虽然都是些下水，但是好吃得很。"

辛佑国接过碗筷，夹了一筷子菜道："这火锅可是大有来头的。"众人惊讶地道："你这个北方人，也知道火锅来历？"

辛佑国放下筷子，对众人说道："明代永乐年间，重庆的朝天门码头很多屠夫宰杀猪牛，把不吃的下水都扔掉，码头的力哥们都是穷苦之人，吃不起肉，便把没人要的下水收集起来，加上花椒辣椒以及牛油一起炖煮，发现味道奇香，因为锅在火上，于是取名火锅，又因为便宜，便迅速流传到巴蜀各地了。"

看众人听得津津有味，辛佑国继续讲道："北方也有一种类似的吃食，名叫卤煮，跟火锅差不多，也是把剩菜、下水、烧饼放在一个大锅里熬，只不过不放辣椒，放的是八角桂皮香叶。一文钱便能吃一碗，热气腾腾，饼上沾满了汁水，运气好了还能吃到块肉呢。自古以来，这些个好吃的，那都是穷人发明的。"说完这句，辛佑国在众人的注目下把烫熟的毛肚吃了下去，却忘记了蘸油碟，瞬间被又麻又辣的味道给呛到了，连连咳嗽。

大家都笑了，华少昌递给他一杯酒，顺了一下才缓过气来。但这一口麻辣一口酒的独特方式却让辛佑国再也无法忘记。

吃了一阵之后，徐春风也不介绍，就当辛佑国也是他们的一员，开始旁若无人地与那个大汉交流起来："老二，这次拉肥猪打算好久摆地摊？"

大汉说："说不好。城守营的弟兄们还没给我信。"

徐春风又问："重庆那些枪什么时候到学堂？"

大汉说:"已经到了,但现在还没发给学生,等学生拿到了我们就能拿到。"

徐春风说:"好。等那些枪发到了,我们这边就换些鸟铳过去,替换一下。"

徐春风那边说得热络,辛佑国也听不懂这些黑话,就埋头只顾吃。华少昌看出了他的尴尬,于是有一搭没一搭地跟他解释两句。他这才明白,徐春风既是洪门背海堂的老大,也是这广成货栈名义上大当家的。那个彪形大汉叫做冉庆,和大虎等人都是他的手下。

这次到重庆去,是趁着重庆新式学堂的学生做实枪操练,顺便找人多搞了几把枪藏了起来,准备找机会带回成都,不同的是,冉庆虽然是徐春风的手下,但二人是拜了把子的,所以要叫一句二当家的或者二爷。华少昌是货栈的东家,平时管着整个货栈的账簿,但在背海堂坐的则是第三把交椅。

后面辛佑国也差不多搞清楚了徐春风们所说的"抓肥猪"其实就是劫富济贫,如今这世道,洪门的子弟也会偶尔搞点这种副业。只不过现在他们有了更加迫切的需求,那就是——洋枪。

第二章
川汉铁路

小道消息

说到枪，徐春风可是玩枪的好手，别的农村放牛娃是玩着烧火棍长大的，而他是玩着爷爷留下的枪长大的。那是一把湘军的鸟枪。徐春风的爷爷当年奔着猛将鲍春霆的名声去投了湘军，领到了这支枪。

可"长毛贼"还没打上，翼王石达开就带着十万太平军入了川，他爷爷心里放不下家里，便溜了号，跑回来当了地方上的乡勇。借着在湘军混的经验，他爷爷在当地挖壕修墙、买枪买炮。加上地方官员士绅的帮衬，硬是搞来了两门劈山炮，四尊开花炮，八杆抬枪，十六杆鸟枪，刀矛剑戟更是数不胜数。

石达开大渡河一战失利后全军覆没，最后在成都科甲巷被凌迟处死。他爷爷当年的工事和准备也就没了用武之地，虽然成了摆设，却也让乡里乡亲长了见识。那些没来得及放出一枪一炮的家伙什儿成了县衙里的宝贝，也成了大户人家重金求购的看家护院的利器。

只可惜那些枪都不好用。他爷爷留下的那杆鸟枪竖起来比现在的徐春风都要高，装填弹药还得需要专门的杆子，准度也很差。听他爷爷说，天字号、元字号、万字号的洋枪才是好枪，更加难得。徐春风就是用那杆老枪学会了瞄准、射击，学会了躲在树林里等待猎物进入视野。他现在已经想不起来自己是怎么学会使用那杆笨重的鸟枪的，又怎么能使它如使手臂的。

徐春风现在用的就是一把万字号的洋枪。说是洋枪，实际上是广东仿造的。但这把土造的洋枪十分好用，用起来十分顺手，为他在这码头创立背海堂立下了汗马功劳。

在洪门内开山设堂很不容易，更何况是在这乱世之中。头一样，就是开堂之人能在江湖上叫得响，有面子；能得到当地洪门大佬支持，其次得在开堂之前先下帖请客，刀切豆腐两面光，要把官私两面的朋友都请来，给大家亮亮家底，看看有多少兄弟、多少家伙什儿。开堂的人单凭他的名号就有人捧场才成，要是没有这能耐，不用说开堂，就是带兄弟的资格都没有。

除此之外，开堂之后还要和其他堂口搞好关系，不能踩线，不然同门相争，让外人看了笑话，有谁承担得起。就像背海堂，正是有这几百号兄弟和做生意的懂规矩讲信义，才为徐春风挣下了这面洪门金丝猛虎旗。

虽然徐春风在洪门名声叫得响，但背海堂在各个堂口中实力并不算太强。四川洪门大部分堂口都喜欢用仁义礼智信命名，但徐春风做的是货栈生意，打交道的主要是背二哥（注：以背东西为生的人）和力哥、船家，索性就起了个背海堂的名字。当初起这个名字还有人反对，认为"背"这个字不吉利。徐春风当时一笑了之："那些背二哥、力哥，哪个不是背出来的前程，这个有啥子嘛。"

他仗义豪爽的性格也让越来越多的人聚集在背海堂下。人多自然就力量大，加上背二哥、力哥、船家等的职业属性，自然而然地，一张巨大的信息网就在背海堂之下展开，云贵的烟茶价格几何，巴蜀的井盐质量如何，长江上的水文怎样，甚至是市井坊间的家长里短、婚丧嫁娶，都能在第一时间汇集或者被传递出去。如今这乱世，很多货栈明面上是帮人运运米面粮油，其实真正挣钱的是副业，所以广成货栈在徐春风的主持下，盐茶生意也才能越做越大。

这一套人组成的信息情报网络高效保密，连《蜀报》的主编邓孝可都跟徐春风开玩笑说："老兄何时把我吸收进你们背海堂，好让我的报纸有更多的独家新闻可写。"

徐春风倒是哈哈大笑："邓兄见多识广，是正儿八经的文化人，哪儿能看得上我们这些嚼舌根臊面皮的小道消息？"

邓孝可不接话茬，反而慢悠悠地说道："自从光绪二十八年（1902年）把路办，银子凑了千千万，有官的商的款，也有土药烟灯捐。最可怜的是庄稼汉，一两银就要出这项钱。要办铁路为的是哪一件？怕的是……"

他还没说完，徐春风就抢着说："外国人来抢路权。"二人相视一笑，徐春风说："这不是《来日大难歌》嘛。都是黄口小儿传唱，当不得真。"

"怕不止吧？"邓孝可说，"我听说川汉铁路公司商办后筹措的八百万两白银，有四百万两都被挪用贪污了。原本征来要修路的土地也落入了乡绅的口袋。只有老百姓被蒙在鼓里。"

见徐春风没有搭话，只是低头喝茶，邓孝可继续说："春风老弟也买了不少股吧？"

"嗯，毕竟是自己的事儿，也是为了不再受洋人欺侮，徐某人自然要买。而且铁路修好了做生意更快更方便，现在运货走水路是一船一船，火车通了就是一个车厢一个车厢地运，运力是现在的百倍之巨了。"

"但照目前这个态势，这路恐怕会成镜中花、水中月。到时候修不成，又会落入洋人之手。"邓孝可说道。

徐春风突然抬起头来，带有深意地看着邓孝可说："看来邓兄不仅仅是为了独家新闻来的。刚才那番说法倒是跟最近一些来劝我的人有些像啊。"

邓孝可略显吃惊地问道："噢，有人居然抢在我之前了？"

徐春风哈哈一笑："邓兄不用揣着明白装糊涂。新闻的事，徐某会上心。但铁路的事，还得从长计议。"说完他一拱手起身走了。

走出茶馆，徐春风停了下来，想了一会儿，转身把大虎叫到身边，耳语了起来："大虎，你马上找几个可靠的兄弟，把铁路公司已经亏空了五百万两白银的消息散出去，越快越好。"

大虎一脸疑惑地说："刚才不是说四百万两吗？"

徐春风上前便是一脚："让你去你就去，哪来这么多问题！反正都是大风刮来的消息，往上抛一点儿才更像真的。"

大虎假装被踢痛了，边摸着屁股边龇牙咧嘴地跑了。

等到辛佑国在货栈见到徐春风的时候，他正拎着一包花生米往账房走，华少昌刚好从自己屋里出来，也一把被拉进了账房，然后关紧了门。

华少昌莫名其妙地问："春风哥，啷个了（方言，意为怎么了）？"

徐春风把东西往桌上一放，招呼账房先生和华少昌坐下，说："没啥大事，今天盘盘账。"

账房先生也被弄得摸不着头脑："不是月初不是月底的，盘啥子账哟？"

徐春风把眼一瞪，怒道："你是老大还是我是老大？喊你盘你就盘嘛！"

账房先生只有无奈地边摇头边去抱账本和算盘。华少昌把头伸过来，小声问："到底啷个了嘛？这个时候盘账。"

徐春风只是盯着账房先生那边，头也不回地说："没事儿，我就想看看家底。"

账房先生就在徐春风点起的叶子烟烟雾中噼里啪啦地算了起来。徐春风也不说话，一口接一口地吸着那杆叶子烟，那呛人的气味让华少昌几次想去开开窗子透透气，但都被徐春风拦住了。

等了好久，华少昌都感觉快喘不过气来了，账房先生才把账盘完："二位东家，现在账上的钱不过三百两银子，七千五百五十三个银圆，还有没有运走的盐茶等数千担，一时核不出具体的数来。"

华少昌听了十分欣喜，笑容都溢到了嘴边。他刚想说几句客套话，就听到徐春风说："还有股票呢？"

账房先生说："也就只有川汉铁路的股票。"他还没来得及说具体的数目，就听到徐春风说："不管多少，悉数卖了，今天内就换成银两或者地契。"

华少昌听了十分不解："春风哥，为啥子要卖啊？朝廷可是说这川汉铁路的股票稳赚不赔。而且这还是为了跟洋人争路争口气。"

徐春风并不理会他的话，继续问账房先生："银行、票号那边还有没有兑换券之类的？"

账房先生想了想说："这个倒没有。"

徐春风听完，沉默了一会儿，说："你先去把股票折现吧，不能折现先换成兑换券也行。赶紧去吧。"

账房先生看了华少昌一眼，见华少昌微微点头，便立马应承下来，翻箱倒柜找出票据，匆匆忙忙出门去了。

打开的门让阳光肆意地洒了进来，照出了烟雾和二人的轮廓。徐春风这才慢悠悠地说："这次我带着几个兄弟，在自流井、彭县、江油、泸州那边转了转，哪里还像是安稳年月。"

他抽了口烟，继续说道："如今这世道，有几杆枪就敢绿林称王，有几个人就敢攻村掠庄。要不是有洪门这个金丝旗罩着，别说做生意了，你带着这么多盐茶连赶路都得提着脑袋。"

华少昌对于这些也有所耳闻，但他还是想不明白这跟卖股权有什么关系："乱点咱就多配点枪，多找点兄弟便是，也不至于变卖股份啊。"

徐春风一听，立马转过头来，瞥了他一眼，又转过头去，说："这铁路，是个好东西，要是修成了，咱这买卖也能做得更大。就凭我们的那几条船、几匹马，能走多少货，能卖多少盐？挣的也就只够养家糊口。但是这铁路，我听人说，就长得像是肺叉子。你想想，那东西要是修到全省了，可就没那么容易斩断拔出来了。"

华少昌听得云里雾里的，反问道："这不是好事吗？咱们做货栈的就是要货通百家、通衢几省，怎么到你嘴里就成了坏事了？"

徐春风把烟掐灭，反问道："咱们背海堂在成都还算有些名号，要是去了云南湖北贵州呢？再说，就算四川之内，那些仁义礼智信堂口的大佬哪个容得下我？"

"这倒是。但是要说修铁路，肯定不得是坏事，毕竟大家都踊跃着呢。"

徐春风倒也不接话茬，慢慢悠悠地说："少昌，今天也不干别的了，多囤一些盐。枪我来想办法。"

华少昌十分想问他能想什么办法，话到嘴边，他还是没说出口。他看着徐春风魁梧的身影出了门，快速地融入了来往的人流之中。

"岁暮阴阳催短景，天涯霜雪霁寒宵。五更鼓角声悲壮，三峡星河影动摇。"直到华咸声抑扬顿挫的读书声传进耳中，才把睡到日上三竿的华少昌叫醒。其实对这个孩子，他是心生愧疚的，他本想将他放在乡下老家，可是他总觉得咸声以后的路会更宽，所以便不顾妻子的反对，将他带到了成都。

谁知徐春风立马喜欢上了这孩子，华少昌知道徐春风把思念都寄托在了华咸声身上，他那未出世就死了的孩子如果活下来，应该和华咸声差不多大。虽然徐春风表面上谈笑风生，可是他知道他内心深处的无人诉说的哀伤。

来到成都这一年，繁忙的生意让他忽略了对华咸声的教育。他们几番为华咸声物色老师都无果,好在路上遇到了辛佑国。

这时,华少昌突然记起了徐春风临走前交代的话,也忙不迭地开始张罗起来。其实要说起来,这盐跟烟和茶的买卖还是很不一样的。广成货栈之所以暗地里贩盐,正是因为虽然每个人的用盐量少,但是顿顿离不了。

自古以来盐就跟铁一样是官营,也是重要的饷源。据说这大清朝一年的盐税和田赋是一个级别,可见生意获利之高。只不过这种生意是不会让普通人染指的,有门路能捐个盐茶道的都得要万把两银子,为了收回成本,盐茶道也会费尽心机悬赏缉获私贩者。

自唐宋以来,贩卖私盐都是斩立决,即使是专门给私贩者提供转手的中间人,被举报抓获也会以同罪论处,举报者也能获得一笔丰厚的赏银。

只不过现在大清朝风雨飘摇,很多行走江湖的人又都有了枪,甚至有的手里的家伙比官府衙役用的还要好,那自然就是撑死胆大的,饿死胆小的。

华少昌合计着把原本"二八开"的盐茶比例调整成"八二开",不行就在自贡再去开家分号,就地买盐卖盐。他一边算计一边在纸上计算,不知不觉间就到了后半晌,隔壁辛佑国说书的声音逐渐传了过来,他才意识到该点灯了。

他正在奇怪徐春风又跑到哪里去了,突然感觉肚皮已经饿得叽里咕噜地起了抗议。他这才想起早上徐春风留下的一包花生米,那包花生米还在桌子上静静地躺着,他赶紧抄起来揣在怀里，锁了门就往兴隆茶馆去了。

修路的疑惑

华少昌一进茶馆就看到了坐在一张八仙桌边上的徐春风，他赶紧走了过去。

等到坐下来才发现桌上还有半只烧鸡、一包卤鹅。他把花生米打开，也不管手上都是墨，抓起来就吃。

徐春风像盲人一般摸着桌上的花生米吃，也不管华少昌，眼睛就一直盯着辛佑国的台案，也不知道走神在想些什么。不时有人跑进来跟他耳语两句，他也只是下意识地点了点头。

等到账房先生走过来的时候，华少昌已经吃了个八分饱，嘴角上都是明晃晃的油迹。账房先生站在徐春风身后小声汇报了下股票卖出的情况，不仅没赔，还有点小赚。徐春风听后很满意。账房先生又从怀里掏出了一份报纸递给他，他借着昏暗的灯光看了半天，才把报纸推到华少昌面前。

华少昌顺着他的手指看到了一篇豆腐块大小的文章，文章的标题是《坊间传闻川汉铁路公司巨亏不止》，内文写得有鼻子有眼，把华少昌给看愣了。

他呆了半天才问："春风哥，你真厉害，这都能被你猜到。"

徐春风说："啥子厉害嘛，这本来就是我放出去的风。"

华少昌一下子更蒙了："你故意放的？这是为啥子啊？"

徐春风把搁在板凳上的腿拿下去，凑过去说："巴渝马上就要变天了,这条铁路算个卵。"

他这句话像是一记重锤,直接把华少昌锤蒙了,在他眼中,这些年是乱了点,但大家好歹不愁吃不愁穿。街上剪了辫子的人越来越多,穿西装挂文明棍的人也越来越多,官民虽然说算不上是相敬如宾,但还是能和睦相处,朝廷又练了许多新军,都用的是洋枪,怎么可能说变天就变天?他实在想不明白。

看到他一脸困惑,徐春风也不听书了,小声问他:"这路到底是哪个要修?"

"是朝廷?"

"错了,是洋人。"

看到华少昌还是一脸的不解,徐春风继续说:"那洋人为啥子要替我们着想,给我们修路呢?"

看到华少昌摇了摇头,徐春风说:"为了霸占咱们四川。"他努努嘴,用嘴巴指了指辛佑国的方向,说:"就像是辛先生正在讲的这出三国里的隆中对。刘玄德为什么能以一州之地三分天下?就是四川这聚宝盆的造型。自古蜀道难,难于上青天。占了四川,就是国中之国、天府之国。"

华少昌这个时候有点明白了,小声问道:"所以朝廷为了不让洋人占了我们四川,才要发动大家修路?"

"也对,也不对。"徐春风这一卖关子的话让华少昌都有点急躁了:"啥子对也不对哟。对就是对,不对就是不对。"

徐春风看着他尚未摆脱稚气的面孔,笑着说:"对的是当官的也看到了洋人的企图。不对的是,从一开始,清朝就没打算出一分钱。"

华少昌这下不明白了:"不出钱啷个修路?"

徐春风说:"你看,当初是不是咱们四川的总督锡良说的要自办自筹?啷个筹法?官绅商民一体认购。别说我们洪门兄弟了,就连戏园子和庄稼汉都要抽租入股。说的是官款拨入作为股本,但是实际上入了好多?光绪三十一年(1905年)还收过烟馆的铁路捐,最后去哪里了?这条铁路从头到尾都是民脂民膏。"

华少昌顿时醒悟了,但是他又陷入了自己的矛盾之中:"那既然都是大家的血汗钱,你更不该散布这些不实谣言啊,不然大家的钱都打了水漂。"

徐春风看了他一眼,慢慢地说:"这一招草船借箭,骗得过一个曹孟德,但是骗得过万万千千个曹孟德么?"

徐春风的话音刚落,只见大虎过来在他耳边说了些什么,二人便匆匆起身走了。这个时候,辛佑国还在继续着他的《隆中对》:"自那董贼独掌大权以来,各地一时间豪杰四起。各路豪杰之中,袁绍袁本初实力最强,他本是司空袁逢之子,这袁氏可不是一般人家,那可是名门望族——汝南袁氏,四世三公。门生、故吏遍布天下。当时天下九州,袁本初独占据冀、青、并、幽四州,号称百万之众。曹操曹孟德不过是太尉曹嵩之子。他爹曹嵩也只是宦官曹腾的养子。曹孟德年轻的时候并不显山露水,只有桥玄和何颙几个人看好他。南阳何颙说他是安天下之人。许劭说他是清平之奸贼,乱世之英雄……"

华少昌就像是入了定的老僧,将周围的叫好声、打闹声、喧嚣声统统都屏蔽在了耳外，对于徐春风跟他说的东西，他也不知道自己该信还是不该信，信又该信多少。

虽说比不得徐春风见多识广，但华少昌也是见过世面的人。朝廷搞新政废科举之后，他去上过成都政法学校，接触过不少留日归来的学生，例如好友曾持就经常带着一群从日本回来的朋友在中西学堂谈天说地。他们在日本的早稻田大学、振武学校、东亚铁道学校等学校学习，归来后成为各个领域的精英，也更早地熟悉了西式的思想和生活。

中西学堂旁边就是奉祀三国人物刘、关、张的三圣祠。让他惊讶的是，日本人也常去三圣祠祭奠。据说日本流传的湖南文山翻译的《通俗三国志》就是陈寿《三国志》的翻版。看到这些外国人来祭奠中国人，起初华少昌还觉得新奇，等到他跟日本学成归来的同学交流了以后，他才明白像日本这样的国家从很早以前就已经开始了解甚至熟悉中国了。

重庆开埠之后，大批商人和传教士涌入了蚕丛鱼凫曾经统治过的巴蜀地区。四川人还没来得及睁眼看世界就已经被冲撞得差点失去了方向。

在华少昌看来，火车和马车、洋火和火折、电灯和煤油灯，确实有着先进与落后的区别，但是那些因为是"洋人的玩意"就一味抵制甚至砸坏一切也是自我欺骗式的落后。有些东西，不能怕不中不西、不古不洋，而是先得有。

对于这路，他也觉得必须得修。路是根，路是水，路是钱，没这东西四川还得落后几十上百年。至于谁来修，那都是可以商量的事情。他百分之百赞成由中国人自己修，但是觉得有洋人参股也行，只要没有坏心眼子。他在后来颠沛流离的后半生中，才逐渐明白，背靠大树始终会有树倒枝叶散的一天。

他还在胡思乱想着，试图独自解开这个困扰自己的问题，突然远方传来两声巨大的爆炸声，先是很远，第二响很近，一远一近的爆炸声像是有人在成都城上空跺了两脚，跺得城市发抖、大地发颤。

几乎是第一时间，正在忙碌的人们被按下了暂停键，所有的人都被吓了一跳，也仿佛被某个手所牵引，齐刷刷地转向了爆炸声传来的方向。辛佑国因为一直站立着说书，他又正好面朝爆炸的方向，那一瞬间腾起的火光甚至照亮了他的脸，晃得他下意识地闭了闭眼。

有人站起来跑到街上去攀上高处，想要看清楚到底是哪个地方发生的爆炸。过了一会儿，不知哪里传来的消息，"不是城里"，大家才开始窃窃私语。有些人像是突然变成了先知，大声宣布"我就说不可能是城里爆炸了"，有人大笑着说"谅那些匪贼还打不进城里来"，有人则说"保不准又是革命党要革谁的命！"各种猜测和声音一时间更让人摸不着头脑，更加莫衷一是。但有一点，大家悬起来的心又再度放了下来，大家该干啥还是继续干啥去了，仿佛那两声爆炸从来没有发生过。

辛佑国还没从刚才的震惊中缓过神来，他在逃难的路上见过太多被破坏、损毁的村子，那些村子无一例外是被烧毁的，很少有被炸毁的。据说是因为义和拳民施了法，洋人的炮弹都往回飞，后来洋人恼羞成怒纵火烧毁的。

他也见过被炮弹打死的士兵,脑袋像是被铁锤锤扁了的西瓜,眼珠子和牙齿像是被挤出来的西瓜子。他并没有看得十分真切,太多的人围在那里,小孩子们像是练胆一样在那具尸体上跳来跳去,他只能在人们的腿缝和不停挪动的双脚间露出的缝隙里看上几眼。可那些都是战后的场景,这一次的爆炸他才是第一次亲耳听到。"就像是放了个大炮仗。"他心里想着。

台下的观众已经有人开始不耐烦了,催促他继续往下说。他顿了顿,清了清嗓子,想了半天才想起来刚才说到哪儿了,又继续说下去。

华少昌已经完全没心思听了,也没心思再待下去。他连吃剩下的东西都没收拾,就出了门,回到了隔壁的货栈。他一推门才发现门里面被人闩住了。他也不敲门,就倚着门坐在了大门口。

劝说革命

此时的货栈里,徐春风他们也听到了刚才的爆炸声,时间跟面前的这位叫佘英的人说的只差了不到一刻钟。爆炸声给坐在天井里的人带来了不同的反应。徐春风开始正式掂量起眼前这个川东南来的洪门大佬来了。

佘英则不动声色,他知道他只带着三两个人来闯背海堂本身就属冒昧,虽然徐春风在四川洪门中名声口碑都不错,但也难保不会突然出手抓了他。刚才的那两声爆炸,让他心里多了几分底气,他知道徐春风至少不会把自己当猪崽抓了。

"佘舵爷的这大礼是不是送得有点隆重了?"一旁的耿省寨首先发了话,四川江多河多,人们常年跑水路,坐船比骑马多,一声舵爷是对洪门堂主们的尊称。耿省寨是跟随徐春风多年的得力手下,刚刚跑了趟云南回来。

"在我老大面前,怕是还轮不到你个瓜皮(方言,意为傻瓜)说话哟。"佘英的手下宋杰硬顶了回来。耿省寨一听立马想上前动手理论,但被徐春风拉了回来。

徐春风慢慢地走下台阶,向站在天井中央的佘英走过去:"省寨的话也是我想说的,佘舵爷在重庆、泸州、叙府各个堂口都吃得开,地盘已经够大了,不知道为啥要来我这小庙,不知道拜的是哪尊佛?"

佘英一动不动,说:"行走江湖靠的是兄弟伙,是庙都要进,见佛就要拜。我佘英不是个地主老财,我信有财大家一起发的道理,有心思的朋友我都想会会。"

徐春风一听乐了:"哟,这么看佘大当家的还有其他的好事想着我呢。"

佘英还没说话,宋杰先抢着说:"我们舵爷可不是轻易上门的人,能这么给徐舵爷面儿,也是头一回。"

佘英突然转过身去,打了宋杰一耳光,然后赔着笑随着徐春风说:"徐舵爷别介意,平时管教不力,别跟小兄弟一般见识。"

这一下打得不只是宋杰猝不及防,也让徐春风都有点意外,让他有点相信佘英真的是有事相求。他决定继续放线钓鱼,看能钓上什么大鱼。徐春风手一拱:"佘舵爷有啥事情,咱们不跟小的一般计较,都好商量。"

佘英也拱手道:"徐舵爷如此耿直,那我也不绕弯子了,素来听说背海堂门路多、眼线广,我的堂口有一批货物,需要运进城来,众所周知,成都城还没有您走不了的货,还望徐舵爷这次能费心。"

徐春风问:"啥子货这么金贵?就连佘舵爷都搞不定?"

佘英也不说话,用右手在袖子底下比画了个枪的样子。徐春风顿时明白了:"那请佘舵爷借一步,到屋内细谈。"

二人留下了各自的手下,进屋商谈去了。见到二位老大有得谈,这时院子里的人才开始放松了戒备,开始相互聊天打趣。屋内,徐春风问枪是怎么回事。

佘英并没有直接回答,反倒反问徐春风:"不知道徐舵爷听没听说过《警世钟》?"

徐春风哈哈一乐:"警世钟没听过,但西洋跑马钟我倒是见过不少。"

"那《革命军》呢?"

"知道了,你说的那本小册子?之前见过,一个小青年在市集上慷慨激昂,后面就被抓进了大牢,据说被砍了脑壳……这册子有毒。"

徐春风还没讲完,就被佘英打断了:"无数青年为了这两本册子前仆后继,徐舵爷难道不为所动?"

徐春风摆摆手:"我一个大老粗,那些文绉绉的东西和大道理搞不啷个懂。"

佘英也不理他,自顾自地朗诵起来:"内为满洲人之奴隶,受满洲人之暴虐，外受列国人之刺击，为数重之奴隶，将有亡种殄种之难者，此吾黄帝神明之汉种，今日倡革命独立之原因也。"

徐春风虽然被弄得莫名其妙，但也被这铿锵有力的宣言所打动。他有点尴尬地说："老革命革命的，谁革谁的命，怎么革命？你就不怕被朝廷诛了九族？"

佘英不搭茬，继续说："兄弟我在日本学习的时候，第一次读到《革命军》就认定了中国人要有自己的中国。"

徐春风像是突然明白了什么一样："哦，中国？就是他们说的那个驱除鞑虏、恢复中华？"

佘英听了他的话立马两眼放光："对的，不止这些，还要创立民国、平均地权。"

徐春风有点转不过弯来："民啥？民国是什么国？距离大清国远不远？还要平均地权？那可不行，地主老财都被打光了，我们吃啥？"

佘英第一次被他的话逗笑了："原本以为这天下没有徐舵爷不知道的事情，没想到居然被革命和民国难倒了。"

徐春风倒也不觉得难堪，他坐在床沿上，抽出火折子点上了烟，还伸手示意佘英也来一根。佘英抬了抬手，婉拒了他，继续说："现在的世道，已经大不如从前了。徐舵爷想必也知道，各路人马都想要推翻满清朝廷。四川本身又有天然的屏障，谁得了四川，谁就能提兵北进，虎视中原，进一步夺取天下。"

徐春风一听乐了，心想这不就又是诸葛孔明的《隆中对》嘛："佘舵爷这个意思是想要造反，像刘玄德一样，先谋四川三分天下再北伐中原做皇帝？"

佘英笑了："不一样，这不是造反，是革命。"

徐春风一脸不屑："对对对，就是你说的，革命。革完了最终还不是换个皇帝，换个年号？有什么区别！"

"这可不一样，现在我们要建立的是一个共和国，统治者是总统，大家一起来决定谁当总统。"佘英试着跟他解释道。

徐春风这下糊涂了，半晌才说："古往今来，都是胜者王败者寇。皇帝都是自己夺来的，还能选？还有，总统是个啥？总理统还是总宣统？"

佘英听罢也不恼怒，从袖子里掏出一本《警世钟》、一本《革命军》："这两本书徐舵爷先留下看吧，看了自然知道我刚才说的是什么了。当年在日本时，孙中山与宋教仁先生委托我回来徐图革命，把川东南仁义两堂进行改造，为的就是开启民智，方能一举成事。"

徐春风接过两本书，简单翻了翻，放在了一边，说："自古造反的都是因民不聊生、官逼民反，你看那石达开，带着十万太平军入了川，怎么样？结果还不是被千刀万剐在成都府，现在这日子饿不着冻不着，谁愿意干这掉脑袋的事儿，要不然那孙中山能给你西南大都督的名号？"

听到徐春风提到这个，佘英倒有了几分羞涩，他没想到孙中山委任他的事居然这么多人听说，于是转移话题道："徐舵爷，现在革命情形难道还不明显吗？同盟会已经联合很多洪门兄弟和各路江湖豪杰在四川多地起事了。"

徐春风立马打断了他的话："确有听说，你带着兄弟们到处起事，哪次不是被朝廷镇压，还没哪一回能搞到着吧？江安、泸州这些你的老窝子都没弄得下来。更别说上次打成都、攻广安，都没成功撒。"

"唉，所以我才想来找徐舵爷。"佘英叹了口气，"经历了这么多失败，折了数百个弟兄，我发现屡次革命之所以失败，原因不外乎两个。一个是大家不够团结，学生顶多能造造声势，军队中的弁目队、新军都还没完全拉拢。咱们洪门兄弟人多势众，但又太分散。"

他扳着手指一一给徐春风计算："你看，刘天成、刘子成控制着云贵川三省交界，不仅人多，还有数十支五子枪；向大鼻子控制着川东；王松廷、毛长发控制着府河、铜河、雅河一带。徐舵爷又把成都放在自己包里头，这怎么算都是一盘散沙、各自为政。"

徐春风听了顿时觉得有点不自在，冷冷地说："那佘舵爷的意思是要像那曹孟德那样一个个把我们吃了，自己做老大？"

佘英哈哈大笑，把手一摆："不是那个意思。我佘某人也吃不下谁，没那个牙口。只是想大家能劲儿往一处使。"

"但我也听说，你说的那个同盟会，已经在川东、川南很多城市建立了机关，要发展什么党员。咱们洪门兄弟跟他们合作，这不是自己瓦解自己，自己制造敌人么？"徐春风反问道。

"徐舵爷多虑了，洪门中很多兄弟也是同盟会中人，不也一样越发展越壮大？更何况同盟会可以从东瀛搞钱搞枪，不比我们闷头发展的要好?"

徐春风有点心动了,但他多年的经验告诉自己,越想得到的东西,越不能表现出自己想要,不然很可能会鸡飞蛋打,甚至被人要挟算计。他打算换个话题。

"佘舵爷想要什么时候运枪?"

佘英也感觉到徐春风不打算接同盟会的绣球,心想倒不如等着同盟会的人来做他的工作,还是聊正事比较重要,遂道:"越快越好。"

"从哪儿到哪儿?"

"到时候自然告知。徐舵爷放心,运费好说。"

徐春风笑了:"我不要钱,我要枪。"

佘英意味深长地笑了,点了点头,却不正面回答,然后从口袋里掏出来一盒香烟和一盒洋火,递给徐春风:"徐舵爷可以尝尝这个,这个洋火是兄弟的厂子生产的,以后徐舵爷想要,我让弟兄们送来。"

徐春风望着烟盒上的美人笑了:"那就多谢佘舵爷美意了。"

等到二人有说有笑地从屋子里走出来的时候,两边的手下都已经有人倚靠着柱子睡着了。晚上的月光很白,照得人心中都亮堂堂的。众人离开时,倚着门睡着的华少昌倒了下来,大虎立马上前把他扶了起来。他还睡得迷迷糊糊的,大虎在别人的帮助下把他背进了门。

双方互相道别后,徐春风目送他们走远后才转身进门。耿省寨跟在后面,问道:"舵爷,今晚这么大的动静真的是他们干的?"

徐春风默默地点了点头,说:"他们可能偷袭了成都城里的武备库。不然哪里来的枪让我们帮忙运出去。"

"格老子的,这帮贼娃儿胆子也够大的,整这么大的动静,我们哪个帮他们把枪运出去?"

徐春风笑了笑说:"这才是老狐狸,更何况他还是个东洋回来的老狐狸。他早算准了明天官府的人会找上门来。"

耿省寨听不懂,挠着头说:"舵爷,明天官府为啥会来找我们?我们可什么都没干。"

徐春风说:"咱们当然什么都没干,但是他们肯定猜到我们接下来会干。"

他暗自思索了一会,没等耿省寨再发问,就布置道:"明天找一两百个生面孔,码头上整上几百担臭鱼烂虾。一定要叮嘱到每个人,都不许带枪,刀也不准带。"

"好嘞。"耿省寨转身出去了。

现在只剩下徐春风一个人了,他开始回味佘英跟他说的话,他在院子里来回踱步的时候,突然发现华咸声站在门口揉眼睛,没穿鞋子,穿着单衣自己把门打开了,他赶紧脱下衣服给华咸声披上,也没有叫醒辛佑国,抱着华咸声去了自己屋子里。

进了屋,华咸声发现了桌子上佘英留下的两本书,他一把抓过来看了起来。徐春风想夺没夺过来,只有哄着他说:"咸声,不看了。明天再看,太暗了伤眼睛。"

华咸声听话地放下，指着封面问："师父，革命军是什么？"

徐春风被问住了，想了半天才说："就是能开天辟地的一群人。"

"那师父你是吗？"

徐春风想诚实地说不是，话到嘴边，他还是说了句："师父是。"

"那爸爸呢？"

"他也是。"

"那大虎哥呢？"

"大虎哥也是。"

……

小小的华咸声不断地穷举着他能记得到的所有人的名字，徐春风认真回答他，就这样，一夜之间，整个背海堂的人，就都成了革命军。

"革命军。"这一晚，这三个字深深地印在了华咸声的脑海中。

第三章
茅塞顿开

密谋运枪

那一晚，华咸声睡得很熟，轻柔温暖的呼吸均匀地吹在徐春风的胸前，伴随着呼吸的是小胸脯的一起一伏。他睡得有点出汗，小脸蛋也红扑扑的，徐春风闭着眼睛，侧着身子慢慢地拍打着华咸声的背。他有点像是回到了年轻时星夜下躺在麦地里的时光，也想起了她。

麦地就是那个时候他跟她相见的地方，两个年轻人都不愿意接受家里的安排，想要一起去成都读书考上公办学堂，然后去留学。徐春风总是会在每天晚上来临之前搜肠刮肚地想好晚上要说些什么，他总是要千方百计地逗那个女孩子笑。

她又总是那么配合地笑，笑声就像是银铃一样。有时候，他也会讲聊斋里的鬼故事来吓唬她，她就会被吓得缩到他怀里。徐春风那个时候感到自己能够忘却所有的烦恼。

跟她比起来，家里安排的童养媳就像是个榆木疙瘩。裹着小脚从小束胸，连盘发、发钗都是最土气的款式。童养媳的手也因为常年在家劳动，骨节粗大、黝黑粗糙、布满老茧。他跟她也没有共同语言，甚至跟她说话也总是一两个字就回答了。

这恐怕就是身边人和心上人之间的区别，就像是对着空旷的山谷叫喊，一边声音被吸收得无影无踪，天地孤独；一边是回声绕梁，三日不绝。徐春风显然不愿意在年轻的时候就被命运扼住了喉咙。而她也早已被指腹为婚许配了人家，这种在旁人眼中所谓的大逆不道，却难以阻绝他们对爱情的追求。

徐春风永远忘不了的是她跟他最后分别时的场景。他们躺在山上，抬头就是明月与繁星，随风就是话语与林木清香。徐春风还像以往那样搜肠刮肚极尽所能地讲着聊斋的鬼故事。那晚他讲的是白秋练，江中的白鳍豚精无意中听到了船上书生慕蟾宫吟诵的诗句，居然相思成疾。

白秋练与其母好不容易征得了慕父的同意却又被洞庭龙君阻碍。洞庭龙君为了选白秋练为妃，甚至让其母代其受过。最后还是跛道人出手相助，白秋练和慕蟾宫二人才得以圆满。

她在听这个故事的时候，却没像往常那样害怕，始终在仔细地看着他，看着他的一言一语、一举一动。看得徐春风都不由自主地放慢了语速，甚至想要停下来。她也不再打断他，不再插话，只是用自己柔白水嫩的手摩挲着他的脸颊。直到徐春风讲完了，她都久久没有说话。

"白秋练还是有福的。"她半天才缓缓地叹气说。

"那也只是个妖而已。最终人妖殊途。"徐春风搂着她说。

"妖也不一定都是坏的，有的人比妖还要坏。"她轻轻地说，"妖也有人性，人却总是心怀鬼胎。"

徐春风听了一时不知道说什么才好。她又慢慢地问："这世上真的有跛道人吗？"

徐春风愣了，他从她的话里听出了惆怅和不甘。他想了想说："我们一起跑吧，跑到成都，再跑到东瀛。我们就自由了。"

她抚摸着隆起的肚子，缓缓地说："能跑当然最好。"接着她又问,"你打算给他起什么名字?"

徐春风说:"起名字不着急,只要咱俩跑出去,有的是时间想这些。"

"不,我就要现在知道。"她看着徐春风,眼睛里是他从未见到过的坚毅与果敢。

徐春风沉吟许久,笑道:"那就叫青浪吧,我叫春风,他叫青浪。春风有源,青浪无边。我的源,就是你。"

她念了几遍,笑了,那是徐春风这辈子也忘不掉的笑,那是注定知道陪伴不了但有幸遇到的笑。

他和她的任性引发了两个家庭甚至两个家族之间的矛盾。徐春风还没来得及去大闹一场就被她的家人打了个半死。

接下来几天,徐春风都在积极准备着逃跑的事儿,但她却不见了,晚上再也没来跟他约会,也不见她走出过家门。直到传来了她要嫁人的消息。

徐春风是后来才知道那天派人来打他的是她。他知道后就万念俱灰,想不明白为什么那个羡慕白秋练的女子最终却成了洞庭龙君。他甚至有点记恨她,徐春风开始认为她最终是为了金钱和势力抛弃了自己,直到她投井而死,他才明白过来,她始终都是白秋练,都是聂小倩,都是杜十娘。

当然她带走的还有那未曾谋面的孩子。

开始的时候,他恨她,为什么不把孩子留下来,渐渐地,他理解了她,她不想孩子如浮萍一般,无根无源,与其这般不如他们娘俩在一起。

想到这里,徐春风已经是泪流满面,泪水已经打湿了枕巾。

他们娘俩已经在另一个世界等了他太久了,他不知道何时才能与他们相聚在一起。

徐春风后来背井离乡去了成都,白手起家入了洪门,从零开始一手一脚地打拼。等到他终于站住了脚的时候,得到了一个消息,听说她的丈夫又要新娶。徐春风立马带着几个洪门兄弟,几条枪几匹快马赶回了老家,不动声色地租下了一处宅院,买通了守城的兵丁,等到婚礼前一夜,冲了进去,干净利落地收拾了几个看家护院的人,又把一家老小聚集在一起。

看着跪在地上瑟瑟发抖的一群人,徐春风摘下了面罩,拉起那个男人,恶狠狠地问:"晓得爷爷是哪个不?"

那个男的连看也不敢看,连忙求饶:"好汉爷爷饶命,要多少钱我都给。"

徐春风一边像拎小鸡崽一样拎着男人,一边用脚尖抬起跪在地上的新婚女人的脸:"你还真是个好色之徒啊,净娶些年轻貌美的。你堂客(方言,意为妻子)才死了多久?"

"这可不怪我,我堂客命薄,还跟别个在外面厮混。而且还是指腹为婚……"

听到这里,徐春风再也听不下去了,一枪打死了男人的母亲然后把枪抵在男人的下巴上,迫使他看着自己:"我……就是你说的……你堂客厮混的对象。"

男人一听立马吓得面如死灰,拼命打自己的耳光:"好汉爷爷,我错了,是我不识相,是我不知好歹。"

徐春风把他松开,他像一摊泥一样缩在地上。他蹲下来,看着新婚之夜的女人说："来生，嫁个好人家吧。"

说完他就站起来走了出去。手下的弟兄们开始干活，把几个人绑在桌子上柱子上，堵上嘴。中间还有人低声咒骂："妈的，居然还吓尿了，真恶心。"

等到一切准备就绪了，有人还请示徐春风怎么处理。徐春风快步走向男人，一刀划开了他的喉咙，鲜血顿时从刀口直线向下流出。男子只是拼命地吞咽，但他丝毫喊不出声来。其他人也比照着把剩下的人处理了。

徐春风走出去之前，那些人都还活着，随着时间一分一秒地过去，他们的生命也会随之流逝。徐春风认为这是他偿债最好的方式，那就是把自己痛苦的根源找到并彻底埋葬。在他做了结之前，已经有人把所有的钱财收捡一空，做出了强盗劫财的假象。在他们走之前，又将一切付之一炬。待第二天众邻居震惊之余也只认为是露了富，招来了土匪杀人灭口。

徐春风把心事了结后反而有些愧疚，这份愧疚最后也改变了他许多的性格。他之前凡事认死理讲规矩的做派、跟人交往中对脾气看出身的规矩、凡事留一线日后好相见的尺度都变成了做事灵活、交友甚广、不委曲求全，也让他在巴蜀大地上名声更广、事业更旺。

其实他并不相信杀人立威，但他相信以命偿命。过往的岁月里，每当他路过或回到故乡时，他都会去那口枯井看一看。她死了之后不能埋入夫家祖坟，也不能进入自家坟地，那会儿他又无钱无势只有填了枯井为其做坟。他自己在离开家乡之前，也未跟父母告别，据说后来童养媳像女儿一样侍奉着他的

第三章 茅塞顿开

二老。

后来他遇到了华咸声，他也不知道为什么就突然想到自己那未出世的孩子，他如果活着，应该也这么大了吧。华少昌知道这段过往后，便让华咸声喊他做了师父，而徐春风也将咸声视同己出，一手一脚地亲自带。

这些杂乱的记忆一直在脑海中翻腾，让徐春风无法入眠，压根没有余力再去想佘英所托。他就这么被回忆折磨着直到天边泛白。

"哎呀，哎呀，不好了！咸声不见了！"天刚刚亮，辛佑国着急忙慌的声音就在院子里响起来了，吵醒了众人。

"啷个了？"大虎睡眼惺忪地问。

"哎呀，我一大早醒来发现房门虚掩着，咸声已经不见了！"辛佑国带着哭腔说。

一旁的杠头边系扣子边说："不可能吧？昨晚大门上锁了的啊。""不知道啊！一早起来就不见了。"

"大家都快找找，快找找。"华少昌也被吵醒了。

正在大家准备开门的时候，徐春风从屋里走出来了："不必找了，咸声在我屋头呢。"

在他身后，咸声露出个小脑袋，调皮地一吐舌："阿爷，你昨晚噗鼾声（方言，意为鼾声）太大啦，把我吵醒了。"

大家一听都哈哈哈笑了起来，辛佑国也如释重负地笑了。

早饭过后,徐春风召集大家聚在一起商议一下佘英运枪的事情,众人刚坐下来,就有人急急忙忙地进来报告警察来了。

徐春风不慌不忙地走出去,看到来的却是警务公所的队长方定祥。这也是徐春风的老相识了,此时他带着几个警察走进院来,看到徐春风才止步,大声说道:"本局刚刚收到线报,近期有匪徒要偷运军火入城,如有发现,必须即刻报警,否则按照同党论处。"

看到无人答应,方定祥又大声问道:"谁是这儿管事的?"华少昌看了下徐春风,发现他只是看着方定祥,立马站出来说:"是我。您放心,我们这都是守法经营。"

方定祥瞥了一眼华少昌,轻蔑地说:"明面上是走货,暗地里走私,别以为我不知道你们这些货栈私底下做了些什么勾当。"他说这话的时候始终看着徐春风:"只是大家都是自扫门前雪。你们别以为我不说,就当我是瞎子。"

华少昌连忙跟着赔不是:"那不能那不能,我们时刻准备着孝敬您啦。您看,这是这个月的清洁费和辛苦费,正准备给您送过去呢。"

方定祥看了一眼华少昌送上来的钱,示意手下人接过去:"这还差不多,走了。别让我再来第二回。"

等到他们走远了,众人才重新坐下来。华少昌说:"佘英的事儿我一早也听说了,我们还没怎么动,警察就找上门来了,是不是考虑不做了?"

耿省寨则不以为然:"警察都上门了,正好能够证明这一单油水足,有搞头。"

第三章 茅塞顿开

一旁的杠头也跟着插话说："对头。说不定搞完了咱爷们几个就可以金盆洗手，老婆孩子热炕头了。"

华少昌继续说道："既然警务公所已经知道了，我们想要进城出城可就麻烦了。我们总不能一路打进来吧？"

"知道了更好，更没人怀疑我们。"徐春风接过话来说，"他方定祥不过是警务公所的一个队长，顶了天能管得到南城，我们只要不走他的地界就行了。"

华少昌听后，依然带有疑惑地说："他说自扫门前雪是这个意思？"

徐春风拿出一张手画的地图，在桌子上铺开来指着地图说："大家看，我们目前在南城。虽然佘英没说枪从哪里来，何时来。但是他们的行踪已经暴露了，不出三日必然就要出手。到时候我们只要躲过南城就可以了。"

众人听了纷纷点头，大虎主动请缨说："请舵爷就给我们安排任务吧。"

徐春风点点头说："省寨按照昨天我安排的，在东门码头囤好，要大张旗鼓地让人知道我们运的是什么货物。还有，这鱼必须要从西市的王鱼头那里买。买了之后，在码头上就地卸了，装一半鹅卵石进去，上面再铺上鱼。"

耿省寨一听，有点丈二和尚摸不着头脑，问："舵爷，咱这不是折腾吗，从西市买鱼运到东门码头？直接从东市买多撒脱（方言，意为方便）。"

徐春风也不解释，只是佯装发怒地说："让你去你就去，哪儿那么多废话。"

059

耿省寨摸着脑袋呵呵一笑："要得，听舵爷安排，就从王鱼头那里买。"说完出门去了。

"大虎，你去把弟兄们集合起来，多准备杀鱼的短刀，不要揣枪，再多找些力哥，背上些铜钱，到时候都围在西市门口，等闹起来了，就帮帮场子。"

"那找力哥是为啥？"大虎问。

"到时候真的警察来追，就让力哥们把背着的铜钱往天上撒，让兄弟们好趁乱逃跑。"徐春风挥挥手说，"分头行动，快去准备。"

"杠头，你刚回来，脸生。这两天就去跟佘英手下的宋杰对接，把时间摸准，把路线摸熟。他有特别的安排，记住，不要节外生枝。"

徐春风基本上都安排妥当之后，华少昌按捺不住了，问："春风哥，那我呢？"

徐春风边收拾地图边说："你可是定海神针，哪儿也不能去。"华少昌有点不乐意了："为啥子嘛？"

徐春风说："你是货栈的东家，又是背海堂的掌旗三爷，只有你在这儿，警察才放心，那批枪我自会安排运到一个谁都想不到的地方。"说完也不待华少昌回话便出门去了，华少昌虽然有点无奈，但也只有接受这个安排。

解疑答惑

大家都按照徐春风的安排四散忙碌，只有华少昌被蒙在鼓里，也不知道徐春风究竟打的什么算盘，所以他除了继续盯着以茶换盐的事情，也没什么事儿可做。不经意间他看到了华咸声随手丢在地上的小册子，于是好奇地拿起来一看，是那本油印的《革命军》。

自庚子国难以来，革命之说如春草般在各地蓬勃生长，为革命事业奔走呼号的人越来越多，连位于西南的川渝大地上都一时间以知晓革命、力倡革命为潮流。

但对华少昌而言，传统的儒家文化早就告诉他，革命并不是什么新词。早在《易传·彖传下·革》中，就讲了"汤武革命顺乎天而应乎人"。"革命"不过是改朝换代的代名词而已。

对于那些"革命"的人，前朝肯定称为是"造反""叛逆"，那些揭竿而起的人，就是"逆贼"，是大逆不道。但是对于这些"造反""叛逆"的人，一旦成功了，那就是"替天行道"，是"上顺乎于天，下顺乎于地"的不世功绩。

在古书里，圣人孟子都有着为"革命"提供理论弹药的词句。比如"民为贵，社稷次之，君为轻"；"贼仁者谓之'贼'，贼义者谓之'残'，残贼之人谓之'一夫'。闻诛一夫纣矣，未闻弑君也"；"君有大过则谏，反覆之而不听，则易位"。这些华少昌都是烂熟于心的。

华少昌面前这本《革命军》他以前也曾读过，"革命者，天演之公例也；革命者，世界之公理也；革命者，争存争亡过渡时代之要义也；革命者，顺乎天而应乎人者也；革命者，去腐败而存良善者也；革命者，由野蛮而进文明者也；革命者，除奴隶而为主人者也"，也不过是古书里的那一套。

他实在想不通这些鼓吹革命的人，破衣烂衫、田无一亩、居无定所、蓬头垢面，连个呼应和虚张声势的队伍都没有，是怎么有胆量到处革这个的命、革那个的命的。

在这些革命者中，他的同学兼好友曾持算是少数的另类。他至少不会困顿到吃不起饭、住不起店、读不起书。他常常身着长袍、文质彬彬，更像是书生而不是革命者。

华少昌曾经在偶然间遇到过曾持在校园里慷慨激昂地宣传革命思想。他说道："不论做君的，做官的，做百姓的，都要时时刻刻以替国家出力为心，不可仅顾一己。倘若做皇帝的，做官的，实于国家不利，做百姓的即要行那国民的权利，把那皇帝官员杀了，另建一个好好的政府，这才算尽了国民的责任。"

后来华少昌才知道这是陈天华所写《狮子吼》里面的话，但在当时他听来已经是惊世骇俗。毕竟千百年来，国就是皇帝的家，老百姓的家是自己的家。有国有民，没听说过有民无国的。

当时那场演讲华少昌也没完全听进去，他只是对曾持那单薄的身板所迸发出来的洪钟般洪亮的声音感到惊奇。但那个声音也在他心中埋下了对革命的好奇和不解的种子。

今日重读这本《革命军》，华少昌却发现又有了不同的感受，而且越读越来了兴致，特别是读到成立新政府的时候，更是感到写得十分中肯，并且觉得胸中有万千言语和想法想倾吐，身边却除了账房先生就是力哥。他又被心胸中的念头所困扰，得不到宣泄。呆坐了一会儿，突然想到前不久遇到曾持，说他就在这城中,上次还邀他前去做客,并留了地址,看来择日不如撞日了。

于是他掖好了《革命军》,朝曾持住的寓所走去。这一路上,华少昌看到的依然是繁荣有序的景象。箪食壶浆、吆喝唱卖之声依然不绝于耳,这与老家广安比起来,像是另外一番模样。

他边走边想,人都说康乾盛世如何如何,虽然现在的大清朝败落了,但总也比康乾之时发达。最近这城里还在装电线电灯电话,据说一按就能照明,拨几个号码就能通话。而且现在还有个什么叫电报的东西,千里之外也能传信通气。这么个国家难道不是在慢慢变好吗?现在也成立了咨议局,也能选议员,跟西洋各国不也是在积极靠拢吗?为何非要革命不可?

满脑子的问号就像杂草一样生长,就像一个误闯荒园野地的小孩子,一开始他还充满了新奇之感,但慢慢就迷失了方向,四周除了杂草和虫鸣,没有指示的路标,方向完全丢失了。他似乎陷在了里面,无法找到出来的路。

这些想法甚至在他等曾持的时候都还在不断地往外冒。连客栈的伙计都觉得他不太正常,主动给他上了一杯茶水。等到曾持回来了,伙计喊他的时候,他才意识到天已经黑了。

华少昌随着曾持上了楼,曾持的房间是一间所谓的"上等客房",但在鸡毛客栈林立的北门,这些客房的等级大多数是虚夸的。跟着曾持进了房间,华少昌才注意到这间上等客房里摆了三张床。曾持的床前还有一个摆满了书的书桌。

曾持只比华少昌年长几岁,但他穿着西式的长袍戴着帽子,还戴着手套,提着皮制手提箱,怎么看都跟本地人格格不入。他脱掉了外套,露出了里面的白色衬衫,找出一张塞在角落里的折叠椅子打开,请华少昌坐下:"少昌兄,不要见外,随便点。"

他们二人面对面坐定,互相寒暄了几句,伙计推门进来送了一壶热水。曾持站起来找出两个杯子,问:"少昌,你是喝咖啡还是茶?"

"茶吧,咖啡我喝不太惯。"

过了一会儿,曾持端过来一杯茶一杯咖啡,还有一小碟饼干。他坐下来一边搅着咖啡,一边问:"少昌今天怎么想起来看我了?"

华少昌脸一红说:"你上次来信说只在成都待一周,我看这时间也差不多了,所以过来看看你。"

曾持喝了一小口咖啡说:"难得少昌有心。当初咱们在学校里,虽然说话不多,但你没少帮我打掩护,很是感谢。"

华少昌一听笑了:"说这些。你那个时候也不知道在忙些什么,老师又管得严,我只是帮你编编理由搪塞一下。"

"我当时做的跟现在做的没什么两样啊。"曾持坦诚地说。

"也是革命么?"华少昌问。

"少昌兄还是跟以前一样,对什么都很好奇。"曾持笑了,"是的。你看到这间房间里还有两张床,那都是我们的同志。"

"同志?"华少昌听着有点困惑。

"同德则同心,同心则同志。同志者,志同道合者也。"曾持笑着说,"少昌是带着心事来的,说吧,有什么要问的?"

华少昌犹豫了一会儿，从怀里掏出了那本《革命军》，说道："这本书我看了，这位'革命军中马前卒'写得确实很好。但是要对上下古今、宗教、道德、政治、学术，甚至善恶美丑都进行革命，那不是要打烂砸烂一切吗？"

曾持接过那本书，没有正面回答，一只手抚摸着封皮，慢慢地说："邹容兄已经去世很久了吧，这本书却依然在不断流传，可见真理是颠扑不破的。想必以后这本书仍将流传下去，甚至载入史册。那些王侯将相恐怕也只有万分之一的机会才能在史书上留几句话吧？绝大部分的人终其一生也可能就是家谱上的一个名字而已。"

提到邹容，二人都沉默了。邹容本来叫桂文，出生在重庆府出了名的有钱人家，可惜在巴县童子试时愤于考题生僻罢考了，父亲托关系好不容易把他送到重庆经书书院，结果又因蔑视旧学喜欢维新那一套而被开除，后逐渐向往维新变法。

光绪二十七年（1901年），重庆知府李立元带领他到成都投考留日官费生，时任四川总督奎俊爱其才，让他早日回来为朝廷效力，结果他思想过于倾向维新，临行时被取消了资格。好在他家中殷实，于是在光绪二十八年（1902年）自费到了日本东京同文书院留学，给自己改名邹容，寓意改变容貌，脱胎换骨，《革命军》初稿也是在那时候写的。

光绪二十九年（1903年）邹容到上海结识了大名鼎鼎的章太炎，结为莫逆之交。《革命军》由上海大同书局印行，章太炎爱不释手，还给这本书作了序，把《革命军》的读后感发表在租界的《苏报》上，大骂皇帝和清廷，触了慈禧太后的逆鳞，朝廷照会租界抓了章太炎。

邹容义愤之下自己投案，结果受尽折磨，两年后死在监狱；章太炎第二年被营救出狱，真是各自命运的造化。想到这里，二人沉默了，虽然如此惨烈，但总有人选择那种滚烫的人生。

抿了一口茶后，华少昌继续追问道："你们跟邹容不同，他是自费去的，而你们都是拿着官家的钱去东瀛读书的，为何如此积极地对抗朝廷？"

"不错，我们很多人的确都是拿着官府的钱去留学的。但那些也不过是为了让更多的人当顺民。很多人考上了公费资格，就像邹容一样，最后还不是会因为思想激进、言语不敬而不得不自费出国？满人想要的依然不过是脑袋后面拖着猪尾巴，脑袋里面装着君臣父子的奴才。"

看到华少昌没有说话，曾持继续说："这个国家还是分三六九等的，满人尤其是旗人依然高人一等，从顺治开始他们就不用耕种，每个月领银子。你再看看这个城市，依然有专供满人居住的少城，还有八旗将军负责他们的吃喝拉撒。而我们汉人呢？革命不过就是要革掉这不公平、不公正、不平等的命。"

"可是现在也在立宪，也有了咨议局……"华少昌突然卡壳了，不知道下面该说什么了。

曾持笑着说："少昌兄不要着急，慢慢想，我们同窗之间，有什么都可以讨论。"

华少昌受到了鼓励，慢慢地说了下去："现在还有洋人虎视眈眈，恐怕革命不是最好的出路，死了这么多年轻人，太可惜了。"

曾持放下手中的咖啡，站起来去桌上拿起了一份名单，递给华少昌，那是一份手抄的四川咨议局议员表。曾持也不看表，如数家珍般说起来："就拿这四川咨议局来说，按照通省十九万一千五百三十人的选举人总数计算，共有议员一百零五名。除了成都、重庆二府分别分得十四、十六人之外，少的龙安府、茂州、叙永厅仅有一人可以当选。其余各选区三五八人不等，这岂是民主？更何况宣统二年（1910年）全川通省就有五千零二十一万人之巨，为何仅有不到二十万人可以选举？"

"可能是国人多数不识字，不通文理……"华少昌现在倒像是清廷的官员，曾持像是革命党的头头，二人开始为自己所代表的势力做最有力的辩护。

听到华少昌的回答，曾持兴奋起来："对！少昌兄说得很对，的确有这个问题。所以你看，你细看。"

他绕到华少昌背后，指着那张长长的明细表后面说："这咨议局，选出来的都是老学究、老官员，不是进士举人，就是贡生附生，还有内阁中书、县丞、通判。几乎就没有百姓白丁。更可笑的是，就连知县、候补道这些都是议员，年长者六十有五，最低者也已经三十，试问有几人肯为百姓而言？"

华少昌沉默了很久，问："革命成功了，这些人不也是国人么？跟现在他们就当选议员不也一样么？"

"造成今日之老大中国者，中国老朽之冤业也。又满人当政、老人当政与革命者当政、年少者当政是有着根本不同的。"

曾持解释道，"革命固然是要以最小的成本来实现，但必须快速并且彻底。不然国家内乱不止，洋人趁机凌辱，国将不国。"

正说话间，有人用钥匙从外面开门进来了。华少昌被开门的声音吓了一跳，紧张地站了起来。曾持则一点儿也不紧张，还主动跟来人打招呼："列五，今日事情办得怎么样？"

那个叫列五的人一看屋里有人，边脱衣帽边道歉："曾持你也不先打声招呼，说有客人，我也好敲敲门再进来。"

曾持听了哈哈大笑起来："你当初试图打进这成都城来，也没见你敲门啊。"

列五也跟着笑起来："我那不是下象棋少俩子——没炮吗？"

大家都跟着笑了起来，曾持向华少昌介绍说："这位是章列五，也是个猛人，我们同盟会的同志，现在在重庆新式学堂都是叫得上号的人物。"

华少昌跟章列五拱了下手，说："我叫华少昌，是曾持的同窗。"

章列五也学着华少昌拱手道："都是江湖兄弟，格外亲切。"打完招呼，他转身问曾持："我没打扰你们聊天吧？"

曾持连忙摆手："没有没有。少昌兄是对革命有些想法，我们正在讨论交流。"

章列五听完向华少昌竖了个大拇指："能干。我们这些革命党平常都是脑袋挂在裤腰带上，别个看到我们都绕路走，少有人主动跟我们亲近的。要不然，你到重庆去，加入我们同盟会吧?"

曾持一听立马打断了他:"唉,让少昌兄自己选择,我们怎么能强迫别个。"

章列五一听嘿嘿一乐:"当初你发展我可是死缠烂打的啊。"

华少昌听了不知道该笑还是该装作没听见。倒是曾持自己解了围:"你要是再拖延不回去,你们重庆支部的杨沧白可就把你开除出队伍了。不过少昌的儿子正在开蒙读书,可以去你那里看看。"

听到这里,章列五来了兴趣,一边翻箱倒柜地找出一身黑色的力哥衣服穿上,一边对华少昌说:"我这不……临时有点事儿嘛。少昌兄,说到新式学堂,我在重庆说第二,那没人敢说第一,麻烦你从你身后的床底下把那个藤编的箱子拉出来给我。谢谢。"

华少昌费劲地把那个箱子拉出来递给他,那个箱子还很新,与床底下的灰尘相比,显然是刚放进去的。章列五接过去道了谢,拿着一支笔在纸上写了一行字,又跟二人说:"对不住了,我有急事先走了。少昌兄,这是我在重庆新式学堂的地址,带着孩子去看看,有缘咱们重庆见。"

曾持和华少昌送他出了门,二人又坐下来品茶喝咖啡。曾持已然看出来华少昌一时间还是无法接受这些新思想和新理念,就像他当年去日本留学一样。他缓缓地说:"少昌兄应该知道近代以来很多人都是开眼看世界的。其实那个时候很多的书籍,翻译的内容纰漏百出,很多书籍也不是最新最权威的,但是却启蒙了很多人。我当初准备出去的时候，沿锦江至彭山江口入岷江，下乐山至宜宾入长江，船抵重庆换乘轮船一路漂流至上海，再行至神户。到了才知道什么叫现代，什么叫落后。"

曾持拿出一张自己在日本拍的照片说："这还仅仅只是维新之后的成就。在甲午海战之前，我们可是从来不觉得日本是什么了不起的国家。我那个时候才知道，割辫子易，革思想难。"

华少昌仔细地看着那张照片，照片上的曾持刚剪掉了辫子，穿着日式的军服。华少昌细细看着照片上的曾持。明治维新之后，日本的军装模仿的是美军的双排扣风衣设计，胸前缀九排十八枚扣子，领口将金属带替换为金属丝刺绣，领衬依然分色，用来区别军种，没有肩章，袖口采用蒂罗尔结式花纹；但不同于英美的款式，造型上更具有东方古典美，以花纹数量区别军衔。他腰间佩带直剑，还束着遮盖剑带的装饰性腰带，比起绿营的号衣可精神多了。

曾持收回照片道："明治维新前夕其实与当前的局势很接近。咸丰四年（1854年），美国海军仗着坚船利炮，逼着日本幕府签订了《日美亲善条约》，开放港口。日本的武士和藩国开始痛恨腐败卖国的幕府，萨摩、长州、土佐、肥前四个藩国的武士反抗了几十年，直到同治八年（1869年），萨长土肥四强藩合兵，在伏见鸟羽战役中打败了幕府军，才让局面有了起色。强藩和幕府又打了两年的戊辰战争，大势已去的德川幕府将军德川庆喜被迫奉还大政于明治天皇，两百六十五年的幕府统治才算结束。日本明治天皇学习西方，变法维新，建立三权分立的新式政府，才促进了国力飞速发展。"

曾持越说越兴奋："再看现在的中国，光绪二十六年（1900年），西太后带着义和拳向西方十一国宣战，让各省督抚杀洋人烧洋货，两江总督刘坤一、湖广总督张之洞、两广总督李鸿章、闽浙总督许应骙、山东巡抚袁世凯、浙江巡抚刘树棠、安徽巡抚王之春和广东巡抚德寿，另外再加上陕西巡抚端方、四川总督奎俊还不是东南互保，单独跟洋人签了约，他们还称朝廷圣旨是在拳民胁持下的'矫诏、乱命'，绝不奉诏。

"最后又怎么样，八国联军进了北京城，慈禧带着光绪逃到西安，义和拳被洋人和清军杀得尸横遍野，这些抗旨的督抚反而成了洋人的座上客，朝廷也动不得。其实从那时候开始就是各省各自为政了，如今只要有有识之士起兵反清，中国也必将改天换地。"

华少昌疑惑地说："有人开了这个头嘛，革命党这几年折腾了多少次，死了一批又一批，又有什么用，还不是失败了？"

曾持回答道："所以需要不断地向火药桶里扔火柴。我那个时候天真地以为学了军事就能回国效力，回国了才发现，军员、武备、学堂，都已经如老牛拉破车。即使是新编练的新军，也不过是只打得赢流民和土匪。真正需要改变的是思想。"曾持缓缓地说："都说革命者是叛国者，其实，革命者才是真正的爱国者。"

华少昌似乎听懂了一些，问道："那共和了就真的自由、民主、博爱了吗？"

"也许会有弯路，但至少不会比现在更坏。在日本的时候，有一次看日俄战争的教育片，咱们的人看着日俄在自己的土地上打仗，居然纷纷叫好，我就知道这个国家需要的是思想的革命。有一个朋友叫周树人，本来是到日本学医的，也弃医从文了，他说中国的病不是病在肌肤，而是在思想和理念。"

后面曾持还跟华少昌讲了很多东西，他们之间的话题越来越多，华少昌跟他讲了很多成都本地的生活趣事，告诉了曾持哪里的川菜好吃，哪里的茶馆是用山泉水泡的。在这一方面，曾持确实连个行商都不如。

两个人之间的话题越交流越深入，无意间加深了两人之间的感情和彼此的熟悉，也让华少昌有了更宽广的视野来揭开自己内心紧闭的那扇门。心若是牢笼，则处处为牢笼，自由不在身体，而在于内心，华少昌知道，曾持是幸福的，因为他的内心是自由的。

曾持知道华少昌有着他这个年龄所不该有的老成持重，他所欠缺的只是自己这般的经历。对于反清意识，如果当年自己没有拜在赵熙门下，在经纬学堂结识了吴玉章、曹笃、陶闿士，他也不会选择留学日本，更不会参加反清起义。对于一些革命理论，他也是在海外如饥似渴地阅读了大量书籍之后才了解并坚定了信念。

对于一些现有社会痼疾的理解，他也是经历了江安、成都起义的失败后才自己总结出来的。只不过在革命未成功之前，到处说自己失败过，未免难以服众。曾持也认定了自己已经在华少昌的心里播下了一颗革命的种子，只需要更多的阳光雨露和呵护，就一定会茁壮成长。这也是他始终认同的：他人启蒙始终不如自我觉醒；改变思想首要在于改变环境。

华少昌走的时候，客栈的伙计都快要睡着了，客栈也只留了几块门板未上，以供晚归或晚出的客人使用。夜漆黑无光，黑压压的云遮住了月亮，看起来像是大雨将至的样子。这个时候依然夜凉如水，华少昌裹紧了衣服，快速走在街道上，衣服下面藏着曾持送给他的革命书籍和报纸。他也说不出他跟曾持谁说服了谁多少，还是彼此都没让对方听进去分毫。

他认同曾持对咨议局的看法，但觉得说咨议局就是糊弄老百姓的摆设也有点夸大其辞。他甚至认为，假如曾持不闹革命，他的能力也可以混上个贡生甚至进士身份，说不定也能选个议员。但作为一个农民的儿子，华少昌觉得同盟会那些革命党给农民画下的大饼也不那么靠谱。汉朝王莽不也搞了土地改革，最后还不是"王田圣制"三年而终。他甚至觉得，没想好农民的问题之前，革命党的理想都像是空中楼阁、水中之月。

华少昌也总结了下他们之间的共识，他们都认同中国已经太落后了，到了需要改变的时候。也认识到无论何种情况，积极地选择并用新式生活方式、新式教育都是极好的，想到这里，他想让辛佑国带华咸声到重庆去看看章列五的新式学堂也未必是坏事。

他一路想着，一路回味着，不知不觉就走到了后半夜。思想上的兴奋退却之后，身体上的疲乏迅速地散布了全身，他连洗漱和脱衣服都没顾得上，就倒头睡去。

第四章

斗智斗勇

重庆求学

第二天一早,徐春风看到他,笑着问道:"少昌,昨晚跑到哪里去了,那么晚才回来?走,洪门双流堂口的舵爷秦载赓过生,咱们去吃顿酒,过两日再回来。"

看到徐春风,华少昌突然想到华咸声读书的事,遂道:"春风大哥,有个事我想先跟你打个商量。我昨晚见了个老朋友,说起重庆的新式学堂。咸声现在虽然开着蒙,但也到了上学的年纪,我想带着他到重庆看看新式学堂,你觉得怎么样?"

这之前冉庆在重庆新式学堂趁实枪操练的机会弄到了几条枪。那些枪支弹药在这个乱世当口可是能够确保自己足够安全的重要砝码。有了这些,他徐春风腰杆子更硬,说话更有底气,他更有把握把这帮兄弟们带好。现目前更加要紧的是如何把冉庆存到重庆的那批枪运到成都来。

上次佘英在成都一闹,官府也肯定已经嗅到了味道,知道革命党人想要再次在成都起义,他们想要再像上次那样瞒天过海可能没那么容易。他正在想怎么才能去重庆一趟,正好华少昌提到这个事,徐春风思来想去,于是对华少昌道:"这是好事。不过你就不要去了,让辛师傅和咸声去吧。路上不太平,这一老一少的搭档不打眼,我找几个堂口兄弟跟在后面保护便是。顺便让他们到重庆把那些硬货给弄回来。"

听说徐春风安排人一路保护跟随,华少昌的心顿时放下一大半,于是一一安排落实下去之后,便随徐春风去了双流。

第四章 斗智斗勇

洪门双流堂口舵把子秦载赓的生日宴席开一百零八桌，取的就是一百单八好汉之意，果然让华少昌长了见识。双流堂口人人海量，连着三天，每日如此，华少昌不胜酒力，三日都是昏昏沉沉，回来后一睡就睡到了天光大亮。

等到华少昌起来的时候，货栈里已经只剩下了几个人。连辛佑国和华咸声都不在了。厨师看到他起来了，走过来问了一句："东家，吃东西不？我给你留了碗饭菜，我给你热热？"

华少昌下意识地点点头，厨子刚一转身就被他拉住了："人都哪儿去了？"

厨子被问蒙了，说："大家都一早出去忙了啊。"

"我知道！"华少昌继续问，"咸声他们呢？"

"噢。"厨子松了口气，"他啊，被徐舵爷的人接走了。说是去重庆看看新式学堂。辛老师也跟着去了。"

华少昌下意识地点了点头，想起了几日前和徐春风商量的这个事，同时他又有些懊恼，还没有来得及为儿子送行。

而此时，辛佑国和华咸声已经坐在马车上出了北门，正在向重庆进发。辛佑国指着路对华咸声说："这就是自古至今的官道，无论是皇帝老儿还是官员，都是北进北出。"

"那成都出过皇帝吗？"华咸声好奇地问。

"当然出过，还出过好几个呢。比如跟刘秀争天下的公孙述、昭烈帝刘备、五胡十六国的李雄、前蜀的王建、后蜀的孟知祥，明末还有张献忠，都是割据四川登基称帝，定都成都府，一算还真不少呢。"

"那些皇帝就不应该在成都称帝。"咸声的回答让辛佑国有些意外："噢？为啥？"

"蜀道之难，难于上青天，太难出去了。这些皇帝还不是一辈子都窝在这一亩三分地儿。"

辛佑国被咸声的回答逗得哈哈大笑，对他说："等铁路修好了，出去就不难了。"

咸声听了十分感兴趣："铁路是啥子？能上天入地么？"

辛佑国抱着他，笑眯眯地说："我也只见过一次，是个大铁坨坨，吃煤冒烟。屁股后面挂着很长很长的车厢。跑起来可快了，而且力气特别大，能装很多人很多货。呃……上次爷爷看到的时候，它还撞死了一头牛呢。"

"哇，这么厉害，牛都能撞死啊。"咸声努力想象着。他的小脑袋瓜里突然想到了什么，问："那它怎么爬山过河呢？"

辛佑国被问住了，想了半天回答："可能是要劈山架桥吧。"

"那看来等有了铁路，成都跟外面的世界就连成一片了。"华咸声说道。

辛佑国知道咸声将会是个踩在他们肩膀上进步的孩子，这些日子接触下来，他已经不知不觉地跟着学了很多的新名词，一些新奇的广告、新鲜的报纸，已经把很多先进的东西带了进来。无事的时候，他也会在城里转转，看一看张贴着的告示。在很多布告栏里，一边是政府缉拿匪首的通告，另外一边可能就是要对工厂减免厘金的告示。

辛佑国一开始总也想不明白工厂是个什么东西，为什么会有肥皂工厂、修械厂、洋火厂，还有轮船公司、电报公司、铁路公司。直到后面有人告诉他这些都是大作坊，他才明白了一些。他的理解也只是停留在把他老家的白面作坊放大了的联想。

老家的白面作坊就在村里的打谷场旁边。村里的人都是晒干了麦子就挨个进作坊磨面。作坊里面没有驴，都是人拉手推，一天也磨不了多少。他那时总是在想要有一百个石磨就好了。在他的理解中，工厂应该就等于这一百多个石磨。而且听说都是蒸汽推动的，不用人也不需要驴。

理解了工厂和公司，他又被减免厘金这事儿给难住了。作为一个农民，他生下来就知道必须要交皇粮，而且不论是饥馑年还是丰收年。要想不交，那都得是有皇帝恩旨或者是遭了大灾才可以。那为什么开个工厂，生产个肥皂、洋火这些不能吃的东西，反而能减免赋税呢？这个问题一直让他百思不得其解，直到他用到了肥皂，那块带着茉莉花香的肥皂闻起来就很香，沾了水却滑不溜丢的，差点脱手而去。等到打起了泡沫，却能把手上的油腻污渍洗得干干净净。

"想必是为了奖励这般神奇的发明。"辛佑国为其找到了合理的解释。但实际上，他却不知道他用的那块肥皂是给洋人定做的。

这样的事例还有很多，辛佑国一边新奇地接受着新奇的事物，一边为自己的好奇找寻着自己的答案，虽然所有的答案都是基于自己旧有的经验。他的很多判断却都是准确的，但也有十分谬误的时刻。

不过对于历史，他记得还是相当准确。例如这次辛佑国在去重庆的漫长旅途中，就把成都和重庆的历史讲给华咸声听。

成都和重庆是四川的两大府，只是置设年限上有所不同。重庆府是南宋年间设立的，而成都府在唐肃宗至德二年就设立了。成都府的设立跟那位前明而后昏的玄宗皇帝有关。当年安史之乱，唐玄宗出逃长安城，行至马嵬坡，将士们发动兵变，先杀杨国忠，又逼他妹妹杨贵妃自缢，大唐从此算是一蹶不振了。

出逃路上太子李亨被百姓官兵留下，北上甘肃灵武募兵平叛，玄宗一行依然一路西行到了蜀地，最终驻跸于成都，唐代画家还画了一幅著名的《明皇幸蜀图》为尊者讳。而李亨在灵武直接称帝，遥尊玄宗为太上皇。为了给这个不争气的爹留个面子，在这才把成都升为府，还给了个南京的名分，列为大唐王朝的陪都。

华咸声很喜欢历史，这一段自然是听得津津有味。

"师父，您和唐玄宗还是比较像的。"

听到这句话，辛佑国笑得是前仰后合。

"师父一个平民百姓，哪能和帝王相提并论。"

"你看，唐玄宗逃难往成都跑，您老人家也是往成都跑啊。"咸声天真无邪地说道。

听华咸声这么一说，他自己也觉得不可思议。冥冥之中仿佛历朝历代发生了战乱都要往西南逃跑。唐玄宗是这样，慈禧太后也是这样。只不过慈禧还没走到四川，庆亲王奕劻、李鸿章就跟八国联军达成和议了，处死了十二名主战大臣，赔了四万万两白银，这才得以两宫回銮。

而那些选择了向东南的朝廷可就没那么好运了，南宋最后一路退缩，陆秀夫在崖山抱着少帝跳了海。元末陈友谅在江州被朱元璋攻破后退到了武昌，最后兵败死于鄱阳湖中。

辛佑国就像他的名字一样，时不时地就要怀古一下，伤感一下，把自己的感悟与朝代兴亡结合起来。车把式就没那么多的感悟，甚至有的时候连反应都没有。除了睡觉和吃饭这些必须下车才能完成的事情之外，车把式其余的时间简直就像是长在了马车上。

他的身体显然已经适应了马车的颠簸，随着车厢的上下跟着起伏，手中缰绳的松紧程度已然成为马车颠簸与否的明显信号。他甚至可以在马车前进时突然跳下去钻到小树林里撒泡尿或者拉泡屎再从侧面跳上来。

车把式的精力仿佛全部都放在了马车和马匹上，除此之外的事情，他漠不关心也不在乎。他的人生信条就是简单两条：活着和干活。

华咸声则恰好相反，他热烈地回应着辛佑国教给他的一切，并有着自我加工的欲望。华咸声精力特别旺盛地提出了一系列问题，并企图让辛佑国回答。他就像是一个不知疲倦的提问器一样，问得辛佑国有的时候很欣慰，有的时候又很烦躁，但有的时候又会被孩子的天真无邪所打动与启发。

路上辛佑国还跟华咸声讲起了重庆得名的来历，说是南宋孝宗有一天面对山河破碎突然心灰意冷，决定提前退位。选来选去就选上了自己的三儿子恭王赵惇当皇帝，就是历史上的宋光宗。

宋光宗即位后，按照潜藩升府的管理，他就把恭州升成了府。因为二月登基、八月升府,可谓是双重喜庆,于是就把恭州改名叫做了重庆,一直沿用至今。辛佑国讲完之后,不知怎的,小小的华咸声突然叹了口气,叹得辛佑国都觉得奇怪,便问道:"咸声,你为何叹气啊?"

"没啥,就是觉得这些历史不是皇帝就是大臣的,怎么就没一个老百姓的。"华咸声平静地说。

这个说法倒真的让辛佑国吃了一惊,他从没想到过,更没想到这么深过。一时间不知道该怎么回答了,只有反问他:"为何你会觉得这些历史应该是老百姓的?"

咸声坐起来,很认真地说道:"你看,这城是老百姓修的,粮食是老百姓种的,衣服是老百姓做的,兵是老百姓当的,这些皇帝大臣都是老百姓养活的,这些历史本来就该是属于老百姓的。"

辛佑国听了很是欣慰,他顿时觉得华咸声比他这个糟老头子厉害多了,他慈爱地抚摸着咸声的头,说道:"可是历史就是写的皇帝大臣,布衣白丁的故事都是在戏词里。咱们川剧中五袍、四柱、江湖十八本,这些剧目中可都有讲民间故事,杨素兰最喜欢唱了。"

"川剧好听,也好看。就是杨素兰的戏票太难买了!上次他到成都登台演出,我爸托了好多关系才拿到一张后场票,回来被人羡慕了好几天。"听到杨素兰这个名字,华咸声眼中突然泛起了光。

四川人喜好川剧,把看川剧当作繁累而又平淡的生活中最大的乐事，傅樵村在《成都通览》中就说："川人好看戏者，十分之九，虽忍饥受寒亦不去，晒烈日中亦自甘。"看戏也成了川人主要的文娱活动，华咸声小时候为了看一场戏，可以跑几十甚至上百里的山路，站上几个时辰。

乡野村民更是不会放过看戏的机会，只要听说有戏班来演出，方圆百里的乡民都要争相来看，戏散之后还要打着火把讨论半天才肯罢休。文人雅士更不必说，整理剧本、创编剧目，忙得是不亦乐乎。巴山蜀水之地几乎无处不演川剧。香会、庙会要请戏班唱戏，会馆、行帮祭祀祖师爷要唱戏，富豪之家寿庆婚丧更是要请戏班热闹几天。洪门中人因为很多都是练家子，偶尔也会到戏班客串武生，只为了能免费看几场戏。大虎和耿省寨便是演武生的一把好手，到好几个戏班串过场。

川剧中最好的角儿莫过于杨素兰了。他出生于重庆潼南一户小商人家，从小就喜欢听戏，凡有戏班演出，必前去观看。后因父母双亡，无人抚养，被人卖与某乡班学戏，取艺名海棠。

光绪十九年（1893年）杨素兰离开乡班来到成都，经人引荐，拜名旦黄金凤为师，遂更名素兰。自此，他在名师指导下，刻苦学习，认真领悟，艺术有了显著长进。除主工青衣、正旦外，还兼演其他旦行。他表演细腻，唱腔清脆，极富感情。特别是他扮演的中年妇女，仪态端庄，声形俱佳。

光绪二十八年（1902年），杨素兰集资创建了成都宴乐班，由于他为人慷慨、待人宽厚，戏班中汇集了萧楷臣等不少名角，让这个以唱高腔为主的戏班，名声大振。整个四川几乎无人不知无人不晓。

"辛师父，咱们川剧戏文里虽然有帝王将相才子佳人，但那些还不是老百姓，你、我爸、徐师父、大虎叔、耿叔、杠头、冉庆叔……你们才是老百姓，才应该唱进戏里，写进书里，我长大以后一定要专门给老百姓们著书立传，编写戏文，还要请杨素兰来唱，让你们都能留在历史中。"华咸声一字一句十分认真地说道。

他的回答逗乐了辛佑国，心想这孩子真是可爱，乱世哪有什么老百姓立足之地，能活下来不饿死在荒野之中便已经是烧了高香了，但听面前这个小孩子说要把自己编进戏文写进书里，还是感动得眼泪都要流下来了，便鼓励道："好好好，我们咸声志向远大啊，上次背海堂去听宴乐班的戏，我也在，还跟杨素兰聊了几句，颇有一见如故的感觉，毕竟评书戏班都是走江湖，回头你能把戏文写出来我一定给他送去，辛师父等着这么一天。"

二人说罢相视一笑，在这一老一少的聊天中，路途仿佛也短了许多。

从成都到重庆，古往今来有旱水两道。旱道主要是驿道，沿途共有三街五驿四镇七十二堂口。一个堂口就是十五里路。这一千零八十里路差不多要走二十天。如果快马加鞭，一堂换一马，只要八个小时。水道跟旱道差不许多，共有二十三个驿站，基本上一日一站也需要二十余天。

接下来的日子里，辛佑国一直过着这种身体快要散架但精神高度愉悦的日子,他从来没想到过自己以前不过是为了糊口胡吞乱咽进去的东西居然被一个孩子打通了任督二脉。他一个本来快要冻死饿死在破庙里、黄土埋到胸口的人,居然被一对父子既救活了身体还救活了灵魂。

华咸声则早就已经把每个驿站记得十分清楚,每到一站就少背一个,锦官驿、龙泉驿、阳安驿、南津驿、珠江驿、安仁驿、隆桥驿、峰高驿、东皋驿、来凤驿、白市驿,他们就这么数着驿站和日子一天一天地向重庆靠近。

盘算

睡饱了之后的华少昌依然沉浸在对革命的探索之中,他像是一个突然魔怔了的人一样,求知若渴不知疲倦地阅读着曾持送给他的书籍和报刊。那些书籍和报刊中有很多他听过,也有很多没听过的革命党人写的文章。

看多了他也发现,实际上很多革命党人自己对于路线也有不一样的看法和理念。他也不知道自己到底是渴求还是害怕,是想参与还是想独善其身。华少昌隐隐约约觉得有大事要发生,想去参与又怕会惹火烧身。他虽然没有表露出来,但很多人都已经感觉到了这个年轻少东家的不安分。

但华少昌还是有所犹豫,毕竟他还挂念着远在乡下的母亲和妻子,不可能彻底像曾持那般无所牵挂。他的父亲虽然没有读过书,斗大的字都不认识,但却有胆识,省吃俭用供自己读书。

从小他读的就是乡间最好的私塾,等他长大了还被送到成都的学堂来读书。可惜天不遂人意，在他十二岁的时候，父亲就积劳成疾去世了。假如没有自己老母亲的支持，自己也无法独立走到今天。

其实妻子潘氏一家，徐春风倒也接触过，那天徐春风告诉他当初差点抓了潘家的肥猪。

华少昌知道"抓肥猪"的意思就是抓了富家子弟作为人质来索要赎金。好奇心让他继续问道："那为啥没抓？"

徐春风一只脚刚好迈出门去，他站定了，说："想抓的时候，发现他家救过我爷。"

他不由得想起了积德行善这个词，在这个乱世，一个善事或许真的能够拯救一个家族。

徐春风也看出华少昌这些天心事重重，他索性让大家大白天的就把货栈的门给关了。耿省寨、大虎、杠头、刘哈巴、艾木头、黄眼镜、霍青皮、二胖娃这些平日不怎么聚首的洪门兄弟都聚在了一起，人多得一桌都坐不下，只有再搬来了一张八仙桌另开一桌。

"第一杯酒就是敬给死去了的兄弟们的！"徐春风心说干完下面这一票，一定要找个地方给兄弟们修个祠供起来，毕竟活着的人也是替死人活着的。

第二杯酒就是敬现在的兄弟，毕竟他们都是在刀刃上过日子，希望每个人都平安无事。

第三杯酒徐春风不知道该敬啥了，在他现在的认知里，他就是为了兄弟们活着。他想了想，端了半天的碗，看着兄弟们都在看着自己，一时竟无语。

这时华少昌站起来了，说："不如我们敬那些虽然不是背海堂，但依然为了中国牺牲了的人吧！"

徐春风被华少昌的话吓了一跳。他听懂了，其他人却没听懂，他们交头接耳地互相打听着"牺牲是啥意思？""中国是个啥？""这不是大清国吗？"

窃窃私语的声音被徐春风的一句"干了！"给打断了，听到舵爷发话，大家疑虑顿消，一饮而尽。

那天也是华少昌有记忆以来喝得最多的一次，等到他酒醒的时候天都已经黑完了。他只记得自己跟徐春风说了很多话，从结婚生子到货栈运营，从革命救国到自我守拙。有时候他觉得他跟徐春风之间无话不谈无话不说，甚至觉得徐春风跟他之间没有那十几年的年龄差距。但有些时候他又觉得徐春风真的就如风一般，平时你感受不到风的存在，等到风刮起来了你还会觉得微风拂面十分惬意，但是等到狂风大作了，你才会意识到原来风也会有这么大的破坏力和撼动力。

日子赶日子，到了第三天。耿省寨一大早赶到堂口，徐春风一见到他就问："你掉咸鱼铺里了？怎么这么臭？"

耿省寨抬起袖子来闻了闻说："没有啊，没闻到啊。"

徐春风知道这是耿省寨闻久了闻不到了，他挥挥手让耿省寨抓紧把衣服脱了去洗。等着耿省寨换好了衣服，他们二人准备出门，刚出堂口大门就被坐在角落里的警务公所队长方定祥喊住了："徐舵爷这一大早是要去哪儿啊？"

方定祥的一声喊，也让拿着扫帚佯装扫地的几个警察停下了手里的活计,都往这边看。

徐春风面不改色,回头看着方定祥说:"哎哟,真是出门遇贵人,方长官今儿怎么有雅兴到我这?我这准备去吃个早饭,顺便溜达溜达,要不方长官赏个脸一路?"

方定祥站起来,拍拍屁股上的灰尘,拉了拉衣角,面无表情地说:"好啊,刚好我也没吃早饭。走吧,一路。"

耿省寨听后呆在原地,不知如何是好,第一反应便是事情已经泄露,徐春风没说什么,只是用手硬把他架着走了起来。一行人走了不远就到了一家早饭铺门口,老板正在门口撇豆花。

"老板,来几碗豆花饭。青椒酱多来一些哟。"方定祥喊完就往里面找位置坐了。

"再来两碗红烧肥肠、蒜泥白肉、坨坨牛肉,对了,泡萝卜也来点。"徐春风又喊了几个菜,淡定地在对面坐下。

"哟,徐舵爷常来这家?这么熟悉。"方定祥问。

"也不常来,最近不是我那厨子闹肚子,我怕他揩屁股揩不干净,我吃了也要拉稀,就经常出来吃。"徐春风随意编了个理由搪塞道。

他的话倒是让方定祥哈哈大笑:"徐舵爷真会开玩笑,怎么着也得找个酒楼的厨子吧?"

"找不起,找不起。"徐春风连连摆手,"我现在那个厨子啊,原来是个杀鱼的,这杀鱼的不得刀工好嘛,吃个水煮鱼啥的够了。没想到,他龟儿是杀大头鱼的,只会砍脑壳。"

徐春风边吃边说,语气和动作夸张得把很多豆花末子喷得到处都是，伴随着他手舞足蹈地演示"砍脑壳"的动作，像极了某类动物脑壳被砍下后脑汁四溅的场景。实在是倒人胃口。但这恰恰是乡野间打趣逗闷的主要娱乐方式。旁边的粗人们依然边乐呵边大口吞咽着，丝毫不觉得被冒犯了或者被吓到了。

方定祥本来也不觉得这些东西有多么恶心，光绪二十八年（1902年）时，训练北洋军的袁世凯学着西方，调拨了三千新军在天津首创了警务总局，这才在各地推行了警察制度，他也就从绿营军里调到了四川巡警道下属的警务公所，虽然现在干的是警察，但也没少干这收尸洗地的活儿。

当初刚到警务公所的时候，方定祥也还觉得这当兵跟当警察都一个样，都穿着制式的服装、肩上扛着枪。后来才发现实际上他们却是拿着扫帚扫地清运垃圾的时候多，开枪缉凶抓匪的机会少，因为当初光绪皇帝钦点的黑色警察制服，所以民间都流传："光绪皇帝银钱多，买些黑狗遍地梭。"虽然他还有另一个不能对人言的隐藏身份，但现在整天跟这帮江湖大哥周旋，上面磨破了嘴皮子，下面使尽了腿绊子，虽然偶尔能收点保护费银子贴补家用，却依然让他对眼前的洪门中人提不起丝毫好感来。

方定祥刚想制止满嘴豆花末子的徐春风继续说下去，只见徐春风对着耿省寨方向看了一眼，耿省寨会意，突然站了起来，捂着屁股就往外跑。坐在他一左一右的两个警察慌忙去追，耿省寨躲避中连一只鞋子都甩落了，但他还是被抓了回来。

两个警察一边试图按住还在挣扎的耿省寨，一边借机踢他按他，想尽办法报抓他时被打掉帽子和抓出血痕的深仇大恨。方定祥看着被扭送到自己面前的耿省寨，突然飞起一脚，却被耿省寨灵活地躲了过去。他依然一只手拉着自己的裤腰带，仿佛生怕裤儿落了，一只手放在屁股后面紧紧捂着屁股。

"长官饶命。我实在是憋不住了！"
他的这一句话倒把满屋子的人都逗笑了。

徐春风也趁机说："你瞧你瞧，我就说伙食吃不得。你龟儿还不信。"说完转头对着方定祥赔着笑说："方长官，怕是要打标枪，要不喊他龟儿先去屙干净了来。"

方定祥盯了徐春风一眼，说："你们洪门兄弟做事从不拉稀摆带的嘛，不是吃下铜豌豆都能拉出金屁屁的嘛？这点儿……"

他挖苦的话还没说完，耿省寨就放了一个臭屁。这屁不仅臭，连声音都是不连贯的，仿佛有某些东西夹杂在其中被集中排放了出来。伴随着这声屁响的，是耿省寨更加扭曲的双腿。他拼命地夹着夹着，就像是在夹着什么稀世但又光滑无比的珍宝。在场的人听到这个声音都庆幸不是自己发出的，不然的话这裤儿怕是就要变成了"黄马裤"。

众人一开始还发出哄堂大笑，但紧接着扑面而来的臭味就让人难以忍受，有人直接跑了，还有个人在人群中干呕。押着他的两个警察如同是吃了屎一样，脸都变绿了。方定祥被这突如其来的屁给崩蒙了，半晌之间，只剩下了捂住口鼻。

徐春风这个时候更像个人来疯一样，他捂着鼻子拼命地扇风,对着方定祥说:"方长官,您继续说。你还想说啥?不能被一个屁给打断了啊!"

方定祥被他问得心烦,连忙摆手。徐春风顺势一脚踢在了耿省寨的屁股上,佯装恼怒地说:"还不给老子爬!丢人现眼的玩意儿!"

耿省寨立马屁滚尿流似的连滚带爬地跑出了饭馆,躲到巷子里的阴暗处去了。抓他的两个警察也只有自认倒霉,看着他一溜烟没影了。徐春风还在拉着方定祥坐下来,继续吃。方定祥已然没有了刚才的好兴致,哪里还吃得下东西。气冲冲地说:"老子就给他一刻钟的时间,不回来我就掘地三尺。"

徐春风毫不理会,边吃肥肠边说:"哎呀,打个标枪,用得着一刻钟?一刻钟怕拉的都是水水。人早死尿了。"

果然还不到一炷香的工夫,耿省寨就回来了,站在门外面不进来。方定祥招手让他进来他都不进来。徐春风扭头看着他依然攥着屁股后面的一小撮裤子,立刻明白了过来,对着方定祥说:"拉裤兜子了,让他去换一条吧。"

方定祥这才明白过来,示意一个警察跟着他去换裤子。徐春风看出了他的窘迫,于是转移话题问道:"方长官的孩子多大了?"

"儿子已经十八了,方占元,位占天元,专门请大师给取的名字。"方定祥听他提起儿子,眼神中温柔了许多,但头却摇得像个拨浪鼓,叹息道,"平时我不怎么带,都是他妈在管,结果这当妈的疼儿子,疼出了一身臭毛病,这不正准备送到新军里去历练历练。"

"那敢情好啊,可惜我的娃子我都没有看到过就没了。"徐春风说,他用余光看到方定祥在看自己,补充说,"人生在世,图的不就是父慈子孝嘛,当下这世道乱糟糟,有时间还是要多陪陪孩子,这才是正事呐。"

方定祥突然觉得眼前这个舵爷有点可爱起来。不像他遇到的其他洪门舵爷那样,千篇一律的就像个混人或是像个武人,这种立体甚至多面体的人才让人觉得像是个真实的人。他刚想回忆跟自己儿子的温馨场面,总结一下语言来回应一下徐春风,那个刚刚给他好感的男人就站起来拍了拍屁股:"走吧,反正今天你就是块狗皮膏药。吃饱喝足了,去我那儿吹会儿夸夸。"

一句话把方定祥噎得无话可说,也让他感到服气又无语,只好跟在他后面往广成货栈走去。这个点儿的货栈已经开始忙碌起来,伙计们点货摆货计货的声音不绝于耳,账房先生也把算盘打得噼里啪啦的。徐春风边走边看着脚下的货物,他并不说话,就像周围所有的人都不存在一样,虽不说话却又透露出一个老板该有的威严。

方定祥仔细看了看四周,突然找到了话题:"徐舵爷,这都是茶呀,靠这些能赚到银子?"

徐春风脚步不停回复道:"那还能贩点啥?现在兵荒马乱,只有搞点副业,贩盐自古以来都要杀头,鸦片烟那是断子绝孙的买卖。"他停下脚步,转过头对着方定祥说:"说成都是天府之国,物产丰富,但靠种谷运米能挣几个钱?挣了钱割点肉买点酒,吃了喝了一泡屎一泡尿就没了,连流出去的汗都补不回来。"

"那照徐舵爷说的意思,只有违法才有得搞?"方定祥不怀好意地问道。

"哎呀,你要给我你穿的那身皮,我可以无本买卖做到顿顿吃白米。"徐春风笑着说道,"要不然就给我个像北京城那么大的地盘,我也能薄利多销赚得盆满钵满。你是没见过四九城的驼队,格老子,那驼铃声老远都能听得到,运的东西也比成都多得多。"

方定祥打断他的话说道:"我倒希望我能像舵爷一样吃得开,样样都和得转。"

两人说话间就走进了货栈内,耿省寨早已经换好了干净的裤子,正在跟方定祥的手下坐在院子里喝茶,所谓不打不成交,他们倒是很快就熟络起来。

方定祥不知道的是,大虎和杠头此时已经押着那近一百担的臭鱼烂虾走过了大半个成都,那个味道从河岸边一直散发到成都的大街小巷。甚至在一个月后,都有成都人发誓在自己的家里还有那股令人作呕的味道。

那些筐里装着的都是反复冻上又反复解冻的鱼和虾,即使在冬天里,都在到处滴答着说不清是银色还是黑色的浓稠液体。担担子的兄弟自然"首当其冲",他们一面要忍受着重压,一面要抵挡着恶臭。有些人鼻孔里塞着草纸,试图让自己能够轻松一点。

他们的队伍刚刚进城的时候,守城的兵丁还想按照惯例搜查一番，但刚一靠近，那冲鼻子的味道就猛扑过来，差点顶了他们一个跟头。大虎还在无限冤屈地介绍着自己的货物："都是该死的王鱼头，跟我们说这鱼新鲜得很，我们费了九牛二虎之力运到江边就臭了，你说哪个卖嘛！这一年的辛苦钱都打了水漂喽！"

兵丁们显然对这些东西毫无兴趣，对于谁理直谁理亏也不想评判。就连雁过拔毛的兴趣都没有，就让他们走了。大虎于是就这么一路向众人诉说，一路大摇大摆地横穿城市。

方定祥还在跟徐春风有一搭没一搭地聊着，聊着彼此的营生，聊着对时局的看法，聊着对洋人的不屑与敬佩。他们两个人像是在打太极，都想用最小的力道从对方那里获得最多的或者最丰富的信息。可偏偏对方也是个打太极的老手，互相推手之间，获得的也仅仅只是皮毛。有一瞬间，方定祥觉得是不是自己找错了人，在徐春风身上浪费了过多的时间。有一瞬间，徐春风也觉得方定祥是不是被人下了套，为什么要在自己身上磨磨唧唧这么大半天。

方定祥看着时间越来越接近中午，跟徐春风两个人互相猜底牌的游戏也让他头脑发涨、眼花耳鸣，假如这是一盘棋，他决定先下一个杀招："徐舵爷最近不仅私盐生意做得好，好像还在做海鲜生意。怎么着？打算改行做南货，腌咸鱼？"

徐春风已经听出了他话中之意，但他毫不显露，怡然自得地说："海鲜生意我可不感兴趣，那是胡二狗的地盘。至于私盐买卖，我背海堂似乎从来没干过啊。我们干的就是个左手进右手出，帮人运货。至于走的是什么货，道上规矩，我们不问。"

方定祥看着徐春风，知道他在揣着明白装糊涂，立即换了个话题："现在可是鱼虾难辨，有些人表面上跟你做生意，私底下可能是要下套害你。"

"噢，是吗？方长官准是听到了些啥，快说说，谁要害我？"徐春风笑眯眯地问。

"我可没那么大本事。别说这城里，就是这通省的地界，谁的消息能有徐舵爷灵通？我只是说的这个事儿。近些年，很多洪门兄弟信了些革命分子的歪理邪说，不好好做生意，偏偏跑去闹革命。"方定祥边说边观察着徐春风的反应。徐春风却像是跟自己的烟锅子较上了劲，一个劲儿地在那里又抠又磕。"你说闹学潮、闹集市、闹工厂都还好说，大不了坐几年牢。这要是闹了革命，早上还能上嘴唇碰下嘴皮吃口热乎饭，晚上这脖子上可就只剩了碗口大的疤啦！"

徐春风像是听进去了，也像是没听进去，他含糊地应承着，突然轻轻地说了一句："时候也不早了，方长官还跟我这儿耗着呢？"

方定祥一开始并没有听清楚，他把身体向徐春风凑了凑，示意他再说一次。徐春风吐了一口烟，说："你们的鸡公哨子该叫唤了。"

这回他听见了，顺带着也听见了铜质警哨响亮而又尖锐的声音。歪戴着帽子本已靠在柱子上迷糊过去的两个警察也被惊醒了，慌里慌张地四处询问："发生啥子事儿了？哪里出事儿了？"

徐春风含着烟杆笑了笑，冲着方定祥摊开了两只手："这哈不能怪我哈，我可一直在这里，哪儿都没去。"

方定祥习惯性地掏出了枪，旁边两个警察也端起了长枪，冲向众人。众人错愕之中，另外一队警察也冲了进来。"把看热闹的都给我轰走，外面送货的都给我弄进来，把大门锁了，挨个甄别，不许放过一个！"方定祥的命令干净利落，明显比早上那两个草包利落得多的年轻警察立马端来了桌子和条凳，开始挨个登记画押。

方定祥走到依然蹲在地上的徐春风身旁说："徐舵爷，请上座。"

徐春风依然不急不躁地说："不用，这里挺好。"

"那就请徐舵爷继续蹲着吧。"方定祥说完自己拉了把太师椅坐下了。这一招倒是让徐春风没料到，他心想没想到在这种地方被这老警察摆了一道。其他人看到徐春风都不急不躁的，也都不闹腾了，等待着被警察传唤。

第五章

鱼市血战

一场凶杀案

　　大虎他们带的臭鱼烂虾几乎弄臭了大半个成都城，等快到西市的时候，王鱼头早就收到了信儿，正好赶上正午时间，市场也快要休市，各大档口属于王鱼头手下的小兄弟们已经磨好了刀，拿好了棍棒，准备迎接大虎他们。

　　王鱼头他们本来就占据着西市较高的一面，天然地形成了居高临下的态势，大虎他们刚一站定，就遇到了一阵零星的石头、臭鞋、烂布形成的雨。好在大虎他们站得比较远，那阵雨还没到跟前就纷纷落了地。

　　接下来就是如同泼妇骂街一般的场景。大虎再一次重复了自己被王鱼头这些奸商所蒙骗，导致倾家荡产购置的海鲜变成了臭鱼烂虾。

　　王鱼头则中气十足地说这是徐春风他们故意找茬，为的就是吞并自己的堂口，自己早就识破了背海堂的诡计，压根没有卖一条鱼一只虾给徐春风。

　　大虎这个时候亮出了一个带有王记字样的箩筐，大声告诉围观的人群这就是王鱼头家的东西，他还指着地上的一堆石头说，王鱼头一贯缺斤少两，没想到居然丧心病狂到一担鱼半担石头的地步。由于围观的人群中多数人曾被市场商贩耍秤的行为欺骗过，一时间居然应者众多。这也直接惹怒了王鱼头，盛怒之下指挥着手下就往前冲了几步。

　　这本身只是恐吓性的举动，但是对方也立即向前冲了几步,王鱼头这边的兄弟中就出现了头脑被血冲昏了的人,不顾一切地往前冲,王鱼头拉也拉不住。冲过去的人瞬间就被干翻了,只有躺在地上抱头挨打,剩下的人则僵在了途中,一时不知道该去救人还是逃回去。

犹豫的这一瞬间,很多人就像被浪花抛到了沙滩上的贝类,只不过他们被命运抛了出来,只剩下了躯壳。

佘英的手下宋杰按照徐春风的安排一直混在其中,早就盯了半天,看着王鱼头的人冒进了,立马从猫着的摊位后面蹿出来,按照计划拎起一桶大粪就向王鱼头一伙人泼去。泼完一桶,他又拿去一个加了长柄的粪勺,冲着一旁的看傻了的"猪儿虫"大喊:"还愣着干什么?泼啊!"

"猪儿虫"万万想不到一大早有人买他的粪便居然是用来打架的,接下来几天脑海中都在不断浮现着那个场面,黄黄绿绿的粪液形成一道完美的弧线泼向众人。"猪儿虫"一直认为农村的粪几乎没有味道,不像城里人,啥都吃,臭得很。他也认为泼粪这一招很浪费,因为人不是庄稼,也不是蔬菜,泼了粪也长不高变不壮,只能是让人恶心。

王鱼头众人没想到会被人偷袭,当那恶心的粪味传来,很多人都本能地吐了,一时间粪水、呕吐物、臭鱼烂虾、鹅卵石块飞溅,围观的人群早就被吓得四散而逃,生怕被沾染到分毫。

借着无人敢靠近的粪水武器,大虎他们几乎是以压倒性的优势冲垮了王鱼头们为数不多还站着的人。那些倒下的人瞬间就被人群所淹没,变成了倒在地上任人踩踏和殴打的对象。一时间棍棒扁担竹筐上下翻飞，整个世界仿佛只剩下了喊打喊杀和抱头求饶的声音。

被粪液驱散的人群此时早已再次聚拢在附近，找到了新的制高点或者是最佳的观赏角度，连附近的民房里都挤满了脑袋，屋顶上也站满了围观的人。一些从头到尾都在的人还在主动地向后来者绘声绘色地描述之前的战斗场面，人群中还有人在讨论这一次又要死好多人、打残好多人。

王鱼头几乎是在倒地的第一时间就失去了所有的知觉。他的头重重地磕在了石板路上，随后不知道被谁的脚像是踢球一样地踢来踢去。后背、肚子、前胸也被杂乱地踹了几脚。他像是一个没有生命迹象的物件被人用脚在地上挪来挪去，中间也有人试图把他拉起来，却已经是徒劳。

他的脑袋只离开了地面一小会儿，就又重新回到了地上，就像是被粘在或者钉牢在了地上。他感觉不到痛，也闻不到臭味，甚至连血液在脸上流下来都没有感觉。他的眼睛从一开始的怒目圆睁，慢慢地开始散了瞳，最后只能感受到光亮的强弱，已经无法再看清眼前的东西。他的大脑却还清醒着，以为是眼睛上蒙了雾，手却不听使唤，怎么也抬不起来去擦掉那些雾气。

等王鱼头挨到警哨响起的时候，两边的人也差不多快要打光了身上仅剩的一点儿力气。大虎他们听到了哨声，也听到了围观群众喊出的"警察来啦"的声音。大虎本能地转身就跑，立马被一个老二抓住了，拖着他就往小巷子里跑，边跑边嘱咐剩下的力哥把背着的铜钱漫天抛撒。

突然之间天空中下起了铜钱雨,人们也不顾地上的臭鱼烂虾和粪便,蜂拥着抢起铜钱来。抢钱的人把路都堵塞了。伴随着急促的哨声赶来的警察们被完全隔在了市场外面。被阻碍的警察们大声地呵斥着捡钱的人,但却无人理会他们,纵使是带头的巡警朝天开了一枪,也无人理会。

更让警察们颜面尽失的是,进退失据间,居然有人在他们眼皮子底下开始撒传单,边撒边高喊着"驱除鞑虏,恢复中华,创立民国,平均地权"的口号。

撒传单的人在屋顶上边跑边撒,各色的传单像是雪花片一样地落下来。被雪花袭击了的人们几乎是下意识地接过了摇摇晃晃下坠中的传单,只扫了一眼便发现那不是钱,被丢弃便成了绝大多数传单应有的命运。

带头的警官用枪顶了顶帽子,刺眼的阳光让他只能眯着眼睛去看到底是谁如此大胆,光天化日之下鼓动革命。他看到了一个光着脚的小男孩,衣衫褴褛,像只兔子一样跑来跑去。显然这个乞丐一样的孩子不会是这些传单的编印者或印刷者,那些口号也是现学现卖的。

他继续转动头部,去寻找同伙或者是主使者。人群中的万千众生相都被他快速扫过。这是一种像是猎人搜寻猎物的敏捷。他很快就看到了人群中的曾持。此时的他正站在一处茶馆二楼的露台上,混杂在一群看热闹的人中。

曾持并不是特别显眼的人,但满满的书生气显得不太合群,加上与老警察的目光一碰之后本能地躲避和胆怯出卖了他。曾持正在犹豫着是继续装作若无其事还是快速逃跑时,老警察已经开始安排人冲上来要抓他了。

曾持马上想要逃跑,但是他所在的二楼露台就只有一个楼梯,此时还挤满了看热闹的人,他刚好就被里三圈外三圈围在其中。正当他拼命地往外挤的时候,警察们已经涌了上来。

他们粗暴地拨开人群,像是抓小猫小狗一样把曾持抓了起来,丝毫不管曾持是否在反抗,在短暂的扭斗之后,曾持很快就被制服了。他的眼镜已经不翼而飞,外面穿的马褂上的扣子也扯飞了几个。

带头的老警察狠狠地给他头上来了一下子,骂道:"他妈的!洪门打架,你们革命党也来当搅屎棍子嗦!"

曾持一面试图找到自己的眼镜,一面狡辩:"抓错人了,抓错人了,不是我不是我。"

老警察冷笑了两声:"不是你是哪个?跟我到衙门里你就老实了。"说完他吩咐手下:"这是个革命党,带走带走。"马上有两个人把曾持押了下去。旁边一个警察赶忙问:"那些货栈的人哪个整?"

老警察走到露台边上,探出身子往外一看,说:"王鱼头怕是要洗白(方言,意为没气)了。把地上躺着还能喘气的都先带走。后面慢慢审。"

堂上会审

徐春风在货栈里估摸着时间也差不多了。方定祥还在慢条斯理地翻看着刚刚整理好的名录,里面的墨迹都还没干透。他边翻边看,自言自语地说:"是不是少了几个人啊?"

负责录入的警察连忙接过来从头翻到尾,看完了小心翼翼地说:"对的,一个没少。"

方定祥往徐春风这边看了一眼,说:"大虎和杠头怎么没在里面啊?"

徐春风听了心里起了疑惑,他想了想,怎么已不记得自己跟这位方定祥在什么地方认识的,打过什么交道。从一早开始,他就以为这位警察就是要来盯死自己的,还好他早就先一步把事情安排妥当了,不然今天这一趟活儿就会胎死腹中了。他也不能确定这个方定祥就是自己的人,兴许这么做是为了敲一笔竹杠。毕竟这种事情在当差人身上早就见怪不怪了。

方定祥没有理会徐春风在想什么,他把那本名录摊开放在桌子上,用手指着让负责录入的警察添上了两个人的名字。然后把本子拿起来,仔细地吹了又吹,才合上。转过身来对着徐春风说:"徐舵爷、少昌老板,跟我走一趟?"

徐春风站起来拍拍屁股,说:"哎呀,可算结束了。我都快闷坏了。"

方定祥没接话,继续安排着:"你,你,还有你。在没得到我的命令前,把这里守好了,谁也不能出去,少一根头发回来收拾你们。"

说完方定祥就走出门去,徐春风和华少昌跟在后面走出了货栈。他们刚走了没几步,就有警察一路小跑着过来跟方定祥耳语了一阵。徐春风能猜测得到是在给他报告西市那边发生的事情。他现在也能第一时间掌握这些消息,他已经看到了自己的兄弟们佯装若无其事地在附近徘徊,试图接近自己。但是他又不能明目张胆地跟他们接触。他只能从他们的神色中大概猜出来,这事儿成了,或者说至少自己这一半的事情成了。

方定祥也不做声,三个人就这么沉默着往前走着。突然间,他回过头来,问:"徐舵爷,您跟廖老幺这是有什么深仇大恨啊?"

徐春风被问了一个愣。但他很快就反应了过来:"噢,都是些陈谷子烂芝麻的事情。"

"陈谷子烂芝麻的事情值得你把人家的左膀右臂往死里搞哇?"方定祥问。

"你在说啥子嘛。哪个把哪个往死里整啊?"徐春风还想装傻充愣。

"就是那个,"方定祥站住了,转过身来,"那个那个,就是那个卖鱼的。"

"你说王鱼头?"徐春风回答道。

"对对对,就是那个。"方定祥说,"听说不得行了,脑壳都瘪了。"

"你豁(方言,意为骗)别个。"徐春风说,"他王鱼头是做买卖不地道,我徐春风给他个教训,不得把他整死。"

方定祥说:"怕不是楞个(方言,意为这么)简单吧?徐舵爷今天把大半个成都城都搞翻天了,这臭鱼烂虾味道满大街都是,这阵仗怕哈儿(方言,意为傻瓜)才认为你不是冲他去的。"

"话不能楞个说撒。"徐春风解释道,"假如我真的想要他龟儿的命,我完全可以打黑枪打闷棍。搞这么大的阵仗做啥子耶?背上条人命那可是要杀头的。"

方定祥看着徐春风笑了笑:"徐舵爷这话说得也对,但是现在王鱼头要是死了,怕你在他老大廖老幺那里交代不过去。"

这次轮到徐春风笑了:"廖老幺?我怕他个锤子。这事儿是他自己手下人不干净,我是替他清理门户,他倒要感激我。"

方定祥被逗乐了,摇了摇头,便不再说话。华少昌在旁边也一脸惊讶地看着徐春风,他还不知道徐春风到底干了什么,会导致什么后果。

徐春风也摸不透方定祥到底是什么路数,他似乎已经知道了徐春风的所作所为,甚至有故意把手中攥着的底牌亮给自己看的意思,但他又仿佛还知道更多的事情。徐春风甚至怀疑他已经知晓了自己的全部意图。这种在别人眼中是个透明或者半透明人的感觉一点儿也不好。但是徐春风现在完全没有办法。

等赶到警务公所的时候,公所大堂里已经或坐或躺了一地的人,站着的人则屈指可数。放在正中间的是一块门板。王鱼头躺在上面,已经没了气息,四肢无力地耷拉在外面。里面的人一看到徐春风立马怒目圆睁,有几个人还挣扎着想从地上起来。背海堂的人这时候也围了过来,纷纷站在徐春风的背后以壮声势。徐春风毫不介意那些人的目光,自顾自走上前去看了眼王鱼头的尸体,旁边王鱼头一个腿上受伤的小弟咬牙切齿地说："徐春风！杀人偿命！"

徐春风看也不看就朝着那人受伤的腿上踹了过去："日你先人的，你在洪门啥子辈分，徐春风这三个字也是你叫的？"那人被这一脚踹得疼得在地上直打滚。原本也想帮衬着出声的人再也不敢露头了。

众人正在喧哗间，只听公所外三声炮响，道锣声也远远传来，只见红帽皂衣的士卒手持乌蛇鞭开始抽打围观人群开路，士卒之后有十余人扛着彩旗迎风招展，后面又是一串的人扛着红底金字的履历牌，左边写着"赐进士出身"，右边是"钦加四品衔"，众人心想，这是朝廷官员来了。

只见这群人后面紧跟着是一群穿红褂子镶黑边的堂勇，胸前背后各有一个"勇"字，腿边还扎有红底黑边的靠腿，众人看到最后一乘四人抬的蓝呢软轿在大堂前停下，左右跟班赶忙扶住，头戴暗蓝色青金石及蓝色涅玻璃顶戴，身穿八蟒四爪蟒袍，胸前雪雀补服的四川巡警道徐樾在师爷丁奎稻和随从的簇拥下走了进来，开始升堂审案。

此时的大清朝早就已经风雨飘摇，这些朝廷官员的随从们就像是随便从大街上拉来的路人，除了徐樾和丁奎稻看起来还干净精神一些。跟来的衙役士卒就像是有段时间没有抽鸦片烟的大烟鬼，只能勉强站着，在哈欠不断中摇摇晃晃地撑起这大堂的门面。

其实这徐樾本是个文人，精通经学、史学，还写过一本《遗园诗集》。光绪二十四年（1898年）从广东调任四川，先后当过遂宁、岳池、涪州、丰都、富顺五个县的知县以及成都知府，才升到这正四品的四川巡警道一职。

徐樾前不久回老家省亲，算是荣归故里，结果四川革命党闹得凶，被临时派了回来。结果刚回来就碰到这么个案子。他在广州的亲戚早就告诉了他南方的那些革命党有多么的凶。据说革命党无论男女都"善恶不辨、黑白不分"，不是同路人就"格杀勿论"，甚至动辄就灭门。

相比于武装起义，革命党们更喜欢暗杀。原因竟然是暗杀更容易。起义需要动员更多的人，动员就需要时间和银子，而且人多了，风险就大了，谁也不能保证大家都一条心。做了叛徒的革命党人多了去了。

再说起义还需要武器，具体来说，主要就是枪，买枪要花很多很多银子，所以又得筹银子。好不容易筹到银子，从国外买了枪，千辛万苦偷运回来，一不小心被清廷发现，人被抓了，枪被收了，情何以堪。毕竟不是每个革命党都这么好运气能找到徐春风一样有通天之能的洪门大哥相助。

而暗杀就容易多了。只要不怕死，单枪匹马，就能革命。省了银子，少了风险，增加了胜算。暗杀的对象明确，不会伤及无辜。还有一个很重要的原因，就是不会惹得外国人干涉。曾暗杀清廷出国考察宪政五大臣的革命党吴樾还专门写过《暗杀时代》，他说"排满之道有二：一曰暗杀，一曰革命"。

还有革命党人心甘情愿给满族官员当马弁，为的就是一朝翻天就可以刺杀主子，拿着主子的脑袋在革命党那里纳个投名状换个功名。光绪三十三年（1907年），安徽巡警处会办兼巡警学堂监督徐锡麟就是杀了自己的恩师安徽巡抚恩铭做投名状，证明了自己是革命党。

徐樾生怕自己也成为被下属暗杀的对象，所以选的随从都是信得过的或者是目不识丁甚至呆头呆脑的乡下子弟。对于涉及革命党的事情他也一律以抱病或者有事为由推托。反正只要是不招惹革命党，他总觉得至少能确保自己以及家人生命无虞。

不止徐樾，其实其他的人，上至总办、会办、道员、知县，下至衙门口的捕快、兵丁，都是这么想的。大家更愿意参加每月一次的消防训练，平时管管各城门启闭、防卫，安全省事；管管禁烟、禁赌更是肥差，有大把油水可以捞；再不济去查禁妇女缠脚、禁止虐婢，也能趁机揩个小姑娘的油；甚至是暑天禁止下河洗澡以及修治道路津梁这些也都能挤出点好处出来。谁没事去查革命党，没油水捞不说，指不定还要搭条命进去。

但这一次徐樾是实在躲不过了，其他的人早都想好了理由，大小官员最近称病的称病，告假的告假，而上一回涉及革命党的案件时他刚说了身体有恙，再有恙又有点说不过去了，只有硬着头皮上了。

他只想着速战速决地把案子审了，把事儿给抹平了，对于其他的他根本不关心，也不想关心。他甚至连作为一个道员升堂该有的威仪感都没有追求，就任这一地的人在大堂上翻滚哭闹，他看了眼堂下站立的徐春风，也没让他跪下问话。

"堂下站着的何人?"他例行公事地问道。

"徐春风。"徐春风懒洋洋地答道,"死在那儿的是王鱼头。"

徐樾看了一眼王鱼头的尸体,问:"这个……王鱼头因何而死啊?"

王鱼头的小弟突然指着徐春风厉声喊道:"是他!是他指使手下把我们王三爷打死的。"

徐春风想要扑上去打那个喊话的人,却第一时间被旁边的警察按住了。

"哎呀,你们这些江湖大哥,动不动就打打杀杀的。"徐樾有点不耐烦地说,"说不到三句话就要动手,不晓得和气生财?"

徐春风不耐烦地甩开按住他的警察的手说:"那个王鱼头欺人太甚。欺行霸市、高价买卖不说,我按照他要的价格给了钱了,他卖给我的是啥子?一半鹅卵石一半臭鱼烂虾。找他理论,他还先动手,我们是被迫还手的啊。"

徐樾听到这里,心里悬着的石头放下了一大半。之前来的路上,丁奎稻还跟他说此次的线报说徐春风是为了帮革命党转移一批军火。现在看来是一起洪门内讧的偶发事件。悬着的石头放下了一大半之后,他更想速战速决,只要跟革命党没关系,哪怕是葫芦僧乱判葫芦案,都能快刀斩乱麻地把事情搞定。

"那这么看就是你们洪门堂口间的矛盾,现在一方已经丢了命,一方也有损伤,我看你们就按照你们江湖规矩解决吧。"

他话音未落，就听到有人大喊："打死人了，还按照江湖规矩解决？那大清朝的王法何在？"众人都扭头去看，徐春风发现，喊话的人正是廖老幺。

廖老幺在一帮小弟的簇拥下疾步走进来，走到与徐春风并排的位置，朗声说道："按大清律，斗殴过失杀人理应迁徙。打死了我的人就想大事化小，小事化了吗？更何况，我怀疑王鱼头是徐春风刻意挑起事端后恶意围殴致死，更应当严惩。"

廖老幺的一句话就打翻了徐樾想要轻拿轻放的想法。他现在已经陷入了重新回到原点再次起跑的窘境："话是不假，但是你看着尸身，明显是混乱中不知何人踩踏殴打所致，谁是主要凶嫌？很难断定嘛。"徐樾试图再次回到自己的定调上来。

"那就请道员大人把所有的参与者都抓起来，挨个审问。"廖老幺说，"尤其是凶嫌之首徐春风！"

徐春风听了这话有点恼怒，但也觉得好笑，他强忍着笑容说："我说廖舵爷，你真是好大的官威，这堂上你是道员还是徐老爷是道员？"

廖老幺听闻此话顿时像吃了苍蝇，唯有双手一拱："一切唯请道员大人做主。"

看着廖老幺带来几十号凶神恶煞的手下，徐樾无可奈何地叹了口气，心想看来不表态是走不了了，不过至少到目前为止还都在自己的预期之中，依然可以接受，就对丁奎稻点点头，暗示他可以清点下人数。

方定祥此时也示意手下把做好的名录递了上去。丁奎稻戴上老花镜开始一个一个比对，廖老幺依然不满意，说道："要比对那就大声念出来，也让我们这些草民知道这里面并没有什么见不得人的事儿！"

丁奎稻抬头看了他一眼，缓缓地把手指又移到了最开头，开始一个一个念起来。徐春风早就已经知道那本名录上写了谁的名字，对于比对的结果自然也毫不意外。

他开始不急不躁地扫视整间屋子和围在门口看热闹的人。仿佛整个事情也与他无关。越往后念，廖老幺的神色越来越不自然。等到全部核对完了，他才发现徐春风的核心手下都成了不在场的人。

看着他煞白的脸，徐春风故作轻松地说："我就说这事儿就是几个气不过的兄弟和力哥想要讨个说法，没想到被不由分说地给打了，为了保命才不得已动的手。"

廖老幺听完就再也绷不住了，开始破口大骂："你他娘的放屁！一帮杂鱼也敢闹事？现场还有闲人趁乱撒钱，这绝不可能是几个力哥能干得了的。你买通了人来造假！"

"你的意思是说我被买通了？"方定祥听了这话明显提高了语调，突然发问，"放你娘的屁！老子可是从一早就跟徐春风在一起，寸步不离。"

看到方定祥突然发火，廖老幺多少还是忌惮，毕竟官府的人得罪不起。他眼睛一转，突然想起了什么，说："我看名录上有的人并不在现场啊，难道不是声东击西去帮革命党偷运军火去了？"

111

他的一句话立即将徐樾心里的石头又再次吊了起来。他心里暗暗想着，坏了坏了，怕什么来什么，还真的跟革命党搅在一起了。心里这么想着，但他还是故作镇定地问徐春风："可有此事？"

徐春风说："断然没有。大人，我们是有三个弟兄没在，大虎和杠头是运货去了，耿省寨最近吃坏了肚子，正在家里蹲稀呢。"

徐樾已经快被这剪不断理还乱的关系给折腾烦了，他转过头问丁奎稻："师爷有何对策？"

丁奎稻十分稳重地说："听说现场抓住了个撒传单的革命党，不如等押到了一起询问？"

一听革命党，在场的几个人心里面都打起了鼓。徐樾怕的是自己上对不起上司，下无法平息此事。徐春风担心事情最终还是失控了。华少昌则忧心被抓的人是曾持。倒是廖老幺此时有点开心，他现在一心只想给王鱼头讨个说法，只要是能斗倒徐春风，哪怕只是让他吃点苦头受点损失，他都愿意。

在等待的过程中，徐樾也一直在跟丁奎稻嘀嘀咕咕。丁奎稻跟他分析了很多种情况，并一一给出了对策。丁奎稻深知东家徐樾的小心思，极力地为如何摆脱这桩棘手的案子出谋划策。

等到革命党押到的时候，众人看到是个白面书生，都有些愕然。只有华少昌多少不意外，他早就知道曾持会做出这种事情来，从上一次谈话就能感觉得出来，曾持是个理想主义多过现实主义的人，对于"别人怀宝剑，我有笔如刀"的理念是毫不怀疑的。

徐樾吃惊的是这个革命党看起来仿佛手无缚鸡之力。但他还是谨慎地问了又问："就此一人？有无同党？有无武器？"

当得到的都是否定的回答后，他才稍微安心了一点，继续问："你为啥当众抛撒传单，煽动革命？"

曾持倒是十分淡定，说："君无道，天下人可伐之。"

徐樾一听立马挥手制止说："行了，不必审了，是革命党无疑！"随后他挥手对着手下说："先堵住他的嘴，就让他认一认现场这些人等，看看有无同党。"

曾持原本想慷慨激昂地宣传革命理念，但就这么还没开始就已经结束了。众人更是丈二的和尚摸不着头脑，有人甚至还在问："什么道？伐什么木头？"

曾持被押着挨个与廖老幺、徐春风等人相认。他一律都摇头表示不认识。到了华少昌，他也毫不犹豫地就否认了。徐樾看了这个结果松了一口气，说："看来是巧合。是个脑壳发昏的革命党而已。就暂且把他收监，你们二位，我劝你们还是下来了摆台酒，握手言和了吧。"

他不等廖老幺和徐春风反应过来，就起身准备走，在快走到后堂的时候，突然转身说："但是保金和保人一个也不能少。师爷，让他们画押，留下银子走人。"

廖老幺听了这话还想申辩，但已经看不到了徐樾的影子。徐春风倒是凑过来，诚恳地说："廖舵爷，对不住了。手底下的兄弟下手不知轻重，改天我一定登门谢罪。"

廖老幺听了差点抑制不住自己的愤怒，他脸上的肉都在颤抖，牙齿都快咬碎了，一字一句地说："善恶终有报，天道好轮回。徐舵爷，您以后行事小心，千万别翻在我廖某的地盘上。"

和解

徐春风觉得十分尴尬，他也没想到会成今天这个样子。但是对他而言，现目前的局面也是能够接受和轻松掌握的。所有人的牌基本上都出完了，有些人甚至已经离开了牌桌。现在就差方定祥还没打完最后的牌了。徐春风知道他很重要，甚至可能决定后面的牌还能不能打下去。

但此时方定祥却不见了。直到徐春风和华少昌从衙门里出来，都没再见到他人。徐春风正在像个侦探一样想要破解方定祥的身份时，方定祥也在想如何跟徐春风解释自己革命党的身份。

早就加入同盟会的他，此次受了佘英之托盯住这批枪，以防运输过程中出什么娄子，但作为地头明面上的警察队长，他也是在那批枪支到了徐春风的手上，并上演了西市大战后，才知道最后的路线发生了变化，被运往了少城里面。

等那批枪在最后时刻折进了少城后，负责跟踪的便衣警察苦于被人群阻挡，也没办法第一时间向方定祥报告，只有眼睁睁地看着，干瞪眼干着急。等到方定祥知道消息的时候，他已经隐约猜到了徐春风是在争取讨价还价的筹码。他本来想就花名册发难，把徐春风这个刺头彻底敲掉。现在看来，这个人反手抓住了他们的七寸。

方定祥只好默不作声地准备放他一马，在不撕破脸皮的前提下寻找破解的良策。但这已经足够让他棘手。毕竟在少城这个特殊的地方，不论绿营兵还是警务公所都无法踏足与插手。在警务公所这些年，他在隐藏自己革命党身份的同时，也要时刻提防着手下那些旗兵转任的警察。他不知道手下哪些人跟少城的人有何来往、有何交情，也生怕他们知道了自己的革命党身份转而告发自己。

他想了半天，唯一能想到的就是徐春风在少城里有着自己的据点，甚至是过硬的关系。并且这个关系可以帮助他在最后关头成为最大的赢家。

方定祥有点后悔自己看走了眼，以为这个五大三粗的洪门大哥跟其他利欲熏心的人别无两样。他应该在一开始就安插几个便衣尾随在徐春风的队伍后面，这样才不至于被动。现在看来，他不仅要保护着徐春风不被扣押，还要陪着他再去少城走一趟。

徐春风自然不知道这些。正在此时，一辆人力车在他们身边停了下来，一个戴着礼帽的男子探出身来，徐春风一看，正是方定祥。他示意徐春风不用说话，坐后面那辆人力车。徐春风上了车才发现车上有一套礼帽长衫，立即心领神会地换了起来。

两辆人力车沿着城市的主道先往北走，都已经可以远远地看到了古北道了，又突然折往东边。一路上二人都无话说。往东了一阵儿突然间又向南，才过了两个街口，就直奔西城去了。兜这一圈的光景，天色已经暗了下来。街上的灯火也逐渐多了起来，直到快到了少城，人力车的速度才慢了下来。

少城，又叫满城，住的都是八旗官兵及其家属，清朝入关后在当时"满汉分畛"原则下，驻防地新建城池专门安置驻防的八旗官兵及其亲眷集中居住，在各地驻防的八旗官兵平日在少城内生活和训练，遇有战事时则出城作战，维护地方治安。

随着清廷的衰落，原本旱涝保收的皇粮没那么好吃了，很多八旗军户也就变成了破落户。这原本不让汉人进入的少城，自己就从内部瓦解了。更有很多有钱人、达官贵人看上了这里地段好、治安好，开始买地置业。

人力车稍作停留就进了少城，七拐八拐后进入了一处小院。方定祥在前带路，带着徐春风进了院子，直奔堂屋而去。屋子里佘英和孙扎齐已经在等着了。这位孙扎齐可不是汉人，他是能在少城说得上话的旗人。因为行五，所以被起了个孙扎齐的名字，意思就是"第五"。除了行五，他还有点武，有点直，认准的事情九头牛都拉不回来的那种。

徐春风此时明白，方定祥怪不得什么都知道，原来也是跟佘英一样都是革命党，想到这层，很多疑团顿时迎刃而解。

佘英见徐春风进来了，立马说："徐舵爷好手段啊，一手声东击西不仅玩得出神入化，没想到还在少城留了一手，还把孙五哥请来做见证人。"

徐春风也没把这话当成是讽刺，相反地，他认为这是对他的褒扬。他接过话说:"佘舵爷许是投了革命党,对于我们这些升斗小民都不看在眼里了,我只是请的孙五哥,但没想到连警务公所的方队长都是你们同盟会的人,实在比我强多了。"

徐春风坐在佘英的对面,继续说:"光绪三十三年(1907年),同盟会打成都。你们那六个没跑脱的主谋可还都在大牢里关着呢。自己人都不关心,我一个小小的帮会,为了以后自保多要几条枪怎么了?"

佘英有些恼怒地说:"徐舵爷可不能这么算账,我们这次是有十足的把握的,而且也是冲着营救自己同志的目的来的。之前已经答应徐舵爷的二当家冉庆,在重庆新式学堂实枪操练时协调二十支洋枪出来,难道还不够吗?"

徐春风继续说:"远水救不了近渴。我现在只要十支枪、一千发子弹。重庆那边相应地减掉一半就可以了。这买卖没变啊。"

佘英依然不想接受这笔买卖,说道:"你可知道少这十支枪,我们会有多少同志可能丧命。革命可不是开玩笑的!"

徐春风也有点窝火,提高了声音回应道:"你的同志的命是命,我的兄弟的命就不是命?更何况为了你这单生意,我背海堂已经跟洪门另外几个堂口结仇了,这枪,今儿我必须得扣下。"

徐春风的话说得不容置疑,佘英背后站着的几个彪形大汉趁机向前走了几步,给了中间那张桌子更加强大的压迫力。徐春风看着佘英,佘英也看着他。

"佘舵爷想刀尖山舔血闹革命,我支持。要借我的刀杀廖老么的人，我也做了。现在到了重新谈谈生意的时候了，不要小家子气。"徐春风依然不依不饶。

孙扎齐这个时候在旁边说话了："我来做个和事佬，照你们这么说，少城里也需要枪，佘舵爷是不是也顺带解决一下？"

佘英知道此时的自己已是人为刀俎我为鱼肉，他从一开始跟徐春风商议的时候，就没有想到过会落到现在这步田地。他有点懊恼自己忽视了少城的特殊性，从一开始就以为单纯是因为挨着西市近。

他甚至有点后悔一开始不该由自己提议让徐春风去找王鱼头的麻烦。但现在看起来已经骑虎难下了，徐春风没有被打死王鱼头的事情牵连进去，就表明官府没有怀疑他勾结革命党，那么下一步严格盘查随时都有可能展开，到那时他更是瓮中之鳖。

方定祥看到僵局，于是打圆场道："少了十支也不碍事的，我在警察和新军中多发展点骨干力量就行了。"

徐春风听了回头给他竖了个大拇指说："革命党就得和方长官一样，大气一点。"

佘英现在也已经无可奈何了，他只有点头答应。立即有人出去取了枪回来，佘英等徐春风点验完毕，把手一拱，突然笑了："徐舵爷果然名不虚传，有勇有谋。希望下一次能再跟舵爷干票大的。"

徐春风收下枪后也拱手回礼说，"估计难了。今天我徐春风把道上兄弟和革命党都得罪了，以后得夹着尾巴做人。"

说罢二人都笑了。在送佘英出门之前，徐春风转身对孙扎齐说："五哥，枪和子弹你都留下一半。"孙扎齐想推辞，徐春风说:"你听我的,以后有用。"

徐春风把佘英送出了门,并安排大虎和杠头跟着佘英一行趁着夜色出城奔重庆去了。他目送着众人骑马而去,突然想起了华咸声应该还在去重庆的路上。这些日子他一直忙着张罗这些事儿,现在才想起来这桩事。

方定祥从后面拍了拍他,说:"别看了,都走远了。还有其他事儿没收尾呢。"

徐春风愣了一下,问:"何事?"

"怕你们堂口的少昌当家的想去保曾持。"方定祥说。

"曾持?"徐春风感到有点莫名其妙。

"就是那个撒传单的革命党。"方定祥说,"没想到这么巧他也去那儿了,而且刚好掖着印好的宣传品。"

"那他跟华少昌有啥关系?"徐春风问。

"他们曾经是同学。"方定祥说,"徐舵爷先回去劝华少昌打消保人的念头。不要让廖老幺抓住把柄。保人的事儿我来想办法。"

徐春风听后点点头,上了一直等在门口的人力车。

方定祥探出头来说:"你别看曾持被抓了,他可是关在六君子那间牢房的,对他而言,可是光荣的事儿。"

方定祥讲的是一桩旧案,光绪三十三年(1907年),同盟会的熊克武、黄复生、曹笃、张培爵等联合四十余名学生在成都密谋,准备借省城官员为慈禧太后祝寿之机刺杀清朝大员,举行起义。华阳县知县王刿得报,大肆搜捕革命党。四川省城高等学堂总理胡峻得知后,急忙派人通知张培爵等人逃离。没来得及逃走的杨维、黎靖瀛、江永成、黄方、王述怀、张治祥六人被捕下狱,人称"成都六君子"。

徐春风自然不知道这些,被整得云里雾里的,他对于革命党的事儿也依然停留在闹革命要掉脑袋的认识上,对于这些一套一套的新词,他更是搞不懂、搞不明白。

第六章

偷天换日

《蜀报》的力量

告别徐春风后,佘英一行选择连夜出城,出城之后马队就开始狂奔,先前清脆的声音逐渐转变成一声接一声急促沉闷的马蹄声。马上的众人都不说话,却都各自心事重重。佘英一开始对于旁人介绍徐春风来运这批枪支弹药还是有很多顾虑的。

虽然他在重庆、成都两地人脉众多、手足遍地,与一些官员士绅也多有来往,随便找一个能够里应外合的倒也不是难事。只是佘英吃够了准备不足导致功亏一篑的苦。这些年他在江安、泸州、成都的起义都以失败告终,有很大部分的原因就是做事不密。有的时候还没举事,就已经走漏了风声;有的时候是各自为政,尿不到一个壶里也捏不到一块。

再者说了,即使是洪门自家的兄弟,表面上"舵爷""佘爷"地叫着,有些时候都还不是各有异心?这些年被其他堂口挖角的事情他看得太多了,这都还是在平日里。真的到了这种脑袋别在裤腰带上真刀真枪要上了,谁心里都得打退堂鼓。只是有些人真的尿了,而有些人却顶上去了。

对待自家人,佘英心里还都没底,要真把这么重大的事情托付给徐春风,他更加没底。徐春风万一只是黑吃黑,那还就是损失点枪支弹药,等于是驱羊喂虎,肥了他背海堂。但要是徐春风借刀杀人,跑去官府举报了自己,就不仅仅是他佘英一个人的事儿了,整个川云贵的同盟会和革命党都要被牵连,那可就真的是肉包子打狗血本无归。

第六章 偷天换日

这些可能性佘英全都考虑了一个遍，他最终还是没有选择跟成都的大官小吏或者哪个头头脑脑合作。在决定革命之前，他就是个赌徒。以前单打独斗的时候，赌的是自己比对方狠、比对方横。后面开山立堂了，赌的就是自己人多势众、敢下黑手。

现在革命了，他依然愿意赌下去，毕竟人生有时候跟牌桌一样，上去了就不能下来了，下来的时候那一定是输了。一旦开始赌了也就不能停了，赌这个东西，只有不赌和滥赌，没有小赌怡情这一说。

当徐春风带着大虎来跟佘英谈的时候，佘英早就想好了要给自己上三重保险。他要的是徐春风要保证把这批枪支弹药运进城里来，不能被任何人发现或者盘点。对于这个要求，徐春风大包大揽地就应承了下来，但佘英对伪装成日杂百货运输进城的方案并不满意。

假如这么简单，那佘英完全可以找王春风李春风甚至自己来搞定。他想要的是把徐春风绑在自己的船上。所以他提出来要声东击西，制造一场混乱。这场混乱也能给自己脱身或者隐形的机会。他知道廖老幺和徐春风之间的矛盾，也对这一矛盾进行了妥善利用。

佘英建议徐春风利用王鱼头来制造这场必需的混乱时，徐春风其实已经猜到了对方的意图。佘英并不是第一个，也肯定不是最后一个试图用这种手段来拉拢他的人。徐春风承认自己在很多事情上是凭借直觉在判断，有些情感的事情他在那年的那场复仇后早就已经不再往心里放了。他一半是在商言商，一半是在道倚道。

这些年徐春风笼络了不少兄弟，但最终跟在自己身边的，就是大虎他们几个。这些人才是他内心里最动不得的地方，其他的都无所谓。佘英建议利用王鱼头来制造混乱，多少也正合他的心意。

廖老幺这几年在成都混得风生水起，摊子大了也难免跟徐春风发生冲突。为了维持众多兄弟的生计，对民众和商贾的欺压也越来越厉害。虽然都是洪门里的舵爷，但徐春风觉得他早已忘记了江湖道义，五伦八德也已经抛诸脑后，对这种人敲打一下还可能扩展自己的地盘，对徐春风来讲，也是个可以做的买卖。

佘英要上的第二道保险就是枪支弹药必须由他的人来护送。也就是说，徐春风他们实际上就是打个配合，敲敲边鼓。假如换另外一个人，可能就拍桌子摔板凳了。旁边站着的大虎都差点按捺不住了。

可是徐春风不这么想，他巴不得自己不经手，这样即使秋后算账也算不到自己的头上。做雁过拔毛的生意才是最巴适（方言，意为可靠安全）的，毕竟最后雁是在自己手上，想怎么拔怎么拔，甚至杀雁吃肉也是可以的。于是徐春风爽快地答应了佘英这个看似不合理的要求，并且紧跟着提议：东西由宋杰他们负责护送，路线则由他们来规划，毕竟他们才是地头蛇，熟悉情况。

佘英想也没想就答应了，他要是知道最后宋杰他们被带到了少城，他当时就不会那么快答应。这也是事后他回想起来才觉察到的徐春风的厉害之处。

第三道保险就是日后的报酬。佘英给徐春风画了一张大饼,这张大饼里面有足足百十来条枪,而且是跟新军使用的一样的枪。只不过这百十来条枪属于期货,是事成之后由徐春风自行去重庆取的期货。

佘英对自己这一道保险尤为满意。首先确保了徐春风会乖乖听话并且帮助自己把枪支弹药运进来,其次则实质性地拉拢了徐春风。让徐春风借王鱼头来制造混乱,就是为了挑起洪门堂口内讧,确保徐春风至少不会跟本地堂口同流合污搞黑吃黑。这一招是把徐春风绑在了自己的船上。

再让徐春风去重庆找革命党取枪,这就是把徐春风拉上船。这样的话,算上广汉侯橘园、侯国治,新津侯宝斋,温江吴二大王,崇庆孙泽沛,灌县张捷先等洪门其他堂口当家的,他苦心经营的四川革命版图将会进一步完善,还可以为下一步在广安发动起义打好基础,也对得起他远赴日本拜见孙中山先生时被委任的"西南大都督"之名。

没想到佘英最后的三道保险都被徐春风轻松几招给破解了,而且还是在他本人没在现场的前提下。佘英原本以为自己的声东击西已经足够成功,没想到徐春风的瓮中捉鳖更是老谋深算。只是佘英差点被徐春风的拦路要价给惹毛了,要不是时间仓促怕夜长梦多,他是绝对不会让步的。但是,佘英对于徐春风的这一点不满在日后的少城一战中完全化为乌有,转而变成了对徐春风眼光和胆识的膜拜。

徐春风可没有想这么多，他是个凭借直觉办事，但又充分相信理性的一个人。他不习惯在一件事结束之后就盘点总结，他总觉得世间诸事总是彼此联动的，此消彼长或者有赢有亏才是常态，什么事儿，他都会等过一段时间再打算盘算账。他现在只想尽快赶回货栈，在华少昌没睡下之前，劝他打消作保的念头。

方定祥则习惯性地躺在人力车中闭着眼睛开始复盘今天的事情，他要把每一个细节都回忆一遍，以防止出现任何不可控的因素。作为警察学堂毕业的高材生，这对他而言这已经成为了职业习惯，这个强迫症一样的习惯也让他安然在警察系统里藏身了多年。他也跟徐春风一样，为善后的事情担心着。虽然道员已经葫芦僧乱断了葫芦案，但是廖老么他们依然可能因为不服而滋事，被抓的曾持也可能牵连出其他事端来。

徐春风、方定祥二人分别回到了各自的住所。徐春风发现华少昌早已睡了，也只有先回屋休息。方定祥考虑了半天，决定明天先不去上班，先去办一点儿私事儿。

第二天，徐春风醒来的时候已经日上三竿。他醒来第一件事就是询问华少昌去哪儿了，伙计告诉他东家一早就出门了，徐春风顿时感觉不妙，风风火火地穿上衣服就往警所跑去。等到他赶到警所门口，两个方定祥的手下在门口把他给拦下了。

"徐舵爷，您这着急忙慌的是要干啥？"其中一个问。

"看到华少昌了吗？他是不是进去了？"徐春风连忙问。

"没错。"另一个警察说，"进去得有小半个时辰了。"

徐春风心里暗暗叫着坏了坏了，立马拨开两个人就往警所

第六章 偷天换日

里面去。两个警察倒也不拦,其中一个说:"这年头,货栈的东家居然都想为个革命党作保,真是稀奇。"

徐春风冲了进去,却发现警所里跟往常一样,除了打扫卫生和来来往往的警察,并无二样。正在疑惑间,方定祥从背后拍了拍他的肩膀:"找什么呢?别找了,肯定被关起来了。"

徐春风回头一看是方定祥,又听了他的话,顿时有点泄气,没想到千算万算,最后还是算漏了华少昌真的会奋不顾身地去救那个书呆子。

方定祥看他没说话,继续说:"走吧,别看了。找地儿坐坐。"

徐春风一想,事到如今也没有别的办法,只有跟着他走了。二人走到离警所不远的一处茶馆坐下,方定祥叫好了茶,还顺带叫了点点心,他边倒茶边关心地问:"徐舵爷怕是还没吃早饭呢吧,先垫垫。"

徐春风倒也不客气,抓起一个点心就往嘴里送。方定祥从怀里掏出来一份报纸,慢慢地推到徐春风面前。徐春风瞄了一眼,是一份当日的《蜀报》,头版显眼的位置以《鱼霸欺行霸市惹民怨,商贾仗义执言为书生》为题刊登了一个豆腐块的报道。

徐春风看了一眼方定祥,方定祥面无表情地端着茶杯喝了一口茶。徐春风仔细地将报道从头读到尾,读完才发现,这篇文章以春秋笔法把昨日的冲突淡化成了民众对鱼霸的抗争,把华少昌为曾持奋不顾身想要作保换成了商人对书生的关心关爱。只是他觉得这样的报道很难让众人信服。

"这报道能让人相信吗?"徐春风质疑道,"廖老幺和衙门里的人都不是傻子。"

"这《蜀报》本来也不是给寻常老百姓看的。"方定祥说,"普天之下,识文断字的人也就那么多,能有钱买报读报的更少,对于事情的真相是什么,这么大的一座城,每天拉屎放屁、杀人越货的事情太多了,老百姓要的就是个说法。"

徐春风不得不佩服方定祥的这番话,但依然觉得靠这么一张纸就想瞒天过海还是有点悬乎。"这报纸,你能写得,别人也能写得,老百姓到底信谁的?"

"那就看谁先写了。"方定祥说。

"那也不能瞎写。别的不说,就说曾持抛撒的传单和呼喊的口号,现场很多人都看到听到了。这纸上却啥也不写,就能简单地把革命党写成就是个普通的书生?"徐春风依然觉得单凭一篇报道扭转事实还是不可思议。

方定祥也并不直接回答徐春风的质疑,缓缓说道:"徐舵爷可曾听说过杨翠喜?"看着徐春风摇摇头,方定祥继续说道:"这杨翠喜原本是天津卫的名妓,本来与时局八竿子也打不着。可在农工商部尚书载振奉旨赶赴吉林督办学务,路过天津的时候,被天津南段警察局总办段芝贵巴结上了。这个载振可是庆亲王奕劻的长子。为了当黑龙江巡抚,段芝贵重金买下了杨翠喜并送给了载振。"

徐春风仔细地听着,就像是在听说书人说书一样。方定祥看他听得认真,继续说道:"本身就是起风流韵事,官场也早就见怪不怪。可是这段芝贵恰恰是袁世凯的旧部。瞿鸿禨、岑春煊等朝廷大员早就对慈禧、奕劻、袁世凯弄权不满,自然借着这个机会上奏弹劾。这事儿就叫丁未大参案。"

"你说的这些跟报纸也没啥关系啊。"徐春风反问道。

方定祥笑了,说:"假如没有报纸,这事儿或许就是朝廷调查的那样,载振丁点儿错都没有。老百姓也就不知道这些风流韵事。就是汪康年办的《京报》把这事儿报道了出来。最后轰动了京城。"

徐春风此时终于有点明白为什么报纸会有这么大的影响了,但是他还是有个问题不太明白,他问道:"照你这么说报纸的确影响力很大,但是朝廷也可以直接把报社给关了,把人给抓了,那报纸就没啥影响力了。"

方定祥笑着说,"关了就另起炉灶再开一家,只要人在笔在,影响力就在。"

"你们革命党人也是这样吗?"徐春风突然问道,"只要人在枪在,就不怕失败?"

方定祥看着徐春风,徐春风也看着他,两人相视了许久。方定祥并没有回答这个问题,只是说道:"看起来报纸应该送到全城各处了,隔几日舆论起来了舵爷再去捞人就方便多了。"

"嗯。"徐春风说,"这次你帮了我大忙,徐某实在是不知道怎么感谢。"

"您客气了,徐舵爷这次也是帮了我们大忙。"方定祥说,"我能做的只有这些了。这次舵爷把自家兄弟救出去就安排他回乡躲一躲吧。曾持的事儿我们会想办法营救。毕竟还有很多同志都被关在一起。"

"嗯。"徐春风点头说,"我这兄弟啊,也读过书,差点出洋求学,多少还是少不经事。等他出来了我就安排人送他回家。"

"那我就提前感谢舵爷了。"方定祥说完起身准备离开。走之前他冲着徐春风拱了拱手说,"重庆那批硬货,请舵爷放心。"

徐春风也起身拱手回礼,并目送着方定祥离开。他坐下后,隐约觉得自己似乎卷入了一场风暴,这里面有着各种各样的力量,有的力量想要借助于他,想要拉拢他。有的力量却似乎并不在意他,刻意忽视他。还有些力量看不清楚是好还是坏,但那环伺他的眼神又多少令人不安。

他望着依然放在桌子上的那张报纸,那张报纸散发出来的油墨味道清新可闻。那股特有的香味怎么也不能让它跟报纸所能展现的强大威力联系起来。那张纸是那么薄,印刷的质量也仅仅比以前的木板印刷要好一些,被水打湿的地方已经开始晕墨。这张轻易可以被水打败的纸张居然能有引发政治争斗的能量?徐春风怎么也想象不出来。

直到三天之后,有警察上门通知徐春风去领人,他才相信了这几张纸的力量。徐春风赶到警所的时候,邓孝可、方定祥已经陪着道员徐樾聊了会儿了。众人见徐春风来了,便收敛起笑容,开始公事公办。很快就完成了具保的手续,徐樾吩咐手下把华少昌带上来。吩咐完之后对着徐春风说:"年轻人行差踏错很正常，但是路子千万不能走歪。回去之后好好教导。"说完敷衍地跟大家道了别就走了。

华少昌走出来的时候，还不时回头张望。徐春风看到他已经明显地饿瘦了，心里多少还是有点不忍。但他依然声色严厉地训斥道："不是让你在货栈待着嘛，你老婆潘氏已经上城里找你，你怎么跑到这里来胡闹了！"

华少昌依然想辩解两句，可一开口就结巴了："我……我……"

邓孝可在旁边打圆场说："都是同学，彼此帮衬也可以理解。舵爷莫要过分责怪。"

方定祥也在旁边帮腔："点到为止就行了。舵爷，教育兄弟还是回家教育。"

徐春风始终看着手足无措的华少昌，也不说话。他知道华少昌依然想着那位在里面的同学。只是此时他也不好点透，只得匆匆跟二位告辞，拉着华少昌回去了。

回乡

等回到广成货栈的时候，原本热闹的货栈居然门可罗雀了。二人疑惑地走进去，才发现伙计们都围在了华少昌屋子的窗户下面，围得水泄不通。徐春风走过去，三拳两脚地把众人赶开了。他走进屋去，才发现里面坐着的是一个清秀的女子，正是华少昌的妻子潘氏。

徐春风拱手道："弟妹啊，少昌也回来了，我把他叫过来。"

"徐大哥……"潘氏起身叫住了正要离开的徐春风,"我这次来是想着让少昌跟我回广安。母亲在家也经常念叨他。"

徐春风点点头:"应该的,成都最近也不平静了。"他说完转身出屋,把愣在外面的华少昌推了进去。

现在屋子里只剩下了华少昌和潘氏。

"这次来看你,还是有个事要问你,以后是你跟咸声回广安还是我搬上来住?"潘氏问道,"咱们一家人不能你一头我一头的。"

徐春风明显没将他坐牢的事儿告诉潘氏。他也稍稍松了一口气。

华少昌轻声说道:"还是先攒点钱吧。现如今世道也不太平,等我跟春风大哥再把货栈生意做大一些,有了自己的分号,我就能回乡住了。"

"钱总是挣不够的。"潘氏说道,"母亲身体这些年也越来越不好,早点在家尽孝也好。"

华少昌一想到自己的寡母就觉得愧疚,他十二岁的时候父亲就因病去世了,是母亲一手把自己拉扯大。作为一名勤劳朴实的农村妇女,她除了让自己吃饱穿暖之外,还想方设法地让自己读书。先是读的私塾,后来村里的私塾先生死了,又把自己送到了成都政法学堂读书。这在当时村里的人看来都是"脑壳有包"的人才能干出来的事情。

但也是在政法学堂读书的这段经历,让华少昌更早地成熟,更早地接触到了社会局势,充分体验了人间的冷暖炎凉。

第六章 偷天换日

在学校里，他强烈的传统文化观念在西方文化的冲击之下其实也在慢慢地发生着变化。

从政法学堂毕业之后，华少昌的很多同学都走上了仕途，现在有一些人也是混得风生水起。华少昌本来也想求个一官半职，但是一想到母亲还在乡下劳作，他还是想尽快回乡尽孝。华少昌最终还是选择了在洪门的庇护之下经商，现在也算是在成都站住了脚跟，潘氏的这一番话也提醒了他。

是啊，他也该回去陪陪母亲了。

"咸声呢，我来了还没看到他，问这些伙计他们也说不清楚。"

华少昌告诉她，儿子去重庆看新式学堂了。

潘氏听后皱紧了眉头。

"你放心，咸声注定要和我们不一样的。多接触点新鲜事物对他有好处。"

"我不求他大富大贵，只求他平平安安就好。"

华少昌答应了潘氏便去找徐春风，此时徐春风正坐在床沿上缝衣服。看着华少昌进来，他头也不抬就问："商量好了？"

"商量好了，还是回乡下。"华少昌边翻箱倒柜找被褥边回答道。

"这样也好，老人家年纪大了，回家多陪陪母亲吧。"徐春风似有不舍，但一想保释他的情形，还是同意他回去。

"春风哥，等我回去安顿好之后，我再回来陪你。"

"不行，成都你就暂时不要回来了。"徐春风坚定地说道，"其实你回去也好，最近成都不太平，广安暂时也是避风的地方，你先安顿好，等哪天我混不下去了就去广安投奔你。"

"那好，我先打好根基，等候大哥到来。"华少昌说道，"我想出点钱把村里的翰林院给修一修，回去把私塾再开起来，而且你跟革命党打交道，以后在广安也算有个点。"

徐春风听了想了想，问："村里的私塾先生不是早死了很多年了么？修了也没人授课啊。"

华少昌笑着说："这不是有辛先生么，把请他回去不就行了？"

"他？"徐春风听了摇头，"他也就是能开个蒙，现在西学这么先进，咸声也长大了，他那些东西不成了。"

"我看挺好的。"华少昌说，"原来的周老先生在的时候，也就是教授我们一些启蒙课文，这些对正衣冠明事理还是很有用的。"

"上致君、下泽民那一套？"徐春风嗤之以鼻地说道，"我看这宣统小皇上也坐不了几天天下了，这些东西学了还不如不学。"

"不过辛先生对西学好像也不感兴趣，他说西式学校都是宣传造反有理的理论。"徐春风叹了口气，"这次去重庆也不会有什么好结果，再说咸声年纪也确实比较小，过几年再说吧，这样你把辛老头也带回去吧，这老头也是可怜。"

华少昌也接着话题说："我也是这么个意思，给辛大哥养老，至于教学，能教就教，不能教我们可以另外再请。再说这一老一少还挺投缘，让辛先生跟我回乡带带咸声不也挺好的？"

徐春风想了想说："嗯，这倒是。咸声整天跟在我身边也不是个事儿。跟这帮糙老爷们久了，早晚会把他也带到跑江湖这条路上来。"

华少昌听了有点奇怪，问道，"跑江湖怎么了？我看洪门兄弟还是最仗义的，比那些衙门的人好百倍。"

徐春风笑了，那是有点苦涩的笑："哪个跑江湖的不是刀尖上舔血的？你看我们身边的人，老了有几个能安稳的，再说这碗饭也就吃个青春饭，虽然现在被人尊称为舵爷，可等到老了，打不动了、扛不起了，又哪个办？"

华少昌听完也沉默了，他十分认同徐春风的话。可在这样的乱世里，又有多少人能一直安稳体面地活着。很多人甚至连选择的机会都没有，只能是仓促地接受命运的安排。华少昌从来不觉得徐春风就只能当个洪门大哥，假如他也能接受更好的教育，完成那段美好的姻缘，他或许会走向别样的人生。这个世界上又怎么可能让每个人都如意地选择自己的人生或者未来呢？都是龙生龙凤生凤，老鼠的儿子会打洞，各安天命罢了。

华少昌想到这儿觉得自己也开始沾染上了曾持的书生气，一辈子很短，如白驹过隙，转瞬即逝，可这种心情很长，如高山大川，连绵不绝，应该做些大事才不枉来这世间一遭。

"那你想让咸声做啥子？"华少昌问。

"当大官撒。"徐春风说，"当了官老爷就能出人头地了。"

华少昌被逗笑了，他没想到徐春风看上去这么老成的人，在咸声的前途问题上却这么普通。

"现在科举都没得了，有枪就是草头王，要当官还是得靠拳头靠枪。"徐春风拿手比画着枪的样子说，"乱世出英雄撒。

咸声只要是出类拔萃，不愁没得官帽儿的。"

华少昌突然觉得徐春风这话才是抓住了当下的事态本质，就像他刚到这码头做生意一样。那时候也是华少昌最辛苦的时候，既要收货发货又要盘点，还要不断被官府和码头上的地痞恶霸刁难。往往是这一波保护费才交没多久，新的势力又来再收一波。直到有了洪门堂口的招牌才算安稳了许多。

当初之所以选择用广成这个牌子，是它的寓意好，广成广成，"业务广大，成功立业"，而恰好这两个字既涵盖了自己的老家广安，又包含了主要经营地成都。

后来遇到徐春风，自己转到幕后，并在他的建议下借着洪门的招牌开始把业务拓展到盐茶，自己只管着人事和财务收支，江湖上叫他三爷的人也慢慢多起来，这生意才算开始顺风顺水。虽然他华少昌平时不怎么以洪门兄弟的身份活动，但这碗饭能端稳，还真的是靠的枪和拳头。

"先回去陪陪他奶奶，但以后还是得送他读书。"华少昌说道，"虽然现在天下不太平，但以后总归会天下太平的，现在读书以后用处才大。"

"嗯。"徐春风也表示赞同，"书肯定是要读的，还得像你一样喝点洋墨水。"

华少昌听了笑了："我那哪里算是洋墨水，我那都是掺了水的洋墨水。"

他像是突然想起来什么，问道："辛先生和咸声他们到重庆了么？"

徐春风想了想说："没那么快，他们得走一二十天。这才几天。"

"路上会不会出什么事儿？"华少昌关心地问。

"应该不会。"徐春风斩钉截铁地说，"我派了人沿途跟着，而且重庆那边也有人接应。"

"重庆那边的人靠得住不？"华少昌问。

"都是革命党，而且他们也是想拉拢我们，不会有胆子拿咸声他们怎么样的。"徐春风说。

"那官府会不会继续查我们？"华少昌担心地问，"现在我们跟革命党走得这么近，恐怕早晚有一天官府会收到消息。"

"这也没啥。"徐春风不在乎地说，"官府里现在也都是革命党，连新军里都有很多，邹容写的《革命军》在各地新军里都快成了公开的秘密了。先不说通风报信的人，就是哪天真的变天了，他们换身皮就一样做官老爷，没必要再查我们。更何况现在无论是官府还是革命党人，不都得忌惮咱们洪门兄弟三分？咱这叫奇货可居。"

华少昌说道，"理是这么个理，但还是小心为上。"

徐春风听了这话突然想起了曾持的事儿，他想自己也应该提醒一下华少昌，就说道，"这话应该我说给你听吧？你跟那个曾持走得倒是很近啊。"

华少昌听了有点慌乱，他不敢正视徐春风，眼神四处游走着说："我……我只是想帮帮同学。"

徐春风觉察出华少昌的不安，也就没有继续追问下去，只是平淡地说："对这些革命党人还是要防着点，自古以来都是能够一起打天下不能一起坐天下。更何况现在还是大清的天下，他那些言论要是较真是要掉脑袋的。"

华少昌点了点头，徐春风继续说道："他给你的那些小册子，我看你读得很认真，你现在有家有业的，跟我不一样，要不要走那条路，要考虑清楚。"

徐春风显然已经看透了华少昌的心思，他看出了华少昌认同甚至有点想参加革命的心。徐春风自己也对革命党的那套理论多少有所了解，他也知道很多洪门兄弟实际上已经加入了同盟会。不仅是洪门，就连行帮、商会、戏园子都有很多人是革命党了。甚至有一段时间徐春风也在犹豫自己要不要加入革命党，成为那燎原之火的一员。但当他看到了听到了诸多革命党起义的消息后，徐春风并不觉得革命党就比跑江湖更高一筹，甚至有些时候临阵脱逃、贪生怕死，连洪门兄弟都不如。

徐春风也承认革命党人特别是同盟会在组织和入会仪式上比洪门里正规多了，他们还有自己的纲领，有着共同的目标。这些都比以前的天地会、太平天国好多了。虽然洪门以前也曾有过"争天夺国""反清复明"的口号，也有一套入会的仪式，但在现在这个年月，活着是比造反更基本的需求。徐春风承认自己是在作壁上观，毕竟识时务者为俊杰，只要时机成熟，他也会义无反顾地加入革命队伍的。而且现在徐春风要人有人，要枪有枪，到时候也会是各路人马争取的对象，不愁在革命党中没有一席之地。

华少昌今天的提议也无疑是给他提供了另外一种思路。只要是能把华咸声给安顿好，他们便可以更加无所顾忌地展开手脚做一番事业。"

华少昌听了徐春风的话之后，轻轻地点了点头，说："春风哥，你放心，下次我不会这么鲁莽了。"

徐春风也点了点头，说道："走吧，叫上大伙，咱们出去好好吃一顿去，给你饯饯行。"

众人听说晚上能够打牙祭都十分高兴，连伙夫也跟着乐呵。徐春风招呼众人聚齐之后，又喊了几辆人力车，开始陆续分批前往少城聚丰餐馆。华少昌坐在人力车上也高兴极了，毕竟这是难得的大家聚餐的时间，而且又选的是聚丰餐馆。

提到这聚丰餐馆，在成都城可是名震一方，也是汉人进少城开的第一家餐馆。光绪三十一年（1905年）官府办"皇会"，庆贺慈禧太后七十大寿的时候，聚丰餐馆做的海参鱼翅五彩牌坊轰动了全城，之后包席就供不应求，必须提前十余日预订。

光绪三十三年（1907年），成都少城附近要修劝业场，这期间，四川劝业道总办周善培经常与随从人员等一道到聚丰餐馆包席宴请。周善培喜欢聚丰餐馆的菜，便盛邀餐厅老板李九如到少城开分馆，并与驻少城的八旗将军卓哈布联系，得到了他的支持。李九如即请风水师进少城考察多次，最后选中了祠堂街南边关帝庙附近。这里临近迎祥门，是枢纽地带，位置适中，开业之日，卓哈布及周善培等大员还曾亲往祝贺。

少城的聚丰餐馆用的是苏州园林式风格，还在关帝庙旁另建有大门，设计、布局也别具匠心。庭院门口是青砖门枋，门枋上用朱红颜料堆塑"聚丰餐馆"四个大字。聚丰餐馆可同时办席两百多桌，一次供近两千人进餐，一举成为成都最大规模的包席餐馆。门前自然是车水马龙，人流涌动。

华少昌等人从到大门口开始，便如同刘姥姥进了大观园一般看得眼花缭乱，只见进门第一个院子为大厅座位，第二个院子为包席院，包席院有便桥跨金河两岸。众人走进包席院，看到二十余间包席厅苑堂室皆风格各异、各有其名。最大的包席间因门前有五棵大柳树而名五福堂，其他分别有君子轩、映月轩、长春苑、友源室、锁月堂等，皆各有名家手迹诗书词画匾额。

庭园中有荷花池、假山、喷泉、花架、盆景、亭阁、水榭、石舫等，规模宏大，布置精巧，丝毫不输总督府后院的景致气派。所用瓷器餐具清一色的景德镇合兴社制作，而且规矩严格，这喜筵要用红釉瓷器，丧席要用绿釉瓷器，祭宴要用黄釉瓷器，每次包席所用的餐具须是一种色调、一类纹饰。贵重菜品使用较大的器皿，一般菜品使用较小的器皿；煎炒菜品用盘，汤羹菜品用碗，就连筷子都是清一色的象牙筷，可让众人开了眼界，赞不绝口。

与其他餐馆不同，聚丰餐馆还为许多菜独创了专门的餐具，如用"鱼船"盛鱼，用长方盘装"烤方"，用荷花瓷盘装"出水芙蓉"，用攒盒装冷菜等，不仅有鱼香肉丝、宫保鸡丁、水煮肉片、夫妻肺片、麻婆豆腐、回锅肉、泡椒凤爪、辣子鸡等传统川菜，还有京味烤鸭、海参、鱼翅、孔雀蛋等难得一见的珍贵食材，就连送菜的堂倌们也都是统一着装，个个精神利落。

一顿大餐下来，不仅让徐春风花了血本，也让华少昌和那些吃惯了货栈大灶的伙计一个个喝得酩酊大醉，甚至多年之后想起都是念念不忘。

第七章
初进重庆

警告

华少昌他们第二天就出发了。背海堂里现在只剩下了徐春风。他难得能有这么空闲的时候。人总是容易在空闲的时候失去方向，找不到想要干什么或者想不明白该干什么。

没有了华少昌和华咸声的声音，徐春风总感觉少了什么，就这样漫无目的地吃完了早饭，出了门之后在门口站了好一会儿，挠了半天头才打算今天就随便往哪里走吧，走到哪儿算哪儿，想起事儿来了就做，没有事儿就继续往前走。

他就这么放空自己，边走边看街上的风景。此时的街上已经人来人往，各类小贩或坐摊或挑着担子在沿街叫卖。徐春风突然想往城外方向走走，去城墙上转一转。

成都是个有着宏伟城墙环绕的城市，城墙是从明朝初就开始修筑的，明太祖朱元璋夺了天下后，封七岁的第十一子朱椿为蜀王，就派景川侯曹震开始营建成都城墙和蜀王府。因为蜀王府是按照南京皇宫缩小比例而建，故成都人皆称之为"皇城"。

等到明末清初张献忠兵败，离开成都前，纵火焚烧了成都宫室庐舍，夷平城垣垛堞，王府也就给毁了。直到康熙年间，四川省会由保宁迁还成都，朝廷将就蜀王府正殿殿基修成规模不小的致公堂；气势宏伟富丽堂皇，又将就前殿殿基修成一座颇为崇宏的明远楼，还把其中一部分改为三年一考试的贡院，所以这条街又称为贡院街。

第七章 初进重庆

从城墙上放眼望去，宏伟的明远楼、致公堂与满眼的青砖瓦房、四合院、吊脚楼相得益彰，铺石板的老街上小贩的吆喝声此起彼伏，古刹钟声传来，成都城平添一种古老的遗韵。徐春风虽然是个粗人，但显然也有着这种凭吊古迹的爱好，算计着转这么一圈差不多天就摸黑了。

徐春风正准备转身往回走，刚一转身，没承想就碰到了洪门新津仁公堂大当家林宝斋。林宝斋冲他一笑，说道："这不是背海堂的徐舵爷嘛，近来可好？"

徐春风被吓了一跳，他和这林宝斋虽然同为洪门，但平素也没什么来往，他暗道今天有点来者不善的意思，但也很快镇定下来说："哟，什么风把仁公堂的林舵爷给吹过来了？"

林宝斋依然保持着微笑，说道："徐舵爷最近打死了王鱼头，廖老幺都能不找你麻烦，您的面子相当可以啊！"

徐春风听了忙不迭地说："林舵爷您这话说的，可让我没地方躲去了，那是一场误会，没想到要打死王鱼头。好在廖舵爷也是通情达理之人，没跟我一般计较。"

林宝斋听了哈哈一笑，说道："闹出了人命还能通情达理？我真想好好听徐舵爷说道说道。要不咱找个地儿喝个茶？"

徐春风看了下林宝斋，心想无事献殷勤，非奸即盗，不过反正今天也无事可做，虽然不知道你葫芦里卖的什么药，但怕也毒不死我徐春风，便一口应承下来。

二人一前一后就进了附近的聚仙阁茶馆，上二楼直接进了包房。林宝斋把一众小弟留在了外面。等到堂倌上完了茶叶和点心，林宝斋边给徐春风倒茶边说："徐舵爷难不成是惦记着王鱼头的买卖，才这么下的死手？"

徐春风一听连忙说："嗨，我您还不了解？我就是一个棒棒头头，干的就是个下力气的买卖。你真让我买进卖出，我还真不行。"

"那你给说道说道，把人家王鱼头打死了图个啥？"林宝斋把茶杯递给徐春风。

"这真是个误会。"徐春风慢慢解释说，"那天吧，有人托我从王鱼头那里买了一批鱼虾。王鱼头把所有的都封好了送过来的，没想到等到我们启运的时候，有个棒棒摔了一跤，摔破了一担。臭味就冲出来了。我一看，不仅那些鱼虾都是臭的，里面还混装了很多石头。你说这不是典型的欺负人吗？"

徐春风看着林宝斋微微点了点头，继续说道："我就派人跟王鱼头去理论理论，没想到人家早就做好准备了。以上打下、以逸待劳，我几个兄弟都被打破了头。打急眼了，可能谁也没注意到，一不留神，就把他给打死了。"

林宝斋听完，说道："原来是这样。那徐舵爷怎么着也得对人家孤儿寡母的表示一下吧？人家也不容易。"

徐春风说："那肯定。我早就派人去送过银子了，以后他家有什么困难，我肯定也是极力帮助，义不容辞。"说完，他看着林宝斋说："林舵爷不会是为了这事儿来给我和廖老幺谈和的吧？"

林宝斋微微一笑，说道："看你说的，我能有这么大的能耐？"

徐春风也笑了，伸出一个大拇指道："林舵爷有多场面，我们这些兄弟又不是不知道，四川总督锡良您都能递得上话。现在您的堂口又是仁字头的这个，谁敢不给面子？"

林宝斋被徐春风奉承得很舒服，但他也没忘了自己这次来的目的。他摆摆手说道："徐舵爷莫来给我上眼药。您才是不喜欢按照江湖规矩走。全川三十一个堂口，各个堂口都是按照仁义礼智信取名，俗话说，仁字有顶子、义字讲银子、礼字拼刀子、智字贩鸦片、信字罩青楼。就您，偏偏取个背字，哪儿跟哪儿也不挨着。"

徐春风自然明白林宝斋的话，从道光年间开始，洪门各个堂口的命名有个不成文的规矩，做朝廷官府生意的就用仁字头，开货栈运财物盐茶的就用义字头，江湖卖艺用礼字头，贩卖军火鸦片福寿膏用智字头，管理青楼戏院的就用信字头。

见他并不接话，林宝斋继续道："徐舵爷以货栈生意起家，当年开山立堂，大家都说取个义字头是理所应当，结果当天义字变背字，传出去后可是让其他省的堂口取笑了很久。"

徐春风听到此处却也不恼怒，笑道："仁字旗士庶绅商，义字旗贾卖客商，礼字旗卖艺耍枪，靠的是武艺高强，智字头干的折寿的事，咱不敢碰，信字头女人多阴气重，不能掺和。我们本来就是一帮力哥和背二哥，养家糊口的，取个背字头挺好的。"

"人各有志，堂口名也没有说必须就这么定，都是小事，毕竟以徐舵爷的本事能力还有眼光，取什么名字都可以混得风生水起，但有时候有些规矩，还是得遵照着执行的好。"林宝斋慢悠悠地说出这番话，徐春风立即猜到了他的真正来意，看来自己是在某些地方让林宝斋不满意了。

但他细想，自己跟林宝斋的关系一直一般。林宝斋以前跟华少昌徐春风一样，也是开货栈的，开山立堂就用的义字头，堂口还有不少绿营兵和新军，私底下偶尔踩智字头堂口的线，贩点军火鸦片捞点外快，后来搭了总督锡良四姨太的关系，又以认购川汉铁路股票的功劳，给朝廷捐纳了个七品顶戴，义字头方才改成了仁字头。

上次林宝斋义公堂更名为仁公堂的时候，灌县张捷先、广汉二侯、温江吴庆照、崇庆孙泽沛、双流秦载赓这些洪门堂口的舵爷悉数到场，他徐春风也是在场的，唱《镇山令》喝鸡血酒他可是一样没落下。林宝斋在现场以"洪门仁字旗厚德公堂口"名义认购川路股票二十万两的时候，他也是跟着一起认购了的，虽说只有区区一万两，比不上其他财大气粗的堂口舵爷，但也是给足了他林宝斋的面子。

徐春风实在是想不到自己在哪个地方得罪了这位林舵爷，只好问："不知道林舵爷说的规矩是指……"

林宝斋依然慢条斯理地说："今儿咱们就是闲聊，徐舵爷也别太上心。"

徐春风知道林宝斋正在寻摸合适的时机，像林宝斋这样老谋深算的人，向来是不会直接抖搂出自己的想法或者主意的。现在这屋子里又只有他们两个人，没有其他人帮忙点破或者递个话，自然就变成了两个人逗闷子打哑谜，慢慢地再变成太极推手。在你来我往之间尽显话语的锋芒。

"不光是规矩，有些话，该说不该说的，我想徐舵爷应该心知肚明。"林宝斋依然保持着不紧不慢的语调,一步一步地掀开他那张谋略了很久的地图。

徐春风说道:"瞧林舵爷这话说的。人说话就跟吃饭拉屎放屁一样,这都是必需的。不说话能把人憋死,乱说话也能把人说死。这就是得看个度。"徐春风决定就顺着林宝斋的话往下说,继续兜圈子绕弯弯。

"是啊,凡事要有度。"林宝斋说道,"我也能理解徐舵爷为何刻意跟我们保持距离,对我们仁义礼智信五堂充满了不屑。归根到底就是有能力有本钱。"

林宝斋这一招迂回让徐春风有点始料未及,他赶忙说:"不是不屑,林舵爷您这话说的。我那是不敢,没那本事。"

"那不如让我林某人操刀,也揽点肥差,把你背海堂改成仁字头或者义字头?"林宝斋突然说道。

徐春风听罢心里咯噔了一下,他摸不准林宝斋这是真心实意想给他背海堂更名还是试探他。他想了想还是决定婉拒:"林舵爷莫开我玩笑了。我背海堂这小庙可放不下这么大的匾。"

"哎,不必谦虚。"林宝斋听了连连摆手,"徐舵爷现在可是人强马壮啊,光洋枪都有十几杆呢。腰杆子硬着呢。"

徐春风知道枪的事儿早晚会传出去,只是没想到这么快就让林宝斋知道了。但他也并不怕外人知道这事,毕竟这个年头,有枪的才是爷,有了枪腰杆子的确能挺得更直更硬。

"看来林舵爷是惦记着我那几杆破枪啊。"徐春风说道,"那枪也是兄弟们拿命换来的,我留着也是为了给兄弟们保命。

我想林舵爷有这种机会肯定也不会放过。"

徐春风知道林宝斋为了能把堂口更名为仁字头，暗地里使了不少银子，也疏通了不少关系，不光是捐官花了不少钱，据说光给锡良的四姨太的那辆奔驰汽车就花了八千两银子。徐春风也拿不准林宝斋今天找自己说枪的事儿，到底是为公还是为私。

"哈哈哈！"林宝斋倒是先笑了起来，说道，"徐舵爷别多心。枪自然是好东西，谁也不会嫌多。这个世道上，有枪总比没枪好用。我林某人既没有打你枪的主意，也不想知道你的枪是哪里来的。咱们彼此按照道上的规矩，不听不问不闻就行了。"

徐春风听了拱手致谢，说道："有林舵爷这句话，我就放心了。"

林宝斋摆摆手，算是接受了徐春风的谢意，然后问道："最近这紫铜很是抢手，徐舵爷的背海堂想必也能接一些活路吧？"

徐春风一听这话，顿时觉得林宝斋这说话的套路已经完全超出了自己的想象。他也听说四川总督锡良、布政使许涵度、商务劝工局总办沈秉堃三人合伙挪用川汉铁路公司的商民股金办了重庆铜元局。

这铜元局也是全国四大铜元局之一，专铸新式铜圆。重庆铜元局位于苏家坝，水路便捷，上游还有多座紫铜矿，生产的紫铜可以顺江而下，生产的铜圆也可以从水路运输出省。铸造铜圆本来就是一本万利的生意，这么好的生意自然也是掌握在官家手中。林宝斋来给徐春风递话，难不成是有某位官老爷想要借他谋利？

"这紫铜生意关系到铜圆生产，应该是官家垄断的吧？我可没指望能接到这种活路。"徐春风说道。

"锡良已经准备调到东三省，赵尔巽即将做四川总督，他弟弟赵尔丰来做驻藏大臣兼任川滇边务大臣，要忙着接手。加上如今朝廷搞新政，连咨议局都成立了，官家哪里有那么多闲心管这些。"

林宝斋的话让徐春风意识到这可能是又一次利益的大洗牌，只是他猜不到是谁想要把这块利益放出来。他说道："如果林舵爷看得起我，愿意分点给我做，我徐某人义不容辞。"

林宝斋意味深长地笑了，说道："应该的。徐舵爷这个影响力，连《蜀报》都刊载您的事迹，这也是不得了啊。"

徐春风这才明白过来，兜了一圈，原来林宝斋是以为自己跟四川咨议局的人有交情。毕竟《蜀报》是咨议局的机关报，日常发的文章都是呼吁改变君主专制体制，实现民权自由以保证立宪整体实现，呼吁川人竭诚、竭智、竭力于立宪。发上次那种文章确实十分罕见。徐春风也只有跟着打哈哈，开玩笑说道："看来上次的事情确实闹得很大，闹得新旧老爷们都晓得了。"

林宝斋也笑了，边笑边说，"能想到靠报纸捞人，也就是你徐舵爷了。"徐春风其实知道那篇文章不是自己写的，更不可能是自己找人发的，那实际上是方定祥找了邓孝可才搞定的。徐春风也不知道这些咨议局的人为何又跟革命党的人过从甚密。他也只有理解为二人可能早就认识，私底下有交情。但他现在不知道林宝斋到底是什么路数，他只知道林宝斋跟官府也经常打交道，至于他是立宪派还是革命党，他就完全无从知晓了。

"我那兄弟也是年轻鲁莽，只是觉得是曾经的同学，落难了要帮一把，没别的。"徐春风解释道，"不然道员老爷也不会轻易放人不是。"

林宝斋也不应承也不反对，只是说道："兄弟我还有一事儿想问一问徐舵爷。"

徐春风意识到林宝斋终于要切入正题了，立马回道："林舵爷，您请讲。"

"记得上次我奉总督府的委托，主持四川洪门各堂口的股票认购会，大家都踊跃认购川路股票。我记得徐舵爷也是认购了。"林宝斋说道。

"确有认购。"徐春风简练地回答道。

"认购了多少来着？我这年纪大了，有点健忘。"林宝斋继续问道。

"一万两。"徐春风答道。

"噢对对对。"林宝斋说，"当时我记得最多的认购了二十万两。总督府还特意给第一名颁了个川西名流的匾额。最少的也有五千两。这些钱我都如数记在了功德簿上，转交给了总督大人，还为各位总舵把子请功。"

徐春风听了这话觉得别扭，你直接说你认购的最多，匾额给的是你就行了，自己想要得名得利，捆绑着大家捐钱捐物，怎么说得好像是你在为大家做天大的好事、无量的功德一样？

林宝斋没有看出徐春风脸上的些许不满，继续说道："认购了之后，大家的钱就都进了铁路公司的账上。这眼下铁路的勘探已经基本完成了，就差破土动工了。但我却听说徐舵爷前几日把认购的股份全都卖了？"

徐春风已经预料到林宝斋要问这个问题了，他早已经想好了应对的措辞。他从容不迫地说，"最近手头有点紧，我那个兄弟想回乡，要翻新老宅和私塾。这不都要钱嘛。就先卖了股份换钱用。"

林宝斋有点不相信地说道，"徐舵爷要是缺钱可以跟我说啊，我直接给您周转一下就是了。"

徐春风忙说："不用不用。这不都解决了嘛。"

"但是您这一卖股份，导致好几个堂口舵爷都想跟风卖股份了。徐舵爷不是不知道这路对咱四川人而言有多重要吧？"

徐春风连连点头，答道："知道，知道。"

"我林某现在是有功名的堂口当家人，做人做事就得为官府着想，为老百姓着想，为咱们川人着想。如今官府想得最多的就是修这条川汉铁路。而这川汉铁路最急需的就是筹集股金。我们洪门中人也是责无旁贷。"林宝斋说得大义凛然，徐春风也不好接话，只有连连点头。

"为了这路，为了不让外国人、外乡人插手，商人们、学子们、士绅们，哪个不是倾尽所有？有些小学生还自发成立一钱会，每天捐出一文钱支持修路，甚至连城中娼妓都有捐认购。这路只要修成了，利润可观不说，也是利国利民的好事一桩。徐舵爷干吗为了一时之困放弃了这名利双收的好事?"林宝斋说得极其诚恳,把徐春风都快说感动了。当然他是不会被这些套话所迷惑的。只是他也不会公开地说出来。

徐春风听了半天,除了点头之外,还表现得有点后悔,他等着林宝斋把话说完,就说道:"林舵爷说的极是。等我缓过这段时间,一定再买回来。"

"这是自然的,但是当务之急还是要让其他的舵爷不要再卖了。"林宝斋忧心地说,"要是我们都带头卖了,其他人看了也跟着卖,那岂不是就把这川汉铁路公司给挤兑垮了?"

徐春风装作后知后觉的样子,拍着脑门说,"哎哟喂,您说的这事儿我可真的没注意到,是我大意了。我以为我卖个股份就是我个人的事儿。"

林宝斋也被徐春风假装出来的真诚所打动了,说道:"你也不是有意的,也是被逼无奈。这样吧,私底下我去卖卖老脸,跟那几个舵爷沟通沟通,让他们千万不要跟风再卖了,以免出事。"

徐春风一听林宝斋已经定调了,也就放心了,反正自己的股份已经卖光了,再出什么意外或者损失都跟自己无关了。至于他人的股份卖不卖,他也一点儿也不关心。

二人的交谈就在这样相互推手间结束了。徐春风其实并不在意会不会有紫铜生意找上门来,也不在意其他舵把子会不会跟风卖出股份。对于他而言,铁路修好了他可以更好地做自己的盐茶生意,铁路修不好,目前的买卖也是照旧能做。对于林宝斋而言，他再次维护了自己在川西一片的官方站台堂口的威严，也能向官府的人证明自己的确是一心向着官家向着老百姓的。这些都是他以后有机会继续搭着总督府的线，引导着各堂口，继续起到上通下达作用的根基。

跟林宝斋道别后，徐春风还有点饿了，他也不打算去城墙看风景了，他随便找了家餐馆胡乱点了点饭菜充饥。徐春风这两天接触了太多的人和太多的事，他需要时间来慢慢消化和梳理。

新式学堂

徐春风还在成都慢慢梳理这些事情的时候，辛佑国和华咸声仍在赶去重庆的路上。此时的重庆虽然表面上仍然平静如水，但已经遍地都埋下了革命的火种。

光绪三十三年（1907年）成都起义失败后，成都同盟会机关遭到了破坏，重庆便成了全省同盟会活动的中心。同盟会重庆支部的负责人杨庶堪借助到成都东文学堂任教的机会，秘密地将重庆成都两地的革命党人再度笼络在了一起。杨庶堪因为字沧白，大家更习惯称他杨沧白，听起来就像评书里的江湖大侠。

说到这杨沧白，也是奇人一个。光绪二十六年（1900年）科举，杨沧白是重庆府的第一名，正儿八经的秀才出身，谁知道后来他不要功名，跑到日本跟着孙文做了革命党，回到重庆后创立了同盟会重庆支部和重庆体育学堂，把自己和邹容在日本发展加入同盟会的王培菁给叫回来当教员，后来又让在成都造过反的革命党人张培爵到重庆府中学堂做了学监。

等到辛佑国和华咸声到达重庆的时候,不光是重庆府中学堂和体育学堂,包括巴县中学、川东师范学堂、巴县女子师范以及重庆教育会等学校和机构,都已经被同盟会会员所掌握。培育出方定祥的成都巡警教练所也是四川同盟会联络各地党人的一个据点。

除了这几个学校的实验室有甲苯、硝酸等制造炸弹的原材料外,重庆府中学堂还有供学生操练用的快枪两百支,关键学校的监督就是杨沧白,学监是张培爵,这批枪就是在自己手上了,可以说重庆不仅仅是人才济济,连武装力量都已经在悄悄集聚。

辛佑国当然并不知道他们此行是要跟革命党打交道,华少昌提前写了一封信,让辛佑国带到重庆府中学堂找章列五,他不知道这个章列五是做什么营生的,他的任务就是要带着华咸声感受一下新式学校的氛围。

他自己从来没上过学,现在所有的知识也不过是机缘巧合慢慢积攒的。对于新学与旧学到底哪个更优哪个更劣,也说不出个子丑寅卯来。他接触过的最高的官就是他们小县城的县太爷。那是一个古怪古板的老头,跟他们一样常年营养不良,导致身材矮小瘦弱,牙齿也参差不齐。胡须倒是茂盛得过分,展现出旺盛的生命力。

不过那也是个读书人的典型样本,永远忘不了的是忠君爱民,张口闭口的也都是仁义道德。对于新学,辛佑国接触得更少,他只知道那是要学国文、算术、中国历史、地理、博物、图画、音乐和体操等各项名目的学堂。传统私塾教授的三纲五常、三从四德也一样是要学习的。这在辛佑国看来，不过是旧学之外加上了西方的新课目而已。顶多算是与时俱进，并没有谁取代谁之说。

这漫长的二十多天的旅行也逐渐消磨掉了华咸声对重庆的憧憬与好感，一开始坐马车出远门的好奇感已经消失殆尽，取而代之的是无穷无尽的"怎么还没到"的疑惑。

等远远地看到城墙的时候，咸声的兴奋劲才又点燃起来，他兴奋地冲着辛佑国喊："辛师父，辛师父，快看，我们要到啦！"

辛佑国从车窗看出去，看到的是重庆的老城墙。这是一座跟成都气质完全不同的城市，整座城市像是长在山上，又像是在平地里建好了又被挤压成了山的形状。那些吊脚楼伸出细长的腿，坚强地站在斜坡上、沟壑里。就连城墙，都不是一般高矮的，有时候站在突出地面的大石头上，有时候斜跨在某个坡坡上。

辛佑国在来的路上喜欢不断地跟船家车夫们聊天，从他们嘴里知道了重庆城最有名的除了火锅，还有就是这九开八闭十七门。

自古以来城市修筑时便有不成文的规矩，整座城池大多是规整的矩形或长方形，要有东、南、西、北四座城门，这叫方位皆有定数。但皇城或者首府因为人多城大，城门会多一些。例如北京城，那是天子所在，自古有"内九外七皇城四"之说，指的就是内城九门、外城七门以及皇城四门。

但几千年来留下的规矩也就只有重庆特立独行没有遵守了。三面环江、一面靠山的奇特地形，决定了它的城池形态不可能落于窠臼。因为要在这样的基础上筑城修门，也只能随山就水，因地制宜。秦国派张仪灭巴，改巴国都城江州城为巴郡时，城墙初见雏形。

南宋时期，蒙军南下，四川制置副使彭大雅看中重庆地势易守难攻，便在长江嘉陵江交汇处筑城抵御蒙军，重庆城墙格局基本敲定，但那时候只有一个洪崖门。等到明代洪武年间，重庆卫指挥使戴鼎大兴土木，以五行之位，取"九宫八卦"之象，求"阴阳调和、气运皆通"之意，自此，重庆古城便有了这"九开八闭"十七座城门，这才造就了后来重庆城蜿蜒曲折的城墙与大大小小、环抱重庆府十七座城门的传奇。

看到重庆城墙，辛佑国开始给华咸声朗诵他在路上学会的那首童谣：

朝天门，大码头，迎官接圣。翠微门，挂彩缎，五色鲜明。千厮门，花包子，白雪如银。洪崖门，广船开，杀鸡敬神。临江门，粪码头，肥田有本。太安门，太平仓，积谷利民。通远门，锣鼓响，看埋死人。金汤门，木棺材，大小齐整。南纪门，菜篮子，涌出涌进。凤凰门，川道拐，牛羊成群。储奇门，药材帮，医治百病。金紫门，恰对着，镇台衙门。太平门，老鼓楼，时辰报准。人和门，火炮响，总爷出巡。定远门，较场坝，舞刀弄棍。福兴门，溜跑马，快如腾云。东水门，有一个四方古井，正对着真武山，鲤鱼跳龙门。

华咸声边拍着小巴掌边赞叹道："哇！重庆好多好多城门啊。"

此次他们要从通远门进城，这通远门是重庆城通往外界唯一的陆路通道，门外的七星岗则是一片乱坟岗子。人人都说"通远门，锣鼓响，看埋死人"。当他们刚走进通远门的时候，外面就响起了锣鼓声。"兴许又是哪家死人了吧。"辛佑国心想着，拿手堵住了华咸声的耳朵。

马车一路行进，进城之后的路反而没有之前那么顺畅了，马车在城里爬坡上坎的确没有外面那么快，辛佑国和华咸声也要在马车里不断抓着点什么来保持自身的平衡。这就是山城的奇妙之处，人就像是行走在浪尖上，被抛在半空中。

令人一时间更加难以接受的，也是这里的地形。与成都不同的是，即使是同等宽度的小路，受到地形的挤压，也给人十分逼仄的感觉。加上重庆日常氤氲多雾的天气，整个城市给人一种十分温润柔软的感觉，这与川人豪爽义气的性格形成了鲜明的对比。

这里的力哥棒棒明显比成都还要多，既显露出了开埠以后的繁荣，也暴露了开埠以后的贫困。那些棒棒穿着破衣烂衫，肩膀上扛着赖以谋生的那根棒棒，棒棒上捆着的麻绳通常都被磨得油光瓦亮，那是汗水和灰尘甚至是血肉不断摩擦、浸润后形成的特定颜色。

从那根棒棒被摩挲的姿态，你也可以看出使用它的那位主人的干活习惯。经年累月的挑或者搬已经让很多老年棒棒出现了轻微的高低肩或者驼背，那些年轻的棒棒也已经披上了古铜色的肤色。他们的骨节也似乎为了抗击那些巨大的重量而变得愈发强壮。特有的走路姿态也能让你一眼就认得出那个人就是一个职业力哥。

跟力哥棒棒一样多的还有当铺和教堂，这也是春干夏旱、冰雹水灾的后遗症。辛佑国也去过当铺，准确地说是去过无数次当铺。典当这个东西有了开头，就会像个无底洞一样想要把人吸进去。一旦开始当了，人就像是获得了一种全新的活法，那种能够以物品满足欲望的快捷感总是那么动人心魄。当得的钱也总是那么容易就从指缝间溜走了。

对于被当的东西，就多数不会再被赎回去。活当变成了死当的过程，大多也跟很多当东西的人的人生一样，慢慢就没了腾挪的空间。

至于那些教堂，辛佑国自己是绝对不会进去也不会了解的。在他眼中，人始终都该是靠自己搏命，就像老农民就该辛勤地播种收割，读书人就该苦读圣贤之书，商贾走卒就该奔走逐利，只有这样，这个社会才是稳定的。

那些所谓的传教士，要不是仗着洋人的船利炮坚，把各地的良田好地尽数占了去，侵吞了大把的资产，还为洋人官员充当耳目，仅凭他们自己是连活下去都成问题的，更谈何传教？对着一个饿疯了的人，任你说佛祖说菩萨说玉皇大帝还是说上帝，都不能抵挡其求生的欲望。这种时刻下跟举着刀子想要杀掉一个人一样，劝人"放下屠刀立地成佛"容易，劝弱到快要死的人变成神，那几乎不可能。

第七章 初进重庆

辛佑国在老家的时候就见到过所谓的传教士为穷人治病,治疗小灾小病用的药跟中医也差不了许多,有些也需要秋天的公蚂蚱之类奇怪的药引。至于中医都看不好的大病,那就用所谓的祷告。

那些叽里呱啦的声音的确挺容易让人犯困。念了几日都不奏效后自然就是说"人已经安然上了天堂"。随后便是要求家人为教会做出奉献。辛佑国甚至觉得这些手段跟那些横行乡里的恶霸讼棍并无二样,只不过是换了头发和皮肤眼睛的颜色。

马车穿过了通远门,顺着骡马店、棉花街,再穿过肉市街、鱼市街、玉器街,就看到了关帝庙和三圣宫和报恩堂,对面就是咸丰八年(1858年)修建的天主教若瑟堂。

辛佑国这一路上看到的都是熙熙攘攘的繁华景象,人间烟火繁盛得一点儿也不像这风雨飘摇的世道。顺着上下都邮街,就到了日本领事馆、真元堂,这些洋人的建筑都比本地建筑高大漂亮,也显得十分突兀。从屋子里走出来的洋人更像是另外一个世界来的。倒是日本领事馆后面的英国大医院里来来往往的大多是东方面孔,弄得医院倒像是中国人自己的。这一路走来,辛佑国已经先后看到了耶稣堂、真元堂、福音会堂等多个教堂,不得不感叹国家积弱后便只能任人宰割。

等到了重庆府中学堂的时候,他们几乎已经从西向东横穿了整个城市。此时的学生们正在上课,睡眼惺忪的看门人半天才来开门,老头显然不满意有人在自己补觉的时候吵醒自己。他探着脑袋凶狠地说:"找哪个?"

辛佑国一开始没有听明白他浓重的重庆口音,迟疑了半天也没答话。老头又重复了一遍,辛佑国才猜出来是问自己找谁:"找章列五。"

老头听了之后不耐烦地把门打开,说道:"进来吧,他人不在,要等一哈儿。"辛佑国紧紧抓着华咸声的手,左手背上行李就往里走。老头突然回过身来大声喊道:"车把式!车把式!把车赶到后面去,后面有门!"声音大得把辛佑国吓了一跳,直到他喊完了才发现不是说的自己。

看门人随后把门又锁了就回屋继续睡觉去了,完全不搭理辛佑国和华咸声。辛佑国只得自己探索这个不大的庭院。这个院子跟重庆城的风格很像,既有关帝庙、罗汉洞、三圣堂,也有着众多的教堂和领馆,不同的文化和建筑风格就这么相互交融在一起。在走廊门廊处,挂着一副字迹颇为俊秀的对联。上联写着"毋自画、毋自欺,循序致精,学古有获",下联写着"不苟取、不苟就,翘节达志,作圣之基"。辛佑国逐字逐句地念并解释给华咸声听。

辛佑国刚刚解释完,就听到背后有人叫好。他转过身去,看到了一个三十多岁气质英武的男子。男子主动介绍说:"我叫张培爵,您就是辛先生吧?"

看到辛佑国疑惑的表情,张培爵似乎想起了什么,补充道:"噢,对了。我叫张培爵,字列五,为了方便隐藏身份,我对外都用章列五的化名。"

听到这儿,辛佑国心里的疑虑才打消了,说道:"广成的华少昌当家的,让我带娃娃来看看新式学堂,这是他给您的信。"

"这我知道,我和少昌兄弟在成都见过面。"张培爵边说边把信拆开,"少昌信上说让娃娃待段时间,先感受下气氛,老先生别客气,我是这儿的校监,平时也要任课。我先陪先生转转。"

张培爵陪着辛佑国二人边走边说:"重庆府中学堂设有修身、经学、国文、英文、历史、地理、数学、博物、物理、化学、图画、体操等课程。学生都是从各地千挑万选而来。老师则是请的名家名师。"

这些老师后来辛佑国都在饭堂里远远地瞅见或者当面见到了。他们初看风度儒雅,说起话来也大多谈吐非凡,引经据典得恰到好处,但骨子里的清高简直就是随时蒸腾在头顶上的。有些甚至不与长相或者衣着挂钩。你比如说酷爱桐城派,喜欢讲韩愈柳宗元的胡基帆老先生,别看教的都是古文,思想却革命得很,编的《广益丛报》让人百读不厌。

向楚讲课就讲《说文解字部首》,那可是读了多年私塾的人才能听懂的深奥课程。在他的课上,一群中学生学龚自珍的文章。教历史的董容伯老师则直接从《明史》教起,讲完了才讲古代史,仿佛明朝是一个鲜明的断代一样。有时候体育学堂的王培菁也会过来,他毕竟在日本留过洋,会指点学生练练东洋步操,还喜欢让学生发散思维。这些教师还有一个特别重要的特点,那就是什么身份都有,既有清朝的秀才,也有留学归来的高才,当然还有不少革命党。

"这所学校一切都是新的,我总结了有三无:无所不教、无所不讲、无所不容。"张培爵继续说道,"总之一句话,有教无类,因材施教。之前我们还主要教中学生,现在也有小学生。小弟要是有兴趣可以来读。"

华咸声看到他在对着自己说话,听到让自己也来读书,腼腆地笑了。他紧紧地抓着辛佑国的后衣襟,想要躲在辛佑国的后面。

辛佑国也笑了,说,"不如让他先跟学一个月的课试试,我再带他回去征求一下他父亲和师父的意见。"

"这也行,反正时间还多,我们也刚好可以试试这位小弟到底是不是个秀才郎。"张培爵弯着腰逗着咸声,说完就喊来了人,安排辛佑国二人的住宿和来日华咸声插班跟读的事情。安排完了他就让辛佑国二人先去休息,自己先去处理别的事情去了。

华咸声显然对校园的环境和氛围十分满意,他像是到了自己家一样自在,他喜欢这种氛围,也喜欢这种无拘无束的小圈子。在他这个年纪,还没有到叛逆或者追求自由的阶段,更多的就是想要好玩好耍图个安逸。辛佑国也放松了许多,连日来的舟车劳顿也仿佛已经烟消云散了。

他已经习惯了重庆的气候,潮湿的空气从鼻孔里缓缓吸入肺里,中间夹带着的似有似无的水汽就在一路向下的过程中深入到了每一个气管细胞和肺泡里,舒适至极。尤其是在这种有琅琅读声书的校园里,虽然外面动荡,但却有着平安喜乐的一方小天地,更让辛佑国觉得感慨。在数月之前,他还差点饿死在逃荒的路上,而现在他虽然还搞不懂张培爵他们是干什么的，但已经开始模糊地意识到自己似乎误打误撞地走在了时代的前列。

其实，不仅仅是辛佑国感觉到了，全川乃至全国此时都已经在四处播撒生长革命的种子，四处酝酿和发生着的轰轰烈烈的革命运动正在一次又一次地冲击着腐朽顽固的封建王朝。家天下的理念早已经被万众质疑。只不过万事万物的发生演变总有着其固有的规律，不累积到一定的量变是无法推动最终的质变的，而在量变转化为质变的过程中，很多人是雾里看花、水中望月的。

但他还是感觉到这座城市的不安，多年的流浪生涯让他对时局养成了敏锐的嗅觉，他觉察到一场巨大的风暴似乎即将来临。

第八章
寻找方向

革命党的争论

此时四川，因为经历了总督锡良的"新政"和洋人的巧取豪夺，民智早已逐渐开启。锡良早年在山西、湖南、河南的官声其实一直不错。庚子国难，慈禧西太后带着光绪皇帝"西狩"到西安，他时任山西巡抚，在太原布防，挡住洋人的路，算是立了大功，在河南当巡抚修了河南大学堂，和学生的关系也算融洽，在当下的时局中战战兢兢、如履薄冰，光绪二十九年（1903年），终于升任四川总督。

锡良在四川做总督五年，最大的政绩便是设立了各种新式学堂，又选派学生出洋留学，这么多年跟洋人打交道的经验让他看清了洋人"铁路所到之地，即势力所及之地"的企图，所以全国各省中四川算是最早奏请招集华股、自办铁路的。

只是豺狼是不会轻易放弃即将吃到嘴边的肥肉的，英美等国见四川省想要自办，便提出借款修路。法国更是声称已经在北京订立了川汉铁路招股勘路办理合同，提出勘路、聘用工程师应由法国华利公司来办。

与川汉铁路相比，两湖境内的粤汉铁路干线，甚至是湖北境内的川汉铁路，都是清一色的官办。借的是英法德美四国银行团的钱。用两湖的百货厘金、盐捐做抵。吃着了肉的狼自然会引来没肉吃的狼艳羡，于是日本等国也蠢蠢欲动，企图获取贷款权利。各国纷纷向外务部、邮传部施压，这修路的事儿也就越来越复杂。

为了不让铁路失于己手，四川的官员、商人、学生、百姓纷纷行动起来，自愿筹集股份，不招外股、不借外债。听说四川修路举全省之力筹到了白花花的银子，朝廷立即挪去了给新政输血，这还不算筹款过程中上下官员的贪墨，藩库里早就见了底，这才导致铁路迟迟未能开工，民怨民愤逐渐积累，内外矛盾一触即发。

重庆作为四川省的重镇，又是最早开埠的。"滇案"发生后，中英烟台谈判中英国趁机提出开重庆为通商口岸作为解决"滇案"的条件之一。但因为那时候洋人的轮船并不能直达重庆，重庆还是保留住了川江航权。

光绪二十一年（1895年），朝廷和日本签订《马关条约》，日本轮船获得了由宜昌溯江重庆的权利，同样因为三峡的急流险滩，外轮依然进不到川江。

光绪二十四年（1898年），英国人立德乐将专为川江航行定制的"利川号"轮船从宜昌开到重庆，川江航权算是彻底丢了，从那以后，英国的"山莺"号、"怒气"号，法国的"大江"号、"奥立"号、"阿纳斯"号，德国的"威进"号、"华特兰"号，日本的"优见"号、"胁脱"号都涌了进来，各类洋行、公司、酒店、药房等也随着航线而延伸至全川。

这些洋行、洋公司初设的时候，像辛佑国一样没见到过蒸汽车、火轮车的国人还充满了好奇，特别是当英国立德乐洋行在重庆开办第一家猪鬃厂的时候，很多人都以为自己听错了。"什么？洋人开了个收猪毛的厂子？""猪毛能拿来干啥子？""我看洋人不光长的样儿奇怪，脑壳也是木的。猪毛能干啥子用嘛？杀猪都还要去毛呢！"

有些在大城市待过的人则不屑一顾地解释道："洋人要穿皮鞋，皮鞋见过没得？那是要上油保养的，就得用猪毛做的刷子。"看到大家依然茫然的样子，解释的人还要再继续强行解释一下："为啥子要用猪毛刷，不用牛毛刷、狗毛刷？那是因为皮鞋大多是猪皮做的。这跟原汤化原食是一个道理。"说到这里，人群中才有人似懂非懂地点着头。

多年以后，直到大虎在战阵上听到那刺破天空的啸鸣，看到那万炮齐发的震撼场景，看到填弹手熟练地拿着猪毛刷清理炮膛，他才明白洋人开设猪鬃厂的目的是什么。越明白便越对中国的落后和洋人的无耻理解得更加深刻。

假如说中国的老百姓还不怎么穿皮鞋，对猪毛刷的需求还不大，那么后续洋人们开办的纺纱厂、洋火厂，那就是直接趴在川省人民身上吸血。大量的倾销商品让小作坊纷纷倒闭，城里游手好闲的人越来越多，整个社会像是一个巨大的火药桶，只差那根落地还没灭的火柴。而杨沧白和张培爵既是播种的人，也是那举着火把的人。

张培爵跟辛佑国和华咸声道别前说有其他事情需要安排，自然是革命的事情。此时他正跟几位革命党人聚在一起商议事情。

杨沧白先是通报了佘英在徐春风的帮助下将一批枪支弹药运进成都城内的情况。众人听到后都十分振奋。

向楚站起来紧紧握着杨沧白的手，激动地说道："之前成都起义失败，枪支弹药不足就是一大原因。那次失败后清廷加紧了巡防，又加派了很多警察四处抓捕革命党。这次能成功地运进去，委实不易！"

其他人也跟着应和着："是啊！是啊！""这次成功了，下回比照办理，拿下成都指日可待！"

杨沧白等着大家的话都说得差不多了，继续说道："但这不是没有代价的。"他顿了顿继续说道："事成之后，洪门背海堂的舵爷徐春风没要钱，却从佘英那里要走了一批快枪和弹药。"

话还没说完，在座的革命党人就炸了锅一样地叫嚷起来："什么？这些洪门兄弟不是最讲义气吗？还能临时加价？""那是我们的同志千辛万苦寻到的枪，怎么能轻易送人！"还有人主张硬拖不给："反正已经事成了，大不了一拖二赖，他们拿我们也没有办法。"

大家七嘴八舌地嚷嚷起来，各有各的主意。张培爵听了一会儿，喊道："诸位诸位，少安毋躁。听我一言，至少先让沧白兄把话说完。"

"可能刚才我也没表达清楚。诸位都知道我们革命党人多次在江油、成都、叙永、江安、嘉定进行过武装起义。哪一次没有这些洪门兄弟的帮忙？"杨沧白说到这儿环顾了一下大家，继续说道，"有些是帮忙带路识人，有些则是直接出人出力。就像是佘英，既是洪门的舵爷，又是革命党人。我们跟江湖的关系并非水火，相反地更像是水乳。"

"可是我们现在也很缺枪。现在我们又准备在重庆搞起义，佘英与熊克武下一步也要在广安起事，那岂不是自我削弱？"

王培菁提出了异议。

"是。培菁说的这个情况的确是道理。"杨沧白说道,"上次黄复生、熊克武还有张培爵在成都起义,就是因为缺人缺枪失败了,要不是四川省城高等学堂总理胡峻相救,众人早就被赵尔巽砍了脑壳。"

张培爵点头称是:"对的,自那以后,成都早就已经严防死守得如铁桶一般。重庆的局势也并不好。上一次同志们提议在工商业展览会期间起事,成都的同志们也想来帮我们一把,最后沧白兄还是主张放弃,提出目前依然要把积蓄力量、等待时机当成主要任务。"

见在座的人都困惑地纷纷摇头,杨沧白接着张培爵的话继续说道:"为什么放弃?自古以来巴蜀地区就有天府平原的地利,又被秦巴山地阻隔,天然就能形成国中之国。而这国中之国中,成都、重庆可以说是重中之重,两地自古以来就是休戚与共,这两座城市哪一座革命先成功了,另外一座就会立马跟着成功。但反过来,哪一座失败了,另外一座也必然举步维艰。"

张培爵此时接话说:"兄弟我是跟曾持一起在成都加入的同盟会。上次成都起义失败,我们有九位同志被捕。代价不可谓不大。我此次来重庆,也是因为跟沧白先生想法一致。未来两地革命决不能各搞各的,也不能只是帮帮场子。正因为敌强我弱,我们内部才更应当团结,再去团结更多的人。"

杨沧白接着说道:"培爵所言极是。我们现在并非是自我削弱或者拿去资敌,而是散枪入民。我们从成立公强会开始到后面加入同盟会，一直坚持宣传革命，写文章办报纸，目的就是争取更多的支持。这些支持，不能只是智力上的，还得是武力上的。"

众人依旧没有轻易表态，看得出来有些人还是有顾虑。

"我赞同沧白兄的意见。"佘英站起来说道，"我与克武兄接下来正准备在广安起事，本就缺枪少炮，对这种乘人之危的行为应该比大家更加深恶痛绝，但我却依然赞成。"佘英看着大家怀疑的目光，众人却从他的眼睛里看到了分外的坚定。

"各位可能会问，兄弟我为何有如此把握。原因不外乎有三。第一，洪门人数众多、根基繁茂，不可不靠；第二，背海堂只此一次已经开罪成都的其他堂口，必向革命倾斜；这第三，纯属兄弟个人判断：徐春风此人，有胆气有豪气更有义气。况且华少昌在广安根深叶茂，下一步起义还要他的相助。"

张培爵也跟着说："如真如佘舵爷所说，等时机一到两地同时举事，里应外合，则革命可成也。"

佘英此番话算是给众人吃下了一颗定心丸，但王培菁心存疑虑地问："假如这批枪真如肉包子打了狗，该如何？"

杨沧白说道："培菁不必担心，不过百十条枪而已，何况我们还有些海外同志帮忙联系的枪炮已在路上了。记不记得我们在日本时，邹容曾说过，革命目的，首要的是取人心。"

王培菁听后叹了口气道："也只好如此。毕竟我们不能轻易失信于人，不然革命事业更加难以服众。"

杨沧白又环顾了一下众人，再次确认无人再有异议后说道："那就这么商定了。到时候培爵还得找人做批假枪，把枪支少了的事儿给遮掩过去。"

张培爵在旁边点头答应下来。杨沧白又转向佘英说:"佘舵爷此次成都一行辛苦了,还需多多休息。"

佘英点了点头,跟杨沧白等人互相道别后走了。

待他走后,杨沧白突然问张培爵:"徐春风此人究竟靠得住几分?"张培爵哈哈一笑,说道:"你我二人经历了这么大风浪,什么时候会为了这几杆枪连自己都怀疑了?"

杨沧白依然十分严肃地说:"这不是怀疑不怀疑的问题。这是关系到大家生死和革命成功的问题。"

"明白了。"张培爵说道,"我也没底。但现在看来相信他要比质疑他更能说服我自己。"

杨沧白听了点点头。张培爵继续说:"这人我还没见过,只是和他的手下打过交道。但我见过背海堂三当家华少昌,他和徐春风一起做事,虽然是三当家,但产业都是他的。那个年轻人虽然看起来话不多,但是是有同情甚至认同革命的倾向的。他是曾持在成都的同窗,我听方定祥说,他还曾去给曾持作保。"

"还有此事?"杨沧白多少对此有点意外。

张培爵点了点头说:"那日我急着往重庆来,也没有详细听到他们聊了些什么,但单单从他愿意为曾持作保,就能看出是义薄云天之人。也说明我们的曾大才子人格魅力之大。"说完这话,张培爵和杨沧白都哈哈大笑起来。

笑了一阵儿以后,杨沧白说道:"对于被捕的同志,还是要叮嘱方定祥,要提防清廷突然对他们动手。"

张培爵点点头说:"恐怕接下来要更加风雨飘摇喽。"

"风雨倒是越大越好,只怕船太大。"杨沧白说,"假如船大,风雨摇不动,那我们就给它推上一把。"

"嗯。"张培爵说道,"我们推不动,就等着那些后生来吧。说到后生啊,我刚才没说,我们刚才聊到的华少昌,刚把他儿子华咸声给送到府中学堂了。"

杨沧白听了略微有点吃惊,问道:"华少昌有这么大的胆子?在这种当口敢把自己儿子送过来?"

张培爵微笑着点点头,说道:"肯定是徐春风支持的,他对这个娃娃视同己出,没有洪门的人保护,他们不能走这么远,假若刚才我把这个事提出来了,估计大家都不会同意给枪了吧?"

杨沧白若有所思地点点头。张培爵继续说道:"虽然我们是把脑袋别在裤腰带上,为了革命可以牺牲自己、牺牲家人,但是拿孩子做文章,我认为万万不可。"

杨沧白说道:"除非徐春风在下一盘大棋,不然这真就是一场君子交易!听你这么一说,我倒真的想见见这位徐舵爷了。"

"你会见到的,四川最近有大事发生,少不了我们革命党跟堂口上的好汉们。"张培爵说,"短则月余,长不过半年。"

"此话怎讲?"

"我听说朝廷马上要成立新内阁了。不外乎就是那些满族亲贵。新内阁上台第一件事肯定还是争取洋人支持。"张培爵说道,"现在的大清国,上上下下里里外外都已经被列强霸占分割完了，内陆穷困的城市也不足以吸引他们的兴趣，只有矿权、路权、教权。我看很大程度上路权将是最肥、最得洋大人喜欢的。"

"所言极是。"杨沧白说，"美国早就照会中、日、英、法、俄、德各国，提出满洲铁路中立化计划。因为日俄不同意，才作罢。这些列强图谋路权不是一天两天了。我近期也听说很多士绅贤达在风传，说两湖要向洋人借款，川省可能比照办理。这就看他盛宣怀怎么定夺了。"

张培爵自然知道，洋人承诺拿出两千万美元帮助清廷成立东三省银行的事，洋人大股东为美国人哈里曼。作为回报，清政府要允许东三省银行在境内修建铁路、推行货币、开办实业等各种特权。这就是美国跟清政府合作的哈里曼计划。

这个计划一出，立即遭到了日本的强烈反对，其协议严重威胁到其在东北的利益，美日关系急剧下降，甚至到了快要火并的地步。后日本和美国多次谈判，双方签了《罗脱—高平协议》，约定双方凭本事争夺地盘，但不要侵犯彼此的利益。于是美国政府后提出了"满洲铁路中立化"，由美、英、德、法、日、俄等六国出钱让清政府回购在外国人手里的铁路股份，所有权归中国，但是管理权由六国共同管理。很显然，六国中的美英德法是穿一条裤子，日本跟俄国自然坚决反对。

"盛宣怀还能怎么办？"张培爵说，"顶子都在满人手里，都是洋人的走狗，最后自然是出卖咱们川人。不仅是咱们洪门各个堂口的舵爷，包括各个商会、行帮、会党，甚至船工新军都有人买了大笔铁路股份，一旦朝廷和洋人勾结，整个四川就是天翻地覆了，共同的目标早晚会让徐春风和我们联手的。"

"嗯。"杨沧白点点头说，"此事还需早点谋划，要做好万全准备。"张培爵认可地点点头。杨沧白继续说："对了，王培菁正好在，他是最能启发学生思维的，明天让他不忙回体育学堂，先去给华咸声他们好好上一课吧。"

张培爵点头称是，忙去安排。

二人不知道的是，虽然回到了广安，但已被曾持深深感染的华少昌暗下了决心，要追随革命党的脚步，去做轰轰烈烈的大事。

大开眼界

当天夜里下了点小雨，雨水滴滴答答地打在青砖屋檐上的声音让辛佑国睡了一个好觉。这些日子以来，他第一次觉得不晃动、不颠簸的硬板床原来是那么舒适。舒适到一大早他就被鸡叫声吵醒了，爬起来却觉得只是刚刚躺下，连个梦都没有做。等他们爷俩儿梳洗完毕，去饭堂吃完早饭，再赶到教室的时候，学生们早就已经开始了晨读。

他们俩的突然闯入让部分学生停了下来，随后整个教室慢慢安静下来。大家都在看着这位留着花白齐耳短发的老人，他似乎手里还牵着另外一个人。有的学生踮起脚或者站起来想看清楚是谁，这阵势让两个人都有点手足无措了。

不知道是谁突然喊出一句："老学究带着小学究来了！"学生们立马爆发出一阵欢乐的笑声。有些学生甚至开始拍打桌子。众生喧嚣和茫然不知所措的爷孙俩儿形成了鲜明的对比，就像是两个时代的人拼凑在了一起。

就在两个时代暗自对碰的时候,坐在教室左边后排的张云生兀自喊了一句:"你们的老汉(方言,意为爸爸)、爷爷说不定也就是这个样儿。"他的话像是击在了众人的心里,声音逐渐小了下来。张云生从自己的凳子上跳下来——原来他并不比华咸声高多少,走到华咸声前面,拉着他的手,也不管华咸声同不同意,拉着他回到了自己的位置上。

张云生努力地把他抱起来放到凳子上的样子,像极了一个大哥哥在照顾自己的亲弟弟。让跟在后面的辛佑国都自愧不如。

张云生把他抱上去之后,自顾自地拿着自己的课本往教室最后面走,走了一会儿,转头看到辛佑国还站在原地,就招招手示意他过去,辛佑国走过去后,他已经坐在了后面的一条长板凳上。

辛佑国挨着他坐下,张云生也并不理会,自顾自地念起了自己的书。其他的同学也都乖乖地坐下,重新开始朗读课文。华咸声坐在高高的凳子上,上下两难,又没有课本,委屈巴巴地转过头看着辛佑国。辛佑国也只是冲他摆摆手,让他自行坐好。

教室里重新充斥着琅琅的读书声。辛佑国仔细一听,这些学生们读什么的都有,有的在背《尚书》,有的在背《说文解字》,也有的在背算数公式。语言上更是五花八门,除了川省各地的方言,甚至还有英文和日文。整个课堂就是一个不折不扣的"万国造"的大杂烩。

　　晨读持续了大概有一个时辰，王培菁才夹着课本走进教室。他身穿长袍马褂，鼻梁上还戴着一副圆形眼镜，他也是昨天才接到张培爵的安排，说是来了新的插班生，让他来代一节课。

　　这个班，王培菁以前来代过三四次课，算是比较熟悉，他环顾教室，一下子就看到了辛佑国和华咸声。他抬起头，推了推眼镜，笑着说道："看来今天新的插班生啊，是一个老一个小，那今天讲什么呢？"

　　大家的目光在他的引导下再次纷纷看向辛佑国和华咸声，反而弄得二人感觉到有了些许的不自在。王培菁转移话题继续说道："那咱们今天就不讲书本了，讲讲教育。"他随手指向一位学生问道："刘好文，你来这儿读书的目的是什么？"

　　"长见识，长本事。"刘好文干脆利落地答道。

　　"很好，坐下吧。"王培菁又指着另外一名学生，"你呢？"

　　"学知识，回家做生意。"

　　"很好。"王培菁示意他坐下，接着问另外一个学生，"你呢？"

　　"我……"这名学生一时间被问得卡了壳，站在那里想了半天说道，"干大事。"

　　"哦？什么才算是大事？"王培菁问道。

　　"当大官或者发大财。"学生回答道。

　　"好。坐下吧。"王培菁环顾了下四周，指着华咸声问，"这位新来的新同学，你呢？"

华咸声听到叫自己，被吓了一个激灵，差点从凳子上掉下来。他努力地歪歪斜斜地站在凳子上，手撑着桌子回答道："我……我……我想像我老汉和我师父一样威风！"他稚气的回答惹得大家哄堂大笑。连王培菁都笑了。他边笑边示意华咸声坐下，然后指着辛佑国问："这位老先生呢？"

辛佑国慢慢地站起来，用手稳着凳子，生怕坐在另一边的张云生翻倒过去。他站起来说道："我一开始一个大字也不识。会写自己的名字都是四十岁那年的事儿了。"

听到这儿，大家再次哄堂大笑，笑到需要王培菁双手下压来示意大家安静。辛佑国毫不在意，继续说道："学识字也不是有啥目的，就是为了混口饭吃。我进过宅院，当过力夫，跟过戏班，最后啊，才发现，不识字连混口饭吃都难了。"

辛佑国说完就自顾自地坐下来。有些学生听了这番话坐在座位上捂着嘴偷偷地笑。王培菁听了微微点点头，说道："还有很多同学，我就不一一点名了。刚才大家的发言都很好，充分证明了大家都是认真思考、仔细组织了语言的。"他顿了顿又说："有些同学的答案是从父母那里来的；有些人的答案呢，又是从社会经验来的；有些同学的答案是从自己的喜好和志向来的。这些到底哪个对哪个错？"

这个问题一抛出来，立马激起了同学们举手回应的热情。王培菁随便指了一位同学，那位同学便站起来说："读书应该是从自己的喜好和志向来出发。不然这样读的书就是死书，不能活学活用。"

王培菁点点头，继续指了下一位学生。这位学生站起来朗声说道:"我认为读书的目的来自父母对我们的希望和要求。毕竟我们读书的钱是父母出的,父母也有养育之恩,违背父母意愿岂不是不孝?"

这位同学的话显然引起了其他学生的骚动,有几位学生不等老师点名就直接喊出了"反对"的声音。更有一名学生站起来说道:"我反对。的确是父母生了养了我们,送我们读书,但这不代表我们必须按照父母的命令来过生活。"他的话音刚落,立马有学生鼓掌叫好。

王培菁不阻止也不说话,只是做了个手掌向上向右划了四分之一圈的动作,示意有不同观点的同学可以继续发言。"我也坚决反对。"有个学生站起来说,"假如真的要为父母读书,那么为什么我可以来读书,我的姐姐就不能?她只能听从父母的'女子无才便是德'。假如从父母的角度来看,难道不是两个人都来读书更能造就人才吗?"

他的话音刚落,原本发言说读书是为了父母的人此时站起来说:"一个家庭绝非一人之力可以支撑。为父母而读书,难道不是一个男儿为了家族光荣、光耀门庭该做的事情么?倘若听了父母的命令,当官有官样、经商守法度、手艺有传承,不就天下大同了吗?"

他的话说完后响起了零星的掌声。又有一个学生站起来说:"我认为无须争论为谁或者为何而读书,抛却了功利性,读书才有其意义。"此话说完,不少同学跟着点头。

看到大家争论得激烈,王培菁笑着说:"还有人有不同意见吗?现在又多了个一个非功利说。"

张云生此时举起了手,王培菁示意他站起来发言。他站起来说:"读书应当如呼吸吃饭,融入惯常。"说完便坐下了。

"也有这个说法。"王培菁轻轻点着头说,"人非衣食不能存活,非教育不能成立。而衣食之所由来,则必有学,而后可以自谋是。教育又为衣食之源、生人之所。这是讲的大家都提到了的,读书是为了存活,为了谋生。适才各位同学讲到的当官、从商,无一不是为了讨生活。为了讨生活,既有我们这种新式学堂,也有半日学堂。半日学堂你们听说过没有?"

众人均摇头。王培菁继续说:"就是更加不拘泥于地点和形式,以开民智促风化为目的。泸州有一处半日学堂,为的是与群蒙开知识,端趋向,去其浮动之气、乖僻之行,俾务正业,而勉为善良。保宁有一处半日学堂也是为了开通民智。我也曾遍历沿海诸省,有些地方的半日学堂就是教你如何养猪、如何养蚕缫丝。"

听到养猪养蚕,学生们中有人发出了嗤嗤的笑声。王培菁毫不在意,继续说道:"诸位刚才的发言都很好,大家都有不同的意见,甚至进行了充分的阐释和互动,说明我们起到了教化的目的,这不就是开民智?"

王培菁顿了顿,看到大家都听得津津有味,便继续说道:"有些同学始终不忘根本,固守初心;有些同学能够举一反三;还有同学能关注到女性的问题。这充分说明大家已经不再拘泥于自己的身份和地位,有了更高的思考境界。千百年来,我们总是被教导君君臣臣父父子子,殊不知还有——"

就在王培菁的停顿之间,已经有学生把下一句背诵了出来:"君为臣纲,君不正,臣投他国;国为民纲,国不正,民起攻之。父为子纲,父不慈,子奔他乡;子为父望,子不正,大义灭亲。夫为妻纲,夫不正,妻可改嫁;妻为夫助,妻不贤,夫则休之。"

"背得很好。这也是大儒的经典之作。只不过有些地方老师不赞同,比如夫妻之间的关系就不能是附属关系。就像刚才那位同学说的,要男女平等,不仅要地位相同,而且要有相同的学习工作发展机会。"

王培菁的这番话瞬间引发了学生们热烈的掌声,华咸声显然也被这前卫的观点震撼住了,虽然一时不知道怎么消化,但他依然不由自主地跟着鼓掌。

王培菁越说越兴奋:"所以,读书可以为了生存,更可以为了摆脱愚昧,还可以为了更加伟大的目标。这些都没有对错之分,只看你的身份和你能看到的高度。"

"我们回到第一个问题,为什么读书?曾经有人问过北宋思想家张载这个问题,希望大家都能记住他的回答。"王培菁讲到这里,看着台下几十双渴望的眼睛,一字一句地道,"为天地立心,为生民立命,为往圣继绝学,为万世开太平!"

这番话讲完,振聋发聩,全场震撼,短暂的安静后突然爆发出持久的掌声,华咸声跟着默念着这四句话,拍得手掌都红了。

此时,杨沧白和张培爵也刚好走到了教室外面。王培菁看到了向二人鞠躬致意。杨沧白等着大家的掌声停了,才走进来笑着说:"王老师又在让大家自由发挥了?你是体育学堂的教员,来到府中学堂,不留下真经可不行啊,这个课时可不能算哈。"

说完大家都笑了。杨沧白看了眼辛佑国和华咸声,说道:"还是给辛先生和咸声准备套教材,体操服也给咸声准备一下,虽然他还达不到我们的入学标准,但是也要让他更快地融入大家。"

张培爵在旁边答道:"好。等下午我再给他们增添张桌椅。"

杨沧白点点头,对王培菁说道:"那就不耽误王老师上课了。"说完二人便走了。

接下来的课程里教师与学生们的互动依然活跃频繁。这是辛佑国和咸声从来未见到过的课堂。辛佑国是自己从故纸堆里学知识的人,起初学写字都是拿着树杈子在地上写写画画,还生怕别人看到。华咸声则是踩在辛佑国的脚印上向前走。假如没有这混乱的世道,兴许他就会在乡下的某个私塾中跟着穿长袍马褂戴瓜皮帽的老学究们摇头晃脑,试图把书本里的白纸黑字摇到脑子中去,以便在乡试会试的考棚里再倾倒在卷子之上。

那些私塾所做的更像是在教会你人生的游戏法则,你要在那些陈旧的法则中找到自己的活法。而在这种新式学堂中,所教会你的恰恰是世间无定法、人生无定责。

辛佑国一时脑袋也转不过弯来,他实在不知道这种鼓励每个人去争取去创造的教育方式是不是对的。

第八章 寻找方向

华咸声与他不同，很快跟同学们打成了一片。那个帮助他们解围的张云生更是与他形影不离。有些时候找不到华咸声了，只要找到张云生便可。辛佑国也绝对想象不到，平日里温顺听话的华咸声会跟张云生一起差点弄光了自己的头发。

辛佑国原来脑袋后面也有一根"猪尾巴"辫子，在逃难路上，有一次他被裹挟在一大堆难民流民之中，不知道谁喊了一声"洋人来了"，他们就像被狼吓坏了的羊群一样，从大路上躲到了路边的灌木丛中去。躲了大半日，又不知道从哪来传来了"洋人要割掉带辫子的人的脑袋"，大家都惊慌失措地开始剪辫子，有人甚至因为没有剪子，在拿刀子割的时候从脑袋上薅下了一大块头皮。辛佑国也在惊慌失措中，不知道谁递过来了一把剪刀，他的辫子就在慌乱中没有了，成为了现在这倒长不短的样子。看起来男不男、女不女的倒是有点滑稽。

那日中午，辛佑国陪着华咸声听完了算术，正在房间休息，咸声和云生悄悄咪咪地摸进了他的房间，他们蹑手蹑脚地走到了打着呼噜睡得正香的辛佑国跟前，弯腰躲在床边，开始由咸声拉着云生给辛佑国剪头发。

剪刀虽然锋利，但是两个孩子的手法却实在不能让人恭维。只一会儿的工夫就剪得不成样子，事后被辛佑国称为是"被狗啃了一般"。等到他醒过来的时候，才发现枕头上落满了碎发，照了镜子才发现自己的头发已经变得长短不一。

辛佑国被剪了头发的事情不胫而走，学生们都假装没事儿一样，或单人或结伴装作说话从他门前走过，就想一睹到底被剪成了什么模样。此事儿最终惊动了张培爵，这位校监把华咸声和张云生叫到自己的办公室，严厉地质问他们想要干什么。

没想到张云生理直气壮地说："那剩下的头发不剪短，依然会生出新的猪尾巴！"

华咸声被他的大胆吓到了，吓得大气都不敢出。没想到张培爵维持了一会儿的怒目圆睁突然"变脸"了，他哈哈大笑，拍着大腿说："说得好！说得好！"

两个小淘气鬼这个时候相视一笑，立马从跪在地上变成了站了起来。张培爵又"变脸"了："谁让你们站起来了？虽然出发点好，但是手段不够好，你看让辛先生怎么出门见人？都快成了被人观赏的西洋景了。"

华咸声和张云生听了都噗嗤笑了起来。张培爵继续说道："既然已经如此，头发已经不能再接回去了，那就由你们俩承担，负责请个师傅来补救一下，同时要赔礼道歉。"

张云生一听立马说道："要得，我喊我们家师傅来嘛。"说完就想拉着华咸声走。

张培爵制止道："谁让你们走的？就以为这么就完了？"张云生和咸声被他这番话给喊住了，呆呆地看着他。"等着。"

说完他走到了办公室里间，拿出了两把大剪刀，递给两个孩子说："既然喜欢剪，那就罚你们修剪学校里的花木，给门房减轻减轻负担。"

张云生和华咸声看到了之后毫不犹豫地接过剪子，胡乱地说了谢谢就飞奔而去。张培爵看着精力旺盛的他们，也高兴地笑了。他就喜欢这些年轻人肆意生长的思想和无拘无束的行为，他们身上充满了未来革命者的影子，映照着未来中国的模样。

虽然赢得了张培爵的赞赏，但是华咸声的表现却让辛佑国惴惴不安，自打顺治入关开始，多尔衮就下令汉人仿旗人衣冠发型，并下了"留头不留发，留发不留头"的剃发令，当年扬州十日、嘉定三屠，多少人因为不肯剪辫子被砍了头，头上这根辫子跟着老百姓两百多年了，要是这么闹下去可就是掉脑袋的大事。

他写信给徐春风，没有提及捣乱的事，只是说如今重庆也不太平，还是希望将华咸声带回成都，等以后大一点了再读新式学校。徐春风回信告诉他，成都如今也是风高浪急，华少昌已经回广安了，让他们直接回去。

接到信后，辛佑国当机立断决定带华咸声回广安，华咸声接到师父来信，尽管有些依依不舍，但还是没有丝毫的犹豫，与张培爵、王培菁还有张云生告别后，便和辛佑国启程了。

密谋起义

此时的广安城内，佘英与熊克武在华少昌的相助之下，已经安顿就绪，正在做起义前的最后一次推演。

佘英问道："克武兄，还有什么？"

"万事俱备，只欠东风。"熊克武淡定地回答。

熊克武在上次的成都起义失败后，远赴日本东京，向同盟会汇报了成都起义的经过，同盟会认为四川的革命热情高涨，应该继续发动起义，起义地点定在广安之后，同盟会筹款再次购买了部分武器弹药，由熊克武带回广安，藏在了华宅后山的山洞之中。

"这次的计划不再改变，三月一日晚，发动起义。"佘英道。

"广安交通便利，地势有利，而且同盟会的力量比较集中，洪门和广安中学也已经答应愿意再次协助我们。"

"好，革命党、洪门、学生军，到时候加上地方的团练队伍，一定能一鼓作气拿下广安。"熊克武也显得十分激动。

"不过，克武，我有个请求，还望你能答应。"

"你说吧，都是革命同志，应该坦诚相见。"

"前几日藏枪的时候，华少昌找到我，说也要参加此次起义，我怕他是一时兴起，拒绝多次，但是劝他不过，暂时答应了。虽说他认同革命，但上次徐春风已经帮过我们大忙，不好再让他的人牵扯进来。况且他的孩子还小，这次起义绝不能让他参与。"

"那就依你吧，你要想个法子，他的性格书生意气，不能直接给他说，你看如何处理比较妥当。"

佘英想了一会道："有个事情，我一直没给他说，本想一直瞒着他，虽然有些残忍，看来唯有如此了。"

华少昌自从得知起义计划后也是十分兴奋。他心中默念道："多少年了，一直犹犹豫豫，曾持兄弟，今天我终于迈出了这一步，跟随了你的步伐。我已经做了妥善安排，咸声已经被我支到亲戚家待几天，如果失利，自然有人带他离开广安，前往成都避祸，好在那里有咱们的同学，不至于流落街头。"

"少昌，来，今天咱们喝酒，一醉方休。"正在此时，佘英带着一坛酒主动找到华少昌。

"佘英，这可不是你一贯的作风，这马上就要起义了，你喝的哪门子酒。"华少昌警惕道。

佘英低沉道："为一位老朋友送行。"

"老朋友？是谁？"华少昌疑惑地问道。

"曾持。"

"曾持！？他怎么啦？"华少昌顿时感觉不妙，"难道他……"

佘英点点头："没能营救成功，他上个月就牺牲了。知道你们情深义重，既是同窗，又是挚友，我一直不知道如何告诉你。"

听到此处，华少昌如同被雷电击中，呆立在座，和曾持一起在客栈讨论《革命军》的场景历历在目，那帅气的面容，坚定的信念，还有发传单被抓进牢里时的淡定从容仿佛就在昨日。而此次参加起义正是受他的影响，却没想到还没开始就收到如此噩耗。

悲愤之余，华少昌从佘英手中夺过酒坛，不由分说倒了满满一大碗，站起身来："曾兄，你我相逢一场，又有同窗之谊，教诲革命理论之恩，华昌今日终于参加革命，也算是你的同志了。同志，志同道合者也。我敬你一杯，但愿来世，我们并肩战斗。还望您在天之灵保佑我们旗开得胜。"说罢一饮而尽。

"曾兄，你虽然走了，但是你将革命的火种已经传遍了四川大地，不久的将来，你所坚持的信仰终究会实现。"佘英也倒了一碗酒一饮而尽。

或许是感到悲伤和压抑，或是感慨万千，在佘英的劝说下，华少昌不知不觉喝了很多酒，很快便醉得不省人事。

"把他送到警察局关起来吧，说他酗酒闹事，打伤邻居，特来报官，估计应该能关他三天。"佘英看到华少昌醉倒，吩咐左右道。

其实这是佘英想的万全之策，起义的时候，刀枪无眼，只有在监狱里才是最安全的，即使起义失利，也可以证明华少昌并没有参加革命，保他后路无忧。

当晚九时，按照约定，熊克武率先率队入城，攻打广安县衙。这次他们计划攻占广安、夺取枪械，然后进取阆中，作为军事根据地，打开川北局面，再图发展。由于此次起义吸取了以往革命失利的教训，保密工作做得相当到位，广安清军并没有事前得知，算是打了个清军措手不及。熊克武不费吹灰之力就拿下了广安州署。

但很快熊克武得知了一个坏消息，那就是佘英被警察堵在了城外，他所率的队伍无法入城。

按照计划，起义时由熊克武组织同盟会会员为突击队进攻广安州署，佘英率领洪门兄弟攻巡防营，结果却被要求每人提前发四百文军饷方才举事，吵闹之下被警察发觉，这才被困在城外。

熊克武的左右问道："我们要不要去增援佘舵爷所部？"

"开弓没有回头箭，我们首先要集中全力攻打巡防营，打败了巡防营,我们才能占领广安。"熊克武知道现在去攻打城外警察也无济于事,反而会腹背受敌,打掉城内巡防营才是首要任务。

此时城外,佘英和警察已经对峙了好长一段时间,虽然众人武器拙劣,但警察也不愿得罪革命党人和洪门,所以无心作战,故而形成拉锯。佘英见始终无法突破防线,不由得担忧起城内的熊克武他们。佘英吩咐一名手下:"你立刻突出重围,马上潜入城内,告诉熊克武,形势危急,伺机撤退。"

不多久,佘英听到了鸣鼓声,他知道广安清军开始调兵反扑,他不由得叹息一声,只能加大火力与警察对峙。果然没过多久,熊克武率军冲了出来。原来熊克武率军攻打巡防营的时候,清军早已做好了准备,熊克武根本无法抵抗,一时间死伤无数,无奈之下只能撤退,因为他知道一旦清军集结完毕,那么就可能成瓮中之鳖,全军覆没了。他只能下令撤退。

"放我出去!"此时在监狱里的华少昌也被激烈的枪声激醒了,才明白佘英的苦心,内疚与悔恨让他不停地呐喊,"我是革命党,放我出去!"可是监狱里已是人人自危,根本没有人理会他。

渐渐地,枪声弱了,当几个警察开始到监狱巡防的时候,他知道起义失败了。

"这些人也真疯狂,居然鼓动孩子们造反。"

"是啊,我都不忍心开枪,但是看他们英勇无畏地往前冲,只能打伤他们。"

"好好的日子不过，为什么非要造反？"

"这些人还是太年轻，大清朝亡了换个大总统就好了吗？自古以来不就是兴百姓苦，亡百姓苦嘛，可惜了，师生都被蛊惑了，成了牺牲品。"

听到警察们的对话，华少昌悲从中来，忍不住号啕大哭。

"华先生，你哭个什么劲，又没你什么事儿，过几天，等风头过了，我们就放你出去。"

果然没过几天，华少昌出狱了，广安仿佛一切都恢复了平静。他几番打探下来，得知佘英已经跑去了云南继续从事革命，因为整个四川都对他下了通缉令，广安他是待不下去了。

这次起义中广安中学革命师生表现极为英勇：陈旭九、秦显忠年仅十二三岁，冲锋在前，英勇牺牲；中学教员王晓臣等人被捕，受尽酷刑，坚贞不屈，也慷慨就义。

"老汉（方言，意为父亲），住在我们家的佘英叔叔他们怎么样了？"五岁的华咸声看到满街的通缉令问。

看来清政府是铁了心地要抓捕佘英，华少昌有一种不祥的感觉。

"听说离开了广安，但愿吉人天相吧！"

"我看到好多当兵的说要抓佘英叔叔，他是不是做坏事了？"稚嫩的华咸声显然不懂到底发生了什么。

"他们做的是天大的好事，只是代价太大了，一时的鲁莽改变不了这个时局，咸声你还小，你肩负的使命和责任重大，只有找到了解救中国的道路，方能死得其所。我说的这些你现在还不明白，这探索的过程就让父亲来替你承担吧。"看着似懂非懂的儿子，华少昌仿佛在自言自语。

让华少昌遗憾的是，佘英率领部分革命党撤退时，不幸在云南盐津豆沙关被清兵抓捕。在审讯时，佘英为了拯救同伴，指着同时被捕的战友刘慎终说："他是我家装水烟的雇工，抓他来干什么？"刘却大声呼道："佘舵爷，我是跟你搞革命的，怎么说是装水烟的？我活着和你在一起，死也要和你在一起！"佘英遂被押到叙州，在府堂坝府衙的照壁前被处死。

华少昌很迷茫，虽然牺牲了这么多的革命党，可是似乎并没有迎来什么大的改变，反而越来越乱，越来越让人看不到希望了。

他不禁问自己，这漆黑的夜空何时能迎来光明？

第九章

上海股灾

亏空风波

就在徐春风等洪门兄弟忙着运送枪支弹药，佘英、熊克武等革命党发动武装起义，华咸声在学堂里吸取新知识的时候，川渝地区的人们并不知道，在全国最繁华的城市上海，正在酝酿一场足以动摇清政府国本的金融危机。

上海自鸦片战争后开埠已有五十多年，西方各国纷纷在这里设立租界，派遣军队驻军，设置巡捕房维持治安，清廷的管辖权无法抵达，租界也就成为国中之国，海内外的商人自然也就大量在上海投资工业。

纺织、化工、印刷、机器制造、食品、日用品等行业的工厂有上千家，再加上接近全国一半的贸易总量和粗具规模的金融，上海已然从鸦片战争之前一个"名不著于中国十八行省"的小县城迅速发展成为五洲万国风云际会的"东方巴黎"。

彼时的上海是无数冒险家的天堂，那些无法验证的造富传说传遍大江南北，很多人都想去那里碰碰运气。这些人里既有安分守己来寻份差事的平头百姓，也有已家大业大来谋新发展的商家巨贾，就连其他地方的官家衙门、官办企业也蜂拥而至，想分一杯"开埠"的红利。而当地的洋行买办、钱庄老板们，则是时刻关注着这些闯入上海滩的外地人，他们物色可以合作的有钱人，帮他们打理手头的资金，而自己也能在这些操作中狠狠赚上一笔。

上海的春天很短，天气也不算宜人，总感觉残存着冬天的一丝寒意。上海鼎鼎有名的钱庄老板陈逸卿正准备去参加一个约了很久的饭局，隔壁丰源商行的老板岳大丰亲自来接陈逸卿一起前往。

"陈老板，这次我要给您介绍的，可是一位财神爷。"岳大丰拱手说道。

陈逸卿知道，面前这个四川泸州人，十几岁到上海闯荡，开工厂、开商行，还跟法租界巡捕房的洋人探长关系匪浅，所以今天找到自己，必然有大事。

"还有这么好的事？请岳老板说说看呢。"陈逸卿在上海可谓是打个喷嚏能让半个上海感冒的人物，不仅是正元钱庄的老板、兆康钱庄和谦余钱庄的股东，还是茂和洋行、新旗昌洋行和利华银行的买办，手下还有个庆余洋货号。他心想，难道还有比我更像财神爷的财神爷？

"这位财神爷是我四川同乡，名叫施典章，乃是川汉铁路公司的总收支。"岳大丰接着说，"据说这次带来川汉铁路基金的三百五十万两银子，要在上海做点投资。"

"三百五十万两？"听到数额，陈逸卿眼前一亮，"这数目可真是不小。但他能动得了吗？"

岳大丰哈哈一笑，说道："所谓总收支，就是总管，再加上这川渝山高路远，还不全凭他说了算？而且，这施典章是光绪二年的进士，曾在户部和陕西、广东等地为官从政，后做到广州知府，也算是大清和洋人打交道的一线要员，是朝廷里中懂洋务、懂经济的人物之一。"

"那他到底是官还是商呢？"陈逸卿问。

"可以说是既官又商，可谓官商，因为这川汉铁路虽为商办，但这总收支的职位还是得四川总督大人说了算。"

陈逸卿点点头道："那做起事来自是方便得多。"

"方便，方便，最关键的是，"岳大丰意味深长地一笑，"这施典章不仅是我同乡，更是儿时的邻居，一起长到了十几岁，近些年来也多有书信往来，这信任关系自不必说。"

"太好了。"陈逸卿不由得双掌一拍，心想，最近上海的橡胶股票行情极好，几家公司发行的原始股几乎抢不到，只有像他这种有实力有门路的买办才能买到。这种稳稳赚钱的买卖可是老天给的机会，他手头正缺资金，这财神爷就从四川摆驾到了上海。看来真是他陈逸卿命里注定再上一层楼。

陈逸卿的反应都在岳大丰的意料之中，他早就听说面前这位钱庄老板现在正急需用钱。事情还要从福特汽车说起。当时的美国福特公司成功地实现了汽车的大规模流水线生产，汽车就从奢侈品变成了大众消费品。

各国列强自然嗅到了其中的商机，特别是生产汽车轮子的原料——橡胶的价格自然会水涨船高。然而橡胶生长周期长，从种植到割胶需要六年。市场上自然一时供不应求，橡胶价格一路飞涨。光绪三十四年（1908年），伦敦橡胶股票平均价格为二十英镑，几个月后便突破一百英镑，嗅觉敏锐的商人们纷纷在东南亚、澳洲等地区建设橡胶种植园，成立橡胶股票公司，出售公司股票，牟取暴利。

因为离东南亚比较近，欧洲人纷纷将橡胶公司设立在远东最大的金融中心上海。股市越涨越疯，四十多家橡胶公司先后在这里成立。当然了这里有真橡胶公司，也有皮包公司。岳大丰等人也就发现了商机，利用信息差做捐客，促成大家的合作，中间拿些抽水，也是赚得盆满钵满。

所以岳大丰见了施典章，自然就是另外一套说辞。

"施兄，您这一趟本质上就是要让这笔银子钱生钱嘛。"岳大丰在施典章上海的临时府邸中踱着步子，手拿象牙折扇，东看看西看看。

施典章自从接了公司的差事，就没再穿过官服了。即便是一身便装，却也是头顶马聚源，脚踩内联升，身穿瑞蚨祥，腰缠四大恒，一身的富贵逼人。

虽是衣着光鲜，但丝毫掩盖不住施典章的忧虑："是啊，我们这川汉铁路不比咱们江浙和广东一带的铁路公司，江南自古以来都是朝廷的钱袋子，广东有十三行打下的基础，富可敌国，铁路公司光靠商界投资就够了，我们就不行了，公司资金大多来自民间，出资人构成复杂，除了一些商人，还有四川省咨议局议长蒲殿俊这样的留洋归来的新派官员，全省洪门、戏班，甚至目不识丁的农民也被摊派征收了'租股'。万一要是有些闪失，不但这铁路是修不起来了，连着老百姓的本金可也没有了，这些人闹起来那就是翻天覆地了。"

"施兄心系朝廷，恩泽百姓，是我辈楷模，兄弟我岂能坐视不管。"岳大丰将折扇合拢，一拍大腿，"你来得正是时候，上海这个地方，可是远东的金融中心，何谓金融，钱生钱之道也。这钱生钱的门道有很多，存在钱庄收利息，对外放贷，买卖股票，只要你有钱，不怕生不出钱了。"

"我虽然对这些一知半解，但也知道，收益越大风险越大的道理。"施典章曾在广东为官多年，也和洋人打过交道，自然也有些许经验。

"收益是收益，但风险却是可想办法规避的，"岳大丰一脸得意地说，仿佛是在向施典章炫耀自己混迹上海滩多年的成果，"比如首先把这本金分散开来，五成放在钱庄吃利息，三成放贷，两成买股票，风险低的稳收钱，风险高的搏一搏，即使风险高的赔了自还有风险低的收益补得上。总体来说还是赚的。"

"这种分散的办法公司内部也自有风控的规范。比如公司章程白纸黑字，要求存到每个钱庄的银子最多不能超过十五万两。"

这种纸面规矩自然难不倒上海滩的掮客们，岳大丰假装沉吟片刻道："规矩是死的，人却是活的，我给你介绍一个朋友，名叫陈逸卿，此人在上海有三家钱庄、一个商号，还是多家国外银行的买办。都是自己人，你在他家存银子，什么事情他都可以配合。"

施典章大喜，因为他听说上海当前股市大涨，所以钱庄的利率也不错。可他不知道的是，这些钱庄早已纷纷下场，直接开始买卖股票了，不管他的钱存到哪里，放到哪里，最后都是流入了股市。

此时在千里之外的四川成都，总督锡良那边心中也并不踏实，这施典章是由他举荐，虽然他也知道在上海钱会生钱，可这三百五十万两银子确是关系重大。

第九章 上海股灾

这些沉甸甸的银子，用报纸上的话来讲都是"川人一点一滴之膏血，类由倾家破产，敲骨吸髓而来"，抽租、认购、官本、公利四股筹措的模式下导致了大小股东都是爷，整体扯皮拉筋、打架滋事的事情层出不穷。而他又挪用了部分资金去补朝廷新政的窟窿，这铁路公司即使再家大业大也架不住这样的折腾。

何况，这次筹措的银子一共不到千万两，前几日铜元局生产的铜圆又因成色不够而被民间拒绝使用，等于两百万两投资款又打了水漂，加上亏空和贪墨，账上满打满算也就五百万两银子。而真正要修成这条川汉铁路却是得七千多万两，已经改为商办的铁路公司是不可能通过再行售卖租股补齐缺口的。所以施典章手里这占底牌大半的三百五十万两雪花银就不仅是锡良唯一的希望，也是整条铁路最后的退路。

锡良突然想到被自己颁发过牌匾的洪门堂主林宝斋，心道："这个林舵爷，上次给我四姨太送了辆小汽车，自己堂口还认购了二十万两，平日里对我也是礼敬有加，洪门子弟遍江湖，让他去一趟上海，帮我盯着施典章倒是个不错的办法。"于是马上派人通知林宝斋去上海暗中盯着点，有什么风吹草动及时向他汇报。

"这次承蒙总督大人器重，这可是千载难逢的机会，兰亭你跟我去吧。"林宝斋不停擦拭着他那七品的顶戴，放到中堂桌子上，若有所思。

这个陆兰亭不但是他最得力的助手，而且还在一次械斗中救过林宝斋一命，这种事情自然带他去要放心得多。

陆兰亭不但长得魁梧，声音也是瓮声瓮气："大哥这次一去恐怕要耽搁不少差事啊。"

"这里面可是有咱们堂口的二十万两银子，其他堂口在我的号召下也认购了不少，心总是悬起的。"林宝斋悠悠地说，"就算总督大人不派我这差事，我都想自己去看看施典章那厮到底是块什么材料。"

"那我就跟舵爷走一趟。"陆兰亭笑道，"顺道也看看那十里洋场都有什么新鲜玩意儿。"

林宝斋与陆兰亭简单整理了行装，第二天便启程去往上海。林宝斋与洪门上海堂口的黄舵主有过一面之缘，感觉黄舵主还算是个可以交心之人，于是此去准备找他帮忙，协助处理上海地面上的各种事宜。

林宝斋还在路上，施典章就已经改变了自己保守的看法，这倒不能归功于陈逸卿和岳大丰，因为整个上海就是个大染缸，手中的报纸，身边的朋友，无时无刻不在提醒你，这里是上海，只要有脑子有胆量，就没有你赚不到的钱。

"施兄，快看看这个吧。"只见岳大丰拿着一张报纸对施典章说。

施典章看向他手指的地方，是一篇《今后之橡皮世界》的文章，文章有万余字，详细地描述了橡胶业的当下与未来，告诉人们橡胶是可以改变整个世界的革命性产业。

"就这，股票能不涨吗?"岳大丰说道，"句句在理，<u>丝丝入扣</u>。将为世界实业大放光明也。谁看了不心动？写这文章的公司叫兰格志，据说是个大橡胶公司。"

施典章点点头说："橡胶公司的股票是一票难求，听说连位高权重的租界法院法官关桐之，也到处托人情才能买到一点儿原始股。"

"嗨，他托的人正是陈逸卿啊。"岳大丰拍手道，"买进时一股三十两银子，买进来就天天涨，最高涨到一股九十多两，好多租界的外国人，都盯在他门口，随时拿着支票簿等他出手呢！"

"陈逸卿真有如此神通广大呢？"施典章还是有些不放心。

"那倒没有，你要说是官府上有什么事他是万万不行，但只要是跟银子有关的事，在上海的地面上就没有他搞不拎清的。"岳大丰拍着胸脯说道。

"三十两买进，九十两卖出。我这三百五十万就可以变一千零五十万。不算不知道，一算不得了。"施典章说，"若是真能赚那么多，我也算为国立功了。"

"我看你还是小看了上海滩，区区三倍而已，现在上海滩的股票，溢价八九倍都是稀松平常，十到二十倍的才能算是上海资本市场的宠儿。"岳大丰说的倒是实情，彼时的上海，就是疯狂到了这个地步。

"那近日不如再约陈老板一聚。"施典章说着，拍了拍岳大丰的肩膀。岳大丰心中暗喜，这笔抽成怕是少不了了。

之后施典章与陈逸卿见了四五次面，就在这个期间，那个兰格志橡胶公司竟然开始给股东们派发红利，每股派红高达12.5两，这相当于票面价值的12.5%。随后，几家外资银行又宣布可以接受兰格志公司股票进行抵押贷款，兰格志股票的

第九章　上海股灾

"抗风险能力强"便变得家喻户晓了。而另一家叫斯尼王的橡胶股票，价格一路从六百三十两向七百五十两、一千二百两、一千三百二十五两、一千五百五十两狂飙。

施典章终于决定与陈逸卿合作，因为施典章刚刚收到消息，广东的粤汉铁路公司已经动用公款投资股市。得知消息的施典章彻底打消了顾虑，决定加入这场疯狂的资本风潮。

他把一部分钱存入了陈逸卿的钱庄。其中有五十万两公款存入了正元钱庄，正常做账后又动用公章取出十万两放入了私人腰包。三十八万两存入了兆康钱庄，又故技重施取出了十万两。在谦余存了二十五万五千两。合计一百一十三万五千两。

"这每家钱庄十五万的限额怎么办？"陈逸卿问道。

"不碍事，反正是存在你这，若是朝廷要查起来，我们接着把其余超额的退出来便是了。"施典章不愧为官场老手，在上海待了一个多月，对付这种规章便是得心应手、信手拈来。

只是还有一个不为人道的秘密，施典章深知官商勾结的规矩，万一有问题，必须要有人替他背黑锅担责任才可行，这眼前的陈逸卿自是不二人选，一定把他绑死在自己这条船上。于是他让陈逸卿以开利华银行虚假收据的方式套取了九十五万两公款来放高利贷。

两个月后，他又找到陈逸卿，帮忙以公司名义购入炙手可热的兰格志股票四百八十五股。当时的股票报价在一千四百两到一千五百两之间，他每股虚报了二百五十两的"花头"，总共虚报了十二万两，自然也是收归了自己的口袋。

握着厚厚的银票，施典章不禁感叹自己走对了路。坐在上海滩最繁华的浦江饭店里，他手持玻璃酒杯俯视黄浦江，感慨万千，自己在官场上蹉跎半生，只混了从四品的顶戴，凭自己有限的才干和更为有限的人脉，要继续在官场走下去的话，前景实在暗淡。谁想到川汉铁路的建设，给了他一个彻底翻身的好机会。

川汉铁路一直是从朝廷到地方的重点工程，而且是重中之重。除了"铁路一响、黄金万两"的经济驱动之外，这条拟议中的铁路，也是对抗英法等列强不断扩张蚕食西南地区的战略布局。

当时听说川汉铁路公司急需一名投资事务负责人，施典章动了心，经过一番"运作"，在川汉铁路公司总理乔树枏的引荐下，搭上了四川总督锡良的这条线，终于得偿所愿。川汉铁路公司虽然已经在光绪三十三年（1907年）改成了商办，但公司的主要管理人员依然由朝廷指定，而非股东会推选。而自己也就成了众多兼跨官场、商场的"两栖"朝廷大员之一，头上红灿灿的顶子，保障着退路，而腰里则是鼓囊囊的银子，代表着奉旨经商的巨大收获。

只要这股市一路向上，不但自己上海这趟差事会办得十分漂亮，四川老百姓的铁路可以早日建成，自己也可以大捞特捞一笔，甚至给朝廷纳捐个督抚大员也不是不可能的，真可谓是一举多得。

想到这里，施典章抿了一口葡萄酒，心道："这洋玩意就是好喝。"

施典章这么想，林宝斋也这么想。

经过大半个月的舟车劳顿，林宝斋和陆兰亭终于来到上海，借着洪门黄舵爷在上海的势力，四处打探消息。上海虽大，奈何由于施典章近日在股市花钱如流水，可谓是人红是非多，很容易就被二人摸了个大概。

虽然他们对金融的事似懂非懂，但有一点是可以确定的，就是这三百五十万两四川老百姓血汗银子基本都辗转买了橡胶公司的股票。

"看施典章还算是公私兼顾。这上海有魔力得很，钱会生钱，说不定真能给川汉铁路公司赚上一笔。"陆兰亭喝了口茶道。

"也是，这年头拿钱办事的，总比拿钱不办事的好一点。"林宝斋表示同意。

"不过我到这两天才终于搞明白，这川汉铁路公司好像是在空手套白狼。"陆兰亭继续道。

"怎么个套法？"林宝斋目不转睛地看着他。

"我们摊派认购川汉铁路的股票，本是等川汉铁路建成后咱们享受点股份分红。但他们却是拿钱来买了上海橡胶的股票。若是这样，那我们直接买上海橡胶股票就行了，干吗还要集资给川汉铁路让他们买？"陆兰亭问道。

"这投资本就是靠的人脉和信息，在成都咱们是地头蛇，但到了这上海便是虎落平阳了。"林宝斋一拍陆兰亭的脑袋道："做事哪有这么容易的。"

"我听那个洋报社里的一个洋人说，英国查出来几个股票作假的公司。"陆兰亭还是有些不放心。

"这么火热的市场，几百只股票里有几个作假的公司也属正常。再者说，真若是行情来了，管你是真是假，只要有人接手就是好票。"林宝斋这几天在上海找了不少新结交的洪门朋友了解股票知识，所有人竟对股市一致看好，搞得他也有些心痒，再想拿点钱买几股玩一玩。

"那我们跟总督大人如何汇报？"陆兰亭问。

"只写事实，莫加判断。如实写明施典章的活动和他跟哪些人结交即可。"林宝斋能做到堂主之位，并非浪得虚名，做事还是留着一手。

随着上海早早地入夏，橡胶股票的火热近乎疯狂地飞速达到顶点。想在这疯狂之中分一杯羹的施典章并不知道，他的那几百万两银子其实正是推动这一疯狂的主要力量之一。施典章、陈逸卿、岳大丰三人正欣喜地等待着，只要股票再向上走，施典章的资本将被彻底盘活，川汉铁路所需资金便可基本到位，施典章不仅能把私吞的公款平账，还可以给川汉铁路的家底"保值增值"，向朝廷交一份漂亮的工作报告，可谓公私兼顾、名利双收。

正所谓老天欲让人灭亡，必先让其疯狂，而硕鼠腾挪的游戏总是在粮仓快要见底的时候被众人发现。没过几天，一个消息突如霹雳，震醒了靠股市发财的投机者们。

当年六月，面对全球的橡胶泡沫，作为最大消费国的美国，突然宣布了对橡胶进口采取紧缩政策。击鼓传花的游戏宣布结束，消息传来，市场对橡胶的需求锐减，资金开始恐慌性出逃。

首先是伦敦的橡胶市场彻底爆炸，然后直接波及了上海。上海的橡胶股票开始一落千丈，跌破发行价也无人接手，深度炒作橡胶股票的正元、谦余、兆康三大钱庄竟在一夜之间相继倒闭。大清国的股民们刚刚见识了全球一体化的巨大好处，又开始吞下其巨大的苦果。

岳大丰匆匆忙忙来给施典章报信儿，闻听噩耗犹如五雷轰顶，施典章手中的茶杯一下没拿住，落到地上摔得粉碎。施典章顾不得找人收拾，只想尽快把事情弄个清楚。

"即使股票跌了，也不至于把自己的钱庄搞倒闭啊？"施典章紧张到话都说不流利了，"我可是在他钱庄里存了不少银子的。"

岳大丰顾不上礼仪，直接坐在地上，哭丧着脸说道："若只是拿自己的钱玩玩股票，亏了也就亏了，不过是自己的钱没了而已。可这钱庄是拿着别人的钱在买，你买股票的钱亏了你自己负责，但他是用你存在他钱庄里的钱来买股票，亏了就是你的银子补上了。"

"那赶紧去找陈老板啊。"施典章着急地说，"就算他要资产清盘，也想办法把我的钱先还了。"

"哪还等得到什么清盘，"岳大丰一声苦笑，"我才知道陈逸卿老板真是大手笔啊，联合兆康的戴老板还从花旗银行、华比银行和怡和洋行借了一百万两银子，存在正元、兆康、谦余三家钱庄里。他们还嫌不够，又从关系不错、往来密切的森源、元丰、会大、协丰、晋大等钱庄调剂头寸，这八家钱庄结合成一个超级橡胶股票玩家。这原本是个万无一失的玩法，所以陈老板孤注一掷，谁知这半路杀出个美利坚。唉！施兄，我对不住你啊。"

听到此处，施典章五内俱焚，不但马上到手的名利没有了，这凝结四川人民血汗的本钱亏空的新闻传回去，怕是有无数人想活吞了他，心道自己聪明一世，今天怎么就毁在了这四川老乡身上。

就在正元钱庄停业的当日，上海道台蔡乃煌就将相关钱庄的有关人员及账本等控制羁押。陈逸卿则直接下了狱，施典章深知如果钱的事不解决，他也得到狱里去陪他。可他不是外资银行，听到有风吹草动便可迅速甩卖股票，将损失降到最低。他这个只是略懂金融的新股民，现在只能是任人宰割的韭菜了。

送走岳大丰后，他想了各种对策，最终他选了自己认为最好也是最简单的办法，"三十六计走为上计"。于是他赶忙派人拍电报将小妾和儿子都召到了上海，且悄悄地提了八万两银子，到处放风说自己将到香港去售出被套的股票，以便弥补亏空。

等他真正想走的时候才发现没那么容易了，别说是去香港，还没走出府邸院门，他就发现自家大门用匕首斜插着一封信。打开一看，血淋淋的朱砂写着几句话："施大人，四川总督大人派吾等暗中协助大人办差，之前的任务是在外面保护大人的安全，当前的任务是保护大人全家的安全，希望大人不要乱走，安心待在家中。"

炎炎夏日，施典章看罢这封信竟是出了一身冷汗。送来此信的正是暗中监视着他一举一动的陆兰亭。

股市的多米诺骨牌还在延续。上海近百家钱庄六千余万两白银的投资损失过半，继正元、兆康、谦余三家钱庄倒闭后，其他钱庄也开始了倒闭潮。曾经疯狂鼓吹橡胶生意的兰格志老板麦边早就已经卷钱跑路了，只留下了上海滩的一地鸡毛。事情发展到如此地步，还有一个人也是心急如焚，他便是上海道台蔡乃煌。

祸不单行的是清政府大量的公款和即将到期的庚子赔款也存在这些钱庄之中，如果这些钱庄倒闭，后果将不堪设想，甚至可能会引起外交纠纷。

很快，上海两家龙头钱庄源丰润和义善源门前挤满了要求提款的储户，蔡乃煌深知只要这两家钱庄不倒闭，就可以稳住上海的金融市场。蔡乃煌决定动用政府的力量救市。

根据商务总会的估算，想要初步救市需要大约五百万两白银，蔡乃煌决定由上海财政出资一百五十两，另外三百五十万两向外国银行贷款。蔡乃煌便马上直奔南京请示两江总督张人俊。

就在施典章对于蔡乃煌的救市还抱有一线希望之时，岳大丰再次登门。在施典章看来，他现在已经成为了一尊瘟神，每次带来的都是坏消息。而这次也不例外。

"陈逸卿死了！"岳大丰一屁股坐下，茶都来不及喝一口，气喘吁吁地说道。

"啊？怎么死的？"施典章以为他是被哪个在他钱庄存了银子的狱警泄愤干掉了。

岳大丰说："说是自杀，服毒。"

"自杀？服毒？"施典章重复道。

"对，自杀，服毒！"岳大丰也重复道。

"你信吗？"施典章问。

"不信又如何，但是结果都是一样。"岳大丰说，"人死了，解脱了。"

施典章心想这恐怕也是自己之后的下场，一时心急竟在岳大丰面前掩面痛哭起来。

关于此事，林宝斋和陆兰亭在向总督大人的汇报信里写道："施典章兔死狐悲，家中痛哭，岳大丰一旁观看，不知所措，默默离开。"

其实，林宝斋心里也是有苦说不出，也想找个地方哭一场。

"这可是二十万两啊。"他默默念叨着，"就知道这洋人没一个好东西。"

"这也不光您啊，咱们多少川人都亏在里面了。"陆兰亭劝他道，他没敢告诉林宝斋，自己偷偷买了五千两的橡胶股票，这次也栽到里面了。

"倒是徐春风赚大了，竟然之前把股票都卖掉了。徐春风啊徐春风，果然是有眼光，后悔没跟他一起把股票卖了。"林宝斋握了握拳头，"这事不能就这么算了，咱们的损失必须有个说法。"

陆兰亭点头说道:"舵爷说就是,去杀去打,我都听舵爷的。"

林宝斋觉得再留在上海并无意义,于是与陆兰亭动身回四川。

二人不知道的是,就在这动荡之时,四川的总督大人却换了人,接替锡良的是从江西总督任上调来的赵尔巽。

川汉铁路公司屡次发报问询都未能得到任何回音,更让众多股东感受到了事态的严峻性。新任四川总督赵尔巽担心川汉铁路巨亏或将导致四川省民心激变,不愿意替锡良擦这个屁股,也第一时间发电给上海道台蔡乃煌,要求抓捕施典章。

处在旋涡中的施典章心知自己回成都后作为罪魁祸首肯定要被明正典刑,说不定还没到衙门口就会被愤怒的川人给撕碎。为了保命,他开始用之前贪墨下的银子积极疏通各种关系,试图通过邮传部的熟人把此次亏损归咎于职务行为,是经营性损失,与自己无关。

令他没想到的是,这个想法也与川汉铁路管理层不谋而合,毕竟谁都不愿意把挥霍民脂民膏以利洋人的骂名背在自己身上。赵尔巽也是心知肚明,以铁路公司已经商办,自己作为总督不方便插手为由又把烫手的山芋扔了出去。

上海方面,蔡乃煌获得了朝廷对救市的批示,同意由政府出面担保钱庄从外资银行借款三百五十万两,暂时稳住了局面。可一个多月后,上海分担庚子赔款的两百万两到了支付的时候,蔡乃煌申请先由国库先垫付,后等危机缓和再找上海的钱庄还款。可与蔡乃煌有隙的度支部左侍郎陈邦瑞乘机联合他的学生江苏巡抚程德全参劾蔡乃煌，说他以市面恐慌为借口，"恫吓朝廷"。

朝中无人替他说话，蔡乃煌最终被革职罢官，各大钱庄也接到通知，两个月内必须拿出二百万两还给朝廷，本已是风雨飘摇的各大钱庄终于等来了压倒骆驼的最后一根稻草。

消息传出，上海金融业顿时崩溃，全国大恐慌随之发生，北至北京、营口，南至广州，西至汉口、重庆，全国各大工商业城市陷入一片恐慌之中。

川汉铁路倒账亏空一事令整个朝野为之震动，四川籍京官更是积极奔走。内阁侍读学士甘大璋上书朝廷，指责川汉铁路贪腐黑幕。奏折上写道："取民尽锱铢，局用如泥沙，出入款项，均无报告，及至股东查账，始悉弊端百出。刻间已倒之款不可追，现存之款不可靠。若不亟派稽查，汉口、上海各处速换妥人经管，或自设银行，或提存大清、交通各银行，恐贪私利而忘公本，将来亏倒，尤不止此数。款既可危，路于何有！"

四川籍清流、京师大学堂经科教习宋育仁等也一致要求督查院和邮传部彻查施典章。

而四川人民此刻还被蒙在鼓里，尚不知道上海发生的这一切会对川汉铁路带来什么样的影响。总督赵尔巽踢得一脚好皮球，自然也就捂得一手好盖子。督查院和邮传部组成的专案组前往上海调查后，经过细致的排查和梳理，查清了施典章共贪污和挪用川汉铁路股款一百余万两，造成的损失更是不计其数。

这样一件关乎四川全省人民切身利益的大案，最终还是在官僚的运作妥协下给出了一个不痛不痒的处理结果。施典章只被判处监禁三年并附加罚金一万两，勒令赔偿倒账损失三十万两。如果年内不能缴足，就改为永远监禁。

至于川汉铁路其他的亏空，那就是按各个钱庄倒闭案来处理。这意味着全川七千万人省吃俭用、忍受层层盘剥募集来的血汗钱，全部血本无归。

暗流涌动

纸包不住火，施典章倒账亏空案的处理结果传回四川后，彻底点燃了川人的愤怒。赵尔巽再三隐瞒的消息再也瞒不住了。铁路公司内部的矛盾也借着倒账案尖锐了起来。

为了避免节外生枝，焦虑之下赵尔巽昏招迭出，居然责令川汉铁路公司上海、宜昌、成都三处办事人员会同经营。这一调整更是捅了马蜂窝，让本已启动的宜昌段建设停了工。几万筑路工人为了薪水问题闹起了暴动，还变卖了工地设备，让本来就进展缓慢的川汉铁路彻底歇了菜。

民怨四起之下，原本就已经暗潮涌动、多方活动的革命党人更加活跃起来，也纷纷加入洪门。徐春风通过弟兄们了解到了各个堂口的情况，最让他惊讶的是同盟会员龙鸣剑、曹笃拜了林宝斋的码头，请求拜入洪门仁公堂。可不只徐春风，连林宝斋本人也十分意外。

这位龙鸣剑可是正儿八经光绪年间的秀才，日本留学归来，在四川法政学堂任督办和咨议局议员，曹笃则是四川通省茶务学堂校长，当年成都起义的发起人之一。两人这样放低身段来请求拜入江湖码头是给足了洪门面子。

在此期间，也有不少同盟会员来联系想要拜入背海堂门下，但都被徐春风拒绝了。徐春风的拒绝是果断的，他甚至都不曾自己出面过。对此大虎等人颇有微词，私底下也问过徐春风为何要把送上门的好事给推了。

在这件事上徐春风有自己的看法："无论是朝廷还是革命党人，看中的不过是咱们人数众多，玩的也都是挑起一方斗一方的把戏。就像当年梁山一百零八将招了安，朝廷还不是调头让他们打方腊？"

不过大虎等人对徐春风的观点还是多少有点看法，都认为上次重庆的革命党肯同意把枪送给背海堂已经证明了合作的诚意，此时拒绝显得有点背信弃义。徐春风则不以为然："那毕竟是上一单生意的回报。咱们有了枪才有资本，也才能更好地跟别人谈条件。"

徐春风和他的堂口就这么成了乱世革命中的一个旁观者。其实这些在徐春风眼里都不是最着急的事儿，毕竟他已经先于众人出手了所有的铁路公司股份，至于革命党人期许承诺的革命成功后的回报，他倒一点也不看好。且不说全国，光四川大大小小就革命了十几次，也没有哪次是真的成功了的，都是小打小闹，乱哄哄的一片。

在面对随后如车水马龙般前来说服他的各路人马的时候，徐春风也都是那套不尽相同但是主要意思相近的说辞。就连林宝斋来找他的时候,他也还是这个态度。

林宝斋先是把川汉铁路参与上海橡胶股票投资巨亏的事情原原本本地摆了摆,然后痛心疾首地说当初为了改堂口,他花费了那么多精力、那么多金钱,还积极劝说各位舵把子积极认购川路股票,结果现在可能血本无归,简直痛心疾首。

徐春风听了淡淡地说:"那林舵爷应该去找川汉铁路公司啊。"

林宝斋大义凛然地说:"现在还不是时候。春风兄弟,这铁路公司又不是只募集了我们洪门堂口的钱。全川各个行帮、商会、船工、农村,甚至连新军都又出钱又出力,咱们得把人都召集起来,一起去讨个说法。"

徐春风问道:"讨个啥说法?"

林宝斋答道:"自然是要求讨回亏空,争取早日把铁路修成。"

徐春风说:"那直接去找总督闹不就得了?为啥要把所有的人都召集起来?召集起来岂不是会引发争相抽股?这路更修不成!"

林宝斋说:"人心齐、泰山移。这事儿显然是要人多才能给总督府压力,才能办得下来。"

"我看着亏空是找补不回来了。召集川人去请愿闹事,先不说多少人愿意去,即使愿意去,总督府会不会借机宣布再次官办或者找外国人贷款,都还难说。"徐春风劝道,"林舵爷为了兄弟们的心是好的,但有些时候时机不成熟,万万不能被当枪使。"

林宝斋听了徐春风的话想说点什么,但半天也没张开嘴。徐春风早已经自顾自地走了。

自从广安起义失败、佘英牺牲之后,华少昌像是换了一个人,开始潜心读书,从理论上更加了解革命党的一些主张。他开始反思屡次起义失败的真正原因,并把一些疑惑和想法写信给徐春风。对于徐春风而言,这抵万金的广安家书才是乱世中最让他觉得温暖的。

这段时间,他也和很多革命党人打了交道。在回信中他告诉华少昌,在他看来,革命党人除了思想理念、武器装备上更加进步外,其他的跟历朝历代的农民起义军并无两样。而历次起义,基本上都是老百姓活不下去了才揭竿而起。

陈胜吴广起义是"伐无道,诛暴秦";绿林赤眉大起义是王莽改制激起民变;隋末农民起义唱的是《无向辽东浪死歌》,也是为了活下去;唐代黄巢打的口号是"吾疾贫富不均,今为汝等均之!"李自成起义就是为了"等贵贱,均田免粮"。

这些都是得到了老百姓衷心拥护并且愿意舍命相随的。而现在看来,无论是清廷欺压还是川汉铁路亏损,都还没到能够让全川人吃不上饭才凝聚在一起的地步。

更让徐春风无法理解的是这种各自为政、一城一地的起义除了送人头之外还能有啥效果。没有老百姓的支持,失败了连躲的地方都没有。而且起义的次数多了,难免人就疲了。就像老母猪下崽,头一回嗷嗷叫唤,等到后面那就跟拉屎拉尿差不多,已经习惯了。

华少昌寄来的信里介绍说，上次他从监狱出来之后，便开始修缮私塾和老屋翻修，也给他讲了当下时局混乱，各处为了铁路的事闹游行，有的地方还闹出了人命，毕竟儿子还是在身边自己放心一些。于是还是让华咸声先回到了广安读着私塾，年纪太小，先去体验一下就足够了。

　　回到广安后，华咸声明显更加活泼好动了，对学习也更加有兴趣。在重庆的一个月，让他对学习的兴趣已经不再局限于辛佑国教的四书五经，现在他对新式学科产生了更浓厚的兴趣，经常冒出一些华少昌和辛佑国都无法解释的新名词。华少昌在信中对徐春风说，现在私塾怕是满足不了他了，看来以后还是需要找一所更好的学校。

　　徐春风从各方传来的消息看，隐约担心在这短短的几个月时间里可能会发生翻天覆地的变化。

　　就在徐春风冷眼旁观的时候，四川总督赵尔巽也在想方设法为川汉铁路的亏空擦屁股。他能想到的办法也无外乎就是请求江苏巡抚程德全和上海道台蔡乃煌协助，尽最大限度挽回损失。同时要求邮传部等严厉追究川汉铁路公司管理人员责任，来堵住川人之口。但实际上这些办法一点儿也没起到应有的作用。

　　在朝廷的授意下，宜昌的报纸上甚至再次出现了倡议铁路国有的论调，声称只有借洋款才能修好川汉铁路，一时间坊间传闻四起，闹得沸沸扬扬。所有人都明白，上海的这场倒账亏空风波，其实已经从金融和经济层面上掏空了大清朝的最后一丝元气，再无还魂可能。

这些消息就像是不断堆积在川人愤怒的稻草上的火星，一点一点地积累着达到燃烧前的温度。赵尔巽这个原本应该扬起稻草、熄灭隐患的人，却在这紧要关头打点关系准备调任东三省。并在调任之前，秘密向朝廷举荐了自己的弟弟，驻藏大臣兼川滇边务大臣赵尔丰。

邮传部大臣盛宣怀其实早就有将全国各省份铁路收归国有的想法。在他之前，商办铁路不仅劳民伤财还收效甚微。七八年间耗资一两千万两白银，才修了不过一二百里铁路。照这个速度修下去，铁路还没修好，前面修的铁路已经朽烂了。盛宣怀主持修建卢汉铁路时，通过向外国银行借款，在六年间修了一千两百多里的铁路，效率和成效得到了极大的提高。

盛宣怀本人也认为："数年来，粤则收股及半，造路无多，四川则倒账甚巨，参追无着，湘鄂则开局多年，徒资坐耗。竭万民之脂膏，或以虚糜，或以侵蚀。恐旷时愈久，民累愈深，上下交受其害，贻误何堪设想！"他想要借助川汉铁路公司倒账亏空案一举将全国上下铁路收归国有的想法不断明确。

为了甩锅避祸，不和四川一样深陷泥潭，陕西巡抚恩寿、山东巡抚孙宝琦、福建漳厦路公司、云贵总督李经羲先后电报邮传部，希望将西潼铁路、烟潍铁路、漳厦路收归官办。一时间形成了部分省市希望官办，广东、两湖、四川四省反对官办的盛景。

这些争论最终也没能敌过朝廷内阁想要借助路权讨好洋人、获得外国支持的意愿。相关政策在皇族内阁成立的次日就

第九章 上海股灾

219

得到了公布："国家必得有纵横四境诸大干路，从前规划未善，不分枝干，不量民力，一纸呈请，辄行批准商办。乃数年以来，粤则收股及半，造路无多，川则倒账甚巨，参追无着，湘鄂则设局多年，徒资坐耗。用特明白晓谕，昭示天下，干路均归国有，定为政策。所有宣统三年以前各省分设公司集股商办之干路，延误已久，应即由国家收回，赶紧兴筑。除枝路仍准商民量力酌行外，其从前批准干线各案，一律取消。"

待到宣统三年（1911年），天干地支中的辛亥年，清廷起用端方为督办粤汉、川汉铁路大臣，会同各省督抚强行收路。盛宣怀奉旨与英、德、美、法银行团秘密签订借款六百万英镑的合同，终于还是出卖了粤汉和川汉路权。《蜀报》主编的邓孝可得到这个信息后，急忙通知四川咨议局议长蒲殿俊。

蒲殿俊是资深的铁路通，跟邓孝可都曾在日本留学，早在光绪三十年（1904年），为了不让川汉铁路落入洋人之手，就和川籍留日同学认购了四万多两股权，并为铁路募捐几十万两，铁路官商合办也是他给时任总督锡良上书建议的结果。他回国后当了咨议局的议长，发起成立了《蜀报》，为川汉铁路鼓与呼。听到邓孝可的消息，蒲殿俊急忙要求在报纸上刊发特别号外，宣布了铁路国有的消息。

因为赵尔丰还没到任，作为四川布政使、代理四川总督的王人文随后也接到邮传部和度支部来电，得知朝廷已决定铁路干线收归国有，此议已成国策，不得更改。消息传出，各地震怒，以保路运动为由酝酿的革命行动也在渐渐发酵。

川汉铁路公司股东在成都召开紧急会议，重庆股东分会派遣同盟会朱之洪为代表出席，出发之前，朱之洪专门去拜访了好友杨沧白，商议此行策略。

朱之洪道："此次川汉铁路公司股东大会，必然会就如何争取保留商办身份以及如何补偿亏空损失为目的。我们此次赴会恐怕也要以此为力争方向。"

杨沧白想了想，摇摇头说："路权是要争的，但不是主干，只是枝叶。不管是这咨议局的议长蒲殿俊也好，还是副议长罗纶也罢，无论其身份还是能力，都不足以言革命大业。他们倡导的文明争路也无异于是与虎谋皮。此行可以极力附和支持他们，但主要还是要与成都同志商讨策划起义为主。要借保路之名，行革命之实。"

朱之洪听了之后，点头称道："沧白先生所言极是，现在保路运动兴起，正是我们举事起义之时。"

杨沧白点点头继续说道："此事宜早不宜迟，宜密不宜疏。必须要拉拢利用一切可以利用的力量。必要时，重庆同盟会的同志们可以先沉在各处，等到时机成熟再一同举事。"

朱之洪听了振奋地攥着拳头说："我们等了这么久的机会，没想到清廷自己送上门来了，这可是千载难逢。"

杨沧白说："嗯！但是一定要小心又小心。特别是试制炸弹，一定要找不显眼又安全的地方，莫要功亏一篑。"随后杨沧白又详细交代了自己的判断和设想，随后朱之洪按照原计划赴成都参会去了。

221

朱之洪自成都开完会返回重庆通报了情况后，杨沧白才意识到还是低估了清廷暴力弹压民意的决心。没想到自成都起义失败后，成都依然处于严密防控之下，革命党人掌控的新军力量和会党实力依然难以与其抗衡。经过两地同盟会会员的商议，最终还是决定各地分头联系洪门的力量，组织发动武装起义。

交了名帖，拜入林宝斋仁公堂的龙鸣剑与荣县民团训练所督办王天杰等人会同四川各地洪门兄弟在资州罗泉井开会，改"保路同志会"为"保路同志军"，武装起义的方向更加明确，步伐进一步加快。

四川省的混乱局面在赵尔丰到川后进一步加剧。在赵尔丰到任之前，人人都以为四川布政使、代理四川总督王人文会是新任的总督，彼时邮传部和度支部为了不费吹灰之力就把川路国有，已经给王人文去了"收路查账"的电令。

这一招实在是正中要害，且不说川汉铁路公司以及宜昌、上海、北京分公司的贪污腐败问题，就是各地的租股局都是一屁股的屎还没有擦干净。施典章的倒账亏空案绝对不会是孤例。

四川布政使王人文在赵尔丰到任后不再代理总督之一职，但作为广东提学使出身的他，在广州开化之地为官多年，又曾主抓教育，深知民间百姓疾苦，况且此时反正他没转正，自然也不愿意深究，更不想得罪赵尔巽赵尔丰这对阎罗兄弟，他只想拖到能找点关系，早点平安无事走人。于是他把"收录查账"的电令直接转给了四川咨议局和川汉铁路公司董事局。

咨议局和董事局的人自然也深知这查账的锅盖是万万揭不得的。对于清廷这招想要借助查账之名来行收路之实也是深感棘手。

一旦统一查账，这几年的事那必然是统统暴露，咨议局和董事局就成了全川人民的敌人。不同意查账，那更加证明铁路账目有问题，清廷只要就施典章事件大做文章，那也必然是群情激愤，说不定民众都会一边倒地支持铁路国有。

这是一个还没开盘就已经成为死局的局面。咨议局和董事局虽然不想铁路国有，毕竟那将彻底损害他们的利益。但要是动真格的，按照贪污论处，他们也都跑不了。轻则罢免流放，重了就得掉脑袋。

但他们也不想鼓动民众起来闹事，兔子急了还咬人，真把哪一方逼急了，那可能就是动乱不止。思来想去，他们反而觉得，既然自己怕乱，清廷更怕乱。于是想了一个自认为清廷不会拒绝的理由：查账就是要把铁路收归国有，就会激起民变。为了防止全川人民闹事，那就不能查账。

但是朝廷只能看到奏折，听不见民间声音，于是在盛宣怀的建议下依然选择推进铁路国有化，先后强令要求举借外债并停收租股。盛宣怀明显误判了形势，宣统之前，虽然外有洋人压境，内有太平军长毛贼，慈禧太后虽然卖国但不昏聩，驾驭群臣也游刃有余，外加有曾国藩、李鸿章、张之洞等地方督抚支持，所以政令依旧可以上通下达。

但甲午海战和日俄战争后大家对朝廷彻底寒了心，不管是民间还是在海外，推翻清廷已经成为一股心照不宣的共识。四川早就有革命党人深入民众中进行宣传，号召川人"仿金田起义故事，远近同情者百余处"。而眼下这个局面，最终彻底让立宪派的人也决定要好好对抗一番。

四川咨议局一面继续派人去北京活动，进一步呼吁立宪并尽快召开国会，一面借助《蜀报》等报纸，将铁路国有的矛盾源头直接指向了盛宣怀。

王人文已经将四川民间的要求电告朝廷，但这种代民请奏的行为非但没有换来朝廷的理解，反而接到了严加申斥的回电，朝廷要他对因铁路生事者"严行禁止，倘有匪徒从中煽乱，意在作乱者，照惩治乱党例格杀勿论"，但王人文良知未泯，在民众"保路"精神的鼓舞下，不顾"诏旨斥之"，再度承担风险，决心如实地再向朝廷反映川民的正义要求，并亲自接见"保路同志会"的请愿者。

其实保路同志会在严格意义上来说并不是川汉铁路公司的官方代表，只是上次成都举行的紧急股东会上呼吁成立的全川各界人民保住"川汉铁路"建设权的一个群众组织。四川保路同志会以"拒借洋款，破约保路"为宗旨，推举了四川咨议局议长蒲殿俊、副议长罗纶为正副会长。

保路同志会成立后，发展得很快，成立不到一个月，登记的会员就有二十多万人，四川一百四十二县相继成立保路同志分会。重庆保路协会则按照杨沧白的指示，在万寿宫、禹王庙等处开会，与会者达万余人。重庆保路同志会积极发动宣传员分赴各坊和各大戏园子进行演讲，告诉民众保路运动原因及清廷丧权辱国、强夺川民财权的蛮横行径，听得观众个个热泪盈眶。

四川此时最有号召力的民间组织除了洪门，便是三庆会，川中早有"武找洪门，文看三庆"一说。保路风潮开始后，长乐、宴乐、翠华、彩华、舒颐、太洪等几大戏班合组一班，名为三庆会。宴乐班的创始人杨素兰做了会长，长乐班的康子林为副会长，三庆会兼容并蓄，汇集曲目，号称高腔、昆曲、胡琴、弹戏、灯戏"五腔共和"。川人日常的喜怒哀乐尽出其中。

想当初宣传川汉铁路利国利民和改变蜀道之难时，杨素兰便组织各大戏班积极认购，在他带领下，这伶人购股的热情不亚于文人考取功名。现在大家辛苦认购的铁路股权一句话就要收归国有，这朝廷怎能不遭梨园子弟骂。

三庆会中的弟子们不但把保路的重要性编成戏文唱段，还带着戏班免费义演，所到之处，无不人山人海，直唱得大家心中生热，眼中泛湿。杨素兰本人更是毁家纾难，把唱戏换来的几十亩家产尽数变成现银，捐给保路协会，豪爽之举，震惊全川。就连徐春风都专门登门造访，表示今后只要是三庆会的演出，背海堂都义务护场，绝无二话。此时的四川，无论官绅仕商，皆已拧成一股绳，山河变色只在朝夕之间。

除了革命党和利益受到损失的各阶层股东卷入保路运动外，各地还成立了学界保路同志协会、杂货帮保路同志协会，干菜帮保路同志协会、乐器行保路同志协会、妇女保路同志会，甚至还有乞丐保路同志协会、聋哑人保路同志协会。

其实大部分人并不知道川汉铁路究竟是怎么回事，也不知道什么叫做路权，只是因为在清廷多年来的政治高压下，突然出现了一个由地方政府官员暗中支持、怂恿的抨击朝廷的发泄机会。于是那些被压抑很久的三教九流一下子进入了某种革命般的亢奋之中，几乎每场保路演说中都有声泪俱下的令人激动的场面，不断有人写血书，甚至以刀断指。运动的情绪被推进得越来越激动，越来越极端，形势正在向着失控的方向发展。

王人文自然深谙其中之道，他接见保路同志会请愿代表也是有自己想法的："看如今的朝局已经是败坏到极致，盛宣怀不说好话也就罢了，反而认为我在夸大其词。外有洋人环伺周边，内有革命党造反，洪门也站在了革命党这边，各地督抚均是见风使舵，坐观成败，脚踩两只船。既然如此，那不如提前做点准备，用这个机会和保路同志会建立点关系，万一有地动山摇之变，也可进退。"

想到此处，他下定决心与四川民心共进退，于是对请愿代表表示："本官一向以民为本，对涉及国计民生的人事，必定职责攸关，保证与朝廷据理力争，此次誓与川民共进退。"

王人文打定了主意，不仅对于保路运动不加以干涉，还主动将《湖北湖南两省境内粤汉铁路、湖北省内川汉铁路借款合同》内容直接透露给了四川咨议局在保路同志会中人。这份合同经历了美、英、法、德四国激烈争夺，共二十五款，规定借款总额六百万英镑，九五折付款，年息五厘，四十年还清，以铁路收入和湘、鄂厘金、盐税、赈粜捐作抵押；四国银行团享有该两段铁路的修筑权；如铁路延长，四国银行团有继续借款修筑的优先权。

这份合同犹如一颗重磅炸弹，彻底激起了川人的义愤。众人纷纷认为四川省境内的川汉铁路肯定也要比照办理，对于即将失去路权的恐惧让大家立即行动了起来。

在蒲殿俊的授意下，《蜀报》立刻刊发了措辞激昂的檄文，文章写道："盛宣怀固借有六百万镑在，何为乎更强以吾财产抵款以赏我？此六百万镑在卖国奴视之，固若单为国债，无关人民。而自吾辈为国民者视之，固认为吾君臣上下四万万人共同担负之债也。今借之款约千万元，连息可二万万。以吾四万万人民共负此二万万之债，实每人负债五角。我川一万万人口分配之则四分之一，实负此项债务五千万元。更以财政上分配之。吾国岁入二万万余，吾川则实出二千万有余，则十之一，亦实负此项债务二千万。夫平白加川人以此数千万之重债者何哉？宁曰非为筑造路计乎？我人民、我疆吏、我先朝种种苦心，均置不言。只问此次借款果何为？加吾川以数千万元之债务果何为？而朝廷之必收回铁路又何为？岂收回铁路端为便鄂川路线之至夔而止乎？亦端为便劫吾川人千有余万节衣省食之租股血本乎？嗟乎盛尚书！嗟乎卖国奴！尔蛮横无人理之至此其极！尔夜气之良果丝毫不自镜其非也乎！"

刊载了这篇檄文的《蜀报》一经面世就被哄抢一空，后面甚至多次加印，一样的是一报难求。檄文见报后，朝廷下旨要求正在前线督办边务的署理四川总督赵尔丰立刻返回成都处理民乱，而盛宣怀也借此机会弹劾了与他处处作对的王人文。

徐春风也在第一时间看到了这篇檄文，早已处理掉所有川汉铁路股份的他却没有任何庆幸和喜悦，而是久久坐在长椅上一言不发,他已经深深地明白,一场席卷全川、震动全国的大风暴即将来临了。

　　这一次他再也无法回避了。

第十章

保路运动

悠闲的时光

与成都、重庆等地革命浪潮的此起彼伏不同，自从上次广安起义失败后，广安这个小城便恢复了往日的平静，佘英、熊克武激起的水花散去后就像从没发生过一样。华少昌也安心地打理家事，与成都跑江湖那段日子相比，有妻儿老小的陪伴，是他难得宁静的时光。

辛佑国以为华家只是普通的农户人家，来到这里他才知道，是他大错特错了。华家在当地算是大户人家，院落是一座具有浓郁川东风情的农家四合院，坐东朝西，由华家祖上三代人陆续建造而成。

在院落不远处有一口井，是明朝华家先祖迁入广安时挖掘的，距今已有五六百年历史。当地人都亲切地称之为"华家老井"。据说这老井井水长年不断，大旱之年也不例外。

在祖宅北侧，还有一个叫"清水塘"的池塘。华咸声放学归来，三五个小孩邀约在一起，经常在池塘里游泳嬉戏。让辛佑国惊奇的是，清水塘的形状竟与中国地图颇有几分相似。

私塾早已修好并重新开办了起来，辛佑国虽然教起来很吃力，但依然尽心尽力地照顾着华咸声和另外几个华氏宗族的孩子。华少昌跟着孩子们也去听了几堂课，课堂上的辛佑国的确是非常认真细致，每个字、每个词都恨不得掰开揉碎讲给几个学生听，但这速度太慢了，方式也过于古板。对于普通孩子来说还可以，但是对于华咸声这个在重庆见识过新式学堂，且天资聪慧的孩子来说就有点不合适了。

华少昌认为必须得给孩子换个学校了，于是华少昌瞒着辛佑国，带着华咸声去镇上转了转，正好去看一下镇上的小学堂。

古老的小镇街房相互偎依，古朴的梁、柱、础，片片小青瓦，显露出川东民居的建筑风格，一切是那么自然朴实，那狭窄的街道古为官道，虽显拥挤但却打扫得十分洁净，一间店铺紧挨着另一间店铺，异常热闹繁华。而此时的镇上也已经成了广安县城最火热的保路现场，各式红红绿绿的保路宣传标语贴满了街头。

经过一张标语前的时候，华咸声突然停了下来，大声朗读了起来："来日难，来日难。要顾来日，莫顾眼前。休把来日来当玩。作难的日子是哪一件？外国人占了财政路政权。财政路政被他占，国民都要受熬煎。要不作难也不难，大家都须有主见。废合同就是生死关。打起锣鼓敲起板，同志会各个有志男。就是女界也勇敢，人人都把名字签。喊起牌子劲儿莫软，这股劲定要硬过山。齐把合同来扳转，那时节齐唱太平年！"

华咸声虽然声音稚嫩，却一字不差，也给围观的不识字的群众彻底解了惑。围观群众听完除了夸奖这个娃娃识字多、声音洪亮之外，也都为保路的事儿议论纷纷。有位耄耋老人义愤填膺地说："中国人自己修路，有啥子说的嘛，没得钱就慢慢修，有钱就快点修，为啥子非要洋人插手？"老人的话引起了众人的附和。

人群中也有人说，"写得好！写得妙！川中汉子就是雄得起，没得梭边边的。"

华少昌费力地把咸声从人群中拉出来，继续往镇上的小学堂走去。光绪二十九年（1903年），朝廷颁布了《奏定学校章程》，鼓励民间兴建新式学堂，有了政策支持，各地新式学堂雨后春笋般地兴起。光绪三十一年（1905年），绵延千年的科举制被废除，教授西学的新式学堂成为众多人的首选。宣统二年（1910年），镇上几位乡绅响应号召修了这所小学堂，也是广安第一所新式学堂。

这日，小学堂也突然变得热闹起来。华少昌他们进去的时候，国文课老师邓俊德正在向学生们介绍保路的事情。华少昌和他算是老相识了，打小就玩在一起，所以非常了解。他知道邓俊德是一个不满封建礼教、思想激进，甚至还曾悄悄参与过维新变革活动的新派人物。他经常抛开书本进行一些"野路子"的教育，给学生们讲像黄巢起义、太平天国运动、义和拳运动等史事。这种启蒙教育也让他在广安城有些小名气。

此时这位开明的知识分子正在向学生们说道："川汉铁路，是我们老百姓拿血汗钱想要修筑的。现在朝廷想要收回去了，理由是没得钱了，要向洋人借钱。这显然是满清朝廷腐败无能的说辞。想要把四川人的路卖给洋人。这不仅仅是卖路，更是卖国！所谓天下兴亡匹夫有责。今天我们就不上课，大家回去把这件事情广而告之，告诉身边的亲戚朋友，好也不好？"

底下的学生齐声说道："好！"还有学生激动地喊出了"保卫川汉铁路线，打倒汉奸卖国贼！"的口号。

邓俊德继续安排道："现在我们就去镇上的大街小巷张贴

标语，笔墨纸砚老师那里都有，大家随便取随便用。"他的话音刚落，学生们一个个就像鸟儿一样飞出了教室。邓俊德胡乱地收拾了下讲台上的书本教具也跟着往外走。在门口被华少昌拦了下来。

邓俊德抬头一看，是老朋友华少昌，甚是高兴，起身让座，忙问道："少昌，你怎么来了？"

华少昌说："这不是娃娃回来了，一直没上学。之前在重庆待了段时日，感觉还是适应新学堂，所以想送过来读书。"

邓俊德惊讶地说："少昌，你娃儿好久长楞个大了啊？"

华少昌摸着脑袋说："母命难违，我父亲去世得早，从学校毕业后便成亲了，然后去了成都打拼，这段时间回来了。"

邓俊德"哦"了一声，看了一眼华咸声。华咸声有点害羞地往华少昌身后躲。邓俊德倒是十分大方地伸出手，一把把咸声拉了过来，说，"弟娃儿（方言，意为小男孩子），跟邓老师走，我们今天好好上一堂社会实践课！"

看着华咸声开心地答应，华少昌迟疑了一下，最终还是没有伸手阻拦，看着邓俊德拉着咸声离开。他心里面突然有点纠结，让儿子跟着这个思想新派又激进的老师，也不知道是不是对的。而怎么给辛佑国说，他能不能接受，华少昌也心里没底。思索之下他就这么慢慢地踱步回去，边走边纳闷，一路上怎么看到的都是来去匆匆的人。

在他眼里，这座县城始终保持着沉稳甚至有点死气沉沉、一成不变的样貌。县城的人们也都彼此相熟，以前打个招呼都是打个千、作个揖，后来搞新政维新变成了摘摘帽子、抬抬屁股，有的年轻学生还喜欢学着洋人见面握手甚至拥抱。但兴许是新政或者是洋人的涌入，带来了太多的新思维、新东西，不仅从外貌上让大家先后剪掉了辫子，也在社会组成方式上发生了重大的变化。

那些涌入的新人仿佛更加适应这个动荡漂泊的乱世，他们如同广安以外的世界飘进来的联络因子，忽明忽暗间将广安与全川连在一起。

华少昌带着复杂的心绪踱步回到家时，自己的母亲、妻子和辛佑国正在等他吃午饭。

辛佑国见他回来了，立马迎上去问："咸声呢？"

"啊？"听到问起咸声，华少昌这才似乎是刚被从另外一个世界拉回来的一样。惊讶了一下，才回答道："噢，他跟着镇上小学堂的邓老师到街头去上什么社会实践课去了。"

他不敢看辛佑国，只顾低着脑袋找凳子在饭桌前坐下。他没想到的是，辛佑国压根没问为什么要把咸声送到北山小学堂去的事儿。华少昌以为辛佑国理解的只是去这一次，但他也不想过多解释或者纠缠。

不知为何，大家相顾无言，在沉默中开始吃饭，此时华少昌的母亲突然问了一句："要不要把咸声喊回来吃饭？"

妻子潘氏在一旁说："已经给他留好了，有邓老师跟着应该没事儿的。"

华少昌也跟着点头说："邓老师心细如发，没问题的。"

说完后，又是长久的沉默，直到大虎突然出现在了门口才打断。只见他气喘吁吁地跑进来，气都还没喘匀，脸也红扑扑的，抓起案头的茶壶就大口喝了起来。看不出来他是跑热了还是因为什么事情兴奋了。华少昌马上抓紧咀嚼了两口，把嘴里的饭菜咽下去，并起身相迎："大虎！你怎么来了，也不提前来个信？"

大虎高兴得嘴巴都咧到了耳后根，说："春风大哥喊我给你们送点东西过来。"说完他就招手示意门外的两个兄弟抬着东西进来了。华少昌一看，是一些银圆。他疑惑地说，"前些日子修老屋的时候送了很多银圆了啊，怎么又送来这么多？"

大虎意味深长地一笑，把表面的那一层一端开，露出了银圆下面的三支短枪和几包油布包起的子弹。华少昌看后大惊失色，急忙按回去，小声问："怎么回事！为什么把枪带到家里了？"

大虎环顾四周，放低了声音说："春风哥说最近时局动荡，全省可能会大乱一场。他怕广安到时候也跟风，于是让我送点枪支过来，害人之心不可有，防人之心不可无，这年头，有这些东西，别的不敢说，至少能保全家周全。"

华少昌谨慎地朝门口望了望，沉思半晌，于是轻轻地点点头，跟大虎与其他二人一起先把东西抬到屋里收好。等到一切收拾妥当，二人回来的时候，潘氏已经增添了几副碗筷，招呼大家坐下吃饭。

局面失控

大虎一番狼吞虎咽之后才将成都正在发生的事情告诉了华少昌，他眉飞色舞地描述了在成都召开的川汉铁路股东会上的情景。

大虎说大会开始后，罗纶、邓孝可、刘声元等相继演说，声泪俱下。罗纶登坛，向满场一揖，开口便说："川汉铁路完了！四川也完了，中国也完了！"

言罢大哭，顿时满场号啕，连在场的警察也在哭。哭声长达二三十分钟。随后罗纶一拳砸在桌上，吼道："我们要誓死反对！我们要组织一个临时的机关，一致反抗，反抗到底！商人罢市！工人罢工！学生罢课！农人抗纳租税！"台下同呼："赞成！"

大虎还拿了一份"四川保路同志会"主编的《四川保路会报告》。这份日刊陆续刊登了数篇十分有影响的文章。这些文章华少昌也或多或少地涉猎过。《保路同志会宣言书》直指满清朝廷是"为亿万众集怨之府而悍不一顾；夺商民数千万血资之产，而不许一呻。新内阁之蛮野专横，实贯古今中外而莫斯为甚"。

《告全国父老书》则喊出了"破约保路为宗旨，百折不回齐进行，万死须达目的止"的抗争决心。

华少昌最认同的还是里面的《请爱国者注意》。文章把川人的情感表露无遗："四川者，吾人之乡土也。四川铁路者，吾七千万人生命财产之所系也。今政府以供奉外人,是扼我生命,绝我财产,若不起而争之,死无日矣!"

对于此次的集会以及后续的保路动向,大虎说,据他所知,四川布政使王人文不但多次接见保路同志会的代表,而且还把罗纶等两千四百余人签注批驳川汉、粤汉铁路借款合同的原件及公呈人全体姓名上奏朝廷,并附片自请处分。

华少昌听了着急地问:"朝廷如何处理的?"

大虎说王人文被圣旨严饬,并说盛宣怀和几个朝廷要员联名上奏要将王人文革职拿问。

华少昌听到这里忍不住拍大腿:"果真如此,我四川必乱啊!"

大虎则说道,"还不止,据说还有什么'歌电',要强行收回所有的铁路股份。"

"'歌电'是个啥子东西?"华少昌疑惑地问道。

大虎挠挠头,若有所思地说道,"我记得我把那张纸包了烤红薯,突然不晓得放到哪点儿去了。"

原来徐春风此次并不仅仅是给华少昌他们送来了钱和枪,还额外让大虎带了很多报纸和书籍回来。这些大多是邓孝可特意拿给徐春风的,徐春风看完了就细心地收集了起来,这次让大虎一次性地带来。只不过大虎是个不爱念书的人,认识的字还没一箩筐,他在来的路上五脏庙抗议,便在路边买了烤红薯,随手就扯了几张纸给包了起来。现在他已然忘记了把那几个红薯扔到哪里去了。

华少昌却急于想要知道"歌电"到底是什么，连忙催促大虎抓紧想想，赶紧找找。众人开始了一通乱找，翻箱倒柜的差点把马车都要翻过来仔细地看一看。

找了半天终于在一堆破旧衣服里找到了那坨宝贝。烤红薯已经冷得硬邦邦的了，导致想要把那张薄薄的纸撕下来都花费了很大的力气。等到彻底把它撕下来并抻平，华少昌已经出了一身的汗，上衣都湿出了一个V字形。

这是一份手抄本，还没有对外公布。王人文此时已经对清廷不抱希望了，与咨议局和董事局股东会的人走得更加亲密。他原本是想捂着这份电报不公开的，但是粤汉川汉路督办大臣端方逼迫他必须公开，至少要向川汉铁路公司公开，好让董事局的人做好大小股东的工作，及时疏导情绪。

华少昌把那份手抄本尽量展平，铺在桌子上一字一句地读了起来。从电报内容整体上看，华少昌认为至少是以"怀柔"为主的。电报里明确地指出了"款靠租捐专害农民小户""后路未修、前路已坏""前款不敷逐年工用，后款不敷股东付息"，并最终导致"款尽路绝，民穷财困"。

这些理由华少昌认为是十分中肯的。对于现在这样进退两难的局面，电文也给出了明确的解决方案，对于川粤铁路，已经借款六百万镑。宜昌至夔州六百里尚未借款，需要查明账目后再行借款。

对于川人最关心的股票和借款问题，电文中也做出了安排。对铁路公司股票，部分民股、商股、官股准许更换为国家铁路股票，六厘保息。当然，洋人并不是慈善家，只不过当时国际资本充足，他们国内的存款利率可能比百分之五还要低，所以对清廷借款仍旧有利可图。

但话说回来，现在的时局之下，做什么事都怕跟洋人沾边，动不动卖国的帽子就能扣过来，毕竟谁都知道洋人是无孔不入、无利不往的。对于一个借你一厘钱就要你性命的吸血鬼来说，想尽一切办法躲开远比暂时苟延残喘要好得多，毕竟这个钱一旦借了，拥有坚船利炮的列强们以后也就有足够的理由深入川渝，控制西南了。

更重要的是，与广东、湖北、湖南等地铁路官方股东多不同，川汉铁路资金大部分为民间商股，甚至全川农民都被强制摊派，朝廷威望早已跌到谷底，所以方案一出，其他三省虽有怨言但也没有太大风浪，但四川则已经到了遍地火星、人人添柴之地步。

华少昌读完深深地吸了一口气，他也知道，现在的四川全省，如同已经孕育了许久的地下火山，平静地面之下是风起云涌，爆与不爆显然就在于时间了。

他从纸面上读出来的感悟倒是跟徐春风不谋而合。其实徐春风身在局外反而成为他的优势，让他也看到了这场争路运动中的鱼龙混杂。且不说那些往日里不来往、不入流、不知名的各类说客，此时多如过江之鲫，朝廷派来的、士绅商贾雇佣的、洪门堂口的、跑江湖的、革命党人的、立宪派的、铁路公司的，各类名头都有。甚至这些说客自己也能说服自己，今天还替朝廷说话，明天就摇身一变变到了同盟会革命党那一边。一些社会宵小也在此时变身成了人五人六的社会人士，穿金戴银张口闭口认识这位爷、能跟哪个官搭上话。

徐春风作为老江湖,什么风浪都经历过,早就对这些嗤之以鼻,也懒得搭理。老刘头则不然。自从辛佑国走了之后已经冷清了许久的茶馆再次熙熙攘攘起来。各类谈事情、拜码头的人络绎不绝,他每日烧水都烧得腰酸背痛,逢人便抱怨。

成都人也在那段时间里见到了前所未有的景象。街头充满了各类标语和宣传单,"文明保路""破约保路"等口号几乎人人皆知、耳熟能详。各类保路集会、游行也体现出了各种匪夷所思的"新意"。比如立宪派组织的保路游行中,走在前面的依然是代表皇帝的神牌,似乎向全天下告知四川人的保路运动是在向皇帝请命,希望能够上达天听。各路道士、术士、方士此时也是创造了各类符咒、咒语,通过在寺庙、街头作法、设道场来助力这场保路运动。

大多数成都人都是抱着看热闹的心态围观这一场场活动,现场演讲人的慷慨激昂不过是随行入耳的复杂伴奏。小孩子则乐得在大人们中间窜来窜去,弄到点糖果点心甚至小灯笼来玩耍。

而在成都之外的郊野民间,广为流传着"倘有那不肖官吏来捕捉,鸣锣发号我们一窝蜂。一家有事,百家齐聚合,他的手快,我的人多。钢刀快,砍不完七千万人脑壳,哪怕尸骨成山血流成河。有死心,横竖都战胜得过,战胜了,我们再收兵鸣锣"等歌谣,这已经显示出四川民众早已团结成了一个号令一发、举事而动的整体。

杀人立威

此时的人们皆认为接下来就应该如同元朝末年一样，只需要一个独眼巨人便可斩木揭竿了，但众人不知道的是，那位功盖川滇的新任总督赵尔丰，实际上是表里不一、暗藏杀心的屠夫。

光绪三十一年（1905年），西藏巴塘发生叛乱，清廷驻藏大臣凤全为叛军所杀，赵尔丰奉令带军平叛，凭借着杀人如麻的铁血手段一举荡平叛军，并在西藏实施改土归流，修学校、架电线、设立警察局和邮电局，朝廷明旨嘉奖升任川滇边大臣的同时，也为自己赢得了赵屠夫的名号。

朝廷要求赵尔丰早点到任收拾这个烂摊子，偏偏还生出了个小插曲，川汉铁路总公司为了第一时间给新总督汇报，派了两个股东代表——《蜀报》的邓孝可和川东道的道尹叶秉成到新津去迎接赵尔丰，还将周善培也硬拉了去作陪。周善培本是劝道业的总办，算是四川衙门中最熟悉川路的要员，但他刚刚接任提法使，他觉得自己的职务已经不适合再和川路公司的代表一起去迎接。川汉铁路总公司总经理曾培还因此请示了王人文，由王人文亲自下令，周善培才不得不接受了这个任务。

三人在新津等了两天，没等到赵尔丰，连前站邛州也无消息传来。邓叶二人又硬拽着周善培往前赶到邛州，等了两天还是没有动静，只好悻悻地赶回成都。

事实是，赵尔丰没有走这条线路，而是悄悄地到了雅州，在那里与前往迎接的藩司尹良秘密会谈了两天。这尹良是前任总督赵尔巽的表侄，赵尔巽当年将他带到四川，由候选道升为代理盐运使。赵尔巽在调任东三省总督后，在推荐弟弟赵尔丰继任川督的同时，也推荐了尹良代理藩司。

算下来尹良和赵尔丰也算是亲戚，却并不同心，对于赵尔丰的人品和性情也抱有极大的怀疑，认为其一路擢升是因拿着别人的鲜血来涂红自己的顶戴花翎。

赵尔丰密会尹良，就是为了提前了解情况，他首先问起的就是治川之策与铁路问题。尹良表示，"现在的四川全省，上下一心、同心协力，宜怀柔而不能用强。否则必生民变"。

赵尔丰却对他的话深不以为然。说道："前人多言巴蜀难治，其实是不知治。刘璋失之以宽以致益州易主，昭烈帝命孔明从严治蜀才能积蓄国力北伐中原。对于川人，必须以严刑峻法为主。"

尹良连忙说道："使不得使不得。川人性情耿直、性子刚烈，用强可能更加激起不服之心，到时候就会大乱。总督大人方才提到诸葛孔明，当年蜀汉诸葛威望何其之高，尚且七擒孟获，才有南中安定，蜀中平安，而定天下时局，大人心如明镜，怎可不知。再有自古以来都有'天下未乱蜀先乱'一说，他日若有雷霆之祸，我们都是朝廷的罪人。"

赵尔丰脸上写满了轻蔑："没那么严重。前驻藏大臣凤全被杀，藏兵何其彪悍，我奉命'围剿'，天兵所到还不是摧枯拉朽。对待刁民，不用强根本难以取胜。后我督川滇边务，提出改土归流，进驻打箭炉。数年之内藏汉满人皆服。四川人自己不是说'核桃要砸倒来吃'？既然吃软不吃硬，那咱们就先礼后兵、把话带到，若他们识相还好，若是执迷不悟，也只有敲打到他们服服帖帖为止。"

看到尹良还想继续劝谏，赵尔丰抬手制止道："当年长毛造反，江南沦陷。同治二年（1863年），石达开带叛军入川，四川人也没人去响应叛乱，反而助朝廷荡平逆党，把那石达开在这成都府明正典刑。天府之国，自古以来人心安稳，闹不起来的，我意已决，不必复言。"

尹良并不知道，赵尔丰在对待川汉铁路公司的态度上，本与王人文的立场是完全一致的。毕竟做过地方官多年，明白四川商民的要求，也对眼前的实际形势有着大概的了解与感受。但多年的带兵平叛经验让他越发崇尚武力，认为自己堂堂总督，手握重兵，怎能向一群乱民服软。这一层自然是不会让尹良知道的。

尹良自然不知面前这位亲戚的心思，同时被赵尔丰这一番刚愎自用的话给吓了一大跳，也深知四川未来难免动荡。当日的聊天也就在敷衍中结束了。但这番对话尹良却在返回成都后透漏给了周善培和邓孝可。此二人都在日本留学多年，本就与立宪派、革命党人关系匪浅，邓孝可更是第一时间告知了蒲殿俊，于是消息传出后各方都对赵尔丰提高了戒心。

不久后，川汉铁路公司再次召开股东特别大会，赵尔丰主动到场训话，先是赞扬保路绅民"具爱国之热忱"，表示理解川人的要求，作为地方官，他将竭力帮助大家，"定将大家所求上达天听"。同时，赵尔丰要求大家保持克制与冷静，维持社会安定。因他的先礼后兵之策早已被革命党散布得路人皆知，所以这番绵里藏针的话语并没有打消川人的保路决心。

在"民意不可违"的号召下，股东大会强烈要求赵尔丰代为转奏川人诉求，声称不然将组织全省罢市罢课。赵尔丰内心暗道："家兄正是不愿蹚这趟浑水才走动关系调任东三省。王人文迂腐，代民表奏，结果奏章被朝廷严加申饬，还得罪了红人盛怀宣，官位已然不保。此次我再出面岂不是步其后尘？看来真是敬酒不吃吃罚酒，我已仁至义尽，只有使用手段敲打一番了。"但为安抚股东代表之心，作为缓兵之计，他还是应承下来代奏。

其实赵尔丰正在寻找一个借口，可以实施他的敲打川人之策。只是这个借口不能是罢市罢课，这未免太让他这位新人总督丢脸，他需要的是一个冠冕堂皇但又无伤大雅的理由，这样既能获得朝廷的支持，又能立威树德。他的这一想法也与端方不谋而合。端方给赵尔丰发来的电文中也积极建言献策，建议他杀人立威，立诛数人，定能安定全川。

正在赵尔丰苦苦寻觅的时候，一篇《川人自保商榷书》进入了他的眼帘。这是一份同盟会员朱国琛、杨允公、刘长述等编印的传单，并在川汉铁路公司照例举行特别股东大会时，散发给了入场的会议代表。

在川路闹事以来，分发传单早已是家常便饭，即使不少人都知道了朱国琛的革命党身份，也不惊异。连主席台上的咨议局议长蒲殿俊也取了一份，翻了翻，觉得没说什么。谁都没有料到，这份传单，会成为一根导火线，它即将引起一场颠覆整个中国的血雨腥风。

这份商榷书，在描述了目前面临的巨大内忧外患之后，提出了四川的"现在自保条件"和"将来自保条件"。"现在自保条件"有四条：一是保护四川各级官长，但怪异的是并非依靠军警保护，而是要由同志会"选定殷实精壮子弟，多至百名"来保护；二是维持治安，也是要依靠同志会力量，一旦因罢市出现"乱民乘机肆扰"，"乃兴大兵弹压，迫令解散"，却含糊地没提"大兵"是衙门的现有兵力，还是另组兵力；三是一律开市、开课、开工，因为罢市、罢课、罢工损害太大，应该另谋办法；四是各项租税由各州县的议会"妥善存放"。

而"将来自保条件"更是多达十五条之多，除了发展铁路、航运、实业、教育等民生事业外，还提出编练国民军、建立兵工厂等敏感建议，直接提出了枪杆子的问题。更为重要的是，商榷书在最后明确提出，对待反对者"应以义侠赴之，誓不两立于天地"。换言之，就是毫无商榷的杀无赦。

《川人自保商榷书》也第一时间传到了重庆。王培菁从重庆体育学堂看到此传单，第一时间飞奔到杨沧白处奇文共赏。大家虽然都尚不清楚是谁写的，但都第一时间认为，这些要求朝廷是肯定不会答应的，看来那个等待了已久的火星似乎已经飞到了干柴上。杨沧白读完急忙在同盟会内广为传播，并激动地对王培菁和张培爵道："此文直指要害，不亚于陈琳讨曹孟德之檄文与骆宾王之讨武曌书，可见蜀中百姓脱离满清之心溢于言表！"

但热血沸腾的传单到了赵尔丰手中，就成了绝佳的动手理由。在他们看来，《川人自保商榷书》显然不仅仅是鼓动争路甚至鼓动市民罢市、罢课，其最终目的是以"商榷"地方自治为名，行鼓吹革命独立之实。藩司尹良看到传单后第一时间将周善培等有关司道官员及驻军司令、陆军第十七镇统制朱庆澜请到藩司衙门。

大家看后也是倒吸一口凉气，被保路同志会的人保护起来岂能有好下场，于是在尹良鼓动下，大家纷纷要求赵尔丰先下手为强，清查乱党。

有了这些人的支持后，赵尔丰立刻用电报密奏朝廷，清廷随即下令"严查匪首，若有反迹，可便宜行事，不必再报"。收到这张王牌，赵尔丰再无顾忌之心，开始放手严查严控。边疆带兵经验让他自认为，此次大部分人都是盲从而已，抓贼抓匪首，只要把那几个领头的控制了，其他的都好办。

但在这个过程中，做事肯定要严格保密，而且还不能招惹到洋人，特别是传教士。倘若发生了流民冲击教堂的事情，那必然会演化成教案，到时候局面会更加复杂。为此，赵尔丰让洋务局专门秘密通知了成都各领事馆，请所有洋人九月六日日落之前务必全部搬进四圣祠教堂和平安桥天主堂，由制台衙门派兵保护。

等到了九月七日一早，赵尔丰准备了许久的大网就开始收紧。先是以布控演习为名关闭成都城门，随即通知蒲殿俊、罗纶、邓孝可、张澜等十余名保路同志会的主要负责人等到藩台衙门开会。会议名帖上是给大家通报邮传部关于保路最新的电报。蒲殿俊、罗纶等人也并无怀疑，按照约定的时间到了会场。等了一些时候却始终不见人来，众人觉得奇怪，催了几次，才有衙役把他们带到了五福堂内。

没想到刚进五福堂，埋伏在四周的巡捕就冲了进来，大喊"奉总督令，将众乱党都给我绑了，统统拿下！"

这下轮到蒲殿俊等人傻眼了。还没等他们反应过来，已经被五花大绑排成了一排。为了防止他们喊叫，每个人嘴里都塞了绸布。

等到他们停止反抗了，赵尔丰才踱着步进来，笑嘻嘻地说道："你们这些立宪党人，整天鼓吹改良改良。一群手无缚鸡之力的弱书生，能知道改的是什么？良的又为何？"

他边说边背着手挨个走到每个人面前，并依次停留，嘲弄一番。他在蒲殿俊面前说道："真以为办个报纸就能开启民智了？开个咨议局就只手遮天了？真是利令智昏！动不动就说要改变体制，要求实现民权自由，还要确保立宪政体的实现。你们知不知道何为三纲五常，眼里还有没有天地君亲师？居然鼓吹造反！枉读了这么多年的圣贤书。"

蒲殿俊嘴巴被堵得严严实实，这时纵有万般言语，也说不出半句，唯有吹胡子瞪眼睛，发出低沉的反抗声。赵尔丰又走到罗纶面前，骂道："还有你，几次三番嚣张跋扈，股东大会上声色俱厉，不要以为这样就能病猫装虎！你借争路蛊惑人心的账我早晚要跟你算！"

"还有你！邓孝可！会写文章了不起吗？居然能说出'血是川人能流的'这样煽动乱民的话！真的当本督是不体恤民情的独夫吗！百无一用是书生，即日起《蜀报》不要办了！"赵尔丰越说越来气，更是随手打了张澜一巴掌："你个混账！上次股东大会居然敢顶撞本督！搞得本督差点下不来台，不识时务。"

赵尔丰这一通发泄终于让他将入川以来的愤懑一扫而空，又寻找回来在藏区一言九鼎的杀伐决断。接下来他准备直接将几人用以重刑，随即枪决便是，此举足以震慑川人之心。却没承想遭到朝廷驻防成都将军玉昆的强烈反对。这大大超出了他的精妙算计。

玉昆将军自然有自己的考虑。其一，自己是满人，代表的也是满族利益。北京天高皇帝远，顾及他们的利益不如先照顾自己眼前的老婆孩子、同窗手足。这几个人是保路同志会的核心人物，也是全省民意代表，一旦他们有个三长两短引发民变，满人必定是首当其冲，就凭他手里这点兵是绝对抵不过这么多汉人的。所谓胳膊拧不过大腿，与民意对抗无异于自蹈死地。其二，他自己是庆王府包衣奴才出身，是奕劻在四川的眼线，对于这种先斩后奏本身就不会认可，虽说赵尔丰有朝廷密令可以便宜行事，但也没说让其肆意妄为大开杀戒。

清朝以八旗兵分驻各省要地，领兵之人皆为满清亲贵，称为"驻防将军"，从顺治年间就是一品顶戴，实权虽不及总督，但地位却高于总督，玉昆将军的反对让赵尔丰一时间没了主意，拖到了中午十二点之后才不得不下令松绑，但仍旧将几人控制在总督府里。同时还派人查封了股东代表招待所、《蜀报》报社、铁路公司办公室和保路同志会住所。

在总督府内大戏连连的同时,已经有数千市民得到了消息,开始聚集起来罢工罢课并走上街头请愿。受到上次立宪派捧出先皇光绪牌位,令官兵不敢轻举妄动的影响,人们也纷纷回到家里把自己家中的光绪纸牌位捧了出来,一时间街上出现了捧着牌位、香炉请愿的人群。

人群中还有人带头呼喊"先行放人,再行开市复课!"人群如同潮水般涌入西辕门并涌进总督府大门。守卫的士兵拉成一条线试图阻止人群,但毕竟人数悬殊,这道防线轻松就被抗议人群突破了。人群继续越过牌坊直接涌向了大堂。

眼前这一幕和早上蒲殿俊等人看他那蔑视的眼神一起,彻底激怒了赵尔丰,加之之前端方对他的杀人诛心的建议,坚定了他的杀伐之心。杀不得那十几个人,还杀不得这些草民百姓?几乎没有做任何思考,赵尔丰就下令对冲入大堂的抗议市民开枪。

一时间枪声四起,子弹横飞,士兵们上膛开枪的声音,子弹击发后的呼啸声,子弹打中人体后沉闷的噗噗声,以及人被打中后的呼喊声、吼叫声、咒骂声、求救声顿时搅在了一起,伏尸流血的景象令人惨不忍睹。

承平日久的人们没想到堂堂四川总督居然会下令对百姓开枪,人们的逃生本能瞬间激发,惊慌地往外逃,一时间纸牌位和香炉也四处横飞,本身就拥挤的人群瞬时间发生了踩踏,很多倒在血泊里的人衣衫不整、鞋履不在,有些人脸上出现了脚印,还有的人脸都被炉灰抹黑了。随后赵尔丰下令马队出击,冲撞践踏人群,整个督署院坝,陈尸累累。

据事后清点，被登入册的死者达三十二人，最小者仅有十三岁，伤者更是不计其数。在现场逐渐安静下来的同时，总督府外的联升巷已经燃起了熊熊大火。这本身是赵尔丰策略的一部分，想要把纵火暴动的罪名安在已被收监的蒲殿俊等人身上，然后再靠着这招借刀杀人，名正言顺地把这些保路运动的头头给宰了。在赵尔丰看来，这一场镇压之后，川人应该知道痛了，这场保路的火算是暂时着不起来了。

赵尔丰为震慑百姓，下令不准收尸。不知道是不是触动了上天，第二天天降暴雨，整个成都电闪雷鸣，乌云遮天蔽日，几十具尸体在总督府外被大雨冲刷得腹胀如鼓，惨烈之状无法言表。但赵尔丰没想到的是，灭火需要的是釜底抽薪，但他做的却是添油加柴，把人民的怒火彻底点燃。

成都血案发生的时候，徐春风人不在城里。自从安排大虎去广安之后，徐春风日渐感觉成都的氛围越来越不一样。为了应对一切可能，他开始更加频繁地督促手下的兄弟们收缩业务，抓紧训练。他在水码头和城外都清理出了专门的场地，供选拔出来的精干人员整日进行爬杆、跑步、射击训练。为了确保训练效果，连伙食中的鱼、肉都比平常增加了不少。

一开始的时候，大家都很兴奋，以为有肉吃还能少干活，说不定还可以打枪，这可比以前的日子好多了。等到训练才进行了两天，所有人都开始叫苦不迭。首先是鸡鸣就起，起床先跑五公里。单单这就让很多人在第一天打了退堂鼓。毕竟饿起肚儿跑浑身没劲儿，脚杆儿打闪闪。很多人还有早起喝茶喝水的习惯，灌饱了水再跑更是遭罪，就像肚子里装了一个大水袋一样，左晃一下右晃一下，让你怎么都感觉不安逸。

跑完了步才是吃早饭，早饭硬菜不多，就是稀饭咸菜馒头。导致那些以为三餐有肉的人很不满，"这稀饭稀得还不如老子一泡尿！""喝完了放几个屁就没得了！"这样的抱怨声总是能引起大家的哄堂大笑。

至于之前承诺的打枪则完完全全变成了操枪。那些新枪是那么闪亮夺目，整日被人擦得一尘不染，还要定期上油检修。上面的背带也是上好的牛皮制成的，太阳一晒能发出细腻沉稳的光泽。那些子弹更是设计制作得精巧，据说都是东洋制造。这更显出了子弹的金贵。

负责枪支管理的人说："徐舵爷吩咐了，这些都是宝贝疙瘩，不能丢也不能浪费。"于是训练就变成了操枪。"枪嘛，就得开。不开枪那跟耍棍有啥子区别？"这样的牢骚多了以后，终于有一天他们进行了实弹射击，不过不是那些新枪，而是土枪猎枪。众人虽然不受限地打了个痛快，但依然觉得意犹未尽："要是能再耍一盘洋枪就安逸了！"

这些话众人是不敢当着徐春风的面说的。徐春风现在更像是一个专制的家族族长，说一不二的作风代替了之前温和洒脱的做派。甚至有人都觉得他现在连坐姿都严肃了许多，不再像之前那样随意自然。徐春风逐渐紧绷的似乎不仅仅是身体，还有精神。

这段时间他似乎已经收敛起了微笑，除了跟几个朋友会面以及礼节性的拜访之外，基本上就是从城里到城外的奔波。没人知道他心里在想什么，在焦虑什么，也没人知道他到底在考虑些什么。那扇原本是对所有人敞开的大门似乎已经紧紧地关闭了，连一丝缝隙都没有留下。只有徐春风自己知道，他正在做一个关乎他一生命运的艰难决定。

就在赵尔丰下令开枪的那一晚，徐春风正在水码头。他远远地看到了城里的火光和冒起的黑烟，却不知道发生了什么事情。枪声过后，整个成都已全城戒严，片纸不得出城，于是龙鸣剑缒城而出，赶到城南，与同为同盟会的朱国琛、曹笃等人把赵尔丰先扣押蒲殿俊、罗纶、张澜等人后又下令枪杀市民的消息写在了数百块木牌上，上书"赵尔丰先捕蒲罗，后剿四川，各地同志，速起自保自救"，涂以桐油，投入锦江。

四川本是以江河闻名，金沙江、雅砻江、岷江、嘉陵江就是四条大"川"，极其发达的水网成为信息传播的高速通道。时值江水上涨，"水电报"顺流散布，收报的革命党们又如法炮制，制作更多的水电报投下，信息迅速传遍川渝直至湖北。徐春风这才知道成都城内发生了什么事情。

"我等川人头可断，血可流，但绝不能如此受辱。他四川总督草菅人命，就要付出代价！"多少人劝说徐春风参加革命，他都回绝了，总督府的枪声却将他打醒了。

徐春风站在码头上，任凭风吹雨打，望着江边的点点渔火，他早已泪流满面，那可是几十条生命啊，这几十年的江湖生涯，他以为自己对于生死早已看淡，可是他从来没有滥杀无辜，特别是将拳头对准平民百姓。

这样的朝廷看来真的无药可救了，哀莫大于心死，对人如此,对朝廷也是如此。

好在此时的背海堂内只剩下了留守人员。华少昌和华咸声又已经回到了广安。想到这里,徐春风心里安定了很多,做大事的后顾之忧也少了一些。

人不是没有信念而失败,而是不能把信念化为行动,并坚持到底。其实人就是这样,当有一天回首往事时就会觉得,那些为信仰奋斗的日子将会是一生的精华。

"那就拼一回吧。"徐春风瞬间下定了决心。

与此同时徐春风操练枪法的事情也在一定程度上安了革命党人的心。杨沧白和张培爵都觉得当初力排众议把枪给他是正确的,背海堂中的革命党成员汇报称最近徐春风思想波动很大,经常一个人发呆,杨沧白知道徐春风还在纠结徘徊,心中暗想:"此人义薄云天,又如此有实力,不管是成都还是重庆,若能把他争取过来,革命大业必将如虎添翼。"

洪门在四川的大部分堂口和行帮、商会、戏班,甚至新军和码头船工几乎都认购了川汉铁路股票,大家如今都在一条船上,所以在同盟会的积极协调下,洪门大部分的堂口陆续同意与革命党人合作,并开始了积极准备。

特别是林宝斋,上海股灾仅他一个堂口就损失二十万两,从上海回来后,心存幻想的他身穿纳捐换来的七品顶戴前往总督衙门,欲要讨个说法,谁知被乱棒打出,面子和朝珠一样,碎了一地。出了总督衙门,林宝斋便将七品顶戴扔进长江,表示再不为清廷卖命,此次更是积极与革命党联手戕官毁衙,营救蒲罗。

在龙鸣剑的提议之下，四川洪门三十一个堂口当家人及六大行帮会党负责人齐聚罗泉井召开大会。虽然还没有下定最后的决心，但徐春风代表背海堂也应邀来到了现场，龙鸣剑动之以情、晓之以理，将铁路国有后对堂口成员投资的影响、川人失去铁路权利的后果一一列明，很快就打动了各个江湖舵爷。

于是他又借机给各个堂口再一次介绍了革命大业。"同盟会一直主张驱逐鞑虏，恢复中华，与洪门反清复明的会规一脉相承，同盟会总理孙文先生光绪三十年（1904年）便在美国檀香山加入海外洪门，并改组了致公堂，寓意致力为公，使其成为真正革命之组织，这几年全国各地之所以起义不断，正是因为洪门兄弟的支持。鸣剑本人也早已在林宝斋林舵爷处递帖拜堂，入了仁公堂，今日必与各位舵爷休戚与共，只为革命之后使我四万万同胞，无人不饱暖，无人受欺凌耳！"这一席话有理有据，说得大家各个热血沸腾，纷纷叫好，都表示愿为革命出人出力，在所不辞。

徐春风虽然读书不多，但国家兴亡匹夫有责的道理还是从小就懂得，成都惨案的消息让他彻底对当下的时局死了心，现场大家积极响应的场景让他无比感慨，他心道："人活一世，草木一秋，堂堂七尺男儿又生逢乱世，与其躲在自己一亩三分地不知明天如何，不如跟着大家轰轰烈烈做好一件事，也算没白来这世上一遭。"徐春风终于迈出了心里最艰难的一步，说服了自己，全力帮助革命党。

在同盟会的提议下，大家把孙文提出的"驱除鞑虏，恢复中华，创立民国，平均地权"作为了会议纲领，还把"保路同志会"改名成了"保路同志军",共同发动反清武装起义,并制定出洪门各堂口的配合行为计划:双流秦载赓、新津仁公堂林宝斋、成都背海堂徐春风负责川东南的起义,郫县张达三、新都侯国治负责川西北的起义。

会上还拢了拢各个堂口的枪,结果徐春风成为了人不多但枪最多的堂口,这使龙鸣剑都暗自佩服不已。

他们并不知道,此时的徐春风如同换了一个人,信念已定,再无杂念,此时江边无风,明月照在大江上,像是江面上斑驳地撒了很多水银。

徐春风表情坚毅地望着成都城的方向,他对这座城市有着很深的感情,他的成功、荣誉都是这个城市所赐,他的血脉也深深地融入了这座城市的灵魂,如今这座城市被阴霾遮盖,他总该为这个城市做点什么。他看了大半天,才缓缓地回头,对着船里的兄弟招呼了一声:"今晚都早点睡。养兵千日,用兵一时,大家施展抱负的时候马上就要到了。"

第十一章
火山爆发

攻打成都

成都血案发生后，赵尔丰第一时间下令在成都各个街口张贴安民告示，声称此次平乱乃是"朝廷旨意"，目的是"维护川省稳定，奉命只抓首要数人、不问平民"。并要求各行当抓紧开市、学堂抓紧复课。

他自己并不知道，当他下令开枪的那一刻，就已经打开了潘多拉魔盒，武力可以取得短暂的平静，但四川人民平时对朝廷的埋怨、愤怒、仇恨都被点燃了，终究会迎来更大的血雨腥风，但显然，迷信武力的赵尔丰不以为然。

在赵尔丰眼中，两军对峙，只要端起了枪就必须赶尽杀绝，决不能留有后患。现在他已经走了第一步，那些尚且陈列在总督府外的尸体就是对川人最好的敲打。

下一步本来应该是把蒲殿俊、罗纶、张澜等十几名首要分子处死，再严查乱党下落，就可以大功告成。但没想到的是玉昆将军的横加阻拦让他不得不暂时先行收押，现在惨案已经发生更是让他骑虎难下。

假如不能在几日之内恢复城内秩序，再如此封上几天城，怕是原来的顺民百姓也要跟着作乱了。更何况他原本就是先斩后奏，玉昆随时可能参自己一本。到时候朝廷一推六二五，把所有的罪责都推到他身上，自己百口莫辩不说，还有可能真的成了千古罪人。

总督府里各司道大员被召集在了一起，赵尔丰心事重重地向大家训话道："各位都已经知道最近发生的事情了。本督先前就被那个铁路股东胁迫要以'为民请命'的名义向朝廷代奏，本督本已俯允，没想到部分乱党借路权问题煽动罢市罢学、农民抗租。有些乱党已经渗透到了咨议局和董事局里面，更是煽动乱民要求四川自保，妄图行独立之实，继而围攻总督府，意欲谋反。"他停顿了一下，继续说道："现在乱党已毙命，首要皆已被缉拿，诸位看应当如何处置？"

堂下的一干官员都面面相觑，谁也不想回话，不想当一个发声的人。赵尔丰等了一刻钟，茶水都续了三次，堂下却始终鸦雀无声。这跟他当年在军帐之中调兵遣将时众将的反应一点儿也不一样。

那个时候他意气风发，说一不二，对待流寇也如砍瓜切菜，帐下的将士无论满汉都知道往前冲就能有荣华富贵、锦衣玉食，没有哪一个不愿意打头阵当前锋的。但此时这些低着头、脸对着地面的官员，哪一个都心事重重，谁心里面都在打着鬼精鬼精的小算盘，那噼里啪啦打算盘的声音他赵尔丰都能听得真真切切。

赵尔丰此时心乱如麻，这沉默对他来说就是重重的一击，他心想："凡事都要留有后手，先静观其变一阵子再说。"于是他转而说道："现如今暴民冲击府衙，血案已经发生，一定会有刁民试图采取报复行动。你们一定要严密防范，不能再让事态扩大化。对于死者，要如实登记造册，该安葬的安葬，该给予抚恤金的给予抚恤金，不得吝啬。而且一定要言明，是有会党鼓动闹事，官府才不得不弹压的。"

赵尔丰说完，转头看着坐在旁边的玉昆将军，低声问道："请问将军可还有何要说的？"

血案之后，玉昆在心里已经骂了赵尔丰一万遍，无数种解决方法，他非要用最极端的一种，还把他这个将军拉下水。他本欲置身事外，可是如今的情形已让他骑虎难下，一旦四川发动大规模叛乱，身为八旗将军，朝廷也是定然饶他不过。

想到此处玉昆起身说道："现如今不仅仅要在城内各街口加派人力，尤其要注意劝业场这些人员密集、容易遭歹人纵火的地方。城外的各个要道、码头、驿站也要派人把守，我听说成都外的革命党与不少洪门中人已经密谋串联，近期意欲发动叛乱，大家都要打起精神，万万不可疏忽，让成都成为困兽之城。"

赵尔丰听完觉得十分有道理，心想幸好有此人在，于是立马吩咐手下按照玉昆将军说的开始部署。此时的他，倒是真的希望手中有十万雄兵，或许这样才能让他稍稍心安。

玉昆所料不错，成都很快将迎来一场血雨腥风。

几乎与徐春风得到的消息同步，洪门双流堂口秦载赓、新津堂口林宝斋也已经得到了成都加强布防的消息。消息一出，在同盟会的联络之下各个堂口被紧急动员了起来，拿起了各类砍刀、长枪、柴刀，甚至是锄头、棍棒，按照原计划开始组织攻打成都城。虽然武器简陋，枪炮甚少，但是受到血案的刺激，川人空前的团结。洪门中人义勇异常，市民们也纷纷送行壮胆。更有人为同志军出谋献策。

按照罗泉井大会定下的方案，洪门双流堂口秦载赓率同志军千余人进抵成都东门外后先行停下,开始就地招募义勇者。一日不到,就扩充到了万余人。

新津那边则出了点小插曲。林宝斋率领仁公堂的兄弟们还没开出城,就在北城门口遭到了城内巡防军的阻击。林宝斋对于这些酒囊饭袋早就了如指掌,知道都是些怯战胆小之辈。

林宝斋面对着突然冒出来的冷枪以及中枪倒下的几位兄弟,毫不退缩地大喊道:"兄弟伙些!现在正好是你们上阵历练的绝佳机会!建功立业就在今日,快把那些放冷枪的狗杂种找出来干掉,为我们攻打成都取得第一个好彩头!"

喊完这句话林宝斋就身先士卒往前冲。在大当家的带领下,仁公堂的洪门兄弟如同潮水摧毁堤岸一样,把百十来号巡防队给干掉了。事后一清点,不但打死了三十多个巡防军,还额外缴获了一批枪支弹药。

林宝斋自然不会放过这个绝佳的动员机会,他特意让手下把缴获的枪支弹药堆放在一起,又把几个受伤的兄弟伙请到前面,高声宣布:"我们仁公堂开局首胜,虽然有弟兄挂了彩,但是我们也讨到了彩。各位兄弟!这次行动我们不是为了江湖义气,也不是为了儿女情长,而是为了保家园保路权,诸位做的可是跟关二爷一样的大事!"说完,他端起早就准备好的一碗酒,双手举过头顶,说道:"来!干了这碗壮行酒!我们成都城里再聚首!"

"干!"一时间豪迈的声音响彻了整个新津城。

林宝斋的队伍很快就跟徐春风的队伍在成都南郊红牌会合

了。双流秦载赓的万余人也已经在琉璃厂一带与清军展开了激战。温江罗守经召集民军在草堂寺与巡防军作战。吴庆熙率千余人在文家场与清军激战。灌县张捷先等领导的西路同志军，则由郫县兵分五路向成都进军。以同盟会员蒋淳风为大队长的学生军五百余人担任西路军前卫，行至犀浦附近与清巡防军遭遇，激战数小时。

在革命党与行帮会党的四路攻城队伍中，唯有林宝斋和徐春风的队伍推进较为顺利，很快就逼近到了成都城下。徐春风见西路军较为吃力，便与林宝斋简单交代了几句，留下耿省寨，带着大虎分兵前往支援。

等赶到了现场，徐春风才发现原来冲锋陷阵的居然是一群学生。他不顾安危冲上前去，拉住一个受了重伤躺在地上的学生问："弟娃儿，你们是哪个学校的？"

受伤的学生因为失血过多已经处于弥留的状态，他的左手还在茫然地按着仍在流血的伤口。徐春风又问了一遍，轻轻地拍打着他的脸，试图不让他睡着。这一招显然奏效了，那个学生勉力睁开眼皮，小声说道："蚕……蚕……蚕桑学堂。"

徐春风听了之后顿时心如刀绞。这还是个孩子，一个尚未踏入社会的孩子，他都在拼命地往前冲，临死都毫不畏惧。这一点让他感动又惋惜，甚至为自己纠结那么久才下定决心举事感到惭愧。徐春风一边继续试图唤醒他，一边让手下的人来照应着。他还特别叮嘱："一定别让这个娃娃死了。要尽全力救活他！"

徐春风随后带队开始试图接近并取代学生军的战斗位置。学生军虽然有五百人，但仅有一百支快枪。很多学生实际上是没有武器的。有的学生带着自制的炸药，但那需要用人运送到敌人的阵地上去，几乎等于送死。

有过实战经验的徐春风一边射击一边寻找掩护，他找到机会就向那些冒死向前冲的学生喊话，让他们先退下去，阵地交给背海堂。但是那些学生像是失聪了一样，没人听他的话，甚至都没人转头看他一眼。徐春风着急地想要一个一个把他们拉下去，但是他们一个个的双脚却像是长在了地上。

徐春风无奈地四处寻找，想要先找到同队的张捷先和张达三他们。但却一个人影也找不到。徐春风扯破了嗓子把大虎喊到身边，让他去找找洪门和行帮的队伍在哪里。大虎冒着枪林弹雨猫着腰离去。此时对面的朝廷新军使用了连珠炮，密集的子弹暴雨般倾泻下来，几个学生立马被打成了筛子。

徐春风马上组织自己的兄弟们在阵地上隐藏起来，先躲过这波攻击再说。不一会儿，枪声停了，大虎也回来了。他哭丧着脸说："灌县张捷先和郫县张达三早就撤退了，说是要到唐昌镇一带休整。"

"妈的！这个时候居然变软蛋了！"徐春风不由自主地骂了一句，他伸出头去，不远处，学生军首领蒋淳风他们已经跟新军短兵相接。学生们根本不是职业军人的对手，很快蒋淳风就体力不支露出了破绽，被几个清军刺倒在地。

这时还有几个学生还在拼死战斗，但也被残忍地或击毙或刺死。徐春风远远地看着，心中不忍，他只能在慌乱之中抓了几个学生退了回去,但也意识到已经无力回天,只有先行撤退。撤退的路上,徐春风看到了蚕桑学堂的那个学生。

"你们为什么要这么做?"

"为了新的……中国!"那个学生似乎使出了全身的力气说出了这句话。

他晶亮的眼睛已经失去了光泽,嘴角挂着一丝笑容,就那么望向深邃的天空。接下来的几天里,徐春风始终忘不了那一双眼睛。

"新的中国?"徐春风震撼而疑惑,这个新的中国到底是个什么国,能让手无寸铁的孩子们奋不顾身,英勇牺牲?难道会有那样一个不再受压迫、不再受欺凌,老有所养、少有所依的国家吗?

正在此时,徐春风看到一个学生郑重其事地向死去的同学跪拜行礼。

"弟娃儿,你叫什么名字?"徐春风问道。

"顾明山。"

徐春风吩咐道:"大虎,找个机会将顾明山送出去。"

"我不走,我要报仇!"顾明山很倔强,不愿偷生。

"这是战场,你们所有的人都死了,赤手空拳是没有用的。"徐春风恼怒道,"我欣赏你们投笔从戎,可是也不能白白送死,要做有意义的事儿。既然是学生,就当珍惜生命,学好本领,再报国也不迟!"说罢也不管顾明山感受,直接命大虎带其出战场。

在接到保路同志军几路失利的消息后，赵尔丰显然有点得意。他不禁哼唱了起来："师爷休道末将差，有几辈老将听根芽：赵国廉颇年高大，齐国纪业也不差。老只老，头上发，胸中韬略赛子牙。"

旁边的幕僚看到赵尔丰这般模样，自然猜到溜须拍马的时候到了。等到赵尔丰刚一哼唱完，便阿谀奉承上了："大帅这仗打得好，戏唱得更好！"

赵尔丰也一扫连日来的不快，笑嘻嘻地眯着眼睛说："怎么样，本督宝刀未老吧？"

"那是那是。大帅几乎不费吹灰之力就击退乱党，保住成都府，真如戏文中所唱是擎天护国之功。"

这一句拍得赵尔丰很是受用，也让他灵光一闪。他马上收起了笑容，吩咐道："这戏曲是个好东西。现在四门都在激战，将士用命、百姓受苦，正是需要安抚鼓舞的时候。马上安排戏班子，特别是川剧班子加演加唱，唱出本帅的神机妙算，唱出朝廷的煌煌天威。"

幕僚一听自然心领神会，意识到自己溜须拍马得来的捞油水的机会来了，立马应承下来就往外走。还没迈出门去，就又被赵尔丰叫住了："回来回来。"

赵尔丰边踱步边说："这次加演多给些茶水费。再去找些新军、巡防军士兵，每次唱戏之前，都要大张旗鼓地宣布咱们何时取得了何种胜利，击毙匪徒多少。"

多年的战争经历让赵尔丰明白，击垮敌人首先要瓦解其意志，如今看起来这帮乱党也不足为虑。

但是他有一个担忧,那就是保路同志军毕竟人多势众,如果长久作战,按照现在的兵力部署,他也只能做到防御为主,想要剿灭,目前难以办到。如果出现意外,那可就前功尽弃了。

思来想去,赵尔丰还是决定紧急电奏朝廷派兵驰援。很快朝廷复电,川汉粤汉铁路督办大臣端方已经从湖北带领新军入川助剿。

武昌一声雷

在连续攻城不克之后,保路同志军也面临着后继无援的窘迫境地。经过紧急商讨,洪门的众舵爷决定先将各路人马逐步撤离,暂时退守城外花桥乡,把成都先困起来,慢慢再打。

但此时徐春风本并没有在第一时间撤到花桥乡,当他听闻龙鸣剑在泸州起义受困时,便当即率队伍赶赴泸州。此时龙鸣剑正被清军围困,全军覆灭只在旦夕之间,正在此时徐春风及时赶到,他模仿辛佑国在评书三国里说的当阳桥之战,让大家给马尾巴上绑上树枝,再每个人手里拿着几面旗帜,远远望去,只见尘土飞扬,战旗漫天遍地。清军还以为革命党来了大部队,惊弓之鸟般放弃了围攻龙鸣剑,纷纷逃回城内据守。

"城墙险峻,清军太多,此地不宜久留,必须赶紧马上离开。"徐春风接应到龙鸣剑后,以命令的口吻道。

"不,此次我们必须拿下泸州!"龙鸣剑倔强地回答,"清军已经支撑不住了,我们一鼓作气就能拿下泸州。"

徐春风上前一脚,愤怒地将龙鸣剑踹倒在地,怒道:"龙鸣剑！你不要再这么执迷不悟了！你自己睁开眼看看，你这里还剩多少人？多少兄弟们都无辜送了性命，革命是要有牺牲，但是也不是白白送命！"

龙鸣剑呆呆地坐在地上，看着周围都挂了彩的兄弟们和他们渴望的眼神，慢慢清醒过来："此次起义失败，我当负全责！"

徐春风见状，拉起龙鸣剑安慰道："咱们四川汉子绝不拉稀摆带，你们革命党人不是口口声声说野火烧不尽，春风吹又生吗？你得振作起来！留得青山在，不怕没柴烧！以后再重整旗鼓便是。既然这里已经解围，你我就此别过。"

龙鸣剑看着徐春风要离开，忙问去哪。

"回成都，成都的局势也不妙。"徐春风严肃地说。

"我跟你去，我也应该出一份力。"龙鸣剑握着他的手，一脸真诚道。

"这次成都也是凶多吉少，你是个人才，先留条后路，然后东山再起吧。"徐春风悲怆地劝道，"你先去广安吧，去找华少昌，当初佘英、熊克武便在他的帮助之下隐藏了一批枪支，他在那里人脉深厚，多少还能帮着你。"

"徐舵爷，谢了，您多保重！您的救命之恩，他日一定相报！"

告别龙鸣剑后，徐春风带队又快马加鞭地赶赴花桥乡。

各部陆续会合后，革命党人和洪门的众舵爷聚在一起，先对前期的攻势进行了总结，并一起研究下一步的攻打策略。

林宝斋先发话道:"此次围攻成都,显然比上一次更加有组织些,成果也更丰富。只是没想到朝廷的新军编练才这么短的时间,居然如此厉害。"

秦载赓接话说道:"是啊。特别是那个连珠炮,扫过来就能把人打成筛子。"

听到连珠炮,徐春风接道:"连珠炮虽然厉害,但是对子弹消耗也厉害,据城中线报称,官军弹药储备不够,估计支撑不了多久。"

众人听闻此言舒了口气。徐春风继续说道:"唯一可惜的是我们武器太少。那些学生兵,很多还没冲到清军阵地就被打死了,太可惜。下一步我们必须减少这种无谓的伤亡,不能让这些娃娃往前冲了。"

徐春风的话显然让一些人不满意了,有人嘀咕道:"什么叫无谓的伤亡?还不都是为了保路,学生命金贵,我们跑江湖的就该死?"

徐春风看也不看地说:"我的意思是,想要吃肉总得长牙。不能拿血肉之躯去撞子弹刺刀。"

"那你说该怎么办?"有人继续问道。

"我看,为今之计,只有派一部分人潜伏进城,伺机里应外合,同时化整为零。"徐春风说道。

"化整为零?"提前撤退的张捷先问道,"这岂不是自废武功?"

徐春风看到张捷先就气不打一处来:"张舵爷好意思问我,

看你们西路军在成都城下遇到困难，我带兄弟们上了，结果你跟郫县的张达三穿一条裤子，招呼都不打，说一句到唐昌镇休整就跑了！"

张捷先听到这话也是一脸通红，解释道："大姑娘上轿头一回，毕竟也是第一次干这事，没经验，徐舵爷大人大量，不必计较。"

骂出来后徐春风心里痛快了一些，便不再纠缠此事，解释道："我们这么大一帮子人，不要说吃，就是拉，你都没地方拉。困在成都城下，时间久了人心会散。不如先从周边县城开始，一个一个夺取。"他想起辛佑国讲评书里三国诸葛亮出祁山那一段，立刻补充道："当年诸葛丞相首次北伐便是佯攻长安，实取陇右。这样既能保证后续实力，也能断绝外部来敌。"

徐春风的话让大家陷入了思索，三国故事大家当然都耳熟能详，诸葛亮用过的招数肯定错不了的。刚被骂了一顿的张捷先此时赶紧补充说道："我认为徐舵爷的话非常有见地。今早收到线报，赵尔丰命滇边务大臣傅华带领一万多边军从打箭炉赶来，这边军是朝廷专门镇守边境之军，各个冷血彪悍。如果我们不早做准备，可能腹背受敌，就被消灭在成都城外了。"

众人一听均神情严峻起来，迅速通过了徐春风的提议。散会后，林宝斋把徐春风拉到一边，问道："徐舵爷有何打算？"

徐春风叹了口气说道："我带几个兄弟混进城去，还有些要事儿要办。"

林宝斋意味深长地笑了笑，拍了拍他的肩膀说："此去珍重，有缘再会。"

徐春风点了点头，一言不发地走了。林宝斋看着徐春风走远的背影，突然觉得自己对这个人还是不够了解，他的复杂性超过了自己以往遇到的无数人。林宝斋想不通他以前既不主动接过自己递过去的橄榄枝，也不接受同盟会的拉拢，为了一单运枪的生意甚至可以跟其他的堂口结下梁子，但现在却义无反顾地与革命党联手。林宝斋也从未听闻徐春风跟衙门的人有任何来往。

按照他们跑江湖的脾性，黑白两道都混，自然要有官家撑腰最好。再不济，那些衙役小鬼也是要打点打点的。徐春风却似乎从未在这方面下过功夫。他绝对不是缺钱，也并不是没有那些人脉和渠道。众多自相矛盾但又相互融洽的做派背后，却是徐春风几乎人人称道的良好口碑。

"独行侠"，这样一个词突然出现在了林宝斋的脑子里，作为跑江湖的，不只是《三国演义》，《三侠五义》《永庆升平》这些江湖武侠故事他也听说书人讲过不少。侠客才是这样的人，这个词也让他的嘴角浮现出了欣喜的微笑，感觉用得十分恰当。不管是在书中还是在当下，这样的人实在太少了。

"要是这个乱世有更多'独行侠'就更好了。"林宝斋想道，"可惜没有。乱世浮萍，能活下去都已经很不容易了，还能像徐春风那样独木抗风的，稀世罕见。"

林宝斋很少会深入地去了解一个人，也很少会对他人做出评价。对于他这种深受旧学影响的人而言，修身远比言他重要得多。徐春风却例外地让他琢磨了许久。那个平常稍微有点不修边幅且衣衫破旧的男人，在沧桑的皮囊下面，似乎隐藏着让人意外的巨大精神和能力。

徐春风要趁乱潜进成都城的决定让大虎和耿省寨都吃了一惊。耿省寨担忧地说："现在四面围城，城里肯定严加防范。说不定早就安插了许多细作和暗探，可能还有兵丁要挨家挨户搜查，进城不就等于送死？"

大虎也跟着附和说："是啊。而且我们这些操枪的人，查看虎口处的火药痕迹就很好辨认，恐怕守门的新军不会让我们进去。"

徐春风听了依然不为所动，解释道："越危险其实越安全。现在我们在攻，朝廷在防。短时间来看，谁都无法压倒谁。他们绝对想不到这个时候咱们敢进城。"

看到耿省寨和大虎都在点头，徐春风继续说："赵尔丰已经向朝廷求援，现在端方正在带兵从湖北赶来，湖北新军战斗力比成都清军强得多，武器装备也精良得多，倘若僵持下去，我们就会腹背受敌。"

二人听后脸色微变，徐春风继续分析道："况且请神容易送神难，端方当年出洋考察过，深知洋枪洋炮的厉害。"徐春风叹口气说："这个瘟神来了，只怕到时候就不仅仅是我们同志军全军覆没的问题，有可能整个四川的革命党都难自保。"

听完此话，三个人陷入了短暂的沉默。对于耿省寨和大虎而言，他们从来没考虑过这么复杂的事情。目前的局势对于他们来说，就是想办法打赢这场仗，最好能凯旋着骑马走进成都城。现在那座被紧紧围困的城市其实更像是一头困兽，看似安静但随时都有能咬断人喉咙、咬碎人头骨的力气。

耿省寨犹豫了半天，张了几次嘴，又把到嘴边的话咽回去了几次，才说道："要不我陪春风大哥去吧。我常年在外，看着脸生，抛头露面不打眼。"

徐春风看了他一眼，思索了一下，说道："还是大虎跟着我去。他还太年轻，外面的兄弟我怕他带不好。省寨你就留下，配合林舵爷他们把新津拿下来。"

耿省寨想了想说道："还是我去吧。大虎年轻没经验，可以让林舵爷在旁教导。"

"不行！"这一次徐春风的语气十分坚决，他以一种不容置疑的口吻说，"我的兄弟们不能随意当炮灰，交给其他人我不放心。我答应他们带着他们吃香的喝辣的。"徐春风意识到自己的语气过于严厉了，给这一次的潜入带来了一丝悲凉的气氛，就像是在告别一样。想到这里，徐春风突然觉得有点不好意思了。他想缓和一下气氛，于是说道："要是我的兄弟们连脑壳都没了，还拿啥子吃喝？"

徐春风说完拍了拍耿省寨的肩膀，嘱咐道："打不过了随时可以撤退，不丢人现眼。但是，一定不能让我的兄弟给别人打头阵！"

耿省寨从没听过徐春风说过这么暖心的话，一直在眼睛里打转的泪水再也忍不住了，开始大颗大颗地往下掉，他一边忍着不哭出来一边使劲地点点头。

徐春风也点了点头，对大虎说道："准备两套行商的衣服，这次我们就不带枪了，多带点银两。"

第十一章 火山爆发

他没等大虎回应就往外走,走出门后,耿省寨和大虎突然第一次听到徐春风吟诗的声音:"黄金白璧买歌笑,一醉累月轻王侯。"

第二天,鸡还没叫,徐春风就叫醒了大虎,二人打算趁着天将亮城门守卫换班的当口从北门潜进城去。一路上二人一路无话说,步履匆匆。大虎挑着一个装满了肉和菜的担子,一路上呼哧带喘地紧紧跟在徐春风后面。

成都府有四门,北门大安门最为宏伟,因为从北京至成都都是从陕西入川,要沿"官道"从成都北门入城。城墙巍峨耸立,坚固无比,这也是革命党人从来不在此门攻城的原因。

成都地方官在北门外的李家巷修建有迎恩楼,专门用来迎接从北京来的钦差。钦差入城的必经之路北门也叫作迎恩门,北门的护城河桥也就被当地人叫作迎恩桥。

等到快到迎恩桥时,二人才停下来稍作休息。大虎一边拿着草帽扇风一边问道:"春风哥,这个时候早就封城了,我们进得去吗?"

"虽然封城了,但是之前已经罢课罢市,很多老百姓中秋节都买不到月饼。再是不好的年月,人也是要吃饭的。再怎么封城,是不会封禁行商的。"

等到大虎差不多把气喘匀了,二人开始混入等待入城的人流。几个新军士兵背着枪正在挨个检查,几乎是从头摸到脚地搜身。

等轮到徐春风的时候,士兵并没有对徐春风产生任何怀疑，依然例行公事地搜了一下，只摸出来一根烟杆和一盒火柴、一盒烟丝。士兵拿过去在鼻子底下闻了闻，像是处理自己的东西一样，很自然地顺手放到了自己兜里。徐春风又毕恭毕敬地把那袋碎银放到那只仍伸在半空中的手里。那只手略微掂量了一下，痞气的脸上露出了些许满意的轻笑，才挥挥手把他们二人放行。

徐春风和大虎进了城之后，为了安全起见，决定分头行动。大虎先去货栈取枪支，徐春风跟他约定傍晚时分在少城相见，随后便消失在人群中。

徐春风不知道的是成都城外此时热闹非凡，与徐春风之前的判断不同，林宝斋的队伍虽然很快就占领了新津县城，县令彭锡圭也第一时间交出了大印。但林宝斋毕竟是个跑江湖的，当舵爷没问题，当县令就委实差了一大截。他把戏里面当皇帝的那一套硬生生地搬到了管理县衙上来，发布安民告示是自然的，随后又搞了大赦天下那一套，要把新津在押的囚犯全部释放。

除此之外，他还加派了人手增强巡防力量，并且不允许哄抬物价。当然，帮会那一套招揽兄弟、四海交友的做派也没有忘记，于是四面八方十余万人的同志军都向新津涌来。

就在林宝斋逐渐享受做县令滋味的时候，赵尔丰等人已经坐不住了。虽然成都稳固如初，但是新津的陷落、各地新军在革命党的渗透之下，随保路同志军不断起义的越来越多，倘若不及时制止，未来全川都可能被同志军掌握。

赵尔丰从各地调兵遣将准备重新夺回新津。在他看来，新津已经成为了心腹大患，如鲠在喉。假如不先行剿灭，这十余万人就将围困并试图夺取成都。即使他们不攻打成都，也将阻碍滇边务大臣傅华封所部边军增援成都的进度。

在装备精良正规军的压境之下，新津一战几乎没有悬念，新津县城城门很快被攻破。为了保存实力，林宝斋将大部分队伍分给部下，自己为了掩护大部队撤离，只带着手下杨甫成等少许人往蒲江奔去。

不熟悉情况的林宝斋跟着杨甫成躲到了洪门蒲江堂口舵把子王吉山的家里。前途的迷茫以及暂时的困顿让杨王二人对林宝斋身上的银票起了歹念。他们密谋之下，趁着夜色枪杀了林宝斋。

林宝斋的人生在短短几天里就如同荡了秋千，从最高处到最低处不过几日。谁也不知道他在死前到底想了些什么，或许会后悔自己的识人不明，或许会遗憾没有来得及跟徐春风推心置腹地长谈一番，或许会想如果没有上海股灾亏掉的那二十万两银子，他会不会依然守着他的七品顶戴衣食无忧。也可能他会莞尔一笑，觉得自己一生平凡最终也没有轰轰烈烈，想起自己最后看到徐春风背影的时候，那个时候他以为自己是在跟徐春风告别，但没想到最终是自己走在了前面。

在赵尔丰的强力镇压下，新津又重新回到了官军治下。赵尔丰欣喜之余，又动起了分化瓦解同志军的主意。张贴在各处的《督宪告示》把新津蒙祸归咎于匪人愚惑。对于同志军，要求自愿投诚，并表示只要洗心革面就可既往不咎。赵尔丰还假惺惺地说中兴场、龙泉驿以及郫县被缉拿关押的同志军，只要被确认是老百姓的，都被释放了还赏了盘缠。

他这一手是既想显示自己爱民如子，又想对同志军进行分化。在他眼中，收复新津，加上林宝斋一死，同志军已如秋后的蚂蚱，将死将硬。现在全川虽然已有大大小小战斗百余次，但是都不成气候，同志军又没有成功占据一城一地，钱粮、弹药、食物耗尽几乎是时间问题。现在形势已经完全倒向了他赵尔丰这一边。

而远在湖北的端方在接到谕旨之后本该立即动身前往四川，但他却在点兵点将之后就躲到自己的书房里去了。虽然他和赵尔丰的女儿分别嫁给了袁世凯的两个儿子，也算得上是儿女亲家，但他可不会为这个亲家去做嫁衣。进去早了，这保路军一旦剿灭，功劳肯定算不到自己头上，作为官场的老油子，他自然知道拿捏时间分寸的重要性。

正在赵尔丰幻想着胜利在望和端方观望之际的时候，荣县的独立给了他们一个晴天霹雳。吴玉章攻打荣县成功。

吴玉章是朝廷一直希望缉拿的同盟会要员之一，又是四川五老七贤之一赵熙的得意门生，此次响应保路同志军，悄悄地从日本返回了四川，并利用留学期间积攒的资金和人脉拉起了一千人的队伍，很快就攻占了荣县，并成立了荣县军政府。

消息传到成都后，赵尔丰立刻被震惊了。他的震惊并不是荣县的丢失，而是军政府的成立，他突然意识到自己治下的四川已经成为了大清朝首个出现独立军政府的省份。之前不断在奏折中粉饰的保路匪患，现在已经变成了革命事件，被朝廷御吏弹劾甚至砍头可能会是他最终的命运。

荣县的独立极大地鼓舞了杨沧白、张培爵、朱之洪等重庆的同盟会员,组织各县独立的积极性更加高涨。端方这时也意识到事情的严重性,再拖下去不是赵尔丰加官进爵,而是人头落地了,想到此处他立刻率新军从湖北出发,启程驰援四川。

就在端方出兵的同时,徐春风在成都城内却陷入了两难境地。当日他进城后,原本想直接去少城取出放在里面的快枪,但没想到玉昆将军直接封锁了少城,不允许任何人进出。徐春风试了几次都无法进入,只有另待时机。他已经知道了外面的局势,这几日他都躲在不同的地方,为的是安全保险。

不只林宝斋,秦载赓此时也已经死在战场。各路保路同志军也正在变得越来越像流寇一样。这与徐春风最开始的判断一模一样,他从来不认为靠着洪门的力量就能成事。甚至就算加上革命党也要打个问号。即使成功了,他也对新的军政府不太抱有希望。毕竟人还是那些人,换了种主义、换了种思想,甚至换个官职名称就能截然不同?

徐春风对于自己卷进来倒是并不意外。他本来就一直把自己当成是人间飘零一浮萍,随水波漂流而无定所。作为四川洪门不入流的堂口——背海堂的舵爷,他无论如何也躲不开被裹挟的命运,索性不如左右都不沾地参与进来。

当然,除了攒堂大会上自己被大家热血沸腾所感染,他也毫不避讳自己其实也有借机扩张势力的想法。

只是没想到事态的发展远远超出了自己的想象和掌控范

围。随着林宝斋和秦载赓的死，他参与进来的目的已经丧失了一半。徐春风顿时陷入了进退维谷的境地。现在他也不知道冉庆和耿省寨他们怎么样了，大虎被他派出去之后也还没有回来。

随着保路同志军活动的日渐低沉，徐春风似乎也跟着这个城市沉默了下去。他在这里过起了昼伏夜出的生活。一个人在社会上走动，始终是会被人发现的，徐春风也不例外。他的行踪很快就被廖老幺的人给盯上了。廖老幺是少有的对外明言不参与保路的洪门舵爷。他并非贪生怕死，而是爱财如命。对他而言，打仗就是消耗。消耗的不仅仅是时间，还有财物。

上一次王鱼头的事情他暂且忍了下来，并不是因为他通情达理或者想明白了，单纯就是因为徐春风答应给足让他动心的赔偿，一个王鱼头换三百两银子简直太划算了。现在徐春风像一条丧家之犬了，廖老幺自然不会放过这个绝佳的机会，况且徐春风背后的地盘是协兴码头，那是最肥的地盘。

于是廖老幺安排手下的兄弟这段日子除了做生意就是巡街，为的就是找到徐春风。徐春风依仗着之前的人脉，也依然能够游刃有余地躲避这些小喽啰，毕竟对他而言，成都是熟悉得不能再熟悉的城市。这场看似猫捉老鼠的游戏，徐春风实际上并不放在心里，他心里惦记的是少城中的那批枪。

徐春风惦记的是枪，而即将入川的端方惦记的则是权，此次端方口含天宪，以"钦差查办大臣"的头衔，带着四营湖北新军大摇大摆地开进四川境内，企图借镇压保路运动之后，以军功逼走赵尔丰取而代之。

本意想当湖广总督的端方花费了四十万两白银的巨款，结果只弄到了一个"川汉粤汉铁路督办大臣"的侍郎衔，油水不大，谁知时来运转，朝廷命他带着尚方宝剑查办赵尔丰因保路运动激怒全川的乱局，一旦局势平定，这擎天之功必把他送上四川总督的宝座，不要说那四十万白银的本回来，就是再弄个四百万也是不费吹灰之力。

端方认定大清王朝"天命未漓，国运永祚"，加上自己的英明神武和这四营装备精良的新军，这些乱党岂不是传檄而定？就这样，怀揣美梦的端方从万县搭蜀通专轮抵达重庆时，各级地方官员早早在四川川东道台朱有基的带领下，齐聚朝天门码头跪接。这朝天门码头，自明朝开始，便是专门迎接圣旨和钦差的码头，朝天之名，也因此而来。

端方下船后，八抬大轿早已在码头准备好，将其接到东水门修葺一新的禹王宫江南馆下榻，全城戒备森严，如临大敌，搞得天怒人怨。

四川省会是成都，成都平原沃野千里，物产丰富，自秦汉以来便有天府之国的美誉。但作为水陆码头的重庆，却是全川进出口的咽喉，无论运兵还是运粮，必经重庆。三国时刘备输了夷陵之战后，宁可驻扎在重庆永安城到驾崩也不回成都，就是因为重庆一失，成都必然不保。

端方自然明白这个道理，所以在重庆这二十多天内，施展各种手段笼络重庆绅商各界，还把得力干将电邀来招训新军，充实防务，一定要做到万无一失，高枕无忧。等到一切安顿妥当后,端方随即下令率军进军成都。

但时局总是让人出乎意料,兵贵神速的端方已经抵达资州,眼看距离成都越来越近,武昌却突然平地起了惊雷。原来端方此次入川带走了湖北最精锐的新军,让武昌的防守为之一空,于是在同盟会的推动下,文学社和共进会的革命党人临时决定在武昌发动起义。

本以为和以前一样放几声炮就行了,这一次却出乎众人意料,居然成功了。革命党人迅速掌控了武汉三镇,随后宣布湖北军政府成立,新军二十一军统领黎元洪被推举为湖北都督,革命党宣布废除宣统年号,改国号为中华民国,并号召各省民众起义响应。

第十二章

四川独立

英雄悲歌

　　武昌起义改元开国，天下震动。世人皆知，革命党不再是小打小闹地叛乱，而是要和朝廷争天下了，在辛亥革命的感召之下，不只成都，重庆的火山也开始爆发。正当重庆的革命党人积极准备发动武装起义时，革命党人夏之时已经率起义新军抵达嘉陵江畔。

　　夏之时在日本留学时便加入了同盟会，回国后加入四川新军，任十七镇排长。为响应辛亥革命在成都龙泉驿起义，张培爵与其交情匪浅，邀请其东进重庆，共举大事。接到信后夏之时立刻带兵出发。部队途经简阳、乐至等地，均有新军士兵携械来归，队伍逐渐发展到了七八百人。

　　十一月二十二日拂晓，夏之时率部过磁器口，进抵佛图关，直逼通远门。守城清军拒绝开门，同盟会朱之洪与王培菁带领重庆体育学堂的学生砸开城门，入城后的起义军与学生们在两路口集合，列队入城。

　　当天清晨，天气晴朗，重庆市民起床后，突然发现满街都是缠白布标记的起义士兵，临街窗户高悬写有"汉"字的白布旗帜。"重庆独立了""民国万岁"的欢呼声响彻全城。

　　当夏之时入城时，杨沧白、张培爵等人已经出动同盟会控制的中营城防游击队、商勇、川东道防营、水道巡警及炮队、民团等武装力量，兵不血刃地控制了全城。官绅商学各界代表不分男女老少潮水般涌向朝天观，争相观看独立盛典。

内外交困之下的重庆知府纽传善和巴县知县段荣嘉被押到会场，看到威武的起义军和围观群众，吓得脸色发白，浑身发抖，立即跪下，表示愿意缴印投降。

　　只听咔嚓一声，革命党人手起刀落，当众剪去二人头上的辫子，官印也同时交出，正当二人庆幸侥幸过关，保住一命时，只听人群中有人高喊："要用二人人头祭旗，方能对得起革命先烈！"众人闻言纷纷叫好，吓得二人魂不附体，瘫软在地，死死拉住杨沧白的衣角求饶不止，丑相百出，狼狈不堪。在场几位负责人商量后，认为既已投降，应当免于处死。

　　杨沧白宣读完蜀军政府组织大纲和维持治安办法后，正式宣布重庆蜀军政府成立，推选张培爵任都督，夏之时任副都督，王培菁为南路军司令，而杨沧白、朱之洪则被军政府聘为高等顾问，蜀军政府随即照会各国驻渝领事，对外商及教堂一律保护。

　　消息传出，全城欢声雷动，鞭炮齐鸣，万人空巷，上街庆祝。纽传善、段荣嘉则被押到庆祝队伍中游行示众。大街上再也看不到拖了几代人的长辫子，人们精神焕发，眉开眼笑，共庆重庆不经流血便取得独立的辉煌胜利。这般热烈景象，让十几年后的重庆人提起来都津津乐道。

　　但这些好的消息却并未让徐春风此时的境遇出现转机。虽然成都外的保路同志军顽强地存活了下来，并一步一步紧逼成都城，但是他也被廖老幺的人一步一步地压缩在了一个很小的圈子里。大虎能够出城的机会和次数也越来越少，上次带回来二当家冉庆与耿省寨的消息：大虎说冉庆去了重庆再也没回来，下落不明，耿省寨则在新津一战中被打成了麻子脸，左眼只剩下了感光的能力。弟兄们也死伤大半，好在没有伤到元气。

耿省寨带领剩下的兄弟们辗转多地，最后成了荣县独立的重要力量。也有一小部分广安籍的弟兄回了家乡，加入了华少昌拉起的团练局。这个团练局局长职位是乡里士绅们公推的，在这个动荡的年代里，乡里乡亲需要一个干练年轻、经历过世面的人来组织。成都血案后，革命军与行帮还有会党联合起义，广安也建立了革命军政府。华少昌是洪门背海堂掌三爷，江湖地位很高，又在广安人脉深厚，刚被大家推举为新军训练营营长，加之他还曾与佘英、熊克武等革命党交好，这个团练局局长也就非他莫属了。

此时潘氏也已经怀了第二个孩子，还要照顾家里几亩薄田，华咸声已经习惯并喜欢上了镇上的小学堂，而且训练营的事情也不少。倒是辛佑国年纪越来越大，思乡之苦也越来越厉害，他的性子也越发像老小孩。他老是会为华咸声的举止言行大发脾气，又一直千方百计地托人去打听他那个发妻的状况。

华少昌每次都被夹在中间，既要顾及老小孩，还要照顾小小孩。虽然也曾派人去辛佑国的家乡打听几次，每次得到的消息都是找不到辛佑国所说的那个人。辛佑国却依然固执地认为他多年之前曾经托人带钱款回去过，她一定还活着。

这样固执而又没有终点的事情一遍又一遍地发生着，逐渐让华少昌倍感心力交瘁。只是现在整个四川已经打成了一锅粥，各个势力互相争夺地盘不说，犬牙交错间，今天还是你的，明天就成了别人的。华少昌能够勉强维持家乡的和平已经很不容易了，更没有余力去劝说徐春风回来。

好不容易等到大虎来了，他才能够知晓徐春风的现状。可当他知道之后，更加心急如焚。他不断地在心里埋怨自己，当时要是跟徐春风一路，兴许就能阻止他利用王鱼头来转移矛盾，那就不会有现在的局面。华少昌一面埋怨自己，一面希望大虎能够说服他回来。所以当大虎再次找到徐春风的时候，第一时间就把华少昌的担忧和盘托出，并苦劝徐春风想办法离开成都。

徐春风此时已经消瘦了很多，但他依然精神抖擞。徐春风没有正面回应大虎的话，只是幽幽地说："兄弟们都能活下来就好。"此外再无其他话讲。

这长久的沉默让大虎都急躁起来，他忍不住上前猛烈地摇晃着徐春风喊道："春风哥，你这是怎么了？你不能困在这里等死。"大虎边喊边哭。

徐春风的心情别人哪里知道，他突然间大力推开大虎的手站了起来，怒声喊道："哭什么哭！老子还没死呢！"

徐春风的突然爆发把大虎给吓呆了，这么多年他还是第一次见他发这么大的脾气。徐春风攥着拳头，胸口剧烈地起伏着，缓了一会慢慢地说道，"大虎，你也跟了我很多年了。今天之后就不要来找我了。自己谋个去处吧。有些事情，我想了很久，有些事需要我自己一个人去了结它。"

大虎一听愣住了，半晌才说："春风哥，你到底要干啥子？兄弟们你也不管了么？"

徐春风心头震颤了一下，停顿了许久，还是坚定地说道："没事，你们一定要好好地活着。"

说完这句话的徐春风看了一眼大虎，笑了笑，便再也没有回头。

人生也许就是这样，真正一起喝酒划拳时，谁都不以为意，只道是山远水长，迤逦连绵，怎么会有尽头，更何况红尘细碎，处处谨慎，定会称心如意，事事周全。殊不知人有悲欢离合，月有阴晴圆缺，此事古难全。

有人辞官归故里，有人星夜赶考场。谁也想不到，此时在四川总督府内，赵尔丰却在和咨议局的人们握手言和。

所谓大厦将倾，独木难支。在南方各省相继宣布独立后，以前清廷的地方督抚只要剪掉辫子换上军装宣布独立，就可以摇身一变成为军政府的都督，依然是换汤不换药，只是换个称呼效忠而已。

而北方有些省份作壁上观，开始与革命党暗送秋波，大搞独立王国、占山为王那一套。此时朝廷已经自身难保，再无暇顾及西南了，赵尔丰见朝廷大势已去，也开始谋求退路，与四川的地方势力讲和。他要赶在端方尚未赶到成都之前，与立宪派把权力分割干净。这样他未来才能有资本与朝廷或者革命党谈判。

赵尔丰在总督府亲自摆了两桌酒，把蒲殿俊、罗纶等人悉数请来，并为之前的冒犯和得罪之处道歉。并把盛宣怀、端方等人与他来往的函件、电报悉数拿出来给大家看，假惺惺地说之前自己是受到了诸多蒙蔽，实不知情。蒲殿俊、罗纶等人也显然明白赵尔丰的意思,在监狱里待了这段时间也明白自己并非经得住拷打的铁汉子,既然给了台阶下,自然也就不再提及之前的那些不快,于是一拍即合。

双方握手言和之后,赵尔丰表示自己一直同情革命,心系全川,也希望拨乱反正,助力四川独立,成功后定当邀请蒲殿俊任新政府都督。赵尔丰的一番作秀和封官许愿果然让单纯的蒲、罗等人信以为真,以为和平即将到来,弹冠相庆。蒲、罗十余人联名还发表了《哀告全川叔伯兄弟书》,规劝保路同志军放下枪炮,力返和平。

暗自得意的赵尔丰以为此次自己立下大功一件,随后上了一折《致内阁》,向朝廷邀功:"应承天恩,迅速昭雪,温谕勉慰陆防各军;并将川省军事责成尔丰一人专办,庶可任事一日,勉尽一日之忧。是否有当,伏乞圣裁!"

事与愿违。传下来的上谕却让赵尔丰始料不及:"命督办川汉粤汉铁路大臣候补侍郎端方,暂行署理四川总督,赵尔丰毋庸署理。钦此。"

看来四川总督是保不住了,端方进成都只是时间问题,恰在此时北京资政院对他的参疏成为压倒骆驼的最后一根稻草:"疆臣罔法,违法激变,请明正国法,以遏乱源。"

看到此疏的赵尔丰气得五内俱焚,神魂俱丧,他作为保境安民的本督部堂,在京城言官笔下居然成了钦命紧要之犯人,于是他决定彻底撒手,权交川人。

随后赵尔丰不顾众人反对,强行在四川总督衙门五福堂宣读《四川独立条约》,宣布即日起四川独立,川中一切行政事宜暂由蒲殿俊代理。赵尔丰表面上不再担任总督，但并未交出兵权，并将亲兵布置在身边，兵不解甲，日夜巡守。

十一月二十七日，在重庆蜀军政府成立五天后，大汉四川军政府在成都宣告成立，蒲殿俊自任都督。四川这个大清帝国人口最多的省份，终于脱离了朝廷的版图。

徐春风看到这份《哀告全川叔伯兄弟书》和赵尔丰宣布的《四川独立条约》之后，没有任何的激动，却更加坚定了自己之前的想法。这个赵尔丰想要的不过是抓军权，做土皇帝。而蒲罗等书生，也只是为了谋求一官半职而已，并不能真正制衡这些职业官僚。

名义上蒲殿俊是都督，不过是个吉祥物而已，川中实权都在当初参加制造成都血案的副都督朱庆澜手中，此人能做到陆军第十七镇统制，也是赵尔丰一手提携，如今自然会投桃报李。更何况赵尔丰还故意将军政府设在他控制的总督府内，所谓的大汉四川军政府不过是换个名字的大清四川总督府而已。

但赵尔丰这一招偷天换日确实干得漂亮，不但与革命党人和解，更成功拖死了端方，让他逼走赵尔丰自己主政四川的打算顿时化为泡影。端方被困顿在资州进退不得，急于回到故乡的湖北新军再也不相信端方画的大饼，终于集体哗变，在资州天后宫将端方及其弟端锦斩杀后转由重庆回鄂。

蜀军政府都督张培爵、副都督夏之时闻讯郊迎十里，重庆市民欢欣鼓舞，迎接湖北新军入城，将端方头颅置于油桶之中，在街头游街示众三日方休。

世事无常，一切仿佛都是命中注定。当初端方进川时，曾有胆大新军趁着夜色在他的行辕大营上贴出对联："端要死在江南馆，方好抬出通远门。"藏端方名于上下联之首。江南馆乃端方在重庆时下榻之处，而通远门外则为重庆平民丛葬之所。那副对联果然一语成谶。

在革命党占据半壁江山后，清廷派出袁世凯带着北洋军南下与革命党和谈，趁着南北进入对峙阶段，赵尔丰又开始了新一轮的动作。他静悄悄地把忠于自己的边军秘密调到成都附近，想要借着蒲殿俊校场点兵的机会一举再夺回所有的权力。毕竟立宪派已经利用完了，保路同志军的合理合法性也已经消失，剩下的就是利用兵变重新回到舞台中央。

徐春风这段时间也没闲着。他也决定利用东校场点兵的机会搞一次大事。

动手之前，他先去找了方定祥，详细说了自己的忧虑。

"之前举事，我就有所顾虑。但考虑到大家同归洪门，都是拜过关二爷的，义不容辞。等到举事之后，宝斋、载赓先后惨死，二当家冉庆和省寨生死不明，我更是感到被人当了枪使。"徐春风略带悲凉地说，"我原本以为有人有钱有枪，便不怕这些阴谋诡计，可没想到，到最后还是落得如此下场。"

方定祥自然对于成都发生的这一切都了如指掌，但他并不觉得徐春风没有了回转的余地。他宽慰道："徐舵爷想多了。时代如此，不必悲凄。更何况舵爷城外还有很多兄弟，元气未伤，完全可以东山再起。"

徐春风已经打定了主意，他对于方定祥的宽慰也只是表示了谢意:"大环境如此,东山再起又能如何?"

方定祥听了之后感觉到了异样,不禁问道:"徐舵爷为何如此绝望?"

"绝望?"徐春风笑了,"这倒没有,我最近想了很久,只是想不明白我们到底为了什么。真的是为了路,还是为了权,还是为了命?"

方定祥看着徐春风认真看着自己的样子,思索了半天,说道:"为了路。但不是那条铁路,是未来国家要走的道路。"

徐春风一下子愣住了,他没想到平时看起来话不多的方定祥居然能说出这样的话来。他说道:"能不能说清楚点?"

"徐舵爷,你们洪门中人远离庙堂,是不是有自己的路,或者叫道。无论是天地会的反清复明还是义和拳扶清灭洋,都是告诉大家这个国家怎么走什么样的路,运行什么样的道。"方定祥解释道,"就连太平军那些长毛贼也是有自己的路的。他们拜上帝教,他们平均土地,相信洪秀全是上帝的二儿子。这就是他们的路。洋人也有,他们相信金钱万能,相信武力能解决一切。我们呢?"

徐春风被问愣了,半天才试着回答道:"那到底是立宪,还是保皇?"

方定祥微笑着摇了摇头,说道:"不是立宪,也不是保皇,是要革命要共和。就是要驱除鞑虏、恢复中华、创立民国、平均地权。"

徐春风乐了:"说来说去,你也是来劝我加入革命党的。"

方定祥无奈地笑了笑:"舵爷,认同一种主义或者理想不代表就是要你加入我们同盟会。很多时候，主义很抽象，但人很具体。具体的人做到了抽象的主义，那就是圣贤。等到人人都是圣贤了，我们的革命就已然成功了。"

徐春风看到的种种场景，自然是不相信这些革命党能担起这个担子，但他也不想再纠结这个问题，现在他更想说自己的计划。

徐春风挺直了腰背说道："就拿四川来说，咱们兵不血刃改朝换代了，又如何，杀人犯和当初他们认定的通缉犯合作，成立了大汉四川军政府，这算什么革命？听说蒲殿俊和赵尔丰要阅兵，我打算在城里放个大炮仗，给这个不伦不类的军政府送上一份贺礼。如果侥幸成功，我就隐退江湖，也算是给川人作了一大贡献。"

方定祥虽然也瞧不上这个军政府，但听了此话也隐约觉得有一丝不安，他道："徐舵爷千万不要意气行事。"

徐春风把手一摆："我是看透了，也累了，你看看这是个什么世道，赵尔丰明明是个刽子手，沾满了川人的鲜血，如今又堂而皇之地成了军政府的头子，蒲殿俊呢，一个都督的招牌就把几十万保路同志军给卖了，我们牺牲了那么多兄弟，不过是给他做个嫁衣而已，被人看成了笑话。我自认为不是什么革命军，但四川绝不能再落入赵尔丰和蒲殿俊这种人手里。"这些话徐春风憋了很久，一直不吐不快。

"徐舵爷，无论做什么事儿还需从长计议，毕竟你势单力薄，现在大局已定，根本兴不起什么大的风浪，还是要面对现实。"

"死了那么多兄弟，总要有个说法，人的一生，不在长短，而在宽度，总要做件有意义的事，只要死得有价值，就胜过苟活余生。"说到此处，徐春风似乎想起了什么，"我有一事相求，还望方兄能够答应。"

"有什么事儿你尽管说。"方定祥点头道。

"在你力所能及的范围内，多多照顾下我堂口的兄弟，另外广安的华少昌是我的兄弟，还望你日后能多加照顾。"

方定祥能从徐春风身上读出他背负着的一种使命感，这种使命感仿佛是他的宿命，他想要努力去兑现的一种承诺。他说不上来，也说不好，但是十分担忧徐春风的安危。

思来想去，他把徐春风的情况告诉给了自己的好友，军政府的军政部部长尹昌衡。尹昌衡从日本留学回来后便当了四川陆军速成学堂的校长，培养的军官遍布新军，虽然这次当了军政部部长，但对赵尔丰蒲殿俊出卖四川军政大权的行为早就看不惯了，听到方定祥的介绍，这倒是引起了他对徐春风的兴趣，连连说有空了一定要帮忙引见一下。

此时城内的廖老幺一直想要找到徐春风却始终没有找到。没想到徐春风却派人找上门来了。他约廖老幺十二月八日在少城门外相见，了断江湖恩怨。这让廖老幺感到意外，立马安排了最兵强马壮的阵容，准备一雪前耻。在出发之前，廖老幺的手下劝阻他要小心有诈，毕竟那是少城，万一把旗兵招惹了可不好。廖老幺倒是满不在乎，心想只要不打死打伤旗人，万事都好说。

第十二章 四川独立

廖老幺并不知道，十二月八日是徐春风特意选好的日子，这天是大汉四川军政府将举行第一次阅兵的日子。虽然之前各种情报显示，已经有好几股势力开始合纵连横；赵尔丰也一直联络军队中对革命不满的旧部，很有可能在阅兵当天哗变，借机抢掠藩库钱庄，推翻刚刚诞生的军政府。好友周善培也再三劝阻蒲殿俊最好不要在这个节骨眼上搞阅兵，以免给别有用心之人机会。

正在兴头上的蒲殿俊此时哪里听得进去，自认为已是掌握全川的封疆大吏，遂对周善培怒道："辛亥之后，各地同襄义举，皆恐为人后，我四川乃保路发源地，此时更要成为全国榜样，此次阅兵正可大展我军政府神威，岂能因魑魅魍魉的一点阴谋算计就吓破胆子？"随即传令，阅兵式如期进行。

只见阅兵校场上军乐铿锵，刺刀闪亮，刚刚剪掉辫子，换上新军服饰的士兵显然还没有习惯，纷纷东张西望，场面一度混乱。等到蒲殿俊率领军政府大员登上了阅兵台，正准备发表演说时，只听东南角的巡防军中突然响起了一阵密集枪声，只听有人大喊着"无粮无饷，此时不反，更待何时！"一时间乱兵哗变，等待受阅的队伍有人响应，联络呼应之下瞬间像洪水般向城内涌去，现场秩序顿时大乱。

但此时的乱兵目标并不是台上，而是按照赵尔丰的计划直奔城中藩库而去。藩库是四川全省的财政所在，存有约八百万两白银，抢掠之后正可栽赃给军政府。只见乱兵冲入其中，大肆掠夺，人人满载之后，便放起一把火来，顿时烈焰冲天。抢夺完藩库后，乱兵随后冲向银行及各银号、票号，甚至民宅之中烧杀淫掠，成都城内的主要商业街及各处豪宅，均不得幸免。已经两百多年没有遭遇兵灾的"锦绣成都，遂变为野蛮世界矣"。

检阅台上的都督蒲殿俊、副都督朱庆澜皆是文人出身，哪里见过这种子弹横飞的阵势，顿时乱了手脚，情急之下也顾不得都督威严，仓皇撤离。二人在宪兵营营长汤存心保护下，跑到东校场演武厅，由几个士兵背着他上了城墙，避开乱兵，逃到同在城根下的周善培处，才得以有时间换下那身金灿灿的都督礼服，穿上平民蓝布衫，继续逃到城外，十几天的都督生涯就这样变为黄粱一梦。

而校场之外，听到枪响之后，早就收到消息的徐春风知道乱兵已经起事，于是率众趁乱杀进了阅兵场，直接冲赵尔丰而去。此时的赵尔丰本已稳坐钓鱼台，只待乱兵抢掠完毕，他再出面收拾残局，振臂一呼，还给成都人民和平，届时自然顺理成章接管全川。哪里料到螳螂捕蝉，黄雀在后，看到有人直接冲他而来，早已吓得大惊失色，屁滚尿流，趴在检阅台桌下瑟瑟发抖，还以为军政府缉拿他而来，心道："千算万算，今日流年不利，怕是休矣。"

此次徐春风带来的人皆是精挑细选的汉子，而且将当初藏在少城内的那批枪也尽数取了出来，可谓弹药充足，兵强马壮。徐春风更是靠着精准的枪法几乎是一枪一个。赵尔丰之前安排乱兵哗变，自认为万无一失，哪里料到会发生如此意外，眼看冲上来的皆是江湖打扮，却身手不凡，赵尔丰明白，这是经过精心策划的暗杀，眼看着侍卫死伤越来越多，他突然感到了一种死亡的恐惧。

"给我打！打死一个赏一百块大洋！"赵尔丰终于歇斯底里地怒吼起来。然而在这种寡众悬殊的情况下，这种鼓励一点也改变不了局面。

徐春风等人眼看着要接近赵尔丰之时，突然间身后一片喧嚣之声，众人以为援军到了，回头一看，没承想是廖老幺率人赶了过来。徐春风之所以提前约战定好时间，就是打算将廖老幺的人调离出少城，声东击西，让他们无暇兼顾，以便完成刺杀之事。

当乱兵哗变时，徐春风迟迟未出现，城中阅兵校场又传出阵阵枪声，廖老幺似乎猜出了徐春风的行动，他心想不妙，犹豫再三决定赌一把，于是率人赶到校场，正碰上双方处于胶着之中。

"赵大帅，我来救你了！"廖老幺看到这个场景，顿时明白了徐春风的真实目的，心中暗喜，真是一箭双雕，这次不但可以除掉徐春风，还可以卖赵尔丰一个救命恩情。

"好啊！廖舵爷不愧是汉子，今日若能杀退这群乱党，我绝不会亏待你的！"赵尔丰认识廖老幺，知道他也是洪门中人，而且平时还算恭敬，虽然和自己并无深交，但一定和眼前的刺客有仇，此时必是救兵，喜出望外，激动得语无伦次。

见此场景，徐春风懊恼之极，心中直道晦气，眼看自己就要刺杀成功,却没想到廖老幺此时横插一杠,同为堂口兄弟,却居然如此是非不分。徐春风想到此处,边开枪边大声喝道:"廖老幺,我们的事是私事,赵尔丰杀了我们那么多洪门兄弟,切不可公私不明,今日你让我杀了赵尔丰,然后我徐春风任凭你处置!"

赵尔丰听闻此言,担心廖老幺后悔,大声道:"廖舵爷,杀了这些乱党,本帅定会重重奖赏你,决不食言!"赵尔丰一咬牙许诺道,"今日之后,成都的所有码头,全是你的!"

听到这里,廖老幺一股热血直冲大脑,两眼放光,于是再也不顾其他。一统成都码头,乃是他平时想都不敢想的事,心想今日机会可谓千载难逢,一不做二不休,于是下令集中火力围攻徐春风,并凭借着人多形成了一个半圆形的包围圈,不断向内推进。徐春风带来的十几个兄弟虽然带了炸药,但是在密集的枪雨下完全没办法施展,只能与廖老幺的几十号人混战着,慢慢地包围圈越来越小,越来越小。

徐春风最后的记忆是被一个士兵拿枪托砸晕了。等到他醒来的时候,他才感受到了右腿钻心地痛。那条腿已经被人用刺刀扎了一个窟窿,然后又被简单地包扎了一下。他隐约感觉到监狱门口有人,但是他的视力尚且没有恢复,努力了半天他才发现那个人是穿着警服的方定祥。

方定祥面无表情,也不说话。

徐春风也不说话。半天才说:"百密一疏,没脱身成功。"

见他醒来,方定祥凑近狱门,轻声说道:"你真是好大的胆子,要学专诸刺王僚吗?"

徐春风并不理会，反问道："外面怎么样了？"

"跟舵爷猜测的一样，果然哗变了。军政部部长尹昌衡连夜从凤凰山调了三个连进城，目前已经稳定住了局面。蒲大都督的位子看来是坐不成了。"方定祥回答道，"不过你也凶多吉少了。"

"那什么时候放我出去？"徐春风仍旧笑嘻嘻地问道。

"目前局面太混乱，你是要犯，要找机会。"方定祥说完也笑了，"没想到徐舵爷果然是有勇有谋啊。就凭几杆枪和十几个人就敢刺杀赵尔丰，为革命立下了汗马功劳。"

徐春风无力地摆摆手说："拉倒吧，这是我个人行为，不是为了你们革命党，而且人算不如天算，出来了个廖老么，要是没有他，赵尔丰的脑袋肯定悬挂在成都城门上。"

方定祥听到笑了，说道："舵爷也就是您命大。"

徐春风看了看自己的腿，哈哈笑道："丢了一条腿，捡了一条命，也值了。"

方定祥无奈地制止他道："小心把伤口又笑裂了。舵爷暂时委屈一下，等到局势明朗，我们自会营救。您先歇息。"

"我杀的可是赵尔丰，你们能把我救出去？"徐春风不以为然。

"放心吧，现在成都已经变天了，他赵尔丰自身难保。尹昌衡正在和赵尔丰谈条件，条件之一就是保你性命。"

但令徐春风没想到的是，第二天他就被人蒙着头带出了监狱。等到再摘掉头套的时候，他才发现坐在上面的人竟然是赵尔丰。衙役们一脚踢在徐春风后膝盖上，直接将其按倒在地上,赵尔丰趾高气扬地问道:"你便是徐春风?"

徐春风努力抬起头,但却被人压着肩膀,只有挣扎着说,"明知故问,正是你爷爷我!"

赵尔丰怒骂道,"你算什么东西!居然刺杀本大帅,你说,反抗军政府,暗杀大员,打死打伤无辜百姓和巡防士兵,该当何罪?"

徐春风决定行动之前早就做好了这个准备,他坦然一笑,"自古天有道,民顺之。天无道,民反之。就你们这帮人,祸国殃民,整个四川被你们搞得民不聊生、生灵涂炭。现在居然摇身一变,换个招牌就成了军政府。牺牲了这么多人就是为了给你们做嫁衣?你们配吗?"

徐春风这番怒骂彻底激怒了赵尔丰。赵尔丰的愤怒之处并不是徐春风对他的轻蔑,而是他借助士兵哗变来再度掌权的计划落空,按照原计划,蒲殿俊应该在哗变中被乱军所杀或被赶下台,他再振臂一呼平息兵变,挽救全城于水火,届时重新接管成都。但没想到这么完美的计划居然被眼前的徐春风这等小人物给搅黄了。

这时候赵尔丰才发现这一切不只是徐春风早了如指掌,阅兵场兵变一事洪门不仅早就知道,甚至参与其中。徐春风本想趁乱刺杀赵尔丰,却没想到乱兵作乱一发不可收拾,虽然没有刺杀成功,却让赵尔丰此次颜面扫地,自己心腹被踢出军政府。此前拟定的条约也被重庆、成都两地的革命党人抨击,甚至有可能两地军政府联合反对自己。

更可恶的是，徐春风人都已经被抓，却依旧当众训斥自己。赵尔丰越想越生气，下令道："嘴硬得很！先给我狠狠打二十大板！"

左右衙役立即左右开弓，在赵尔丰授意下，衙役故意往徐春风腿上的伤口上招呼。徐春风忍着剧痛依然咒骂不止，刺骨的疼痛让他渐渐麻木。他本以为这一次后，他可以全身而退，不再纠结于这些纷繁复杂的关系之中。他甚至想给自己提前弄一个衣冠冢，宣告世人此人已死。但现在看来，他可以提前躺在那个空墓里面，留给世人怀念了。

二十大板过后，徐春风双腿尽断，血流大堂，赵尔丰得意道："徐春风，本督再问你最后一句话，你可认罪？"

徐春风忍住剧痛，轻蔑道："我虽然是一介粗人，没什么文化，也是拜过关二爷，读过圣贤书，更知道见义不为，非勇也。杀你是我此生最后的愿望，我从来不后悔，只可惜还让你活在这世上！但你记住，你双手沾满了川人的鲜血，必须血债血偿！你今日可杀我之人，川人必诛你之心！"

赵尔丰怒道："牙尖嘴利，再打二十大板，打进死牢！"二十大板过后，徐春风已经昏死了过去。衙役们直接将他关进了死囚牢房。剧烈的疼痛已经让他失去了意识，整整一夜都是处于半昏迷的状态。

等到徐春风醒过来的时候，发现自己绑着铁链被扔在牢房的地上，他的第一感觉就是口渴，嗓子里如同着火般干燥。他试着用舌头舔一下嘴唇，却发现血块早已凝结在崩裂开的嘴唇上。

他想试着翻一个身,却如同有无数颗针刺进身体,钻心刺骨般的疼痛让他动弹不得。他勉强睁开已经被血块蒙住的眼睛,沿着疼痛看到自己的双腿,双腿已被彻底打断,只剩下一层皮肉连接着断掉的腿骨,他甚至可以清楚看到裸露在外的血管在跳动。

他挣扎着将手抬起,借着牢房窗户投进的月光,他看到十根手指已经肿胀发泡。铁链将他的双手和牢房中的铁窗紧紧捆绑在一起,令他动弹不得。他尝试着再次挪动一下僵硬的躯体,他把全身的力量都集中到胳膊上,尽管痛得豆大的汗水流到地上,身体却仍如万吨巨石般无法动弹分毫。

昏沉中他感觉刚才的努力似乎已经耗尽了他生命中的最后一点力气,干燥的嗓子已经快要冒出火星,徐春风想要咽一口唾沫湿润一下,却发现已经挤不出一滴。他趴在地上想从泥土中感受到一点点湿润,却发现牙齿也已经被打落大半。

往事和故人突然如幻灯片般在徐春风的脑海中闪现,辛佑国、华少昌、华咸声、冉庆、大虎、耿省寨、林宝斋,甚至还有廖老幺,徐春风摇摇头,长叹一声,他知道自己怕是出不去了,这些熟悉的人估计再也见不到了。在这个混乱失序的年代,要么杀身成仁,舍生取义,要么出卖灵魂,放弃尊严。有人选择了前者,但更多的人选择了后者。

慷慨就义易,从容赴死难,徐春风知道自己不怕死,这个世道下,多年的江湖生涯早就让他看淡了生死,他只是不愿意死在这肮脏的牢房之中,像枯死倒掉的树木一样,腐烂在泥土中。

想到这里，徐春风忍着剧痛将自己的身体紧贴着墙壁，用胳膊碰了下胸口，胸前是他实施刺杀行动前写给华咸声的绝笔信，他本以为他会死在阅兵场，这封信就会有人替他转交。千万不要被赵尔丰的人搜走。还好，信仍在，看来他们只是用了刑，却没有搜身，想到这里他长舒了口气。

想到华咸声，徐春风的嘴角上扬了一下，他笑了。自己这一代人见证了太多的痛苦，一代人只能做一代人的事情，未来就靠他们了。

正在思绪万千之时，牢门一响，打断了他的沉思，只见方定祥从门外进来，方定祥对狱卒道："你给他把手铐解开，我陪他吃点东西。"

见狱卒面有难色，方定祥从兜中掏出一锭银子，指了指自己身上的警服，扔给狱卒道："有我在，不用担心，你们在外面守着，他又断了两条腿，跑不了。"狱卒收下银子，顿时喜笑颜开，转身把门带上。

手铐解开后，徐春风顿时感觉如释重负，见到方定祥手提食盒和酒壶，笑道："此时送酒，真是雪中送炭。"

方定祥打开酒壶，慢慢斟满，递给徐春风道："好酒配英雄，这可是天益老号酿酒坊的剑南烧春，你可不知道我费了多大劲才搞到。"

接过酒杯，徐春风一饮而尽，一股暖流由口到喉，由喉到胃，暖洋洋的，说不出的舒坦，腿上疼痛顿时也感觉好些了。

方定祥从食盒中拿出一只烧鸡，撕下鸡腿递给他，然后自已撕下一个鸡翅,自顾自地边吃边说道:"这几天估计你也没什么油水了,先回个魂。"

徐春风拿过鸡腿,几口便吃光,沾在手上的油水也不放过,手上的血块和污泥都被吸了个干干净净。

见徐春风状态好些,方定祥道:"此次徐舵爷可算是扬名立万了,道上纷纷竖大拇指。"

徐春风吃了半只烧鸡,慢慢恢复了元气,笑道:"方兄不必安慰我了,你冒险来看我,估计不是送酒,而是送行吧,我自知此次凶多吉少,临行前有你这一顿也算没白活。"

见徐春风如此悲观,方定祥安慰道:"徐舵爷吉人自有天相。"

"我这个样子,出去也是个废人,今日你既然来了,我有个不情之请,请方兄务必成全。"徐春风严肃地说道。

见此状,方定祥道:"舵爷吩咐,只要我方某人能做到的,绝不推辞。"

徐春风从胸前口袋掏出绝笔信,递给方定祥道:"这是给华少昌之子华咸声的,待我死后,请务必亲手交到他手中。"

"舵爷放心,此事我一定办妥。"方定祥看到信上的血迹,眼眶里瞬间湿润了。

方定祥接过信刚放进兜中,还没等徐春风回话,突然之间进来四五个身穿军装之人,为首一人认得方定祥,对其点头示意:"方队长。"

"什么事?"方定祥惊问道。

那人看了徐春风一眼，附在方定祥耳边悄悄说了几句话。方定祥听完，大惊失色："这么快！"

徐春风倒是一点也没有惊讶，淡淡道："到时间了？上路吧。"

听闻此言，方定祥心如刀绞，紧紧握住徐春风之手，一句话也说不出来。

被人抬到门口时，徐春风面色平静，对眼圈发红的方定祥道："虽然我这辈子没读过什么书，但是辛师父说了一句我是记在心上的：孔曰成仁，孟曰取义，唯其义尽，所以仁至。而今而后，庶几无愧。"

说罢此话，闭上双眼，再不发一言。

成都南门外的打谷坝还从没有这么多人，把整个坝子都站满了，火把照耀下，调来的边军用一排排步枪对着坝子中央。赵尔丰身穿戎装，站在边军之中。

只见坝子中央用一根根的木柴架起了一座上窄下宽的柴山，柴山上坐着一个双腿尽断之人，全身用三重黄绳捆住，正是徐春风。

绕着柴山外一圈都摆满了站笼，每个笼里都站着一个汉子，铁笼上方圈口卡着他们的脖颈，双手也被手铐铐在站笼的柱子上。这些都是参加刺杀赵尔丰的堂口兄弟。

城中百姓倾城而出，这是赵尔丰要求的，要让全城的人都看看刺杀他是什么后果，万头攒动之下，无数双含着泪水的眼睛望向柴堆上的徐春风和铁笼中的英雄们。

边军们十分紧张，背对着柴山，步枪全部对着观刑的百姓们。

没过多久,这种平静打破了,先是有人高喊:"好汉走好,你是川人骄傲!"听到此话,人群开始涌动起来。

边军们开始紧张起来,用枪抵住第一排的百姓,大声喝道:"全部闭嘴,不准乱动,违者立毙!"

前排的人无奈后退,但是眼睛中充满着愤怒的火焰,看得边军心惊胆战。

赵尔丰走到柴山下,恶狠狠地问道:"徐春风,本督再问你最后一遍,你可知罪!"

徐春风无比轻蔑地一笑,哈哈一笑,厉声说道:"你杀得了我徐春风,但你杀不尽千千万万的四川人!"说罢转身望向铁笼中的兄弟们,只见众人皆是眼含热泪,眼神坚毅,对着他们的好大哥微微点头,徐春风明白大家都已有必死之心,大声笑道:"我埋泉下泥销骨,换得人间雪满头,今日能与众兄弟一起上路,死得其所,快哉快哉!"

说罢,紧闭双眼,不再复言。

听到此处,围观百姓莫不流泪,恨不得冲上前去,食赵尔丰之肉,扒赵尔丰之皮,人群再次涌动起来。见此场景,赵尔丰担心夜长梦多,于是对身边之人道:"即刻行刑,徐春风乱枪打死,其余乱党沉于郫江!"

听到命令,边军们转身面向柴山,乱枪过后,徐春风倒在血泊之中,枪声犹如万支利箭射中围观百姓的胸膛。

月光之下,一阵剧痛过后,徐春风的眼睛变得模糊,恍惚中仿佛看到有人慢慢向他走过来,正是当年投井自杀的她,抱着他们那未出世的孩子,不是已经不在人世了吗?怎么都来了?他们在对着自己微笑,徐春风想伸出手去抱一抱娘俩,一片白光笼罩在他们一家三口身上,这样的感觉真好。

血似乎已经流完了最后一滴,徐春风的脸上却洋溢着从没有过的安详而幸福的笑容,身上的千斤重担终于卸下来了,他的头终于垂了下去,身体一动不动了。

噩耗传出,大江奔腾,狂风咆哮,革命党人、洪门中人和全川百姓无不伤心落泪,愤愤不平,唾骂那心狠手辣、丧尽天良的赵尔丰,人们愤怒的吼声,压倒了呼啸的寒风,像阵阵春雷滚过长空,它仿佛预示着一个徐春风倒下去,千万个四川人站起来!

革命的怒涛,如浩荡的长江,汹涌澎湃,滚滚向前!

绝笔信

徐春风被带走后,心知不妙的方定祥第一时间赶去给军政部部长尹昌衡报信,然后立刻赶往南门外。

终究还是晚了一步,等方定祥赶到的时候,徐春风和十几名洪门兄弟都已经牺牲。方定祥和周边百姓悲痛地收殓了他们的遗体,在南门外为徐春风和他的兄弟们立了碑。

尹昌衡听闻消息后怒不可遏。虽然他与徐春风从未谋面,但是对徐春风凭借一己之力,稳住少城旗人、拖延乱兵抢劫以及刺杀赵尔丰的壮举十分佩服。同时他也对赵尔丰的狠毒手段更加深恶痛绝。没想到他居然如此没有底线，趁着和谈把徐春风给劫走并当众杀害，此人若在，早晚是军政府之祸，于是尹昌衡下定决心除掉赵尔丰。

为麻痹赵尔丰，尹昌衡决定先行主动示好，为此特意单独去拜访他，在关心地问候了起居安好后说道："我现在虽然暂时当了这军政府的都督，但未来之事尚属未定。究竟满清是不是倒得下去，民国是不是建得起来，都还是很大的问题，我想同大帅做一个君子约定：将来如满清倒下了，我负责保全大帅；如果民国没有成功，就由大帅负责保全我。这样于大帅和我，无论谁成谁败，彼此都能周全。我可向天盟誓，海枯石烂，此志不渝。"

失去官位的赵尔丰已经对接二连三的暗杀心惊肉跳，杀害徐春风时百姓的怒火让他坐立不安，今日听到尹昌衡这番话简直喜出望外，当场指天盟誓，二人结为异姓兄弟，绝不相负。

见赵尔丰上了钩，尹昌衡趁机表示："现在大帅身边还有三千多边军，这也是很多人抨击大帅不肯交权的理由，不如这些人马交由军政府接管，由昌衡下令边军仍驻督署南苑保护大帅，我与大帅既结同心，应付一切事情，面子是面子，里子是里子，这样一来，四川绅民皆在掌控，不知大帅意下如何？"

赵尔丰不知是计，更不知尹昌衡已经劝服了边军管带陶泽锟，当下表示同意，并对边军的交接进行了安排，陶泽锟借着赵尔丰的命令光明正大地将营中军官全部换成了心向军政府之人。

既然解除了赵尔丰身边的武装，下一步就是收网了。

第二日，尹昌衡突然命令陶泽锟率队前往制台衙门捉拿赵尔丰进行公审。消息传出，成千上万的百姓就涌入了衙门，争先恐后来看杀赵尔丰。当天上午，在成都明远楼广场的群众大会上，赵尔丰被捆到场。面对群情激愤的人群，尹昌衡大声疾呼："赵屠夫不仅在川滇大开杀戒，还在成都屠戮无辜请愿的百姓数百人，更杀害了咱们的大英雄徐春风。其在任上，不知为民众疾苦鼓与呼，反而尽做些丧尽天良的事情。大家说该如何处置？"

群众顿时齐声高呼："杀！杀！！杀！！！"

尹昌衡示意一下，早已按捺不住的陶泽锟马上手起刀落，已经吓尿的赵尔丰来不及求饶，顷刻间人头落地。

尹昌衡望着天空，低声地说道："春风兄弟，大仇得报，一路走好。"

随着赵尔丰的人头落地，沸沸扬扬的四川保路运动也终于缓缓落下了帷幕。

方定祥在安葬了徐春风后马不停蹄地赶往了广安。他胸口揣着徐春风的那封绝笔信。在路上，他再度对徐春风的为人处世风格产生了疑惑。

他以前以为徐春风是个谨慎稳重的人，事情没有七八分眉目绝不会去做，更不会去说。但从目前的情况来看，他既有全面的考虑也有赌博的时候。最后徐春风似乎已经完胜了，但却最终功亏一篑。他完全可以躲在其他地方过着舒坦的日子，但他终究没有回避，直至最后找到机会发动那致命一击。他没有选择平坦的大路，反而选择了一条遍布荆棘之路。这些都超出了方定祥目前的人生经验。

这些疑问一直困扰着他，直到他见到了华少昌，把那封遗书交了出去。

华少昌颤抖着双手打开了那个油纸包，里面是一张叠得四四方方的草纸，信是写给华咸声的，上面写着隽永的小字，根本不像是徐春风那个外形五大三粗的人能写出来的样子。

咸声：

见字如晤。

当你看到这封信的时候，师父已经不在人世了。人生短暂，师父能教给你的东西太少了。但生以坚韧、死以果敢这件事，师父做到了。可惜今后本该言行身教、常伴左右，但师父做不到了。

我们这一辈人面临着大厦将倾、国家危局，四处寻觅但又四处碰壁，孔家儒学、道家墨家、阴阳杂家乃至外道夷技，都已经不能解救中国。同盟会、革命党人、行帮会党、前清军阀又有谁能真正带领国家走出深渊？我看不到未来，久久求索而不得之。请原谅我的提前诀别，原谅我所做的一切。以己之命，能唤醒数人，也未尝不是快事。

师父此生行走江湖，所有亲人均死于乱世，少昌与你，是我最亲之人。盼你今后听你父亲的话，认真读书，若有机会，争取多出去看看世面，找到真正的那条出路。不管是什么路，必须走通后才有希望，未来在你们，希望在你们。切记，切记。

徐春风绝笔

看完了徐春风的信后，华少昌整个人呆立原地，如同五雷轰顶。他从没想到徐春风会以这样悲壮的方式来牺牲自己的生命。方定祥终于理解了徐春风最终选择坦然接受这一切的淡然是从何而来。

徐春风死后，华少昌整整三天都把自己关在屋里，家人送饭也不吃，把老母亲和潘氏急得团团转。辛佑国也不知道该如何是好。华咸声从学堂回来后，看到家里突然多了很多人，一开始还有点兴奋，但是很快他就意识到有点不对劲。辛佑国看上去也怪怪的，似乎有话想说但又不知道该怎么说。他试图从大人那里读出点什么，华少昌那扇紧闭的房门和众人严肃而悲愤的神情已经透露出了太多不寻常的气息。

辛佑国则承担起了迎来送往的重任，他不得不一次又一次地感谢那些登门拜访的客人。除此之外，他还得隔三岔五有空了就跑到华少昌的门口劝说几句。

"少昌啊，人是铁饭是钢，你不吃饭身体哪里受得了啊？"

"少昌，人这辈子就是个缘分，去时终须去，再三留不住。"

"要说起来，我跟春风的感情不比你差。没有春风，我早不知道冻死在哪个破庙里了。我也心疼，但是心疼有啥用啊？"

"少昌，人死不能复生，要是关起门来啥都不说，不吃也不喝，春风就能复活，那我也跟你一起。"

"山河破碎风飘絮，身世浮沉雨打萍。春风这也是解脱了，至少不会再遭这兵荒马乱的罪了。"

辛佑国这一番半文半白，又掺杂着老土话的个人见解丝毫没能打动华少昌。辛佑国只有再度使出激将法：

"少昌啊，地里的草都快比人高了，再不去收拾，年下就没得白面吃了。"

"哎呀，这团练的事情也多到堆起了，前几天几个娃儿打架，打得头破血流的，惨兮兮的，也没得人管。"

辛佑国连续多日地唠叨和重复，他都快以为自己魔怔了，但是华少昌的门依然紧闭不开。

直到第四天晚上，正当辛佑国端着筲箕专心地在华少昌门前翻拣麦子里的麦穗，华咸声一言不发地走向华少昌的门口。

等到辛佑国发现想要阻止的时候，华咸声已经伸出了手去拍了拍门。华少昌依然没有回应。辛佑国极力暗示咸声回来，咸声没有理会。他用稚嫩的声音问道："爸，师父是不是没了？"

咸声这一问让辛佑国吓了一跳，吓得冷汗都出来了。正在发愁如何收场的时候，门突然开了，华少昌顶着凌乱的头发红肿着眼睛出来了，他蹲下来，看着咸声，眼泪已经止不住地流了下来。

华咸声没有哭，他只是用力地点了点头："那封信我已经看到了，爸，你放心，师父让我找到那条救国救民的路，我一定会找下去的。"

华少昌和辛佑国都十分惊讶，他们不知道华咸声是何时看到那封信的。一时间华少昌的眼泪更止不住了："孩子，你春风师父是个大英雄，既然他让你去外面看看世界，去寻找救国的真理，父亲也一定会满足他这个遗愿。"

第十三章

峰回路转

游行示威

民国政府成立后，各省纷纷响应，大势已去的清帝宣布退位，两千多年来，从此再没了皇帝。孙中山就任临时大总统后又让位于北洋的袁世凯，民国首都也由南京迁往袁世凯的老巢北京。

校场兵变后，赵尔丰被杀，蒲殿俊逃走，四川大汉军政府与蜀军政府经过多轮谈判，终于合并为四川都督府，驻地成都。尹昌衡任都督，张培爵任副都督，重庆改称镇守使署。清朝州县的长官们摇身一变，立刻又成了军政府的市长县长。

广安也不例外，清朝的"广安知县"改成了"广安县长"，以前头戴翎顶，项套朝珠，身穿鸂鶒补服的知县变成了穿着蓝呢白金边的制服，戴着同色制帽的县长，但日常的便服还是和清朝知县一样，虽然再也不用向皇帝牌位三跪九叩了，但专横一点也不亚于以前。就像徐春风说的那样，所谓革命，不过是换个旗帜而已，一切都是换汤不换药。

如今没人公开卖官鬻爵了，但官职还是可以用钱买到，只不过银票变成了袁大头银圆，清朝的捐官换了个名字，改叫"运动"了。华少昌经常听到身边的乡绅说："到成都去运动一个县长来做做。"前不久协兴场一个陈姓地主，也是以前跑江湖的，就花了一万块银圆"运动"到了简阳县的县长，比清朝时可便宜了一半。

据说"运动"来的官只保险三个月，所以上任之后三个月内必须大肆搜刮，有的甚至提前把税收到几十年后去，即使赚不到钱，至少要保证不赔本。

清帝退位后，很多传统规矩自然分崩离析。江湖道义远不如长枪短炮有用，仁义礼智信堂口的舵爷们在新政府有了新职务，继续做着以前的地下生意，鸦片虽然被明令禁止，但半公开的烟馆却到处都是，鸦片和盐茶的价格也比以前更高了。广安县的盗案也比以前多了，革命时已经迁到乡下的地主乡绅又迁回城内，没了江湖规矩，在乱军和山大王眼中，这"杀肥猪"的生意又回来了。

出乎华少昌意料的是，大汉四川军政府和蜀军政府合并后，不知道是受了徐春风之死的打击，还是看破了现实，抑或是尝到了权力的滋味，早早加入同盟会的方定祥居然带着警队投了袁世凯，还成了川军团长。

方定祥还给华少昌写了一封信，极力拉拢华少昌加入川军。徐春风死后，华少昌触动很大，看到曾经的革命党纷纷改换门庭，自然不愿再和这些人同流合污，不但婉拒了方定祥，还辞去了训练营营长一职。

方定祥恼怒之余把他的团练局长一起给撤了，华少昌倒是不以为意，当今这个世道，多他一个不多，少他一个不少。但是他知道希望在后辈身上，要是教育落后，文明不昌，必然还是要挨打受欺负的，于是华少昌把整颗心都放在了教育上，把咸与维新的梦想交给儿子去实现好了。

袁世凯如愿当了大总统后，自然一切皆以北洋军优先，开始对不忠于自己的革命党大开杀戒，尹昌衡被调离软禁，张培爵、周国琛、王培菁等不肯听命的同盟会元老先后被杀，袁世凯派嫡系曹锟率三个师进驻重庆，辛亥革命的果实终于被袁世凯窃取。

革命的失败让当年参加革命的人自然成了大家的笑柄，而华家也不幸成为这个笑柄的一环。虽然灾年中来华家借米的街坊邻居不在少数，但如今肯为华家说句话的人却少之又少。以往一起玩耍的小朋友也许是受了自家父母的影响，渐渐地也疏远起华咸声来。

没了职位，便也没了收入，作为一家之主的华少昌迫不得已，只得将华咸声留在广安，托了以前的江湖朋友，自己孤身前往重庆，看看能否谋求一条生路。

父亲离家后，之前还算小康之家的华家生活更加艰难起来。社会的打击使华咸声过早地体会到人情世故这四个字的深层含义，深知有实力才会有尊严，唯有读书才能改变命运，心思更加沉浸到学习中。曾经在重庆府中学堂的那一个月，让他看到了更辽阔的世界，也在他心中种下了一颗不安分的种子，他一心想要通过学习离开这里，去看一看外面更广阔的世界。

这个梦想支撑着华咸声度过无数凄苦的夜，从小学堂毕业后，他顺利考入县立中学，为了有更多的时间读书，华咸声义无反顾地选择了住校。虽然学校生活学习环境艰苦，一周才能回一次家，但他乐在其中，从没有一句怨言。

随着年龄的增长，当年他在辛佑国的影响下喜欢读书的习惯也越来越明显。在县立中学期间，他除了认真学习课本知识外还大量阅读报纸。报纸成了他接触外面世界的不二选择，报纸承载着的不仅仅是各种新闻报道，还有一个自己未曾见过的更加丰富的世界。

华咸声喜欢时政，在父亲的言传身教下，他还养成了一种新的思维方式，能够把报纸上的理论知识与自己的现实生活联系起来，并不断地去应用。经常沉浸在这种喜悦中不能自已。

这几年是华咸声成长最快的几年，也是全国政局最乱的几年，报纸上最不缺的就是新闻。这个国家并没有因为推翻了封建帝制而好起来，袁世凯镇压二次革命后解散国会并废除临时约法，改内阁制为总统制，甚至拥有了指定继承人的权力，却仍不满足。在与日签订"二十一条"赢得日本支持后，终于废除共和，改国号为中华帝国，恢复帝制，自称洪宪皇帝。

消息传出，举国哗然。辛亥革命之后，共和观念已经深入人心，袁世凯的倒行逆施自然激起全国上下的反抗，曾在云南响应武昌起义的松坡将军蔡锷与滇系军阀首领唐继尧宣布云南独立，并向四川进军。熊克武等原蜀军将领也跟随回川，方定祥见袁世凯大势已去，立刻通电反袁，跟随熊克武会师泸州，直抵重庆城下。

在军事失利和全国沸腾的民意面前，袁世凯被迫放弃帝制，恢复民国年号，但仍然想当大总统，并起用北洋军心腹段祺瑞为国务卿兼陆军总长，企图依靠段团结北洋势力，压制各省起义力量，但在浩浩荡荡的天下大势面前，他无力回天。袁世凯忧愤成疾，不久便因尿毒症不治而亡。

袁世凯死后，曹锟率北洋军返回北京，黎元洪继任大总统职位，与掌握中央实权的段祺瑞争权夺利，发生"府院之争"。护国军进驻重庆，熊克武任重庆镇守使，已经当了旅长的方定祥终于在重庆有了一席之地。或许有些人就是这样，随着年龄的增长，最终都会变成自己曾经最讨厌的那种人。

民国六年（1917年）七月，张勋应黎元洪的"调停"之邀，率领五千"辫子军"入京，将清宣统废帝重新扶上紫禁城，复辟帝制，激起全国人民的反对。

消息传出后，孙中山在上海发表《讨逆宣言》，段祺瑞在日本的支持下，组成讨逆军。防守的"辫子军"一触即溃，张勋在德国人保护下逃入荷兰使馆，复辟闹剧仅仅上演了十二天便告结束。赶走张勋的段祺瑞以"功臣"自居，重任国务总理。

段祺瑞掌握政府大权后，收买各路军阀，企图以武力手段一统南方，激起南方革命党和军阀的反对。孙中山在西南各军阀的支持下在广州就任军政府大元帅，不承认北京的北洋政府，并组织北伐军北上。四川等众多南方省份再次宣布独立，脱离北洋政府拥护孙中山，护法战争拉开帷幕。在北洋政府的镇压下，兵微将寡的北伐军受挫；广州军政府内部却党同伐异，各有心思。

民国七年（1918年）五月，精疲力尽的孙中山宣布辞职，护法战争宣告失败。而方定祥再一次倒向北洋，送给段祺瑞五万大洋以表忠心，段祺瑞大喜过望，立刻加封方定祥为少将师长，外送一千支汉阳步枪，和刘湘一起镇守重庆，方定祥从此成为四川军阀中的后起之秀。

华咸声此时虽然只是十四岁的少年，但他看透了护法运动不过是西南各军阀借着护法的名义争夺地盘而已。方定祥等军阀不过是借着革命之名扩张，哪怕曾经有过理想，但在现实的诱惑面前，又有几人能够坚持？华少昌则坚定认为，护法战争其实意味着帝制推翻后，辛亥一代的革命党人尝试的各种制度均已走上绝境。

北方各地每天都在"城头变幻大王旗"，华咸声在广安则每日读书明理。原以为如此下去，自己日后也许会走出广安到成都，当个教书先生授业解惑，偶尔写个小文章谈谈自己对世事的见解，成年后结婚娶妻养儿育女，如此可以无风无浪安稳地度过这一生。

他如何也不曾想到一则突如其来的新闻引发的腥风血雨，会打乱他全部的生活，他自己乃至整个中国的命运轨迹也因此而改变。

此时，在遥远的北京城内，这个见证三代王朝六百年兴衰的古老都城，一场无声的硝烟正在缓缓拉开时代的巨幕。

第一次世界大战之后，战胜国在法国巴黎召开所谓的"和平会议"，中国作为战胜国之一，参加了会议，中国代表在和会上提出废除外国在中国的势力范围、撤出军队和取消"二十一条"等正义要求。但巴黎和会拒绝了中国代表提出的要求，竟然决定将德国在中国山东的权益转让给日本。一九一九年五月一日，北京大学的一些学生获悉巴黎和会拒绝中国要求的消息。当天，学生代表就在北大西斋饭厅召开紧急会议，决定五月三日在北大法科大礼堂举行全体学生临时大会。

五月四日下午，北京三所高校的三千多名学生代表冲破军警阻挠，云集天安门。北京高等师范学校的学生最早到达，他们打出"誓死力争，还我青岛""收回山东权利""拒绝在巴黎和约上签字""废除二十一条""抵制日货""宁肯玉碎，勿为瓦全""外争主权，内除国贼"等口号。军警出面控制事态，并逮捕了学生代表三十二人。北洋政府颁布严禁抗议公告，政府总理段祺瑞下令镇压。

这股运动随着电报、报纸飞向大江南北，迅速传遍国内的众多大学和中学校园，各地社会团体纷纷站出来支持学生们的抗议行动，重庆也不例外。

消息见报之后，重庆大街小巷的人都在谈论五月四日的这场游行示威。性子火辣的重庆人坐不住了。川东师范、重庆联中、巴县中学等十几所学校自发联合起来，组织形成"传动学生救国团"，展开了轰轰烈烈的救国爱国运动。

四川省立第二女子师范学校的女学生们巾帼不让须眉，她们珍惜在新社会中读书的机会，怀着满腔的热情投入到游行示威活动中。她们发起组织"川东女子救国联合会"，在街头向市民们宣讲"密约不废，青岛不还，国权丧失，万劫不复"，她们"虽弱女子，岂可坐观国亡？"这些女孩子第一次让自己的一腔豪情正大光明地有了用武之地。她们果敢坚定的目光和振聋发聩的发言显示出女孩子的骄傲和无惧，她们的青春之火也感染着更多的重庆人。

在川东学生救国团组织下，重庆全市二十余所学校响应北京学生的罢课宣言，举行游行大会。这些学生略显稚嫩的声音响彻云霄，让人不敢小看他们小小身体里的无限能量，他们一路喊着"还我青岛，惩办国贼，取消密约，抵制日货，速息内争，一致对外"的口号，并到四川省政府和重庆镇守使署请愿，向全国发出通电。

随着重庆学生爱国运动的开展，这股爱国之风也刮进了川东各县。距离重庆仅一百多公里的广安县也热闹起来，华咸声在报纸上看到这些令人心头燃起熊熊烈火的字眼和图片，不住地感慨外面世界消息的灵通，感叹那些学生的勇敢，看到那些青年飒爽的英姿，他激动万分，内心的英雄梦不断苏醒起来。

经历过保路运动的四川人民已经养成了关心时事的习惯，话题还没被讨论多久，从成都到广安的爱国示威活动便已蓬勃开展起来。华咸声作为班上最懂时事的人，立刻拉上学校的几个好朋友，商量怎么向这些勇敢的学生表达敬佩之情。

早在重庆府中学堂时，张培爵和王培菁等人就教给他："大丈夫在世，当为则为，认为对的事情不管多难也要去做。"而华少昌和徐春风参加革命的行为早就让他对发动一场游行示威跃跃欲试。于是华咸声主动出击，试图说服同学们跟他一起组织一场游行示威活动。

虽然同学们犹豫再三，但最终还是经不住华咸声动之以情晓之以理的再三规劝，便听从了建议，与他一起组成一个小团队，投入了爱国游行示威的大队伍。毕竟几人的力量还是有限，于是他们几人分头去劝说更多的同学加入这个小队伍。

教授国学的老师看到他们课下鬼鬼祟祟地围成一团商量着什么事情，便把他们叫到教室外谈话。华咸声讨厌这个整天之乎者也的酸腐秀才，看到老师便想起自己上次因为和同学们玩闹被先生一个劲儿地数落，硬是生生地被骂了半节课，他就浑身不自在。华咸声误以为自己又要被责骂，被罚抄写几遍四书五经了，他们几人你推我、我推你不情愿地从教室里走出来。

几个人低着脑袋，不敢正视老师。老师看着这几个调皮的男孩子，几度张开嘴巴，却欲言又止。几个男孩子站在那里，看不到老师的表情，听不到老师的声音，心里七上八下，不知究竟是什么事情惹怒了老师，站在那里就像待宰割的羔羊。

教书先生看着孩子们的窘迫，轻轻咳了两声，他想兴许是自己平日里给孩子们留下的印象过于刻板，孩子们有些怕他。他在窗外听到了这群孩子们的只言片语，这么多年的教书生涯让他一眼便看穿孩子们蠢蠢欲动的心事，本想说些什么，鼓励一下孩子们。可是孩子们的窘迫让他把那些在心里酝酿了好久的话都咽了下去，那许许多多的担心只成为简单的两句："国家兴亡，匹夫有责。行事要小心，别太冲动，注意安全。"

意料之外，不仅没有被先生唠叨上半天，还意外被鼓励了一下，华咸声大为吃惊之余也不敢太张扬，偷偷地在心里开心地叫出声来，并向这位老先生默默地鞠了一躬。

就在县立中学的一众学生忙着要开展行动的时候，县城里的各界有识之士也没有闲着，到处奔波张罗着新一轮的抗议游行。华咸声和同学们便顺着大潮，宣布学校全体罢课，加入了商人、工人、普通百姓组成的游行示威队伍。

第十三章 峰回路转

站在游行队伍里的那一刻,一种自豪之感在华咸声心里油然而生。他觉得他终于可以摆脱让人腻烦够了的"三纲五常"的教诲,终于可以像参加革命运动的父亲一样,做的每一件事,说的每一句话都只是为了自己。他虽然只是一个十五岁的孩子,却已经牢牢地和这个国家的命运捆绑在一起了。

这是华咸声和小伙伴第一次站在人群中喊出自己的呼声,新鲜感、澎湃感冲撞着他们小小的心灵,一种说不清道不明的意识正在他们内心深处静悄悄地发芽、生长。

在他还没来得及考虑到如何继续,一封言简意赅的家信便十万火急地被送到他手里。母亲潘氏请人代笔以父亲华少昌惨痛的经历教训儿子,运动虽然轰轰烈烈,但谁也不知道运动的结果会如何,谁也不知道事态会怎样发展。母亲最后交代华咸声,既然学校已经罢课,便要离了这场风暴的中心,火速回家。

华咸声心中感叹,出师还未捷就来家书催促回家,他不愿意回家,心里惦念着这场运动的发展态势。但他心里非常清楚,父母之命不可违,自己的胳膊还没长结实。家还是得回,先回宿舍收拾行李再说吧。

华咸声还没进宿舍就老远听到了熊智明的大嗓门。熊智明在县立中学算是个传奇,父亲死得早,母亲一手把他拉扯大,虽然努力,但是运气不好,保路运动领导人张澜已经担任四川省省长,重视教育的他要挑选三名优秀青年报考清华大学,正在南充读书的熊智明凭着优异才华被选中。被选中的三人到达成都后，正遇四川督军刘存厚驱逐滇军，全城戒严，不准通行。

几经周折，他无奈只有返回南充。受新文化运动的影响，熊智明经常参加学校的一些进步活动。由于言行激进，被学校开除，回到广安老家，进了县立中学，插入华咸声班里学习。

熊智明比华咸声大五岁，为人单纯善良，但是容易冲动。五四运动爆发后，熊智明每天都很亢奋，每天雷打不动地利用休息时间去发传单、讲演，因为这"过激"的行为，熊智明几次被学校通报，还差点又被学校开除。

此时，他正在问起大家日后的打算，还率先说出了自己的伟大抱负："我日后一定要灭了军阀土匪，成为自食其力的光荣的劳动者，让家里人都能吃上一口好饭！"

五四运动之后，这群读书的孩子看到了工人阶层加入学生运动之后所产生的巨大力量，慢慢打破"万般皆下品，唯有读书高"的观念，崇拜起拥有控制机器力量的工人来。

听到熊智明起了头，其他人你一言我一语抢着回答。有要回家子承父业，发展小作坊工业的，也有要开个私塾做教书先生，保证幼儿教育的，更多的是不晓得自己究竟想做什么，附和着他人梦想的孩子。

这群总是叽叽喳喳、唇枪舌剑个不停的小伙子中只有刚回到宿舍的华咸声，一反常态，躺倒在床上，沉浸在回不回家的思想斗争中。他一脸苦相，一个人闷在那里，根本听不到大家唇枪舌剑在讨论着什么。

躺在床上的华咸声感觉时间差不多了，再不回家太阳都要落山了，又要让母亲担心了。于是磨磨唧唧地起身收拾着回家的行李，同学们询问的声音在空气中飘荡，却如何也传不到华咸声的耳朵里。

熊智明这人非但直肠子，还少一点能读懂气氛的灵气，看不出华咸声的微妙变化。"华咸声！"熊智明一声高呼，"你日后打算做什么？"

这一声高呼，让刚走到门口的华咸声回过神来，他愣了一下，随即来了精神，不假思索地回应道："要做大将军呀！"话音未落，一阵嬉笑声哄然响起："现在哪里还有大将军这个称呼，华咸声这个书呆子还真是敢说啊！"

华咸声不管身后传来的刺耳的笑声，若无其事地继续向前走去，心想：燕雀安知鸿鹄之志哉！这年代可不是只有带兵的才能是将军，我将来要做的将军是要带领无数的人民，定要比带兵打仗还神气！

了却心愿

华咸声回到家里吃晚饭时，一直心不在焉。他惦记着游行示威的结果，但是村里人忙着挣钱，忙着种地，忙着修房子。祖祖辈辈生长在这里，老百姓并不在意谁做皇帝谁做总统，更不在意县城中正在发生着什么，他们甚至不理解这些人每天不去营生，成群结队地游荡有什么意义。

乡村的世界真是太小了，他不免想起跟随徐春风和辛佑国在成都、重庆的生活。

他当时不知道为什么父亲突然回到了广安老家，直到徐春风的死，他才明白父亲的良苦用心，父亲只是希望一家人平平安安而已。

每天都从外面传来坏消息，段祺瑞被赶下了台，但北洋政府在各地抓捕示威学生。就在这乱哄哄的关键时刻，奔波半生的辛佑国也终究病倒了。看病的郎中悄悄把华咸声拉过一边："还是给你爸去个信吧，他这病怕是熬不过去了。"

收到消息的华少昌第一时间从重庆赶回来，看到故人如此憔悴，他不禁一阵心酸。而辛佑国却还宽慰着华少昌："那一年要不是徐舵爷和咸声他们，我这把老骨头早就埋在那个破庙之中了，多的日子都是赚的。你都特意回来了，我心如明镜，看这光景，我怕是没多少日子了，对你我很过意不去，但确实还有个不情之请。"

"老哥，放心，只要在我能力范围之内，一定做到！"华少昌握着他的手，安慰道。

辛佑国很虚弱，声音中带着一丝苍凉："带我去成都拜拜徐舵爷吧，怕是以后没机会了。"

听闻此言，华少昌很犹豫，辛佑国已经病入膏肓，也就是算着日子了。要是再去成都这一番颠簸，恐怕真就凶多吉少了。

"少昌，徐舵爷有恩于我，如果我不去，恐怕我到了地下也无颜见他啊。"

面对辛佑国的执拗，华少昌找不出任何拒绝的理由，唯有同意，同时他也带上了咸声，反正广安学校都已经停课，与其让他在家中闲着，不如一起去祭拜一下也好。

第十三章 峰回路转

广安到成都一路颠簸，华少昌特意加了软座，并叫车把式尽量慢一点，所以比平日多花了点时间。

徐春风的墓就在成都南门外。当年还是一腔热血为革命的方定祥把他和一起牺牲的十几个英雄一起安葬在这里。这块土地见证了他带着江湖兄弟们攻打成都，也见证了他被赵尔丰残忍杀害，如今岁月已经抹去了所有的战争痕迹。三人来到了徐春风的墓前，看到墓碑前零零落落的有一些扎好的野花，有的鲜艳有的凋谢，旁边还有成堆的烧过的纸钱。

看来四川人并没有忘记徐春风的英勇，他虽是一介江湖中人，死后这么多年还能有人怀念，他若泉下有知也算死而无憾了。

"徐舵爷，老辛来看你了。"辛佑国看到墓碑，忍不住泪流满面，"原谅我这么多年没来看你，不是把你忘了，而是不敢面对啊。要是没有你，我早就饿死在那破庙里了。你的恩德，我无以为报啊。可是为什么好人不长命……"

华氏父子听到此处，也想起了与徐春风在一起的过往，都不禁潸然泪下。

"徐舵爷，你是个英雄，顶天立地的英雄，老辛说了半辈子书，你比书中的任何人都伟大，我把你的事迹编成了评书。现在老辛就说给你听。"

辛佑国清清嗓子道："说书唱戏劝人方，三条大路走中央。善恶到头终有报，人间正道是沧桑。"四句定场诗说完，辛佑国眼神恢复了往日的光彩，仿佛当年在背海堂旁茶馆的说书先

325

生又回来了。

辛佑国抑扬顿挫道:"保路运动引风潮,洪门兄弟反皇朝,成都城内尽好汉,今天只说春风刺赵!话说洪门背海堂徐舵爷看到起义军受挫,只身潜入成都府,里应外合,攻城拔寨……宣统皇帝赶下台,赵尔丰得势把权揽,趁着军政府阅兵乱兵作乱之时,徐春风孤身率十几位勇士行刺那赵尔丰。眼看成功在即,半路杀出了个廖老幺,可惜功败垂成。面对赵尔丰的威逼利诱,徐春风威武不屈,被打断双腿,依旧咒骂赵尔丰,就你们这帮旗人,乌龟王八蛋都不如,把整个四川搞得民不聊生、生灵涂炭。搞得大家打打杀杀了还要跑出来成立新政府。你们不配!早晚不得好死!"

辛佑国侃侃而谈,讲到徐春风壮烈牺牲,被乱枪射中之时,更是令人为之动容:"这正是,春风刺赵胆气豪,腰横秋水雁翎刀。风吹鼙鼓山河动,电闪旌旗日月高。天上麒麟原有种,穴中蝼蚁岂能逃。出师未捷身先死,不忘英雄血染袍。"

说到此处,辛佑国终于忍不住号啕大哭起来:"徐舵爷,杀人放火金腰带,修桥补路无尸骸,你死得惨啊!"

回到广安后,辛佑国的身体越来越差,他唯一放心不下的就是华咸声。皇帝没了,天下却更乱了,和洋人的差距也越来越大。他看到了很多人从外国留学回来,尝试着用西学去改变这个国家。作为一个老学究,这十多年的乱世经历似乎让他明白很多事情,这西学不是洪水猛兽,西为中用,方能改变落后的中国。而他从咸声的身上似乎看到了未来和希望。

这日,他感觉愈发沉重,心知大限已到,看着床前的华咸声,他怜惜地摸着他的头:"孩子,爷爷要走了,本来爷爷答应你,还要带你去北京看看,哎,还是食言了,原谅爷爷吧。爷爷这一生也没有什么好牵挂的,就是希望你啊,能完成爷爷和你徐师父的夙愿,将来学好本领,好好地改造中国,让天下太平,让像爷爷这样的人能够安享晚年。"

华咸声忍住泪水,点头道:"爷爷,你放心,我一定记住你的话。"

"少昌兄弟,你是个好人,咱们有缘能相识一场,在这兵荒马乱的世道不容易。你去了我老家几次都没找到我的发妻,等我到了那边一定等着她,给她说,我这辈子,对不起她啊。"辛佑国说完这句话,拉着华少昌的手,指着华咸声道:"这个孩子,天资聪慧,一定能成大器,你一定要送他出去读书,不要耽误了。"

辛佑国说完转过脸去,眼睛看着房梁,长叹一声:"徐春风,徐兄弟,老哥我来陪你了。这戏啊,一旦开腔,就要落嗓,不唱完不能停。一戏开腔,八方来赏,一方人、三方鬼、四方为神。人不听,鬼神尚在。老哥我这一生,爽快呐!"辛佑国哼唱完这句,便欣慰地闭上了双眼,嘴角却微微露出了最后的笑容。

看到这一幕,华咸声再也忍不住心内的悲痛,抱着华少昌号啕大哭。他想起了两人的过往,在破庙的相见恍如昨日,熟悉的说书声仿佛还在耳边,今日却是阴阳两隔,再无相见之日,年青的他实在接受不了这种分别。

辛佑国是他的开蒙老师,虽然他没少捉弄他,但在心底他是他最尊敬的老师，他甚至还没来得及让他过几天舒服的好日子。以后的日子，每次想到这里，他都忍不住地潸然泪下。

失去了辛佑国后，华咸声开始变得沉默寡言，华少昌看在眼里急在心里。

"孩子，你辛爷爷虽然没有落叶归根，这是他的遗憾。但好歹遇到了我们，能够寿终正寝，也算是缘分吧。你莫要伤心，人死不能复生，人还是要向前看。"华少昌劝道。

华咸声鼻子有些发酸："爸，其实我很后悔，我之前经常捉弄辛爷爷，但爷爷一点也不生气，现在我的两个师父都离开我了，他们都要我好好读书，可是我却让他们失望了。"

"不会的，儿子。"华少昌抚摸着他的头，"你两个师父都是好人，你徐师父，是顶天立地的好男儿，你辛师父，是个苦命的人，因缘际会，你们成了忘年之交。他们都看好你，一定不会错的。为父就是砸锅卖铁也要支持你出去读书，看看外面的世界。"

华少昌在家里歇息了几日就准备动身回重庆。临行前，华咸声突然对父亲说："我也想跟你去重庆，你能带我去吗？"外面发生了这么多惊天动地的大事，他真的不想再待在这个小城里了。

华少昌却想不到这一层："我是去干活、讨生路，又不是去游山玩水，没有空管你，你跟我去重庆受苦倒不如在家里好过，你在家里帮忙照顾下弟弟，有空教弟弟念几句诗。"

华咸声早就料到会是这个结果，掩不住的失落挂在脸上，声音里带有一丝哭腔，又带着一些乞求："老汉，你能不能抽空多写点家信回来,给我们讲讲重庆的生活?我想看看重庆的生活。如果可以的话,再寄点报纸回来吧。"

华少昌无法带华咸声去重庆,心里也不大好受,活了这么久,竟然活得一天不如一天,现在又要离乡背井,重找活路,华少昌心里隐隐作痛,轻轻点头算是默许。

望着华少昌远去的背影,潘氏趁人不注意偷偷抹了一下眼泪,弟弟倒是率直地哭出声来,在母亲的怀里直直地伸着两只手往前扑去,直喊:"我要老汉抱……"

已经走出去的华少昌鼻子发酸,不忍回头看,直到确定家人看不到自己的时候,才伸出手,擦去脸上的泪痕。

华少昌回到重庆,一改往日很少写家信的常态,稍微得空,便把自己的所见所闻洋洋洒洒地写上几千字。华少昌还会给咸声搜罗报纸,手头宽裕的时候还会买上一两本书,再捎上一两包"华山玉"的白玉酥点心。

华咸声从字里行间感受着重庆那熟悉的生活气息,甚至做梦都梦到自己又回到了重庆的街头,嗅着府中学堂那飘渺的桂花香,看着太平门外来来往往的人群,尝着码头边的火锅。他跟着父亲的信,在梦里把重庆游览了一遍又一遍,不知腻烦,不会疲倦。

华少昌为了满足孩子的小小心愿,搜集报纸,但他因为工作繁重不大看报纸。这一天,他正在街上购买报纸的时候,却无意中碰见了重庆总商会会长汪云松。

这位汪会长在重庆是个有分量的人物,清末秀才出身,曾在外地做官，任过知县、知府及吉林省官银号总办、电灯总局总办等职。

辛亥革命后汪云松返回重庆，随父经商，曾任浚川银行经理、大中银行总经理，前些日子又被工商界人士推选为重庆总商会会长，具有很大的影响与号召力。华少昌来重庆谋生便是请洪门兄弟托了这位汪会长的关系找到了工作。

但华少昌也就是来的时候见过他一次，因为汪云松平时日事务繁忙，就一直没有机会再见。汪云松虽然经商，却对文化人十分尊重，也正因为如此，所以对华少昌印象深刻。

最近汪云松因为心里头压着一件事，常常思索，正在走路散心。正所谓有心栽花花不开，无心插柳柳成荫。却不承想在这里相遇华少昌，他成年经商无暇做学问，看见饱读圣贤书的华少昌立刻心中一喜，主动上前一步迎上去："华兄，真是有缘分，你来重庆这么久也不给我打个招呼，最近身体可好？"

"汪会长折杀我也，这不是怕你事务繁忙，耽搁您的生意，不敢叨扰，说来还要感谢你帮我在重庆安顿下来，今儿怎么得空来这街上转转呢？"华少昌笑着回应道。

"不瞒你说，我最近还正打算找你一趟呢，赶巧了今在街头碰上了，走，咱们上对面茶楼，边喝茶边请教你这个文化人。"说罢汪云松便挽起华少昌的胳膊，拉着他来到了大观园茶馆。

店小二一看商会会长汪云松来店里喝茶，麻溜地上了两碗顶好的香片。

华少昌开门见山地问道:"汪会长,什么事情令您这么发愁,要是有我华少昌能帮得上忙的,我一定在所不辞。"

汪云松长品了一口茶,慢慢说道,"也没啥大事,不过也算是我的一个心病了。前两日,我和几个商号掌柜们一起游玩三峡的时候,看见一群西装革履的小年轻乘船往上海,听口音像成都人。我心里犯琢磨,就派人向船家打听,那一群人是做什么的。打听之后才知道那是吴玉章在成都搞的那个留学预备学堂派出去的留学生,要到上海去转邮轮再去法国。听到这个我就想到那两条舌头的洋商人在咱们国家也挣了不少银子,现如今四川的生意都要被这些黄头发高鼻梁的外国人抢了去了……"

见华少昌入神在听,汪云松端着茶杯继续说道:"现在各地都在派学生出去学习技术,就咱们重庆还没动静,看见成都那些小青年,我心里也痒痒,重庆也不能落后呀。我打算派百八十号人去海外学学那外国话,培养几个两条舌头的人才,到国外的工厂去,半工半读,既学理论也有实践,回来好发展咱们国家。但是我常年经商,实在忙不过来,不知道怎么弄这个事情,华兄,你也算在广安办过私塾学堂之人,帮我出个主意。"

华少昌听到这番话,不禁两眼放光,直想拍案叫绝。他立刻想到自家正在读书的儿子,徐春风和辛佑国临终之前都曾建议他把华咸声送出国学习,今天难道就踏破铁鞋无觅处,得来全不费工夫?他茶也顾不上喝一口,连忙问道:"敢问汪会长,这事是一时兴起呢?还是准备实打实地做下去。"

第十三章 峰回路转

汪云松拿起茶杯，喝了两口茶："办教育不是儿戏。眼看这几年，军阀头子捣乱，抢夺教育经费，多少孩子没学上了。我看这留学求个'实业救国'的法子也是不错，这事啊，肯定是要实打实地做起来，而且分秒不能耽搁。我打算啊，今年之内就得看到学校的影子。"

华少昌将手放在眉骨上揉搓两下，掩饰住自己的兴奋："行，这事您放心吧，我回家好好考虑一下。不过，这勤工俭学也不是小事，办个学校也要不少钱。我那小私塾小打小闹的比不上留学，听说教育局局长温少鹤温先生抓教育很有一套。我看啊，您也跟温先生招呼一声为好，也好有个好的计策，省得中间受些不必要的阻碍。"

汪云松放下茶杯，笑道："我就说找你就对了，文化人就是不一样，考虑得也周全，老温是我老相识了，你知道，我最喜欢跟有文化的人打交道，事不宜迟，你赶紧回去准备，我这就去找温先生聊聊。"

事已议定，于是两人并肩走出茶馆，各向东西，去忙自己的事情了。

这真是踏破铁鞋无觅处，得来全不费工夫。华少昌没想到还能遇到这样的好事情，满脑子琢磨着如何能让自家孩子赶上这股潮流。现下华咸声虽然有学上，不过留学的大潮更是吸引人，想必一味地死读书也读不出什么来。五四运动后，工人备受推崇，汪云松说到国外半工半读，正中他的下怀。华少昌暗下决心，无论有多少艰难险阻，一定要把这事给办成。

汪云松自然不知道，他的这个建议能让华少昌想到这么多。从茶馆出来后，他径直找到教育局局长温少鹤，简单寒暄两句之后便开门见山说明了来意："老温，眼下北京、上海等地都在办赴国外勤工俭学一事儿，成都及其他各地也都办起了预备学校。这件事关系到青年学子的前途，也关系到整个国家的兴衰，咱们重庆不能一点动静也没有。"

温少鹤听罢轻轻点头，对汪云松的提议深表赞同："汪会长说得对，重庆的教育也不能落后，应该办一所预备学校。只是，目前民不聊生，教育经费也紧张得很，这可如何是好？"

汪云松看温少鹤支持他的想法，拍拍胸脯说："经费的问题，你莫担心了，我和商会来想哈法子，先生多考虑下学校如何开课就好，最好能让那些娃娃半工半读，课本上的知识总是没在实践中来得深刻。"

"你说到这我倒有个主意，如今世界大战结束，法国正缺年轻劳动力，政府还给出了众多用工的政策优惠，这法国的科技、政治制度等方面也十分先进。"温少鹤对教育极其熟悉，沉吟道，"还有一个重要原因，民国元年，李石曾、吴玉章、吴稚晖、张继等人就在北京发起组织'留法俭学会'。当时任教育总长的蔡元培力赞此事。俭学会还在北京成立留法预备学校，送八十多人赴法俭学，现在巴黎还有华工学校，蔡元培等人还亲自讲授课程。成都已经派了几批了，老乡也多，所以咱们还是办个赴法留学的预备班为好。"

"太好了！你是专家，那我们就依葫芦画瓢，办他个赴法留学预备班！"汪云松爽快地说，"对了，我再给你推荐一个人，也是个文化人，叫华少昌，打广安来的，以前开过私塾，你一定喜欢他的性格。"

温少鹤听后大喜,经费有了着落,帮手也有了,自然点头称是。

没几日温少鹤、华少昌等人便把招生计划制定出来了:面向全川地区,考试招生一百人,分为一个高级学历班、一个低级学历班。通过考试即为合格学生,在重庆学习一年之后再次进行考试及身体考核,以此选取留法学生。

汪云松这几日内也没闲着,他召集各大商号和社会各界人士,凭借自己在商界的威望和大家对教育的支持,很快就成功集资十万余元。他看到这份招生计划时,喜笑颜开,带着赞许的眼光看着温少鹤、华少昌等人,高声说道:"我斗(方言,意为就)是说勒种事情交给你们文化人来弄果然没得错!"

逗留片刻后,华少昌回到家里,拿出他以前做私塾的经验继续把细节完善,耐心把这个事情完全落实。

离乡去渝

汪云松很快告诉华少昌,筹备学校的事儿已经落实了,各大商会的捐赠也已经到位。华少昌忍不住激动起来,知道一股新风就要吹进重庆了,他更希望这股新风里有华咸声的身影。

华少昌丝毫不敢耽搁,立刻提笔写信给自家堂弟华少圣,在信中华少昌说明留学与救国的相关性,告诉华少圣留学的必要性,让他赶紧和华咸声一起报名。华少昌心想如果两个人都能录取那自然是最好,以后到了法国也好有个照应。

写完信的华少昌几乎是飞奔到邮局,恨不得信能翻一个筋斗云到达华少圣手里。放下信后，他一直等在旁边，等到邮局人员把信收好，装进待寄邮包里，他才安心离开。

几日后，华少圣收到信，满心激动，一刻都不耽误，赶紧来到华咸声家里，代为转达了这一消息。早就希望离开广安小山村的华咸声兴奋得快要跳起来，急急忙忙地询问更多的信息。他期待的重庆离他更近了，不仅如此，他也许还能够有机会去往国外，体验更多的生活。满心欢喜的华咸声并没有注意到母亲脸上一闪而过的忧愁，他只希望日子可以过得快些，好让他尽早离开这个落后的小山村。

潘氏是典型的传统女人，两个儿子都是心头肉掌中宝，对于她一个从未出过省的人来说，出国的事情更是想也不敢想。潘氏隐隐希望华咸声可以落榜，但又希望孩子能够考上，毕竟这也代表着华家的荣誉。

虽然心里十分矛盾，但她仍默默支持着华咸声的小小心愿，而且同宗华少圣也要一同前往应试，也算是有个伴，想到这里她心里顿时宽慰许多。她知道华咸声读书辛苦，于是夜里总给华咸声煮上两个鸡蛋，让他补身体。

虽然这么想，但潘氏还是连续几夜辗转难眠。失眠的时候，总能看到华咸声房里隐隐的烛光，不知该是喜还是忧。她总是试图自我安慰：孩子大了就是要出去闯一闯的，一个男孩子，成天闷在家里成什么样子。这样一想，她就会好受一些。只是好受不了多长时间，悲伤就又袭上心头了。

人一旦有了决心，全世界便只有实现目标的存在了。方向

第十三章 峰回路转

335

有了，剩下的就是努力，华咸声每日似雕塑一般坐在书桌前，用来吃饭的时间也大幅缩减，巴不得顿顿啃几个饼子就一口凉水，便足够了。

华氏宗亲们看不过去，只怕他为了这一次的考试熬坏了身体，可无论家人好说歹说，华咸声只是嘴上说着一会儿便歇息，却从未停止过学习。

很快便到华少圣和华咸声出发前去重庆考试的日子了。这是他第二次来重庆，上次还是跟辛佑国坐着车，后面有徐春风派的兄弟保护，数着九开八闭十七门的歌谣，还遇到了大英雄张培爵和王培菁。而今城墙依旧在，这些人却都已不在了，想到这里，华咸声暗自伤心了一阵。

刚刚从通远门入城，正巧遇见了熊智明，大家闲聊了几句，才知道原来他也是来重庆参加留法预科学校的考试，于是三人相约结伴而行，共同租了一间吊脚楼备考。

备考期间三人丝毫不敢松懈，不是看书就是探讨最近复习到的知识点，因为熊智明和华少圣大华咸声几岁，两人便轮流帮助、照顾华咸声。时间总是过得很快，各人心里有自己的期待。

半个月后，三人从考场出来，意气风发，华咸声觉得考题并不难。在回广安的路上，对过答案之后，他心里就更有谱了。

成绩出来得很快，录取的消息传到家里时，华咸声正在稻田里帮母亲做农活。熊智明在田边几乎用全身力气对着他喊出好消息，他连鞋子都顾不得穿，从稻田里一下子蹿出来，光着脚丫子急忙向家里跑去，路上的小石子硌疼了脚，他也丝毫感觉不到。

更可喜的是，他和华少圣、熊智明三人同时上榜，通知上说重庆预备学校九月开学，几人一算，此时离开学也没几天了。

华咸声像打了鸡血一样兴奋了一天，直到临睡前才稍稍平静，这时才注意到自己脚上被划出几道口子。看着脚上深深浅浅的伤口，他却一个人痴痴地笑了。

第二天凌晨，睡意正浓的华咸声被一阵争吵声吵醒："他还不满十六岁，你让他一个人去国外怎么活？生病了谁来管？他可是咱们华家的命根子，虎毒还不食子呢，你一个当爹的费劲巴拉地把他往外推……你让他去那么远的地方，你当爹的放心，我当娘的心里不放心……我不让他去……"华咸声知道，这是父亲回来接他了。

华咸声听到母亲的话，呆在自己的房间里一动不动，快乐霎时间消失得无影无踪。他爱母亲，也爱这个家，但他不想一辈子待在这个山村、这个县城，也想出去体验不同的生活，寻找另一种可能。

"少圣也要去，两个人有个伴，况且还有他的同学熊智明一起，都能照顾好他的，再说咸声也大了，小男子汉也该出去闯闯。要不窝在这个小山村里，能有什么前途可言？况且我曾答应过徐春风，我们两个都是他的爹，就算拼我老命也要护卫儿子周全，更何况现在也只是去重庆而已，能不能去法国，全

337

靠他个人的造化。"华少昌耐心地帮华咸声说情。

华咸声悄悄地走了出去，跑到书房，他不想听到父母为了自己吵架，那种感觉特别难受。

潘氏知道自己拗不过这父子俩，也清楚这俩人既然做了这个决定，那心里不知道已经掂量多少回了。无奈这俩人不懂自己的想法，自己除了说两句气话，什么都做不了。

"上学大概要多少大洋？家里已经没钱了。"潘氏率先打破沉默。

"商会给补助一半的费用。只是，剩下的那一半也得几十块大洋，家里的钱肯定是不够了……"华少昌沉默了些时间，一声叹息。

潘氏低声说道："我看儿子迟早要离开，儿大不由娘，也罢，我们一起去娘家借点钱吧。"

华少昌感激地望着妻子，说不出一句话。

华少昌来到书房，房门是开着的，他隐隐约约看见一个孩子趴在书桌上一动不动，走近看才看得真切了一些。华咸声已经睡着了。华少昌轻声走进来，小心翼翼地关上门，坐了下来，他静静地望着睡着了的儿子，决心一定要让他去重庆上这个预备学校。

华咸声就这样在书房一觉睡到了天亮，华少昌一夜未合眼。华咸声睁眼看见眼睛肿胀的父亲，心下不忍。当父亲告诉他，母亲和他一起去外公家借钱的时候，他顿时明白了父母的苦心。

到了外婆家里，老人家将悬挂在房梁上的筐子取下来，拿出自己珍藏了许久的小点心来招待华咸声，因为天气太热，竹筐盆里的糖软炇的了。

华少昌和潘氏三言两语说明来意，岳父脸色凝重，并不是很乐意借钱给他，因为孩子也不算大，一个人去那么远的地方，他不放心。

两个大男人闷头抽起烟来，不一会屋子里便云雾缭绕。一旁的华咸声心里闷闷的，鼻子一酸，眼睛里就泛起了一层水光。华咸声不想自己去重庆读书的计划就这样被终结，他不甘心，瞥了一眼沉默中的父亲和外公，眼神里带着祈求。

华少昌再次开口了："爹，娘，在咱们这个小村子里，营生是越来越难了，军阀混战，土匪头子白天都敢出来抢钱了。孩子留在家里，咱们能管他多久？他迟早还是要成家立业的，倒不如让他现在出去闯一闯，多见识见识。何况这一年内，我还能在重庆照顾他呢，再说去外国的事儿也还要看他造化呢！"

岳父母也不是不讲理之人，他们只是更心疼这个外孙。以往家里生活不好，不得不让自己孩子出去打拼，找个活计。现在生活比吃树皮的时候好些了，该享天伦之乐的老人们不乐意让一个还没成年的毛头小子只身远走他乡，无依无靠。况且隔代亲更甚，老人们心里不落忍。

华咸声外婆什么也没有说，她拉着女儿来到了屋外，借着方便的由头，偷偷来到东屋，一个人悄悄打开自己平时存钱的罐子，悄悄将钱塞给了潘氏。

"外公，我想去读书。"咸声咬着嘴唇，努力控制自己不要让眼泪流下来。

外公看到咸声这般模样，顿时心里软了下来。

"哎，终究是儿孙自有儿孙福。外公不是不让你出去，只是这乱世当道……"

"外公，这乱世早晚会太平的。我出去就是为了改变这世界，让老百姓不再受苦受难。"

外公和少昌都被华咸声这番话震惊了，望着咸声倔强的眼神，他们互相望了望，忍不住点了点头。

华咸声要去重庆上预科学校这件事情敲定之后，潘氏纵有万般不舍，也只能支持咸声。她拿出自己的陪嫁首饰——一对银镯子和戒指，去当铺换了几块大洋，接着跑到东市上挑选了一块上好的布料，又跑到西市上挑选了耐磨的鞋底，柔软的鞋帮料，回家不眠不休地赶了两天，终于给华咸声置办了一身新衣裳、一双合脚的鞋子。剩下的碎钱也偷偷缝在华咸声的贴身衣物内侧，供他以备不时之需。

"慈母手中线，游子身上衣。临行密密缝，意恐迟迟归。谁言寸草心，报得三春晖。"看到母亲这般模样，华咸声顿时明白了母亲的不易和不舍。他想着将来学到了本领，一定要好好孝顺母亲。

时间过得飞快，没过几天，华咸声也该出发了。虽然在不同的地方，但共同的目的地将这些少年的命运紧紧地系在了一起。

第十三章 峰回路转

华咸声去往重庆这一天，全家人都去送他。

从广安到重庆可以走官道陆路，也可以走嘉陵江水路，这一次为了图个乘风破浪的好彩头，潘氏咬咬牙给他们买了火轮船的船票。

第一次坐火轮船的他十分兴奋，好奇地想着没有船帆为什么还能跑这么快。而潘氏明显要失落得多，在一旁语气哽咽地不停地嘱咐咸声，双手压住胸口，泪水静静地从她的眼睛里淌下来。华咸声听到潘氏带有哭腔的声音，不忍心抬头看母亲的眼睛，只有假装听不到。

华咸声就在这依依不舍中登上了船。此时十五岁的他尚不知道此次分别的意义。

人生或许就是如此，总是在拥有的时候觉得来日方长，做任何事都有大把的机会；可岁月是最禁不起蹉跎的，有时一个再普通不过的转身，便可能是永别。

从华咸声跳上前往重庆的火轮船的那一刻开始，他不知道自己已经进入了一个截然不同的世界。耳边乘客们说着他从来没有接触过的事情，他听得出神，看着滚滚流淌的渠江水，心里感慨万千。

辛佑国给他讲过《论语·子罕》，那句"子在川上曰：逝者如斯夫！不舍昼夜。"这滔滔江水见证了多少的王朝兴衰和英雄故事。

正当颇感新鲜的华咸声在甲板上环望这大好河山时，他并不知道，在遥远的北京城里，一个叫顾连江的青年肩上正扛着几年来朝夕相伴的铺盖卷，穿梭在人来人往的火车站里。不远处的火车轰隆轰隆地响着,一缕缕黑烟从烟囱里"突突"地冒出来,顾连江毫无留恋地看看身后的城市,毅然决然地登上了南下的火车。

第十四章
留法预备学校

新生活

　　船借风势，风助船威，这洋人造的火轮船就是比走陆路快，只用一天就到了重庆，第二天正好是庆祝预备学校落成的典礼。

　　这天夫子池文庙附近张灯结彩，鞭炮轰鸣，商会各大负责人站在剪彩台上春风满面。不远处的十字街头，几个大汉正在汗流浃背地挥舞着鼓槌，锣鼓震天，另一面的吹鼓手，则鼓着腮帮子吹着唢呐，一脸的神采飞扬。

　　文庙前像过节一样热闹非凡，街道上挤满了看热闹的人群，男男女女摩肩接踵，议论纷纷，都想挤进去瞧个究竟。除了新店开张，谁家嫁女儿、娶媳妇，已经很久没有看过这么大的阵仗，不知这又是搞的什么名堂。

　　华咸声、华少圣、熊智明三人站在路旁的台阶上，望着街上人山人海的场面，熊智明感慨道："预备学校落成，想不到这么多人都来了啊，在我们那个小山村，过年都没有这么热闹过吧。"

　　旁边一位看热闹的老掌柜听到熊智明的感叹，主动接过话茬说："弟娃儿，你们不是本地人吧？勒种场面，我们也是难得见上一次呢，上次这么热闹，还是蜀军政府成立的时候呢，锦旗招展、锣鼓喧天，到处都是人，真是气派。如今这世道，到处都不太平，连吃饭都成问题，商会还拿楞个多银子搞这一出，听说是为了培养救国的人才呢。"

听到此处，华少圣点头道："老人家说得对，这次就是为了送咱们四川青年学生们去国外学习工业技术，寻找救国之道。"

老掌柜摇摇头叹道："哎，这个想法倒是好的，不过怕是一厢情愿了。虽说这历史上合久必分，分久必合，改朝换代是老天爷安排好的事情，哪个天子不是神人异相，手下谋臣似雨，猛将如云，手无缚鸡之力的穷酸书生再怎么折腾，也不见得能折腾出来个花样来。"

老掌柜的这些话，突然让华咸声想起了辛佑国的羊角胡还有徐春风和他背海堂的那些兄弟。更想起了他以前跟着华少昌前去革命军训练营，看革命军操刀习武，训练时铿锵有力的口号声震天震地，这一切仿佛近在眼前。

华咸声虽然觉得老人的话有几分道理，但他自己内心里就是不信这个邪。他清楚地记得，当年华少昌带懵懂的他去训练营时曾给他讲过："武力是能解决一些问题，但更多的问题是武力没办法解决的。无论什么时代，要想获得长远的发展，最需要的还是文化知识。中国历史上朝代更迭屡见不鲜，但无论哪个王朝，在平定天下后，第一件事就是要祭祀孔子，恢复科举，昭告天下，满朝朱紫贵，尽是读书人呐。"

可以马上得天下，不可马上治天下的道理，像华咸声这种半个书香门第里走出来的孩子，还是深信不疑的。

看到华咸声等人不以为然，老掌柜又道："光绪二十四年（1898年），光绪皇帝听了康有为梁启超的话，搞维新学洋人，结果怎么样，北京城还不是照样被八国联军攻破，慈禧太后带着光绪逃难，差点回不了京；光绪三十一年（1905年），科举都停了，天下读书人没了出路，只有都去做了革命党，辛亥年没了皇帝，大清朝变成民国，结果又来了袁世凯，这世道比清朝时还乱。"

说到这里，老掌柜仿佛想起了一些往事，有些哽咽："如今现在又要学洋人，要是再一个不小心，又是生灵涂炭的几年，这可让我们这些老百姓怎么活？不过，像我这样的老骨头，也没得几年的活头了，日后你们这些年轻仔可就为难喽……"老掌柜的这番话，把华咸声从往事的回忆中拉扯出来。

看到老掌柜如此感慨，华少圣笑道："那可不一定呀，老人家，有句俗话说得好，'长江后浪推前浪'，再说了，不经历风雨怎么能见得到彩虹。现在皇帝都没有了，这已经是很大的进步了，要相信这些弟娃能给你们带来好的生活。"华少圣不紧不慢地回答道，眼神中透露着坚毅。一旁的华咸声频频点头，华少圣说的也正是他内心里的想法。

正当几人热烈讨论的时候，突然听到有人在叫三人的名字，原来典礼即将开始。等三人站到指定位置没多久，一阵热烈的掌声响起，众人的眼光顿时都被吸引了过去。剪彩台上，汪云松身穿绫罗绸缎，胸前戴一朵喜庆的大红花，站在那里眉开眼笑。他清了清嗓子，环视四周，意气风发道："诸位，今天是重庆留法预备学校落成，是咱们重庆教育界的一件大事，从各地选拔出来的这一百余名学生，肩负着全川人民的重托，接下来的一年里将在这里学习法文和各项工业技术，等到明年通过考核者将坐上火轮船，奔赴欧洲法兰西国，学习更加先进的技术，寻找救国之道。"

"奔赴法兰西国"这几个字，瞬间在人群里炸开了锅："法兰西国？那是哪里？还要学法文，那是什么洋话？""就是去洋人那里了，听说洋人都是吃生肉呢？""当年八国联军里面就有这法兰西国，这些孩子怕是羊入虎口了。"

虽说民国已经成立多年，但这些话对很多大字不识一个的老百姓来说还是如同天书，众人听得云里雾里。

汪云松见大家一脸茫然，笑道："等这些年轻有为的弟娃从法兰西国回来，就能带着大家都过上穿得上衣、吃得饱饭的好日子了！"

听到这里，台下立刻掌声雷鸣，还是"吃穿"两字比较实在，能引起老百姓的兴头儿，大家顿时充满了好奇，都想看着这个学校到底能搞成什么样。望着汪云松身后的那一百来名年轻小伙子就像选女婿一样，对着他们一顿评头论足。

等到典礼结束后已经在外面待了一天的三人回到住处，华咸声几乎是一事不漏地将这所有的新奇事讲给华少昌听。一旁的华少圣连连笑话华咸声孩子脾性，事事都能感到快乐。

华少昌则在一旁耐心地听着，还时不时地问上两个问题。最后华少昌不忘督促华咸声两句，不要忘记自己来这里的目的，一定要好好读书，不能偷半分懒。

虽然今天的仪式热闹非凡，但只有汪云松知道光鲜背后的拮据，此次低下头来求助社会各界人士，凭借面子筹来的款修建这个学校，除去建筑耗材、购买桌椅、资助学生等费用，资金已所剩无几，学校才勉强成形。说是徒有四壁也毫不夸张，更不用说再修建用以活动的操场了，几间校舍之外，宽阔的泥土地便是学生们课下用来活动筋骨的场所。

日子过得飞快，再过几日就要正式开课了，学生们站在校舍门口，望着些许荒凉的教室，充满了满腔热血。高级班里年纪最大的学生张罗着把这几间屋子打扫干净，同学们有说有笑地抹桌扫地，细小的灰尘在金色的阳光下上下翻飞。华咸声对着空旷的窗外出了会儿神，耳边传来同学们的欢声笑语，他被大家的欢快感染，第一次感受到了青春洋溢的气息。

正式上课的前一天，华少圣、华咸声和熊智明三人早早便去睡了。然而华咸声躺在床上却老是睡不着，不断地想象开学的场景，也不知过了多久，他才沉沉睡去。第二天，华咸声和小伙伴们坐在教室内，叽叽喳喳地猜测着有关法文老师的一切。他们好奇这个年轻老师的相貌，不知道这个老师会不会是个会讲中国话的外国人，也不知他是否会像曾经考过科举的私塾老师一样，上来就给大家一个下马威。华咸声更希望老师能像张培爵和王培菁那样，是能让他接触到新思想的年轻人。教室内的同学们虽然各有各的期待，但此时都和他一样，时不时透过窗户向外张望。

正在大家都在期待之时，只见门缓缓向内打开，一双锃亮的牛皮鞋踏进教室，顺着皮鞋向上望去，一位三十出头的青年老师穿着笔直的西裤和坚挺的西装，还扎着一条棕色的领带，手里拿着一本书，上面写着"法语基础课程"。这个老师梳着油头，每一根头发都向一边倒去，白净的脸上戴着一副金框眼镜，眼含笑意，看起来十分和善。

课堂上的孩子们感受到老师的气场，大气也不敢出。只见老师大步走到讲台上，放下手里的书本，对着他们微微一笑，宛如邻家的大哥哥一样，全然没有半点儿架子。他清了清嗓子慢慢说道："同学们好，我是从法国留学回来的张之鹏，年龄应该比你们大上一倍不止，但我希望大家可以把我当作朋友来看待。但学习不能有任何的松懈。"

除了华咸声等个别学生以前接触过新式学校，预备学校的其他同学大部分都是上的私塾，从小就被教育师道尊严、天地君亲师的同学们面面相觑，第一次遇到这样开明的老师，虽然表面上都在鼓掌，但其实都在心里偷偷犯嘀咕：尊卑有别，老师真的能和学生做朋友？

虽然还有疑惑，但张之鹏的话如同春风细雨，敲醒了少年们懵懂的心，也让同学们对预备学校产生了浓厚的兴趣。而张之鹏身后的那堵墙的另一边——高级班的教室里，法国驻重庆领事馆翻译王梅柏已经开始了第一节法文课。他身后的黑板上工整地写着二十六个法语的字母表，学生们模仿着老师的发音，在这明媚的夏日里正式开始了紧张有序的学习生活。

华咸声曾一直以为自己跳上轮船的那一刻，便已经是他新生活的开始。他认为轮船上的人已经是万千世界、精彩万分，到了学校他才知道，同学们才是真正的五湖四海，精彩万分。

他只有十五岁，在同学中是最小的，所以被分在了初级班,而隔壁高级班里最大的同学已近而立,岁数将近他的两倍,比他的堂叔华少圣还要大一些。很多同学已经成家,甚至有了小孩。在这新鲜的环境下和众多年轻人一起为了同一个梦想而不断奋斗,这让华咸声由衷地感到欢喜。因为有了目标和方向,华咸声脸上每天都洋溢着微笑。

华少昌却不由得担心起来,毕竟现在离去法国还有一场考核要进行。华少昌心里明白若是华咸声的成绩不过关,就算求神拜佛也没有用。他就怕华咸声不明白这个道理。

华少昌不知道的是,通过这些年在辛佑国和徐春风身边的耳濡目染,华咸声早明白了读书是自己走出家乡寻找救国之路的唯一机会,而且他在重庆通过王培菁等留学回国的革命党人潜移默化的影响,早就看到了西学的先进,所以深知此次读书机会的来之不易。他经常待在教室,课本、史书、报纸,不放过任何一片带有印刷体的纸张。更何况,好强的他说什么也不会落人一拍的。

同学们学得起劲,但他们都不知道,作为预备学校的第一届学生,学习资料的难得。别说法语,就连英语在当时的重庆都是稀罕的课程,国内根本找不到像样的课本。有过法国留学经验的张之鹏和王梅柏只好自己编写,又费了老大的劲找来印刷厂的老工人,赶在学生开课之前,才终于准备好了油印教材。

课本都如此来之不易,学生学习法语更是要从零开始,老师在上面讲,学生在下面鹦鹉一般学舌。法语发音不同于中文发音,十分绕口,特别是小舌音更让人老是不得要领。老师只有在课堂上一遍又一遍念给同学们听，同学们为了更准确地记住发音，在书上用中文标满了发音法，为了发音正宗，回到家里还经常含一口水，不停地练习小舌的颤音。

按照考核要求，一年之内便要这些学生达到能够与普通法国人进行交流、能够听懂法语课程的水平，同时还要学习法文、代数、几何、物理及工业常识，可谓时间紧任务重。

而老师们也是第一次教出国留学预备班的学生，毫无经验可以借鉴，但他们深知这群年轻人肩负的责任与重托，恨不得将自己的所有知识一股脑儿地塞给学生，学生们也如饥似渴，特别珍惜这个来之不易的机会，恨不得把从老师那学到的东西一下子全都接收。每节课一下课，老师还未能走出教室，便被学生一拥而上、团团围住，争相提问。仅有十分钟的课间休息时间也要用来巩固所学。

这一百多名的学生当中，华咸声年纪最小，又有华少昌和华少圣照顾，家中也没有那么多要担心的琐事，学东西就比其他同学更容易一些，虽然他时常听不懂熊智明、华少圣及其他高级班同学谈论的各种主义和各种革命，但当这些大哥哥问及他的看法时，他也经常能根据看到的现实结合读过的书来说出一些自己的观点。

高级班的同学每周都会抽一个下午聚在一起阅读最新的报纸和文章，也会邀请华咸声一起阅读、讨论。华咸声十分珍惜能和高级班的同学们一起学习的机会，他不管看不看得懂，总会抽出时间一字不落地读上一遍，即使是对他来说犹如天书一般的理论知识，他也硬着头皮往下看。虽然每次看完都是一头雾水，但好在能够从熊智明、华少圣以及高级班同学激烈的讨论里获得一些头绪。

通过大家这种热烈的讨论，华咸声对全国的政治形势有了一定的了解，这种讨论形式无形之中反而成为了他的政治启蒙。

除了经常性的讨论，重庆留法预备学校还专门开了一门时政课，主要讲各国的新闻和政治制度，由张之鹏和王梅柏兼职为大家上课，这也是华咸声最喜欢的科目。每次总是会有各种新知识不断涌入到他的脑子里：日本的天皇制，英国君主立宪，法国爆发的大革命，德国出了个马克思，一个叫列宁的前两年在俄国用他的理论发动了十月革命、建立了第一个无产阶级专政国家。

两个老师的讲课风格也是各有千秋，张之鹏讲课柔和，讲的故事总是让人更加向往外面的世界。而高级班的王梅柏老师因为多年的翻译经验，在职场上见识了太多外国人欺负国人的事情，深知"弱者无主权"的道理，于是他讲给学生们的故事总是轻易就能赢得大家的共鸣，明白未来肩负的责任。

时政课上讲的各个国家的政治制度和革命史中，华咸声对俄国的十月革命最感兴趣，他虽然不懂马克思主义的含义，也不知道列宁和苏维埃是什么意思，但是劳工、人民、无产阶级这些词汇总有一种特殊的魔力吸引着他，让人忍不住想要去了解。

回到住处，华少昌准备了家乡的特色豆花面，华咸声惦记豆花面已经很久了，可是今天他的注意力全然不在豆花面上。华少昌喊了他几声，他才拿起筷子。

华少昌大口大口吃面，看着咸声心不在焉的，于是问他："咸声，想什么呢？吃起你最喜欢的豆花面都走神呢，往日你娘给你做的时候，你可是能吃两大碗呢。"

华咸声对父亲说出了心里的疑问。华少昌听后摇摇头，心想不得不承认不学习之后自己越活越小，越活越狭隘，也渐渐远离世事了，儿子今天说的问题自己居然都听不懂了。

正当华少昌一筹莫展之时，正好进门听到二人对话的华少圣和熊智明相视一笑，熊智明接过话茬道："这个问题我知道，今天温少鹤先生在我们班的课堂上检查作业时也提到了'马克思主义'这几个字，我们也疑惑了半天，至今也没弄明白这是一个什么新鲜玩意。是一个叫马克的人在思考，还是有个人叫作马克思？"

这几个字很陌生，但又很熟悉，几人总觉得除了在课堂上听过这几个字之外，应该还从哪里听说过，世事说来也奇怪，等你急着想要想起来的时候却又偏偏脑子一片空白。

令三人没想到的是，华少昌一拍桌子插言道："马克思？这名字好熟，你看看桌子上那一堆报纸，好像有说过他，我记不太清了。"

真是踏破铁鞋无觅处，得来全不费工夫。华咸声赶紧走到桌前翻看起来。果然被众人找到了，顿时如饥似渴研究了起来，豆花面也顾不得了。

虽然文章只看了个七七八八，但是他心里也有了一个大概的了解，报纸上说一九一七年，俄国二月革命推翻了帝制，结束了沙皇俄国的统治，资产阶级的临时政府掌握了权力，但是临时政府仍然对内镇压革命，屠杀工农，对外继续参加世界战争，穷兵黩武。

一个叫列宁的革命领袖用马克思主义理论结合自己的思想，带领以工人为主的俄国布尔什维克党推翻了临时政府，建立了第一个无产阶级专政的社会主义国家，第二年，俄国布尔什维克党改称俄国共产党。这是第一次有人将"马克思主义"从纸张上跳跃到行动上的伟大实践。一时间，这种伟大的实践成为一道曙光，很多和俄国处于同样境遇中的国家都在积极学习俄国，希望能够通过这种方法寻找到符合自己的革命道路。

华咸声看得思绪万千，心潮澎湃，他感觉十月革命前的俄国和当下的中国是如此相像，帝制虽然被推翻，但革命果实却被资产阶级政府窃取。虽然不能清楚地明了马克思主义的核心主张，但工人当家作主，这可是开天辟地第一回。他以前曾对辛佑国说过的，自己要为老百姓著书立传，编写戏文，还要请杨素兰唱成川剧，俄国十月革命不就是做成了这样的事吗？

熊智明和华少圣也迫不及待地拿过了手里的报纸，两人惊奇得两眼放光，嘴里直呼："想不到还有这样的思想！这样的革命真是畅快淋漓，让人心里痛快啊！"即使他们也不太懂得"马克思主义"这几个大字背后的深邃，但和华咸声的感觉一样，穷苦大众可以成为国家的主人已经深深让大家憧憬。

此时的重庆，天气已经渐渐寒冷起来，但也无法浇灭华咸声心里刚刚燃起的一团熊熊烈火。这些理念犹如春雷般震撼着他的心灵，那颗叫做"马克思主义"的种子已经在他心里占据了一块位置，在不久的将来，这颗种子就要在岁月的滋润下生根发芽，慢慢长出一朵永不败落的美丽花朵。

"五四"余波

转眼间，华咸声到重庆已经三月有余，重庆对于他来说，已经非常熟悉了。华咸声将重庆的一切看在眼里，宛如看着昔日的广安县城，初来乍到的新鲜劲儿虽然已经消失殆尽，但读书救国的念想却从未改变。

华少圣比熊智明、华咸声沉稳不少，办事周到，不过少一丝闯劲儿，万事都求一个差不多、和大家伙一样就行。华少圣习惯了照顾熊智明、华咸声，对日复一日的繁琐也毫无怨言。

华咸声虽然年纪小，但仍旧和华少圣、熊智明一起起床，有时候甚至起得比他们还早，洗漱完天边还是一片漆黑，因为他知道这次能来学习着实不易。他想起死去的徐春风和辛佑国两位师父，便悲从中来，两位师父都在天上看着他，他又怎敢不努力。

每次在上学的路上，他总能看见一位穿着灰色外褂的老婆婆坐在石头台阶上，老婆婆头发半灰白，眼神涣散，嘴里嘟嘟囔囔地说着什么。望着老婆婆，华咸声心底总有一丝丝害怕。但是呆坐的老婆婆，总让华咸声想起远在广安的外婆，他心里想：这位婆婆应该和外婆差不多大了吧，为什么总是不见婆婆的家人呢？婆婆每天坐在这里望向路的尽头，是否是在等着谁呢？

华咸声心里有一些担忧，停下几秒，向婆婆走近两步又退回，最终下了决心去往学校。从那天起，他有意无意地开始关注这个婆婆，想到婆婆的事情就总是心不在焉的。父亲华少昌每天忙着生意，他们三个的学习也一点不轻松，他不想给大家添麻烦，就把这件事放在自己的心上，谁也没告诉。

一连几日他上学、放学都能看见婆婆坐在那里目不转睛地望向远方。一天，华咸声与婆婆四目相接，婆婆霎时间情绪激动起来，用手撑着台阶，费力起身想要朝华咸声奔来。华咸声不晓得婆婆怎么了，一时失了理智飞快地向前跑去，只听后面传来一句："明山啊，怎么还不进家就又跑了啊？"婆婆声嘶力竭地喊道。

等华咸声再路过婆婆家门口的时候，婆婆总是喊他"明山"，华咸声才知道婆婆原来是认错人了。华咸声不曾见过有人搀扶婆婆，他猜想婆婆可能是孤身一人，无儿无女。他想起自家的老人，心疼婆婆无人照顾，便回到家里偷偷拿出母亲给自己的铜板，跑到街市上给婆婆买了一块厚厚的坐垫。

当天夜里，他等到家人都睡去的时候，小心翼翼地溜出家门，把买来的坐垫放在了婆婆呆坐的地方。

老人的觉比年轻人少，婆婆醒来的时候看到石阶上放着的加厚坐垫，断定是自己心心念念的儿子回来了，但是放眼四周，没有看到一个人影。婆婆害怕儿子回来的时候自己不在家，便紧紧地抱着坐垫，站在那里等儿子回来。清晨的凉风吹得婆婆双手冰凉，婆婆也全然不顾。

此时在城市的另一边，从北京归来的顾连江一脸疲倦地回到了重庆。他望着这块生他养他的土地，心里生出许多感慨："走了这三年，终于还是回来了，还是家里好啊！"三年前的秋天，母亲送他去北京的场景还历历在目，想到娘哽咽的声音，顾连江一阵心酸："还好回来了，也不知道母亲怎么样了？"想到这，顾连江拿起身旁的行李，扛在肩上，匆匆忙忙地赶起路来。

几个时辰之后，华咸声带着偷偷做了好事的欣喜走出家门，他只觉这一路上的鸟鸣都清脆动听了许多，这一路的风景也更加喜人，他迈着轻快的步子向前走去。转眼间，便看到婆婆抱着坐垫怔怔地站在那里。

同时婆婆也看到了华咸声，婆婆颤颤巍巍地向他跑来，嘴里念叨着："明山，你终于回来了！可把妈想苦了……"

华咸声一看这架势，顿觉不对，放开脚步就向前跑去。他还没跑出几步的时候，只听"哎哟"一声呻吟，回头一看，原来是老婆婆被一块石头给绊倒了。这下华咸声也不敢继续跑走了，转过头来到老婆婆身边，顺势要将老婆婆扶起来……

"明山，你见了娘怎么要跑啊……妈妈有对不住你的地方，你也不能这般狠心……这六七年来对妈妈不管不顾的……你就是这样妈妈也不怪你，你好歹也来看看妈妈啊……"老太太紧紧抓着华咸声的双手，眼泪随着话音从浑浊的眼睛里慢慢地流淌下来，滴落在华咸声的手背上，华咸声的心为之一颤……

"婆婆，你认错人了，我不是什么明山。"华咸声试图把自己的双手从婆婆手里抽出来,但是失败了。

"谁说不是?你就是我的明山,我生你、养你那么多年,你怎么连妈都不认识了呢?"老婆婆双手抚摸着华咸声的脸庞,"这么多年你过得还好吗?怎么还越活越年轻了呢,真像十来岁的时候啊……"

"我不是本地人,只是住这附近,今年才十五岁。"华咸声心急地解释道,再不走他上课就要迟到了。华咸声努力挣脱着婆婆,却敌不过婆婆思儿心切。

这时,已经到达家门附近的顾连江陶醉在归家的喜悦之中。突然听到前面一阵嚷嚷的声音,定睛一看原来是自己母亲正在拦截一个十几岁的孩子,顾连江知道估计是母亲的癔症又犯了。

大哥顾明山牺牲之后,母亲一时接受不了白发人送黑发人的悲痛,几次晕了过去。母亲最后一次昏厥的时候,他请来全城最好的医生给母亲治病,母亲好不容易才醒来,之后便经常忘记大哥已经阵亡的事实。在母亲心里,大哥还是一个小小少年,有着豪情壮志,在外走南闯北。

见状,顾连江把行李扔在一边,飞奔过来:"妈,孩儿不孝,孩儿回来了。"

老婆婆听闻此声,泪眼婆娑地抬头看向顾连江,声音里却满含欣喜:"今天是个什么好日子,你兄弟俩怎么都回来了。"

顾连江心里疑惑,虽说母亲老糊涂但也不至于把一个十来岁的孩子当作自己的哥哥啊。他转头看向华咸声,随即愣住了:"世界上怎么会有如此相像之人?"华咸声的眼睛、鼻子、嘴巴和逝去的顾明山不说一模一样，但也确有七八分像。

看着华咸声稚嫩的脸庞，往日顾连江跟着哥哥屁股后面，东跑西跑，河里捞鱼、翻墙爬树的一幕幕在脑海里浮现，自己仿佛也才七八岁的样子，从未去过北京，一家人依然和乐地生活着。希望是火，失望是烟，人生本就是一边生火，一边冒烟，但遗憾的是，烟总是要比火来得明显一些。

顾连江母亲虽然有癔症，但也并非完全的糊涂，偶尔也有清醒的时候，把道理讲给她听，她还能听个七七八八。

"妈，您想啊，我都这么大了，我哥不得比我更大吗？您看这个小兄弟，才十来岁，牙还没有长齐呢，怎么能是我哥呢？您认错了，这个小兄弟还要去学堂呢，您快让他去吧，去得晚了，是要受罚的。"

华咸声听着这两人的对话，心里大概有了个底，老人家是太想念儿子了，并不是什么疯子、傻子。

婆婆愣愣地望着华咸声，虽说世界上没有同样的两个人，可再也没有像华咸声和儿子这样长得如此相像的了。两个人的神态简直是一个模板里刻出来的，就连声音都十分相似。顾连江母亲仔细端详着华咸声，恍惚觉得就是小时候的儿子了。初看时是华咸声，看着看着就成了儿子了，看着看着就又成了华咸声了……

婆婆不情愿地放开了华咸声的双手，眼里含泪看着华咸声离去的背影渐行渐远，直到完全看不见，她才在顾连江的搀扶下进了屋子。

下午，顾连江便早早出门买了一盒精致的点心，等在华咸声放学的路上，等了许久才见华咸声一行三人走来。顾连江迎上去，"小兄弟，今天早上给你添麻烦了，真是对不住了哈……"

还没等顾连江说完，一旁的华少圣和熊智明便打断了他，两人皱着眉头一脸疑惑地问华咸声："这是怎么了？早上出什么事情了？"

顾连江赶忙赔笑道："今天早上，我六十多岁的娘认错了人，拦住了小兄弟，差点害他上学堂迟到，可能小兄弟也被我娘吓坏了。这个小兄弟是您二位的弟弟吧？真是对不住了啊。"顾连江用手指着华咸声恳切地向另两人问道。

"这不我给小兄弟买了点点心，赔个不是，希望小兄弟别记恨我妈。"说这话的同时顾连江诚恳地把糕点递给华咸声。

只见华咸声把糕点推向顾连江："大哥您见外了，我也没迟到，你不用如此费心，糕点就拿回去给婆婆吃吧。"

顾连江诚心要给华咸声送糕点赔礼道歉，也就不给华咸声客气的机会了，两个人把糕点推来推去。在华少圣的劝说下，华咸声才勉为其难地收下了这盒点心。

顾连江开始和几位寒暄起来："听各位的口音，不大像本地人啊？"

"我们几个是广安来的，在这里的留法预备学校读书。"华少圣回应道。

"留法预备学校？"顾连江凝视华少圣片刻，心想自己离开重庆不过三年，已经变化这么快了吗？三年间，一千多个日夜，重庆便也和北京上海一样可以往外选派留学生了吗？他听了华少圣的话很高兴,但还是将信将疑地问东问西,华少圣礼数周全地一一作答。

"这位兄弟伙,难道你也不是这边的吗?听你口音又不大像重庆的,语气里总带着一股北方汉子的硬气。"华少圣反问道,但在这问法里,华少圣显然还带着几分防范。

"不瞒几位兄弟伙,我是本地人,在北京读了几年大学,口音就多少带点北方特点。不过最近在北京的日子也不好过了,五四那天学生闹运动,我也去了,北洋政府派警察镇压打死了不少学生,我一想我妈老了,还没人照顾,我老汉死得早,大哥又死在革命中了,我不能再在外面跑了,这就连忙赶回来了嘛,转了好几道火车加马车,才走到家门口,就看到我妈把这个小兄弟给拦住了……"

自顾连江亲历那场运动,看见众多生命惨死于警察手里之后,便夜夜做噩梦,那些冤魂怪他不像个男子汉,只会偷偷逃跑,不能救他们的命。从那天起,顾连江就没能睡个完整的好觉。今日遇见这三个兄弟,顾连江也不知怎么了,好像有一种看不见的力量,推动着他放下了所有的戒备心,一股脑地把自己的心事全部吐露出来,说完之后,他心里也终于能好受一点了。

顾连江转头看向看起来年纪比较大的华少圣:"敢问您的大名?"

"鄙人华少圣,四川一介穷苦学生。"

顾连江像想起什么似的:"你说你们从广安来,你又叫'华少圣',那你们可曾知道华少昌这个人?"

"你问这人做什么?"华咸声听完这句话,疑惑间差点脱口说出。熊智明和华少圣几乎同时用胳膊肘碰了华咸声一下，示意他别说话，华咸声这才想到官匪勾结害得父亲在老家也待不安生，迫不得已只好奔赴重庆。如今父亲就算离开了广安也不能大意，谁知道那伙人哪天就会杀出来，毕竟当年父亲带领革命新军训练营曾经镇压过几次土匪，也结下不少仇家。想到这里，华咸声只好把到嘴边的话硬生生地给咽了下去。

看出几人的戒备，顾连江连忙解释道："我大哥当年参加过保路运动，那时我还小，只有十三四岁，很多事情都不懂，关于保路运动的一切，我都是从我大哥那里得知的。当年我大哥说他参加保路运动攻打成都，在城外被洪门大哥所救，并送去了广安，一个叫华少昌的英雄收留了他，这个保路运动是一个了不得的事情，华少昌这个人更是一个了不得的人物，所以你们说到你们来自广安，又是一个姓，还有同辈分，我便多嘴问了一句，也没别的意思。"

听了这话，那三人悬着的心都放了下来，也便告诉了顾连江实情。顾连江喜出望外，没有想到此次回来还有如此意外收获，连忙要求自己做东，在旁边茶馆好好聊聊。

几盏茶下去，这几人也便算是熟识了。大家又都是读书人，说起话来，也简单许多，于是几人相约，改天再次好好聚聚，他也顺便拜访一下久仰的华少昌。

第十五章
故人相遇

戏园风波

预备学校的一百余名学生里，各自有各自的经历，苦痛也各有不同。熊智明的家世算是最不好的，早早便地尝到了人间的酸甜苦辣。

痛苦的人生经历反而成就了他，让他在尚未体味过社会艰难的同学中脱颖而出。熊智明清楚，一个人明白能做什么是自己想做什么的基础和前提，前者是现实的疆域，后者是需要保持的热情，所以在用功方面熊智明远胜其他同学。

华咸声虽然比熊智明的家庭状况好一些，但是自从北洋执政后，自己家境也渐渐没落，这次也险些凑不齐学费。虽然两人相差五岁，但在广安的同窗之中，少年老成的共性让他们不自觉地走得很近，而且二人还有一个共同的爱好，那就是听戏。

四川人不分老幼，皆爱听戏，背海堂的兄弟们之前也给不少戏班捧过场，辛佑国和华少昌之前也经常带着华咸声去看，零零散散地给他讲解过不少典故与剧目。华咸声印象最深刻的就是川剧有两个祖师爷，一个是梨园祖师爷唐玄宗李隆基，另外一个就是后唐庄宗李存勖。

华咸声小时听辛佑国讲到这些，总以为是这姓李的一家子不务正业，两个皇帝都是在声色犬马中丢掉了大好的江山。看戏也总是看个热闹，跟着周围的大人们喝彩或者起劲地拍巴掌。对于戏文里唱的是什么、演的是谁，没有辛佑国的解释，就统统都是懵懂一片。

在广安时，熊智明和华咸声还经常相约走几十里山路到协兴场去听戏。随着年龄的增长和理解的加深，他们慢慢地也就懂了戏子虽然不读书，但戏文里唱的都是大义，人生如戏，戏如人生，戏子一唱便是一生，可这人一生又何尝不是如戏一般。

到了重庆以后，二人自小被培养起来的听川剧和听评书的爱好再度被诱发出来。和广安的草台戏班子相比，重庆简直就是个川剧的天堂。川剧融合了高腔、昆曲、胡琴、弹戏、灯戏五种声腔，不但是小生、小旦、小丑，乃至"变脸""喷火""水袖"都独树一帜，蟒袍、靠子、官衣又都美轮美奂，让人过目难忘，还不时有名角儿演专场。

例如经常在重庆戏园演出的资阳河班社富春班以高腔见长，合川高腔班社燕春班、湖北汉调班社义泰班名气十分响亮，富春班名丑傅三乾、燕春班名旦陈翠屏、义泰班号称"戏状元"的生角彭世宏等一批名角，都是各戏班子的台面，这不只是华咸声和熊智明熟悉，整个预备学校的同学们都耳熟能详。

在这种环境的熏陶下，小时候熟悉的锣锤鼓点再一次把他拉回到了以往的记忆。那些斧钺刀叉、拭揉抹吹、弦乐唢呐无一不让他在脑海里闪回起经典热闹的戏台场面。

重庆唱戏的多，但专门的戏院并不多。宣统元年"赛宝会"后有了同乐茶园，"义泰班"和"蜀都班"经常助阵演出。一般的戏班子大多都是临街搭场或者是在庙会茶馆里开台演戏。人们边吃瓜子边观戏，所需的费用也不是很多。只是要打听到这些戏班的表演时间和戏折子需要费些功夫。

好的戏班来了一般都到朝天门的朝天观，或者湖广会馆的禹王宫。禹王宫有五座戏台，凤青园的算是最火的，只有名角儿来了才会用。里面气势恢宏的戏台都被人写成过竹枝词："新修庙宇佛光开，钟鼓焚香会首来；优扮灵官斋戒后，八抬迎上万年台。"讲的就是戏台成接灵官踩台。

正式演出之前，戏班伶人必先期明衣变食，斋戒数日，至期扮如神相，众人鼓乐香花，前往迎之，戏台因此又被称为"万年台"。

直到清末四川还有"旗人游猎尽盘桓，会馆戏多看不难"的记载，足见其况之盛。各会馆的这种祀会游观仪式，招戏班唱戏助兴可持续数日至十数日，时间长短多取决于庙会的重要程度及会馆的财力大小。普通百姓，不分省籍，均可免费观看。那都是川剧名角演出之所，一般老百姓很不容易能饱一次眼福的。

熊智明为了减轻家里负担，除了完成繁重的课业之外，也经常在外面跑生活，顺带贩卖畅销的戏票。华咸声也就自然成了常客，当然免费蹭票的次数总是居多。

这天放学，日落西山，华咸声突然拉住熊智明道："每次都是你帮我弄票，今天我请你到禹王宫的凤青园也看一出好戏。"还没等熊智明反应过来，已被拉出了校门口，直奔禹王宫而去。

禹王宫位于湖广会馆内，大殿前的牌楼雕梁画栋，金碧辉煌。特别是飞檐下的装饰斗拱全部做成龙头的形状并描金，在阳光照射下金光点点。牌坊的屋脊和鸱吻上以碎瓷片装饰，银光闪闪，异常耀眼。再加上通身的描金龙凤花纹图案，整座牌坊显得珠光宝气。

三层门楼并未直接临街，而是在一米开外建了一堵高墙。高墙与门楼间形成了一座高耸狭窄的天井。五个戏台分别归五个宫内的茶园管着，咸丰年间就有的凤青园是其中最大的。

华咸声看着目瞪口呆的熊智明得意地说："怎么样，卖了这么久的戏票，还没来过这里吧，今天是三庆会会长杨素兰和他弟子们的演出，我手里可有花多少钱都买不到的包厢座。"

"包厢？还两张！你是捡到钱了还是挖到宝了，几十两银子一张票，你哪弄的？"熊智明忍不住问道。

"我老汉当年在洪门的时候给杨会长捧过场，辛师父和徐师父和他也有过交情，保路运动期间，杨会长变卖了一生积蓄的八十亩田地，托我师父捐给了保路同志会，那时候便见过我，洪门上下和保路同志会的都夸他是梨园英雄呢。他唱花旦的时候，那叫一个美，很多人都以为他是女性。"

华咸声笑了笑继续道："昨天上学路上我吃豆花饭遇到他，被他认出，叙了会旧。看到我他很高兴，知道我喜欢听戏又买不起他的票，便送给我两张。"华咸声搓了搓双手，激动地说，"这次他唱《情探》，他新收的女弟子雷晚彤唱《别洞观景》。"

听说是三庆会的演出，戏园子门口早就来了很多外地来的摊贩，架起了摊位，借着这爆棚的人气好好赚他一笔。二人费了好大的劲才穿过这些摊位，从人群中穿插走到戏台前。黑色的舞台柱十分伟岸，都是上百年的桐木，上面泛着油色的光泽。

熊智明心中叹道："重庆真是大城市，这戏院可比广安大多了，怪不得这么好的戏班子都来这里。"戏台上已垫上台布，戏班的打杂师傅正在往椅子上铺椅披，往桌子上垫桌布，桌椅后面的戏台已经放上了小鼓和堂鼓，吊架上也挂上了大锣。

演出不出意料地爆满，台下已经坐满了人，甚至还有买了站票站在门口的。虽然看不清楚，但能听个声也便值了。二人费力穿过人群，沿着楼梯到二楼，找到包厢，检过票后赶紧坐下。禹王宫戏台的包厢都在二层，使用竹帘子围成一格一格，享受着舒服安逸的独立空间。华咸声第一次看戏坐包厢，看到面前摆着的茶水小吃和果碟，对熊智明道："这看戏，还是要坐前排，享受的风景也不同。"

听到此言，正在往嘴里塞糕点的熊智明边吃边道："我也是第一次来，你看，这点心都是华山玉家的白玉酥，听说还不限量，还不赶紧尝尝。"

华咸声轻轻拍了拍熊智明的肩膀，轻声道："你只顾着吃，你往旁边看看。"

顺着华咸声的眼神，熊智明看到正对舞台中央的甲字号包厢，只见里面坐着一个身穿将校呢子军装的年轻人，腰中皮带上挂着一支比利时的勃朗宁手枪，脚下马靴擦得铮亮，面前摆着一壶酒和四个下酒凉菜，旁边陪同的居然是凤青园的东家朱骏,后面两个卫兵身穿黄皮军装,绑着黄色绑腿,斜挎子弹袋,背着汉阳造步枪,钉子似的站着,一动不动。

"来这个包厢的不是达官便是贵人呐,让这园子的东家这么拍马屁般陪着,估计又是哪个军爷的公子哥,这年头,有枪就是大爷。"熊智明叹道:"居然在这里喝酒,还不是仗着老子!"

刚说到此处,那个年轻人像是听到了什么,突然转头看向二人,和年纪不相符的凶狠眼神让熊智明硬生生地把准备继续说的话给咽了回去。华咸声却感觉这个年轻人的面貌好熟悉,却又说不出在哪里见过。

华咸声正在走神之际,突然被熊智明推了一把:"开始了!开始了!"此时已过黄昏,戏台上也暗了下去。只见打杂师傅双手拿着火把,一个飞脚便从台下飞到台上。满场暗色中,两处明火随着身体转动,恍若哪吒的风火轮。

随着一声"开戏锣"的吆喝声,接着一声锣响,还没等台下观众看清火把是如何点燃的,只见弓马桌上一对蜡烛已经被点燃。台上桌椅和场面班子都从暗中突然闪现,众人看得眼睛都呆直了,齐声叫好!

打杂师下盘功夫极好,一看便是练家子出身。只见他龙骧虎步,掠过台口,恍惚之间,台口和顶棚的蜡烛也被点燃,六盏清油灯大放光明,整个戏台都被看得清清楚楚。还没等杨素兰登台,这一套"黄龙缠腰"已经让大家彻底折服。

随着开场锣的节奏,杨素兰登场表演。辛亥之后,川剧界发起了老戏改良的活动。《情探》其实是《焚香记》大幕戏中的一折戏，讲的是穷困书生王魁和青楼女子焦桂英的故事，本不属于传统的五袍、四柱、江湖十八本。

寒门书生和青楼女子的故事本就是各个剧种的最爱，这一折原名是《活捉王魁》，光绪年间，荣县的举人赵熙，看了《阴阳告》，认为活捉王魁不好，提出修改。于是在原来故事的基础上亲自执笔，才思泉涌，画人画骨，下了大功夫才终于写成。

和老戏比起来，新戏水准提高了很多倍。而杨素兰本来就表演技艺高超，字正腔圆，声情并茂，更让这出戏生色不少。戏曲讲究的是"腔由字生"，清朝徐大椿在《乐府传声》中说"字若不真，曲调虽和，而动人不易。"字音不正，则字义不清，唱来使人不知所云，思想不能交流，听者也就难为所动。

杨素兰的特点便是表演细腻，唱腔清脆，极富感情。而他扮演的女子，仪态端庄，声形俱佳，让人觉得他本来便应该是千娇百媚的弱女子一般，华咸声和熊智明看得连连叫好。

《情探》过后便是他的弟子雷晚彤出场。这个雷晚彤有些传奇，据说是杨素兰从随军戏班中赎出来的，年方十九，虽说功底不错，但是一进入戏班便担当主角花旦，这还是破天荒的头一位。

自唐朝有了梨园行业，这行当便是男人的天下。清朝二百多年，昆曲、梆子、皮黄（京剧）、川剧等戏班伶人全是男性，朝廷律令禁止女性登台唱戏。女宾进戏园儿听戏都不允许，遑论搭班儿唱戏。

第十五章 故人相遇

光绪庚子年（1900年）以后，坤伶（注：女性伶人）搭班登台虽仍为明令所不许，却不再像先前那般较真儿了。北京还好，究竟首善之地、天子脚下，规矩很多，但津沪等地就大不一样了。

一些戏班子专门从人贩子手里罗致些出身贫寒且略有模样儿的贫家女子，简单教几句唱念及身段就让她们登台，以淫词粉戏叫座儿赚钱。以此招揽的观剧者也多是只观色不看艺，他们肯花钱进戏园儿是醉翁之意在色不在酒。但西南本就是湖广填四川的移民之地，宗法之治尚且薄弱，女性抛头露面习以为常，这些繁琐规矩自然也就没人在乎。

民国之后，虽说坤伶越来越多，但也都是搭搭戏，但这么隆重地出场，明眼人都看得出，杨素兰大有捧她唱亮重庆之势。戏班中的文行旦角，包括平时唱主角儿的台柱子，都打扮成龙套彩女出场，为雷晚彤配戏，满台佳丽，翠柳红妆，整个戏台足足被占去一半，让人目不暇接。

戏谚有云："翎子表态，扇子传情。"在万众期待之中，雷晚彤装扮的白鳝仙姑头戴翎子出场，气质高贵，长长袖摆像天上的仙女一样，两边彩女留出了一点舞台空间，见她出场继续前移，台口上仅剩下很窄的一条巷。

雷晚彤深知这是戏班众人不满意杨素兰让她进班便担任台柱子而设下圈套，乐得看她过不得此巷而出丑，毕竟坤伶虽然能挣银子，可女孩子唱这下九流的行业实在不好恭维。同时期的男性伶人，但凡有些身份本领，都羞于与她们同搭一班儿，更甭说同台同场，此次布置下这阵势，看来不破是过不去这一关了。但台下观众却还以为是剧情安排,不由得捏了一把汗。

雷晚彤虽是第一次在三庆会登台,别人却并不知她之前在随军戏班的经历,什么恶劣的舞台都见识过,观众又是刁难的大兵哥,经常被调戏,被占便宜也是家常便饭。

几年来为了生计,她扮过彩女,跑过龙套,也尝试过打坐唱、帮腔,借以熟悉曲牌,训练以声腔塑造人物。各种青衣旦、花旦、闺门旦、泼辣旦、正旦的戏,只要有机会,她都愿意上一上,摸一摸,以扩大戏路。即使是在乡野演出川剧片段、小折子戏、清唱唱段,她都一丝不苟,甚至碰到酒后闹事的醉汉和流氓,也能在嬉笑怒骂中轻松化解,这用心学到的底子和处变不惊的本事便是她做花旦的本钱了。

只见她步伐轻巧,彩鞋下面像装了弹簧一般,在窄窄的小巷中间踮起脚,走起极小的碎步,前脚掌如蜻蜓点水一般,用平稳轻巧的步伐站步快速移动,突然起式转身一跃,双脚平伸向前一梭,半截身子便担在台口上。观众们正欲惊呼,她双脚一蜷,一个后翻又上了舞台。这正是川剧里少有人练成的绝活台口功中的"梭台口"。

只见台下顿时掌声雷动,叫好声连片而起。华咸声和熊智明几乎同时脱口而出:"这个梭台口太漂亮了,已经多年没见过了!"

露出绝活后,戏台上的雷晚彤翩若惊鸿,婉若游龙,一颦一笑让人过目难忘,敏捷的身手,纤细的腰肢,以及犀利的眼神将白鳝仙姑演绎得惟妙惟肖。

"青松翠竹绕云岫，泉水涓涓石上流。梅鹿含花遍山走，猿猴戏耍在山丘。渔翁们手执钓竿江边走，樵子归途把歌讴。牧牛童倒骑牛背，横吹短笛声韵雅秀，机杼声声出画楼。尘世繁华般般有，眼花缭乱喜心头。"

绝美的唱词配上高腔，在雷晚彤的演绎下，白鳝仙姑初到人间，虽然遍阅仙境但依然被人间美景吸引的惊喜惊奇感活灵活现。熊智明看到的仿佛就是个妙龄少女在山间嬉戏，在充满好奇地观赏人间烟火。

台下观众纷纷赞不绝口，连连叫好。这老资格的戏迷叫几句好儿，里面可藏着不少事。老到的戏迷讲究事半功倍。首先，他们时机拿得稳，都是趁着其他观众喊累了青黄不接的当儿，抽冷子来一句，很符合兵法里的出奇制胜。其次，"好"字须带腔儿。

这些人都喜欢唱两口儿，平时吊嗓儿学腔儿，对吐字、归韵、字头、字腹、字尾这些内行玩意儿也知道大概，至少喊个"好"字足够承应。所以他们喊出来的是"好哇唔"，这"好"字拐弯儿带钩儿，满宫满调，既有味儿又不浮滑。

而熊智明的叫好和他们完全不同，他的叫好中不只是为雷晚彤的唱腔，还有一个二十出头小伙子的悸动，那份悸动里，既有着被视觉和听觉以及触觉刺激的几重新鲜感，也有着被绝美唱词唱腔直击内心的震撼。那份震撼是直接穿透了胸膛对着他的心脏一击而中的，同时对他一击而中的还有台上那个勾了脸但依然相貌动人的花旦雷晚彤。

趁着大家叫好之际,熊智明悄声问华咸声:"咸声,这人间真的值得白鳝仙姑放弃修道?"

华咸声压低声音道:"雷晚彤唱的这出《别洞观景》,其实是《宫人井》中的第一折。白鳝仙姑是为了制止尹方刺杀夏丙王的阴谋才来到的人间。她在青海庄上修道,受的是清规神戒。来到了人间,自然是万般自由。这是凡人想成仙,仙人想下凡。我想此事应该也是千古难全的吧?"

熊智明听了若有所思地点点头道:"这样说也对。一边是成仙成佛,一边是江山如画。还不能两全,确实恼人。"

华咸声哈哈大笑道:"世间难得双全法,不负如来不负卿,别走神了,赶紧看,这个票可是贵得很的!"

华咸声并不知道,自己随口说的一句话却刚好点中了熊智明内心,他刚到嘴边的,想说以后讨个这样的老婆这句话,被硬生生地堵了回去。但这句"世间难得双全法,不负如来不负卿"就在他的脑子里转了又转,一直再也没转出去。

台上的雷晚彤自然不知道台下熊智明脑子里想过的这些事,作为从小就在戏班跑江湖的小姑娘,她见过太多的人心险恶和诱惑,虽然有时候被迫靓妆迎门,争妍卖笑,但也都是逢场作戏而已,她只希望能够把戏唱好,便是积了福泽。

唱到白鳝仙姑要到高处的弓马桌上看夏丙王的两个妃子饮酒时,雷晚彤不按常规踩凳上桌,而是直接一跃而上,高高亮出侧身,好奇妃子喝的人间酒酿比天上仙酿如何,只见她将头上长翎一抖,翎尖深入杯中,将酒甩入口中。

这一改让观众觉得又可爱又新颖,戏台上的鼓师立刻用

"登亮子"敲起垫戏的锣鼓,台下众人不禁心花怒放,纷纷往台上献花红。

华咸声和熊智明知道献花红是梨园界捧伶角的规矩,自唐朝以来,戏迷捧伶角无非三种:一种叫文捧,比如花大价钱请著名书法家给自己喜欢的伶角题个匾、写幅字,请个著名作家写文章夸伶角,还有买报纸广告的。上次杨素兰在成都演出,四川督军刘存厚的六姨太直接买断了四川几大报纸一个星期的广告,一时间羡煞了各大戏班。

京剧名角儿梅兰芳的戏迷遍布全国各地,自称"梅社",集资在报刊直接专辟戏评专栏,比如"梅讯"、"梅花谱"等等,凡梅兰芳的一举一动,都有所体现。但是也有人不满足只看报纸那点鸡零狗碎的报道,索性出书。

民国七年(1918年),中华书局还发行了"梅社"编著的《梅兰芳》一书,全书十章,把梅兰芳的事略、家世、艺术、魅力讲得面面俱到。

还有一种是武捧。自己喜欢的伶角在戏园演出时,前面包厢和最好的位置要全部买下,要捧的伶角上台后,纷纷叫好,等着演罢下台,甭管后面还有几个演出,这些人都要全体离席。等到其他伶角上台就会看到前面最好的位置全是空的,武捧起堂是让戏园老板和戏班班主见识见识他们捧的这个伶角多么能叫座儿。

另一种就是这花捧了。名字取得文雅,其实就是直接往台上献花红,只要是硬货,金银珠宝和银票银圆都成,还要再写张条儿,写着谁谁赏钱多少。有些看得入迷的姨太太和大小姐，还会直接把首饰直接当花红给了。

当年段祺瑞在北京捧京剧名角儿杨小楼，直接赏了套什刹海的四合院，甚至还惊动了日本人的报纸，赚足了面子。华咸声虽然看的戏多，但大部分是村野戏班，观众都是扔几个铜板，甚至还有扔白面馒头的，能有块银圆那都是烧了高香。

像雷晚彤这种刚刚登台的新人想要火，除了献花红，还要有人"戳活儿"，就是有钱的主儿单独给伶角一大笔钱，指定伶角唱一曲目，年轻的伶角"挂"上了捧角的客人之后就表示这位年轻的伶角已经有人捧了，也是将要唱红的预兆。

当然，捧角的不一定都看在伶角的艺上，虽说伶角青衣花旦大多是男人所扮，但龙阳之好和断袖之癖自古有之，更多人捧角只为渔色而已。

正当华咸声与熊智明感慨梨园名角儿收入之巨时，旁边包厢的年轻军人对身后卫士耳语几句，只见军官端出一个盘子，盘内用纸整齐码好了二十封银圆，每封里面是十个天津官版上等成色的袁大头，旁边身着红袍的跳加官用清脆嗓音高声道："川军第二师第一团少校团副方占元为坤伶雷晚彤封花红，银圆两百块！"

此言一出，众人啧啧称叹。这年头，两百块银圆能够在东水门买个三进院子，小妾都能讨两房了。这个叫方占元的团副这么年轻出手又如此阔绰，定不是一般人。

雷晚彤在台上镇定从容，虽然第一次被人如此捧，声线却一点没乱。等到唱罢谢幕时，凤青园里一楼散座区已经人山人海，坐都坐不下了，连过道上都站满了人。那些卖瓜子的、卖茶水的、卖香烟的，提供水烟袋、湿毛巾的根本寸步难行。原本指着能借着人多做点买卖，现在却动也动不得，难免有些着急上火。

后台卸妆后，雷晚彤要到二楼包厢方占元处答谢，隔着包厢之间的竹帘子，熊智明终于看清了这位花旦的模样。只见雷晚彤一袭白衣，容貌俊美。星眸闪烁着点点星光，带着几分清冷，浑身透着一股拒人于千里之外的冷漠。墨发流云般倾泻而下，又带着几分散漫，气质高雅出尘，温润如玉，纯净得若天上谪仙。妖孽如斯，端的是风华无双。

熊智明看傻了，连华咸声推了他半天都不自知，脑海中只是不停闪过唐代诗人李群玉的那首："裙拖六幅湘江水，鬓耸巫山一段云。风格只应天上有，歌声岂合世间闻。胸前瑞雪灯斜照，眼底桃花酒半醺。不是相如怜赋客，争教容易见文君。"

雷晚彤仿佛感觉到一般，转过头看，正好与熊智明四目相对，她看着熊智明的眼睛，瞬间恍了神，那是和她以前遇到过的男生完全不同的眼神，干净而又清澈。雷晚彤惊讶于自己为何与面前这个男子有着一种说不清的默契，难道这就是于千万人之中遇见你所遇见的人？于千万年之中，时间的无涯的荒野里，没有早一步，也没有晚一步，刚巧赶上了。

有点不好意思的雷晚彤对着熊智明微微一笑，转过头去不敢再看。

刹那间，熊智明觉得朔风凛冽冬寒料峭变成了草薰风暖。

但此时对雷晚彤动了凡心的不只熊智明，还有方占元。华咸声并不知道，隔壁这位年轻的团副正是当年和徐春风有过情谊的方定祥之子。随着方定祥的军衔越来越高，这方占元的公子哥气息也越来越重，年纪轻轻便有了三房姨太太，还学会了抽鸦片烟。

这次他听说三庆会新捧了一个坤伶花旦，这好色的心一下提了起来，今日一看，果然名不虚传。面对这般佳人，自然生了吃人之心，好像周边人都不存在了。

按照规矩，台上伶角收了花红要按照例答谢东家、戏班和班主。雷晚彤先拿了几吊钱散给戏台上的众位师傅，一封银圆给了老师班主杨素兰，又把一封银圆给了凤青园的班主朱骏。喜笑颜开的朱骏把银圆揣进兜里，先向方占元介绍杨素兰："方公子，这就是咱们川剧的台柱子，大名鼎鼎的三庆会会长杨素兰。"

无数戏迷踏破鞋底都想认识的杨素兰站在面前，方占元却只是应付下点头握了个手，便扭头盯着雷晚彤。听过朱骏介绍之后，方占元赶紧接了一句："久仰雷晚彤佳人之名，幸会幸会。"说罢伸出手就要抱她。

雷晚彤虽然也曾和不少不怀好意的男人逢场作戏、插科打诨过，但还没在这么多双眼睛的注视之下当众和陌生男人搂搂抱抱，但今天既然这位方公子封了这么大的花红，也不好意思拒绝，也就伸出双臂迎了上去。

只见方占元一把抱住雷晚彤，全不顾台上台下几百号观众的眼光，在她耳边道："我的乖乖，前儿个听人说禹王宫的凤青园来了个新的坤伶，人长得美，唱得又好，就把本公子的胃口吊起了。今日看到真人,比想象的还要美。你这身段,把我这几房小妾都比下去了。"

看着背后卫兵那虎视眈眈的眼神,虽然方占元如此放肆,但杨素兰和周骏也不敢多说,只有陪着点头称是。华咸声和熊智明也是敢怒不敢言。但台下观众却看得不太耐烦了,个别好事的已经在起哄吹口哨。

看到这么多人盯着看,方占元松开雷晚彤,但一直握着她的纤纤玉手,一脸坏笑道:"今儿个跟我回团部,好好再给我唱几段小曲。"说罢便要把雷晚彤带下楼。

雷晚彤闻听此言,花容失色,这明显是起了坏心,今天要是去了,怕定要被这公子哥给糟蹋了,于是赶忙推开,用求救的眼神望向朱骏和杨素兰。

朱骏是园子东家,深知这位公子哥的背景,不敢得罪,自然装没看见。但雷晚彤可是杨素兰的弟子,又马上要成为戏班的摇钱树,这可如何使得,杨素兰赶忙上前拦住方占元,低声下气道:"方公子,这晚彤唱了一天的戏,身子也乏了,您军务繁忙,也别让她扰了您的事,改天一定登门拜访,好好让她给您唱几段。"

这杨素兰作为川剧名伶,四川之内还是很有面子,熊克武、刘存厚、刘湘哪个军阀不是毕恭毕敬,请他唱戏时不但要派警卫连护送,甚至出个门都要净水泼街,黄土垫道,今日如此说话,已经是给了这位不知道是谁家公子的军爷面子。

谁能想到,这方占元可不像那些军阀一样爱戏如命,在他看来,看戏就是看美人,看中的美人自然要带回家,也不搭理杨素兰，径直便要把雷晚彤带走。

见被方占元驳了面子，杨素兰有些怒道："这位军爷，川军之中，素兰也有几位朋友，就是靖国军的司令熊克武、督军刘存厚平时也要给素兰三分薄面，方公子不看僧面也要看佛面吧。"

却没承想，此话一出，反出了事，毫无征兆之下，刚才还笑嘻嘻的方占元直接一个耳光打在杨素兰脸上："你还真把自己当成角儿了，卖脸皮下九流的玩意，不过物件而已，祠堂都没你的名，老子平素最恨的就是你们这种戏子，不安分唱戏，反而大言不惭，狐假虎威，妄议军政。"

杨素兰被突如其来的耳光打呆了，也让雷晚彤和全场几百名观众惊住了。他们哪里知道，这方占元的父亲方定祥和熊克武、刘存厚是出了名的貌合心不合，互相都想吃掉对方。

方占元这句祠堂没名也是戳中了杨素兰的痛处。戏班和马夫、乞丐、娼妓一样，是属下九流的行当。在里面敲锣打鼓的好歹是个吃饭的手艺，但是登台的男伶因为常常要扮演青衣或者花旦，难免剃鬓角、额发之类，犯了身体发肤受之父母不得毁伤的祖宗规矩，甚至还要浓妆艳抹又要学习女声，这就是卖脸皮、卖声气、卖扭捏，跟女人卖身是一个道理了。

所以自明太祖朱元璋便定下规矩，伶人贱籍世代相传，不得改变，不得参加科举，不能做官，不许购置土地产业，不能和普通民众通婚。普通人家中出了戏子的，一律要逐出宗祠，家族中算是没了这号人。况且自古伶娼不分家，虽然这伶角受

第十五章 故人相遇

人捧，收入多，话说到底，在根子上是个贱行而已。

被戳到痛处的杨素兰哪里受过这种委屈，冒火之下，正要还手，只见方占元掏出手枪顶在杨素兰头上，笑嘻嘻地道："今天你敢再说一句话，老子便让这一场成为你的绝响。"

见台下众人眼中喷火，涌上前来，方占元身后卫兵摘下身后步枪呵斥道："此乃我们四川靖国军驻重庆第二师师长方定祥的公子，你们是不是活得不耐烦了！"听到此处，众人瞬间定住，皆知这方定祥手握一万多川军，乃是这地面上的阎王爷，着实得罪不起。听到此处，本往上涌的人们顿时不敢动了，唯有华咸声内心长叹一声："怪不得刚才看起来眼熟，原来是方定祥的儿子。这方定祥背叛革命，做了军阀，已经是出乎意料，没想到儿子更加混账！"

还没等他感慨完，只见方占元一挥手，身后两个卫兵便强行要把雷晚彤带走，众人见状，对这位军阀儿子不敢拦也不敢动。

眼看便要遭难，情急之下，雷晚彤像抱住救命稻草般对着只有一眼之缘的熊智明喊道："公子救我！"

听到雷晚彤的求救，早就按捺不住的熊智明一个箭步踢翻竹帘子隔断，冲上前去直接抽了方占元一个耳光，动手之快，力量之大，方占元完全没有防备，一下便被打翻在地。华咸声见状也不客气，紧跟而上，卫兵见状，松开雷晚彤便要拿下二人。

说时迟那时快，正在电光石火之时，戏台上的两个打杂师突然跳到包厢，抄起条凳便将卫兵打翻到一楼散台，枪飞出去三米，把栅栏都给撞塌了，茶桌上的盖碗茶碎了一地，局势顿时扭转，众人见状纷纷上前对卫兵们拳打脚踢，发泄着愤怒。

华咸声缓过神来看到来人，喜出望外，脱口而出："大虎叔！耿叔！"

两个打杂师正是大虎和耿省寨，二人还没来得及解释，只见方占元已经起身，对着熊智明便开一枪，但一个趔趄没有站稳，子弹飞了戏台铜锣上，刺耳的声音让现场顿时一片混乱，四处逃散，纷纷喊道："开枪杀人了！！！"

大虎见状忙道："此处不是说话之地，先出去再说！"拉起华咸声便走，熊智明见状，趁乱带着雷晚彤也夺门而出。

大虎和耿省寨带着华咸声跟随慌乱人群离开禹王宫，躲在一个米店门牌后观察情况。他们远远看到一连部队，听到枪声后正从江边跑步而来，各个端着汉阳造长枪，杀气腾腾，街边的面摊和水果摊被撞得一塌糊涂，卖冰粉凉虾的赶紧把摊子往后撤，生怕被军队碰到。

鼻子流血的方占元怒气冲天，走出门来，看到长官，士兵们齐齐敬礼。方占元厉声吩咐道："设置警戒线，把禹王宫团团围住，一只苍蝇也不能飞走，今天在场的，一个都不准跑。特别是那个唱花旦的小妞，完完整整给我送到府上去。"

大虎见状连忙悄声说道："一会到处都会有军队排查，此地不宜久留，咱们要赶紧离开这里。"

"可熊智明还没找到。"华咸声担忧道。

耿省寨劝道："你说跟你一起的那个小伙子，刚才我看着他带着雷晚彤已经往朝天门方向去了。那边码头是卸货之地，岔路众多，又有很多力哥船工，他们两个只要出了城门便是龙入大海，虎归山林，这些兵肯定来不及去追。那个小伙子看起来比你大几岁，肯定能照顾好雷晚彤，当务之急咱们三个要先找个地方躲起来。"

沉吟片刻，大虎道："那就带咸声到罗汉寺。"

字水宵灯

罗汉寺是北宋就有的古刹，华咸声偶尔还会路过，三人一路狂奔到罗汉寺门口。华咸声抬头看到山门为四柱三门五楼牌坊式，飞檐相互叠压，形成复杂的顶部结构，整座山门显得气势恢宏，不同凡响。寺门高大庄严，金碧辉煌。门楣上悬竖、横匾各一块，竖匾为"罗汉寺"，横匾为"洞天福地"。

进入罗汉寺后，三人小心回头看，再没追兵追来，松了口气，华咸声和二人抱头痛哭起来。见到故人之子，也让大虎和耿省寨感慨万分，原来自从徐春风死后，廖老幺一统成都码头，背海堂便散了。听说二当家冉庆最后在重庆没了下落，二人便到重庆，一来寻找冉庆，二来也不愿意在成都那个伤心地一直待着。他们靠着自己以前会武术的底子，在禹王宫的戏院里做武生，也算有个营生。二人周末还要给罗汉寺种菜挑水打打杂，所以换了个免费住禅房的机会，也乐得逍遥痛快。

在凤青园，大虎开场表演黄龙缠腰点蜡烛之时无意中看到华咸声，就告诉了耿省寨。二人正准备演出完与他相认，却没想遇到这么一出风波，二人一见看华咸声会有危险，便再也坐不住了，所以才有了刚才的那一幕。

问起华咸声的现状，他一一回答。当华咸声告诉他们，华少昌也在重庆谋生时，耿省寨喜出望外，和大虎异口同声说定要一起叙叙旧。

华咸声很快带着他们来到了住处。看到故人来访，华少昌正准备打水，哐当一声，水桶掉落在地，华少昌呆立半晌，相视一下，哈哈大笑，又瞬间老泪纵横，连忙招呼华咸声把酒壶拿出来。听说二人救了华咸声，华少昌更是感动不已，心想幸好遇到这两位老兄弟，不然还不知道怎么收场。

几人坐在一起，不免想起往日峥嵘岁月，忍不住感慨万千，喝了几杯酒后便聊开了话题。

华少昌端起酒杯问道："大虎、省寨，你们怎么离开成都了呢？"

"大哥就在那折的，成都是伤心地，待在那儿太压抑，索性换个地方。"大虎答道。

"那还做货栈生意吗？"华少昌继续问道。

大虎和耿省寨摇摇头："徐大哥走后，兄弟们都死的死，散的散，堂口都不在了，何况货栈。再说现在运货都用铁路了，也没人走水路了。我们在戏班里上做点力气活混口饭吃，有时候凭着功夫底子唱几段武生，赚几个赏钱，洪门的很多兄弟看在往日的情分上，对我们还是很照顾，现在也算是衣食无忧。"

华少昌心知这几年的变故让他们寒了心了。几人现在想起徐春风在的时候说的话，是啊，这世道变来变去，还是他娘的没变，现在进入民国了，可是居然比大清朝还乱。

头上的辫子没了，紫禁城的皇帝也没了，可当官的还是当年那些人，这就是当年革命党宣传的"驱除鞑虏、恢复中华、创立民国、平均地权"吗？大清朝好歹还是一个国，现在袁世凯一死，北洋政府换总理比换幻灯片还快，全国上下都乱了套。

"当年春风哥不让我们参与革命，看来是对的。"大虎开口道，"如果我们仍旧保持中立的话，现在我们一样活得滋润。你看那狗日的廖老幺，妈的，害死春风大哥，通过赵尔丰攀上军政府，接收了多少舵爷地盘，赵尔丰死后他又效忠了四川督军刘厚存，现在在成都耀武扬威，不可一世。我几次想去砍了他，都无法近身，前段时间听说他还准备当什么议员了，这是什么世道！"

"大虎，春风哥当初是为民请命，他是看到赵尔丰这狗官无辜枪杀我川人，才怒而反抗的。他是我们川人的大英雄。他的死是牺牲，是有价值的。"华少昌开口道，"至于廖老幺，举头三尺有神明，我们看他能横行到几时。"

耿省寨听到这里也开口道："这几年虽是乱了些，但是至少有的地方也算有曙光。比如咸声上的这个留法学校，我觉得就挺好，我们这批人跟不上这个世道了，救国救民的希望就落在他们年轻人身上了。春风大哥生前嘱咐我们，一定要好好培养咸声。少昌，虽然我们现在退出了江湖，但是如果有什么需要，你尽管开口。"

华少昌感到了几丝暖意，这种兄弟情义他是许久没有体会到了。几人把面前的酒一饮而尽。

"对了，你说今天强抢花旦的那个军官是方定祥的儿子？他当团长的时候就想拉拢我，被我拒绝后还撤了我的团练局长，他也在重庆？"华少昌问道。

"此人风光大了，大汉四川军政府和蜀军政府合并后，他先给袁世凯写效忠信，后又投了段祺瑞，这不最近又攀上了熊克武的线，随军进驻重庆。他已经是四川靖国军第二师少将师长，现在和一师师长刘湘并称重庆双鹰，这种不停改换门庭的军阀有这样的儿子也就不奇怪了。"耿省寨开口解释起来。

大虎闻听此言补充道："对，当初参加革命的很多人都败给了现实，枉费徐大哥当年那条性命，也没唤醒几个人。不过当初跟杨沧白、张培爵起事的向楚倒是条耿直汉子，如今做了四川代省长兼政务厅长，他曾和春风大哥也有战友之谊，但是孤木难成林，靠他一个人也改变不了什么。"

耿省寨道："大虎说得对，如今四川军阀混战，比大清朝时死的人更多，这四川的军政府从成立那天就沾了咱们行帮和各个堂口的血，现在再帮这种政府做事不是为虎作伥吗，听说向楚也已萌生退意，准备去大学教书去了。对了少昌，你现在做什么呢，没有帮着政府当差吧！"

华少昌一脸窘迫，低声言道："兄弟我不能像你们这般洒脱，还有一家老小要养，在商会汪云松会长的推荐下，现在在重庆的教育部门工作，也帮着弄这预备学堂的事情。"

两人听出了少昌话中的异样和尴尬。

"少昌兄，勿要见怪。我们不是说你，再说你从事教育工作，也算是功德无量的大事。"

几个人正聊着，顾连江突然推门进来了，三人望着这个陌生人顿时警觉起来。

"你找谁？"大虎站起身来。

顾连江看到大虎的虎背熊腰，顿时有些胆怯，他怯声说要找华少昌。

"我就是，请问你是哪位？"

"华先生，"顾连江看了下四周，还是开口了，虽说华少昌现在大不如前了，但是先生这个称号他还是担得起，"您可还记得顾明山这个人？"

"顾明山？"这两个字华少昌听起来有些耳熟，却一时想不起在哪里听过。

"哎呀，这个人我知道，就是当年春风大哥在成都血战时，从南门救下的那个学生兵，后来让我给送到广安的革命训练营去了。少昌，还是你出来接的人，看你这记性！"大虎开口道。

"你就是那位忠肝义胆的大虎哥？"不待大虎回答，顾连江便跪拜了下去，"大哥一直感念当年的救命之恩，如今见到恩人，请受我一拜。"

"哎呀呀，这如何使得，小兄弟快快起来。"已经很久没人说过大虎忠肝义胆这种话了，倒让大虎不好意思起来，赶紧将他扶起。

"你这么一说我倒想起来了，顾明山这个小兄弟伙，有勇有谋，办事机灵。当年大虎把他送到广安训练营时，我正好当营长,虽说他是个糙汉子,做起事情来倒是处处细心,令人不得不佩服,这个后生日后一定能成大事啊!不过,这么多年过去了,也不知道他怎么样了?"华少昌的语气里,满是怀念。

"这个娃娃兵甚是勇敢,是条汉子。"大虎似乎想起了那次战斗的场景,不由自主地往酒杯里满满倒了一杯酒,用嘶哑的声音低低地说道,"来,让我们一起喝一杯。"

"我叫顾连江,顾明山是我大哥,他给我写信时,常说受春风大哥和您的照顾,我还想着有一天要亲自拜访您一下,不承想我们竟是如此有缘,做成了邻居。"顾连江神情十分认真。

"你是他弟弟?哎呀,今天真是大水冲了龙王庙。今日怎么不见你大哥来?"华少昌听到这里,颇有些意外,关切地问。

顾连江抬手按压了几下太阳穴,他下唇不停地颤抖,眼泪就要涌出来的时候,赶忙用手遮住:"他很早就走了,当年反抗袁世凯,被北洋军买通土匪杀害了。"

听闻此言,三人心头一颤,想起当初华少昌被逼离开广安那段往事,似乎也明白了。

"这是什么世道,多好的孩子!春风大哥生前还告诫他好好读书的,谁知还是……"大虎也不免黯然神伤。

"大哥当年也对那些革命党煽动学生作乱颇有微词,有些事不是学生应该做的,毕竟学生不是新军,几乎每次起义都死伤无数。"耿省寨也叹息道,"真不知道死去的那些人看到如今这个世道,他们会不会后悔。"

听到耿省寨这番话,顾连江终于忍不住,这么多年来的委屈和想念,化为泪水,他想起了那些死去的同学,为了理想,他们走上街头，抗议示威。可是真的能改变这个世道吗？还有在保路运动中死去的无数生命，他们奋勇抗争的意义是什么？他们肯定不希望看到现在的中国。

他的号啕大哭并没有人阻止，大虎还斟满了酒递给他，这个时候没有什么比酒更能抚慰人心的了。

站在一旁的华咸声看着这一幕，也受到了极大的震撼。春风师父当年的英勇举动值得吗？川人的付出值得吗？换来了什么？他们肯定不希望看到现在军阀混战的局面。

"国家的未来……就靠你们这些年轻人了……我们……老了……已经折腾……不动了……"已经有些醉意的耿省寨和大虎拍着顾连江的肩膀说。

"这个世道已经无药可救了。你们知道吗，在北京，民国政府把枪口对准了学生……"顾连江忍不住痛彻心扉地讲起了自己在北京的亲身经历。

"他妈的！"听完他讲述了五四运动的惨案，大虎忍不住怒气冲冲，"这民国政府还不如清朝，这是哪门子革命，白死了我们那么多的兄弟！"

"顾兄弟，一切总会好起来。你是大学生，踏实读书才是最应该做的。"华少昌劝慰道。

顾连江摇摇头："没用的，读书能改变这个世界吗？"

"当然能！体育学堂的王培菁老师教过我们，读书的目的就是要为天地立心，为生民立命，为往圣继绝学，为万世开太平。"一个坚定的声音突然传来，让众人一惊。

众人定睛一看，说这话的正是华咸声，听着他稚嫩的声音说出这番话，几个男人似乎酒醒了大半。

耿省寨苦笑道："太平是啥，你们课本上的词吧，我没见到过，重庆的太平门我倒是经常见。"

听到耿省寨带着苦涩的自嘲，众人沉默了。是啊，宁为太平犬，不为乱世人。太平日子是什么，众人早已经不知道，或许真的只存在于课本中吧。

华咸声看着面前几位长辈，一字一句地说："太平就是人人有饭吃，人人有衣穿，人人有书念，人人有信念。在未来的新中国里，一定是万世太平！"

"说得太好了！你看，当年春风大哥就说咸声肯定会有出息的。"大虎听完这话不仅拍手叫好，他神情严肃，觉得面前的不是那个小朋友了，于是斟满了杯酒，递给了华咸声。

耿省寨也点头举杯："太平真好！来，咱们就为咸声说的那个万世太平的新中国干杯！"

华咸声看了眼父亲，华少昌并没有制止，他勇敢地接过了酒杯，和众人一饮而尽。

正当几位故人聚首畅饮之时，朝天门的码头边，熊智明和雷晚彤正坐在江边，望着江中渔船上的点点灯火。

从禹王宫逃出后，二人逃到太平门，躲在船帮的废弃船上，直到天色彻底黑下来才放心出来。经过刚才的风波，二人仿佛心中都有了一种情愫，却又说不出口。

熊智明主动打破沉默，问道："你为何唱戏呀？"

"奇怪吗？"雷晚彤歪着头反问。

"嗯，有点好奇。"熊智明挠挠头，傻傻地笑了。

"其实我是瘦马出身。"雷晚彤迟疑了一会，低头看着沙滩道。

熊智明自然知道瘦马之意，从明代开始，便有些人贩子先出资把贫苦家庭中面貌姣好的女孩买回后调习，教她们歌舞、琴棋书画，长成后卖与富人作妾或入青楼戏班，以此从中牟利。因贫女多瘦弱，"瘦马"之名由此而来。初买童女时不过十几贯钱，待其出嫁时，可赚达千两以上，挑剩下的便卖与戏班。戏班班主挑出苗子，教会淫词粉戏为戏班赚银子。因东南多青楼，西南多戏迷，故有"扬州瘦马入风月，巴蜀瘦马登戏台"之称。

熊智明宽慰她道："现在是民国，男女平等，也不讲究那些出身了，你也不必记在心里。"

他的话还没说完，就被雷晚彤打断了："你不用安慰我，戏子是贱行，这个改不了，当初我被卖入随军戏班时，只记得自己姓雷，晚彤是杨师傅帮我赎身时起的名字，早晚会红的意思。这次闯了大祸，得罪了军长的儿子，他一定会教训我的。"

熊智明被问得无话可说，嘴巴动了动，却什么都没说出来。

"我也知道虽然捧我们，但都是为了渔色而已，男伶做娈童，坤伶做小妾，在这行我见得太多了，也就习惯了。"雷晚彤说到这里，突然笑起来，"我只希望有一天可以和自己喜欢的人牵犬东门，岂可得乎。"

熊智明听完忙道："肯定可以的，谁能够跟你在一起一定很幸福！"

"杨师傅花了那么多银子把我赎出来,我走不了的,而且虽然衣着光鲜,迎来送往,但终究是下九流的人,旁人心里是看不起的。"雷晚彤收起笑容,严肃地说,"但我知道你不会,对吗?"

熊智明被看穿心事,不知道说什么好,只好点点头。

"我出生在一个小镇,爸妈也是梨园伶人,但都死得早,我从小被卖给随军的戏班,什么苦都吃过,今天这是小场面了。"雷晚彤看到熊智明一脸严肃,不由笑了。

"我是重庆留法预备学堂的学生,在广安县长大的,我在重庆读书是为了到法国去学习救国之道。"熊智明也给雷晚彤讲起了自己的身世,"我家里穷,父亲在我很小的时候就死了,妈妈一个人把我养大,受了很多委屈,等我读完书就能让她老人家享清福了。"

雷晚彤闪了闪眼睛道:"梨园伶人虽然身在戏园,但也会关心国事,三庆会在保路运动的时候我还去义演过,杨师傅也捐了几十亩地,虽然我不知道保路和革命是什么,但我知道都是希望大家生活得更好。法国是洋人住的地方吧,一定很远,不知道那里的人听不听戏呢。"

熊智明听到这里,不由点头:"是呀,我们坐船去,听说要走几个月。"

看着雷晚彤若有所思,熊智明指着江上点点渔火和江边的千家灯火道:"高下渝州屋,参差傍石城。谁将万家炬,倒射一江明。你看这说的就是巴渝十二景中的字水宵灯了。"

听到这里,雷晚彤一脸崇拜,双颊绯红道:"智明,你懂得好多。"

熊智明受到鼓舞,顿时才思泉涌,笑道:"你看,这朝天门为长江嘉陵江两江交汇之地,江流天然形成一个酷似'巴'字的古篆体,这段江流便被称为'字水'。重庆的夜景自古就知名。每到夜晚,两江四岸千家灯火,加之江上渔灯交相辉映,江波粼粼,折射光明。字水宵灯此即为由来。"

"那还有十一个是什么?"雷晚彤好奇地问道。

熊智明伸出手指,一边数一边说:"巴县知府王尔鉴编过一本《巴县志》,是他总结的巴渝十二景,分别为金碧流香、洪崖滴翠、龙门浩月、桶井峡猿、字水宵灯、黄葛晚渡、海棠烟雨、缙岭云霞、云篆风清、华蓥雪霁、佛图夜雨、歌乐灵音。"

"光听名字就很美,如果有一天我不唱戏了,一定都去看看。"雷晚彤眼睛中仿佛透着光芒,看起来眼睫毛都是金灿灿的。

熊智明有些不好意思,鼓起勇气道:"如果你愿意,等我从法国回来陪你一起看。"

雷晚彤没有接他的话,反而笑道:"智明,你以后一定会是个大英雄,或许我还会唱你的戏呢。"这些话让熊智明反而不好意思了,他挠了挠头鼓足勇气道:"你的戏我喜欢听,你在《别洞观景》里面的一句唱词我最喜欢。"

"哪一句?"雷晚彤好奇地问。

熊智明一字一句地唱道:"再不想腾云驾雾渎瀛洲。我只想男朋女伴常聚首;神仙的苦闷实难受,白鳝再不把道修。"

唱词还没唱完，雷晚彤就打断了："智明，我知道你的心意，但我没有你想象的那么好。我害怕。"

"你害怕什么？害怕我么？"熊智明着急地问。

"我们都有很多面啊，阴暗的，沉默的，孤独悲怆的，仅仅是忽而的抵抗都已经筋疲力尽，而有一些像风，像山月，像今晚的江面，与这夜色相伴。"雷晚彤调皮地回答道，"我现在不会说，等我想说的时候我会告诉你。"

但熊智明并没有注意到雷晚彤说这句话时眼角里挂着的那抹泪花。

雷晚彤趁他不注意，擦去泪花低声道："你终究是个有抱负的人，和我们不一样，我这辈子注定就是个戏子，希望你能好好把握住这次机会，去了法国可不能荒废了学业。"

"不会的。我会回来的，我希望那个时候还能见到你。"

雷晚彤脸色羞红了："我们就像陆游和唐婉，终究是两个不同世界的人。"

"不必纠结于当下，也不要忧虑于未来。当经历过一些事情后，眼前的风景或许已经和以前不一样了。人生没有无用的经历，只要我们往前走，天一定会亮的。"熊智明连忙解释道。

雷晚彤并没有接着说下去，而是递给他一个手链道："这是以前跟着戏班去乐山县时，峨眉山的大和尚给我的，说能逢凶化吉，事事顺心，今天感谢你救了我，你带在身上吧，以后有个念想。我要回去啦，回去晚了师傅会罚练功的。"

熊智明这才发现连渔船都熄了灯，赶紧站起来说道："我送你吧。"

雷晚彤刮了一下熊智明的鼻子道："傻瓜，你要是送我回去了，那我会被罚得更狠。好啦，我走啦，有缘会再见的。"说罢留下痴痴的熊智明，转身离去。

熊智明不知道，在她转身的时候，雷晚彤已泪流满面。在这个世间，本来就是各人下各人的雪，各人有各人的隐晦和皎洁，她多想告诉熊智明，其实她愿意与他坐在一棵桂花树下，每落下一朵桂花，就交换一句话，就这样看尽繁华，等到花落尽后，再等第二年的春秋冬夏。但理智告诉她，不能让他在临走之前陷入儿女情长中，离开是最好的选择。

第二天，迫不及待的熊智明约着华咸声一下课就跑到了禹王宫，却发现凤青园已被贴了封条，据旁边的小贩讲，昨天被方占元的军队围了之后，杨素兰就已经带着戏班连夜回成都去了，雷晚彤好像突然出现又突然消失一般，而昨晚在江边的清风对熊智明而言，是刻骨铭心还是一场梦境，就只有他自己知道了。

只有十五岁的华咸声并不理解这其中发生了什么，也没有去问，只是奇怪后来熊智明为什么不再听《别洞观景》了。或许熊智明多年后会明白，人的一生是万里长河，来往会有无数过客，有人给山河增色，有人使日月无光，有人改他的江流，有人塑他的脊梁，有人是平湖烟雨，有人是电闪雷鸣，等到有一天回头看，不过是立在山巅，江河回望而已。

395

第十六章

有勇有谋

智破茶阵

重庆的冬天不只阴冷，还几乎天天下雨，寒冷和将近的年关使这些学生们的思乡之情愈加浓烈；随着北洋政府的腐败无能，社会上的动荡气氛也更加强烈。

北洋派系林立，各自为政，段祺瑞早已经被赶下台，大总统徐世昌又任命靳云鹏为内阁总理，不过仍是换汤不换药，北京天津等地仍然是学生运动不断。

正所谓上梁不正下梁歪，上层尚且如此，等到了民间，局势更是一片惨淡。这年头，为了一口吃的，多少人已经饥不择食了，普通人家倾家荡产，鬻儿卖女，时有所闻。而正经营生的行商坐贾们也因为官府与洋人相互勾结，倾销洋货，生意也荒废了大半。

这天的黄昏，华咸声从学堂回来，搁下书包，准备去找顾连江问些事情，对华少圣道："我先去顾连江那一趟，你们先不等我了。"

华少圣看外面下着小雨，交代他道："早点回来，别待得太晚！"

华咸声答应着，因为总是下雨，滑溜溜的青石板上长满了苔藓，走起来就更是滑脚了。华咸声小心翼翼地走在路上，不敢大意。

从巷子里出来，顺着大路往东走是顾连江的家，往西走几十步就到了大街，那条街上住着这方圆百里鼎鼎有名的商号老板何掌柜。

华咸声刚从巷子出来，走了没几步，一个大汉迎头撞来。华咸声抬头看了他一眼，只见那汉子身材瘦弱，脸色通红，而他身后的另一个汉子身材强壮，脸色黑青，瞪着华咸声："看啥子看！小兔崽子！"

华咸声这孩子头脑灵活，看出来者不善，自动退后，转身进入巷子里。他估摸着两人走远了，便从巷子里走出来，好奇地向两人走去的方向望去。

那两个大汉不知何时已经将脸用黑布蒙上，只露出两双凶神恶煞的眼睛，架着一个人朝着街巷走来，这个被架着的人穿着绫罗绸缎，一身富贵之相，全然已经失去了意识。

"嘚嘚"的马蹄声传来，两个蒙面大汉顺势将架着的人扔进一辆带篷的马车里扬长而去……华咸声从侧脸里看出那个被马车带走的人正是当街商号的何掌柜。

华咸声内心也是极为恐惧，但仍旧不远不近地跟随着，当出了太平门后转入码头，马车便不见了踪影。

当天晚上，听闻此消息的各大商铺掌柜们齐聚在商会里，身为会长的汪云松在地上来回踱步，愁容满面。摇曳的灯光下大家七嘴八舌地议论着此次绑票事件。

一个掌柜说："遇上这种事情还能怎么样？只能自认倒霉。千里绑票只为财，土匪无非为钱而已。给了银子，他们自然就会放人，不然哪里还有活命的机会？"

另一个说："是啊，警察今天来了，在何掌柜家里左右搜查，没找出关于土匪的半点线索也就罢了，还趁机把库房里的三百现大洋给贪墨走了，如今这世道警察是万万靠不住的，咱们还是要靠自己。"

"这事不能就这么完了！"汪云松愤愤地说，"朗朗乾坤，光天化日之下，土匪竟然径直入城，在闹市绑架良民，治安管理可见松懈到何种地步，出现这样的问题就是官府和警察的失责。"

有人附和道："汪会长说得有道理，这件事不能自己认倒霉就了事，不然今天是何掌柜，恐怕明天就是李掌柜刘掌柜了，如此下去，谁能独善其身。必须要和官府和警察说道说道，必要时也要施加点压力才是。"

"嗯，言之有理。"汪云松颔首道，"明天让我去和官府说道说道。今后官府、警察要是还是不闻不管，不给咱们这些生意人做主，这往后咱们的生意还怎么做？"

"汪会长所虑极是。"另一名胖胖的掌柜愤慨地说，"劫匪为了生活，劫财尚可能留活口，那如果是官府诚心不给你活路呢？我们又能如何？"

此话一出，会场内唏嘘一片，大家纷纷应和道："可不是嘛，要不是政府软弱，又怎会有大量洋货出现抢占市场？就拿那些经营了几十年的老字号商铺来说，成千上万的货物都压在自己手里，卖不出去，这就更不用说那些名不见经传的小本买卖啦……"

又一位掌柜的发牢骚说："可不是吗？自从成立民国以来，内阁总理走马灯似的换，各地军阀割据一方，连年混战。辛亥年后，蜀军都督府和四川大汉军政府合并为四川都督府，差点火并,最后都督府定在成都,先独立的重庆却降格为镇守使署,张培爵、王培菁等辛亥的功臣先后被袁世凯暗杀。这才短短七八年时间,重庆已经换了不下十个镇守使。夏之时之后,黔军黄毓成和王文华、皖系吴光新、川军周骏、刘存厚、王陵基、钟体道、余际唐、熊克武,哪个不是在重庆抢地盘,捞一票就走,谁能心系咱们山城百姓?!"

听完这话汪云松感慨道:"现在熊克武主政四川,当了靖国军总司令后镇不住这些人,干脆实行防区制。好好一个四川被分成十几块防区,默认了这些军阀的势力,重庆镇守使署改称川东道尹公署。重庆的名字都没了,被改回了巴县,成了川东道的三十六县之一。如今的川内军阀防区犬牙交错,兵匪勾结已是光明正大。省长向楚倒是老牌革命党,仁心宽厚,但手中无一兵一卒,哪里能镇得住这些大爷!当政的如此,老百姓自然要跟着倒霉!大家说这世道,能不乱吗!"

众人又七嘴八舌地讨论了许久,会议才在唏嘘中结束。

好事不出门,坏事传千里,第二天一早,何掌柜被土匪绑架的消息就迅速传遍了全城。华咸声第二天赶紧找到了大虎和耿省寨,准备告诉他们何掌柜被绑架的消息。却在他们的住所看到了宣传十月革命和共产主义的册子。

"大虎叔、耿叔,你们这是?"

"我们也在学你,寻求救国救民的路。"耿省寨直言不讳地说道,"春风大哥在世时,很多人劝说他加入同盟会,还许诺给个军政部副部长。大哥不是没有什么远大的理想,只是看透了这个世道,最后不忍川民再受赵尔丰的剥削和压迫,才帮了革命党一把。最后去刺杀赵尔丰,也是为了尽自己最后一份力而已。他除了给你一封遗书,走之前也给我们留了话,他说他也知道刺杀一个赵尔丰改变不了这世界,但总要有振臂而呼者,希望能够唤醒更多的人寻求解救川民之路。立宪不行、革命党也不行,行帮会党更不行,今天看来,这北洋政府更是靠不住。"

华咸声大为感动:"师父是想用自己的死来唤醒川人发愤图强,可惜的是出师未捷身先死……"

"咸声,你一定要好好读书,将来建设你说的那个万世太平的新中国。前几天你脱口而出的那句话,我和你耿叔叔听了也是十分激动。春风大哥果然没有看错你。"

两人这才询问华咸声的来意。华咸声告诉了他们何掌柜被绑架的消息。

两人听后似乎只是相互对视了一眼,貌似没有太大的波澜。

华咸声看二人不说话,只好出面央求:"毕竟我们的学校就是商会捐资兴建的,学校的功德碑上也有何掌柜的名字,得人恩果千年记,这是师父教给我的,再说这件事也不知道会对学校产生何等影响,所以还望两位叔叔能够出手相救。"

听到这里,耿省寨问大虎:"太平门的堂口你认识吗?"

"应该是以前仁公堂林宝斋的徒子徒孙们。"大虎想了一会道。

林省寨一拍桌子:"既然咸声都张嘴了,那好,我们去会一会他们。"

华咸声也要跟着过去，但两人自然不同意。

"出来混是最讲究信义的，林舵爷当年的仁公堂也为革命流血牺牲，再说你们又都是洪门兄弟，看在你们面子上，他们断不会为难我。"华咸声的话让人无法拒绝。

两人听罢不禁点点头，也不禁为他的胆量竖了大拇指。

大虎和耿省寨轻车熟路地找到了当年的仁公堂，此时掌旗的堂主正是当年陪林宝斋前往上海的陆兰亭。

陆兰亭看到来访二人手腕上都有洪门标记，不敢大意，但也不知道是哪个堂口，于是请二人坐下喝茶，用洪门切口（意为暗语）道："敢问来的是哪路英雄，门前烧的哪炷香？"

耿省寨并不答话，正准备拿起茶碗喝茶，突然发现茶壶与一茶碗放置茶盘中，另一碗却置于盘外，他顿时明白，这是陆兰亭在用茶阵试探，看自己是否为兄弟。

茶阵始于明朝，兴于清朝。洪门将它作为交头隐语，后发扬光大，盛极一时，所以也叫洪门茶阵。第一步由主人用茶杯摆出阵形，斟上茶水，是为布阵；第二步由客人移茶、饮茶，破坏阵形，重组阵形，完成破阵；第三步由客人吟出与茶阵相对应的切口，完成对茶阵的最后一步，准确无误者才是洪门兄弟。

耿省寨以前听徐春风说过，洪门茶阵传说有四十五阵，它们的名称包括对应的诗句，几乎都引用自《三国演义》、《水浒传》等述说英雄的典故。

今日陆兰亭摆下的乃是木杨阵，此阵正是问明来路之意。

大虎口干舌燥正要喝茶，被耿省寨一把拦住，只见他将盘外茶碗移入盘中，捧起茶杯用洪门切口相请道："我们二人跑滩光混，近日落教，找人关火。"

陆兰亭见他破了茶阵，端起茶杯又道："木杨城内是乾坤，义气全凭一点洪。"

耿省寨见他说出木杨阵的切口，将茶一饮而尽，笑道："今日义兄来考问，莫把洪英当外人。"

听到此处，陆兰亭明白面前二人果然是洪门兄弟，而且身份不低，连忙起身拱手道："两位兄弟是自己人，可又不肯说出以前堂口，我不勉强，你说找人关火，这里我就能当家，坐的既然是这堂口的掌旗龙头，那就要管不公之事。咱们洪门兄弟做事绝不拉稀摆带（方言，意为拖泥带水），有什么事儿直接挑明说便是。"

耿省寨这才说起何掌柜的事儿："陆舵爷快人快语，果然耿直爽快，有当年林舵爷的风范。我的一位小兄弟一路跟踪，何掌柜在太平门消失了。我们一番打听下来，太平门码头是仁公堂的地界，料想应该是陆舵爷手下的杰作。"

陆兰亭望了华咸声一眼，怒道："居然是你跟踪的？这群酒囊饭袋，真是成事不足败事有余。"

大虎刚要阻拦，谁料华咸声一点也不怕，一字一句说道："不错，就是我看到的。"

"敢作敢当，小弟娃果然有种，不错，人是我绑的。"陆兰亭倒也爽快地承认了。

"那你把人放了吧。"华咸声开口道。

第十六章 有勇有谋

陆兰亭哈哈一笑，走到华咸声跟前，正要教训一下这个不知天高地厚的少年，谁知大虎眼疾手快一下子握住了他的手臂，两人一番较量下来，陆兰亭最终败下阵来。

"关二爷面前可以不分大小，但要分尊卑，这个小年轻什么辈分，怎么有资格这么跟我说话，在江湖中混，要讲规矩。"

"教训他可轮不到你。"耿省寨开口道，"他可是我们背海堂徐舵爷生前最看重的关门弟子，你们林舵爷在的时候，都要给三分薄面，你动他一根汗毛，今日必叫你出不了这个门。"

听到徐舵爷三字，陆兰亭皱了眉头，问道："敢问徐舵爷名讳可是徐春风？"

"不错，我们都是背海堂的人。"大虎自豪地说道。

陆兰亭顿时肃然起敬，神情严肃道："失敬失敬，二位见谅，当年上海股灾，我随林舵爷前往上海盯着施典章时，林舵爷便对徐舵爷赞不绝口，称之为洪门榜样，军政府阅兵之时，徐舵爷刺杀赵尔丰，双腿尽断，依然神情不改，最后壮烈牺牲，那是大大的英雄。按说徐舵爷的旧部都开口了，一个小掌柜的，我一句话就可以放了，但是我们也是拿人钱财替人消灾。"

"你们不是绑肉票要赎金？"大虎他们大为疑惑。

陆兰亭也不再隐瞒，遂道："是有人出钱让我们绑的这个肉票，而且给了一大笔银子。"

"那为什么要绑架何掌柜，他的商号清汤寡水的。"三人不解。

陆兰亭摇摇头道："是洋行要求这么干的，知道这何掌柜也是个好人,所以我就多问了一句,他们说这何掌柜不识抬举,不卖日货,非卖国货,必须要给他一个教训。我也只是把他关起来而已,一根汗毛也没碰,好吃好喝伺候着。"

"陆舵爷,这个何掌柜赞助了留法预备学校,就是为了让我们这些学生去国外学习知识,报效国家,不让大家过苦日子,他为重庆出钱出力培养人才,是大大的好人!还望您能成全!"听到此处华咸声插嘴道,一身的正气,不卑不亢。

陆兰亭看着面前的这个少年,心中称奇,笑道:"放心,既然你们是背海堂徐舵爷的人,这个年轻人又是徐舵爷的关门弟子,那不如给一个天大的面子,一口唾沫一颗钉,我明天就放人。"

"只不过陆舵爷又要损失一笔钱财,我等也实在过意不去。"大虎感觉这个人情有点大,抱拳说道。

"哼,就他们?人要放,这钱我也照拿。在这太平门周边,他们也不敢奈何我。"陆兰亭大笑道,"既然如此投缘,二位如果不嫌弃,我们不妨一起喝杯酒,畅叙一番如何?"

耿省寨一看陆兰亭这般爽快放了何掌柜,这个面子不能不给。他望着华咸声,似乎有些犹豫。

陆兰亭立刻明白过来,对两人道:"你们放心,这位小兄弟,我自会派人安全送回家中。"

华咸声在堂口的护送下离开码头,准备从太平门回城。太平门依江而建,拱形的城门连着高高的城墙,一直延伸向江边。城门上书"拥卫蜀东"四个大字,站在城门口,仰望着高高耸立的城楼，人显得格外渺小。

从太平门入城即进入白象街，经四方街到鱼市口，自明代以来，这里就是重庆衙署的集中地，清初又渐渐形成了商业场等繁华之所。开埠后，太平门内更是集中了许多洋行、中外商号，多个轮船公司也在这一带设立总部，太平门也因此成为轮船码头，成为重庆最热闹的地方。

太平门成了重庆一道亮丽的风景，它高高地耸立着，默默地注视着脚下的长江，以及祖祖辈辈依靠长江生活的重庆百姓们。

华咸声久久地凝望着太平门，他似乎想从中悟出什么。他想起了徐春风，想起了辛佑国，想起了张培爵，想起了王培菁，还想起了无数在保路运动中牺牲的四川人，甚至想起了报纸上那些在五四运动中英勇献身的青年学子。他们的心中都有夙愿，那就是天下太平。太平本是英雄定，不许英雄见太平，这真的是一扇能够打开太平的门吗？

华咸声不免有些恍惚，想不到这繁华的背后竟然有着这么多的魑魅魍魉和阴谋诡计，这些洋行和商号对中国居然有着这么大的伤害。以后的中国不但要政治独立，经济上也要自主，否则永远都摆脱不了洋人的剥削和欺压。

年轻的他突然萌生了一种想法，一定要教训一下这些洋行，绝不能让他们小看了中国人！

觉醒时刻

第二天，陆兰亭如约放了何掌柜回家，并特地告诉他是华咸声救的他，何掌柜感恩戴德，特意拎着一堆礼物来到华少昌家里致谢。直到此时华少昌才知道咸声不声不响地做了这么大一件事儿，不禁对儿子刮目相看。

"何掌柜，你究竟得罪了什么人？"华少昌不解问道。

何掌柜怒道："那还用说，肯定是洋人了。因为我的商号不卖洋货，只卖国货。"

华少昌摇摇头叹道："现在国家真是每况愈下，洋人对我们政治上施压，经济上侵略，北洋政府却不闻不问，只会拿同胞开刀，辛亥革命，革出来的是什么。"

华咸声好奇地问道："为什么大家都要去买洋货，支持我们国货不好吗？"

何掌柜摸了摸华咸声的头叹道："咸声，如果东西一样的话，那大家自然是喜欢购买物价低廉的啊。就拿咱们每个人都要穿的布料来说，咱们传统的粗布土法制作布料，人工纺织需要一个月织完一匹，这还不加染色的时间。手工织布有时候手松些，有时候手紧些，质地当然不很均匀。土法印染掌握不好又容易掉色。但是洋货是用洋布机器纺织，一天就能出一匹。工费少，利润高，质量好，色彩多，走线也均匀，卖的价钱还比土布便宜，你还会去买土布吗？"

"何掌柜，你这么说倒是没错，但是你说的还不完全。以前我做货栈，各地收货，我才知道其他国家除了把国内生产的东西运到中国，高价卖给国内的百姓之外，还会在国内争夺土地和各种原材料，压缩工人的工资，用各种强硬的姿态要各地政府给他们各种便利、各种优惠，这样一来，洋货就占尽了先机，国货卖不出去，那些民营企业也就开不下去。"华少昌解释道。

华咸声听到父亲此言，十分愤慨："我听班上一个家里跟官府走得很近的同学说，有些衙门里的官员为了捞银子，凭借自己的职位便利，引进了大量洋货，并督促几大商家必须售卖洋货，就连警察厅都买了不少日货。"

重庆预备学校里不乏有背景的孩子在读，下课闲聊之时，这些靠谱的小道消息就自然而然地传到了学生的耳朵里。

华少昌对于洋货的危害也十分清楚，和几年前相比，现在的生意是更难做了。

"何掌柜打算如何？"

何掌柜咬牙切齿道："这一次我绝不能再忍气吞声，否则岂不是让外国人嘲笑我们懦弱。"

回到学校后，华咸声将事情告诉了华少圣，并提议道："如今日本人猖獗，我们能否发动抵制日货活动，我们维护的是商家的利益，咱们能到法国读书，商会这些叔叔伯伯捐了这么多银子，就是希望我们学到真本事回来，我们要对得起他们的期望。再进一步说，我们为的是千千万万国民的利益，为的是国家的未来，我想一定会有人站出来支持我们的。"

华少圣其实早就对此义愤填膺，听闻此言拍案叫绝，立即点头，表示跟从。

太平门

　　半夜，月上树梢，时而隐在云层里，天上零零落落的几颗星一闪一闪的。街头，寂静无声。窗内，冰冷的月光打在已经醒来的华少昌脸上，他斜躺在床上，从醉酒中一点一点清醒起来，他抬头望着明晃晃的月亮，往事如潮似的向他袭来。

　　华咸声便起身和父亲坐在一起。看到日渐成熟的咸声，华少昌欣慰不已。

　　犹豫再三，华咸声把抵制日货的事情告诉了父亲。

　　父亲沉默半晌，他虽然不愿意华咸声惹是生非，但对于儿子的行为还是认可的。

　　"我明白，你早晚会走上这条路的。也罢，好好干吧，走对路就好。"华少昌最终还是同意了儿子的请求。

　　虽然华咸声几人在心里把活动设想了一遍又一遍，但本着谨慎小心行事，三人并没有立刻就行动。

　　少年的心动是仲夏夜的荒原，割不完，烧不尽，长风一次，野草就连了天。华咸声还不知道，此时有一个人早已悄然开始了他的行动，这就是熊智明。

　　自从那天雷晚彤走后，他如同变了一个人，他把雷晚彤送的手链戴在手上，心中暗暗下了决心，一定学成回国，改变这不公的世界，让不同阶层的人都能够平等幸福地生活，成为她期望的那个英雄，待到那时，再向她表白。

　　曾经优柔寡断的他做事变得雷厉风行，最不喜的便是在与众人的商议中把做事的希望全部绞杀。于是在大家还在懵懂中时，他已经独自一人写起了"抵制日货"传单，课余时间在大街小巷发了起来。

大家不知道的是,在那个洋货倾销、国货破产的局面下,抵制日货已经不再是个人的行为,而是一个时代、一个群体的潮流。

这天下午,放学铃声响起。预备学校的书生们接连站起来,一改端坐在课桌前的模样,恢复了少年该有的调皮捣蛋,闹腾起来。

华咸声他们三人谁都没有急着回家,而是和华少圣心照不宣地留在教室里,叫上几个要好的小伙伴,打算商量一下"抵制日货"活动的事情。

虽然在广安老家组织过罢课和游行,但第一次在重庆这样的大城市组织参加这样的活动,华咸声多少有些忐忑。

望着几位被他留下的同学,一时不知如何开口。还是同桌再问他究竟何事,华咸声方才一一道来:"眼下,从街上的小贩到各大商铺的买卖,都被洋货抢占了市场,各家的生意都越来越难做,咱们的钱都给外国人挣了去,尤其是那要夺取咱们疆土的小日本更是不要脸,不知用了什么手段,日本货占据了好多商铺的货架……我们能在这里读书,是受商会照顾,知遇之恩当涌泉相报,况且这涉及国家利益,所以我们一定要做些什么!"

"你的意思是想要我们以后不买日本货了?"一位同学言简意赅地问道。

"也不只如此,我们还要书写传单,走上街头,告诉广大老百姓不要购买日货。同时也要要求那些销售日本货的店铺将日货下架,这样我们才能彻底抵制日货。"

"可是我们这几个人的力量实在是太小了,应该没有那么大的效果。"另一个同学说出了自己的担心。

华咸声解释说:"不光我们这几个人,我们向同学们说明情况就会有更多的人加入,我们高低两个班级的同学,加起来也有一百多人呢。更何况谁说老百姓就不会支持我们呢?"

"可我觉得这个做法还是不太可行,我们还是学生,没什么经验,这么做还是太危险了。我看报纸上说,各地学生上街都是以被抓捕告终的。"另一个同学说道。

"学生就只能学习吗?所谓学生难道不应该是读书、家国事两不误吗?死读书没什么意思。更何况我们这么多人,大家觉得可行的,就留下,觉得不可行的就先回去,等到看好我们的时候再加入。"与高级班里的其他同学相比,华咸声年龄虽小,处事却沉稳得很。

"哎,熊智明最近是不是就在参加抵制日货运动?我好像前两天见他在街头上发着什么传单,还都是手写的呢,我觉得这事也可以问问熊智明。"又一位同学说道。

"我觉得可行,熊智明现在变化很大,像变了一个人一样,做事专注认真,再加上华咸声他们的计划,我觉得这事儿行得通。"几位同学你一言我一语地讨论着。

虽然有几位同学犹豫着离开了,但留下的人都晓得华咸声是一个说一不二的人,他们也想跟着看看这个牙还没长全的小少年到底有多少能耐。

华咸声虽然没有给大家痛下保证,但他周全的计划,以及说话时胸有成竹的样子，让留下的人心中踏实了许多。

熊智明听说同窗们也有意参与开展抵制日货活动，虽然他一个人行事自在惯了，但是这么多日的努力让他深知个人力量的微弱，便毫不犹豫地做起了参谋。

在熊智明的帮助下，华咸声的计划也终于丰满起来。大家聚在一起，一边商议着在什么时间段进行行动，一边心里琢磨着还能找来谁参加这个活动。

不过熊智明认为，这事还是先做起来，才能更吸引大家的注意力，空谈只会使大家把他们几人当危险分子，躲得远远的。并建议先从他们几人开始，做个示范，其余同学见了，自然会产生兴趣参加。

于是，十来个人便开始了行动，负责写演讲辞的，发传单的，游说百姓的……虽说这队伍规模不大，活动却井然有序。所有的活动都在休息的时间开展，也不影响几人的学习。

行动是最好的宣传口号，没承想几天后，其他同学自己倒是一传十十传百地传开了。大家纷纷主动找到华咸声和熊智明表示要加入这个队伍，众人这才知道自己小瞧了同学们加入宣传队伍的热情。

大家的课外娱乐活动也换了内容。下课后，大家就聚在一起忙着写宣传标语，上课则认真学习，丝毫不敢落下课程。放学后，几十来号人，散布在大街小巷里，号召经过的每位老百姓都拒绝日货，支持国货。

华咸声晃晃手里的传单，头头是道地向众人讲述使用日货的危害，告诫众人要想国家好，要想自己的小日子能够平稳地过去，就要支持国货，有国才有家。

随着参加的人越来越多，声势也越来越浩大，汪云松听说后紧急与商会商量，决定全力支持。有了商会的支持，这次活动如同烈焰加了柴火，抵制日货的声势越来越大。各大学校举行了声势浩大的游行示威，要求政府主动抵制日货，扶持民族工商业。同学们在华咸声的带领下，来到了川东道警察厅门口示威请愿，要求警察厅长郑贤书将公款买的日货全部交出来销毁。

刚刚抵达警察厅门口，便有警察把华咸声等人请了进去，名义上是商议请愿学生诉求，实际上是把他们软禁了起来，并让人通知家里。

这下子华少昌慌了，他只好找大虎和耿省寨商议。

耿省寨安慰道："我听说这次活动有重庆商会支持，警察定不会擅自妄为的。"

"话虽这么说，但谁也不知道会发生什么。毕竟惹恼了警察，学生可是吃不了兜着走。"大虎显得忧心忡忡。

华少昌不断地自责："都怪我，应该看好他。"

耿省寨沉默了一会儿，开口道："这对咸声来说倒是个历练，他迟早要做大事，不经历点磨炼怎么能修炼他的性子，不过也不是没有办法，看起来我们得厚着脸皮寻求向楚的帮助了。少昌，不如你和我一起去趟成都吧。"

两人连夜出发前往成都。

到了成都后，凭借着旧日的交情，他们很快见到了代省长、政务厅厅长向楚。

向楚看到二人十分高兴，不免一番叙旧。当二人说明了来意之后，向楚却沉默了。

两人也面面相觑，以为向楚不会出手相助。

"我在杨沧白先生引荐下加入同盟会后，经常劝说徐舵爷从事革命，徐舵爷至死也不认同我的观点。现在看来他是对的。我们推翻了清朝，也建立了民国，可还是没有救民于水火之中。我现在才明白徐舵爷是多么睿智。"向楚并没有直接回答二人的请求，却感慨了一番旧事。

"向省长是不是后悔参加革命呢？"华少昌开口道。

"谈不上后悔，只是感到心力交瘁，咱们现在的政府爱国居然要靠手无寸铁的学生来推动，这真是一种悲哀。"

"向省长，现在我也看透了。当初徐舵爷一直反对我们鲁莽行事，我以为他胆小怕死，其实他才是真正洞察时局的人。但既然舵爷已经不在了，我们活着的人还得继续探索，早晚有一天我们会寻求到真理，找到拯救四川、拯救中国的道路。"耿省寨劝说道，"我们这帮子人折腾不动了，希望就寄托在咸声他们身上了。"

"你们放心吧，至少在我这里，军队绝不会将枪口对准学生的。这个华咸声倒是挺有胆识，怪不得徐舵爷和华少昌对他如此喜爱。不过现在四川名义上归我管，但你也知道，四川现在是防区制，底下派系错综复杂不说，就说这成都，除了靖国军熊克武总司令，还有督军刘存厚虎视眈眈，我这政令根本出不了政务厅和省政府。重庆现在是方定祥和刘湘的地盘，估计你们也不会让我去问。但是熊司令跟我有些私交，看来这事还是要找他出面。"向楚沉思许久后答应了二人。

向楚很快疏通了熊克武的关系，以四川省靖国军司令部的名义给川东道道尹公署去了一封电报，要求他们保持克制，请政府协商解决学生和商户的诉求。

最终道尹公署答应了学生和商户的部分请求，表示政府将会带头采购国货，支持民族商业发展，并将警察厅长郑贤书撤职，释放了被软禁的华咸声等学生代表，将警察厅采购的日货抬至公署门口交由学生处理。

学生们在华咸声的带领下愤而将日货全部运到太平门码头外，并一鼓作气全部销毁。

"抵制日货，振兴中华！抵制日货，振兴中华！抵制日货，振兴中华！"

太平门下，响起了学生们惊天动地的呐喊。

至此，学生们彻底赢得了这场抵制日货的胜利。他们第一次感受到自己的努力也能够改变社会的命运，一种神奇的力量在他们的心底悄然生长。

华咸声和同学们经过两天一夜的奋斗，再一次见识到群体团结起来的力量，也正是从这件事情以后，他和伟大的救国事业紧紧地联系在一起，再也分不开了。

第十七章

远赴重洋

《新青年》

时光如白驹过隙，忽然而已。转过年来没几个月，一年的时间就到了。

在汪云松和温少鹤的协调下，去法国留学的事宜已经敲定，出发日期暂定在这年的八月。一百多名同学中，华咸声、华少圣、熊智明等八十三名学生一起顺利通过毕业考试和法国驻重庆领事馆的审核，获准赴法。

这个消息似乎为华咸声打开了一扇门，在大洋彼岸或许能够找到救国救民的道路。想到这里，华咸声欢喜不已，但这一年的磨炼让他感受更多的是初心与责任。

听到这个好消息的顾连江第一时间跑到华咸声的住处，向他表示贺喜。其实华咸声心里一直很感激顾连江，正是他在闲暇的时候，向他讲述了五四运动的故事，北京学生的爱国运动精神不仅深深地感染了他，同时也让他认清了北洋军阀的腐败。现在的政府是靠不住的，只能去寻求新的救国之路。

顾连江说他早就通过北京同学关系，找来了很多法国的书籍。除了这些书，这次他还带了一个特别的礼物："咸声，还记得我们第一次听到的法语版《国际歌》吗？"

"当然记得！"华咸声激动地说，"一八七一年，法国同普鲁士的普法战争中，法国战败，普鲁士兵临巴黎城下。法国政府对外屈膝投降，对内准备镇压人民。就如同清政府和北洋政府对待我们的同胞一样。"

看顾连江听得入神，华咸声喝了口茶继续说道："政府军同巴黎市民武装国民自卫军发生冲突，导致巴黎工人起义爆发。起义工人很快占领全城，赶走了资产阶级政府。不久，工人们选举产生了自己的政权巴黎公社。随后，资产阶级政府又对巴黎公社发起了进攻。五月，公社战士同攻入城内的敌人展开了激烈的巷战，三万多名公社战士牺牲，史称'五月流血周'。二十八日，巴黎失陷，巴黎公社以失败告终。公社失败后不久，公社的领导人之一欧仁·鲍狄埃创作了这首诗歌。"

华咸声的话让顾连江想起了他们第一次听到《国际歌》的那一幕，读到这首歌词，他虽然不能准确翻译其中的含义，但两人感觉歌曲充满着说不出的力量。

"上次你把大概意思给我说了，我就一直记得这个事，这是几个月前北京报纸上翻译的中文版，你看看。"顾连江说完将一张油布纸递给了他。

华咸声听到这里，急忙接过，只见油布纸上顾连江抄写的蝇头小楷，字迹清秀却苍劲有力：

> 不论是英雄，不论是天皇老帝，谁也解放不得我们，只靠我们自己。要扫尽万重的压迫，争取自己的权利。
>
> 趁这洪炉火热，正好发愤锤砺。只有伟大的劳动军，只有我世界的劳工，有这权利享用大地；那里容得寄生虫！
>
> 霹雳声巨雷忽震，残暴贼灭迹销声。看！光华万丈，照耀我红日一轮……

两人边看边忍不住跟着歌词唱起来，没等唱完，便已经感觉浑身的热血已经沸腾。

"顾大哥，这首歌真的催人奋进，只有劳工才是这世界的主人！说得太好了！悄悄告诉你，我这次去法国勤工俭学，我填写的工种就是铸铁。"华咸声忍不住告诉顾连江。

"好啊！这才是理论与实践相结合。我听同学说，五四运动就是因为有了工人阶级的加入才有了这么大的影响力。一八八九年，在法国举行的社会主义者代表大会上，各国的马克思主义者一致通过决议，把每年五月一号定为国际劳动节。今年在上海还举办了世界劳动纪念大会，陈独秀当选为顾问。对了，我特意给你拿来了劳动节专刊，你看！"顾连江说完，递给华咸声一本杂志。

华咸声拿到手里，正是陈独秀创立的《新青年》劳动节纪念特刊，封面是北京大学校长蔡元培题写的四个大字"劳工神圣"，他细细翻看，特刊里面不仅有李大钊撰写的《五一运动史》，还有陈独秀的《劳动者的觉悟》以及《旅法华工工会简章》。

"这就是缘分吧，我不但听到这首歌，知道了这个故事，看到了这本《新青年》，还讲到了这个地方的华工工会，而我现在正准备去这个地方。"华咸声认真读完后感慨道，"或许我到了法国，真的能够找到救国救民的道路。谢谢你，顾连江，我一定要为我们的同胞寻找到那条路，找到那座真正的太平门。"

两双手坚定地握在了一起。

与儿子的兴奋形成鲜明对比的是，此时在广安的华少昌近来却愁容满面，因为华咸声留学的费用还没有完全落实。

这一年为了华咸声的学业，家中已经倾尽了所有，实在是拿不出多余的钱来。潘氏近来也多了些许白发。

"咸声马上要去法国了，可钱还没有筹到，该怎么办？"潘氏问道，"到了国外可不比中国，不能苦了孩子。"

"没别的办法了，只能把地和宅屋给卖了。"华少昌声音说得很低，"再说，那些宅屋本来就是预备着给咸声和他弟弟结婚用的。"

潘氏没有作声，她知道这些田地和这老院子可是华家三代人的心血。

"也只有如此了，田没了可以再买，屋没了可以再盖。可不能委屈了咸声这孩子。"潘氏神色默然。

"真是辛苦你了。"华少昌拍拍潘氏的臂膀，潘氏一下子泪如泉涌，再也忍不住，抱着华少昌痛哭起来。少昌望着妻子已经有些苍白的鬓发，也忍不住心生愧疚，这二十年来，他为了生计，在成都和重庆之间东奔西跑，家里的一切都是妻子在操持，照顾母亲和两个孩子，从没埋怨过一句话。

潘氏擦干眼泪道："只是苦了咸声了，这么小就跑去国外，人生地不熟的，这一走就是好几年，再回来也不知道什么时候了。"

"咸声这孩子注定不属于这个家，也不属于广安。"华少昌叹了口气回答道。

潘氏听到不解地问："那他属于谁？"

华少昌淡淡地说："他是有远大抱负的，咸与维新，就是破旧布新，声闻于天，就是拯救苍生。他注定属于他心中的那个新中国，徐春风、辛佑国、大虎、耿省寨，还有向楚，那么多人都看好他，我们做父母的，更应该义无反顾地支持他。"

"无论他将来做什么惊天动地的大事，咸声终究是我的儿子，你们对他寄了太多的希望，我也支持他走出去，但我更希望他能够平平安安地回来。"潘氏说着不由得哽咽起来，"咱们儿子最喜欢吃牛肉干了，改天你把家里的牛杀了，我要给他多做些牛肉干，到了那个法兰西可能就吃不上了。"

华少昌劝慰妻子道："你看你，儿子还没到法国，你这眼泪都快比上嘉陵江的水了，人家法国好歹是强国，什么没有啊。你也不要太操心了。"

"法兰西再好，毕竟是他乡，也吃不到我做的饭，我真担心他过不习惯。"潘氏接过华少昌递过的手帕擦了擦眼泪道，"其实辛大哥在世的时候，也叮嘱我，要供咸声上学，去国外留学。过几天我们去给他上坟，把这个好消息告诉他。"

听到这里，华少昌思索了一阵道："不光是辛大哥，马上就是春风大哥的忌日了，我也要去拜一下，他临终前希望咸声去国外读书学本领，现在咸声终于走出了这一步，他也会感到欣慰的。"

夏日的夜晚，江边的微风很是凉爽，华少昌再一次来到徐春风墓前祭奠他。

"春风大哥，我又来看你了。这一次可没有白来，给你带来了一个好消息。咸声已经准备要去法兰西留学了。他要去寻找你说的那条解救中国真正的路了。希望你的在天之灵能够帮助他找到那条路。"

华少昌叹息一声，又道："春风哥，其实在你面前，我一直都很愧疚。你在世的时候，让我们对革命不要那么狂热，劝我不要误入歧途。佘英屡屡劝说你加入同盟会，你都无动于衷，当时我不理解，现在我知道了，你才是真正的明智。或许是你早年的打拼，让你早早地看透了社会，看透了人性。革命岂会那么容易？胜利岂会那么容易？如今一切都如你所料，清王朝是灭亡了，可是中国却更乱了。其实你完全可以袖手旁观的，说不定到现在还能混得风生水起，但是当你看到赵尔丰残害四川百姓的时候，你终究还是义无反顾地站了出来。"

江边的微风依旧轻轻地吹拂着，把华少昌的鬓发吹得散乱，像是徐春风听到了这些话。

"其实我对于革命心向往之，可是却止步不前，终究受累于全家老小，不敢越雷池半步，成了一个平庸的百姓。当年在曾持的感召下，我差一点走上革命党的道路，关键时刻佘英与熊克武拦下了我，让我止步于此，虽然有时候也会想，当初止步是对还是错，但我明白，没有你的那些劝告，我不可能苟全性命到现在。

"佘英走了之后，你救下的龙鸣剑来广安找我，我与他深聊多次，受益良多。后来他听说起义失败，兄弟们死伤惨重，也吐血而死。你们都走了，就剩下我自己，大哥，我想你们呐！"

"牡丹初放却先残，未捣黄龙死不甘。我本为民兼为国，拼将热血洒红毡。"华少昌神色肃然地诵读起佘英牺牲之前留下的绝命诗,仿佛就看到了他身边那些人慨然赴死的壮烈模样。

华少昌把坟前的碑擦得干干净净,碗中倒满酒,轻轻洒在地上,哽咽道:"你和辛大哥应该团聚了吧。我这一生都是在正确和安逸的生活之间选择,虽然我没有投身革命,但是一直未敢忘记你们的嘱托,一直在好好培养咸声。如今咸声马上就要去法国留学了,我也终于做了一次正确的选择。咸声这一代,不能再过我们这样的日子了,无论再难,我都会支持他,让他把这条路走下去。到时候我就可以无憾地去见你们了。咱们来世还做兄弟!"

同一个夜色的重庆,夜凉如水,华咸声也在太平门外的江边,面对成都的方向烧着纸钱。

"春风师父,今天是你的忌日,原谅我不能去成都祭拜。我马上就要去法国了。我一直都未忘记你的教导和嘱咐,去找那条真正能救中国的路。你之前始终想不明白,同盟会、立宪党人、洪门,还有这北洋政府,谁能真正带领国家走出深渊?现在看来,他们谁也救不了中国。谁能带领中国走出这苦难的日子?也许还没有,也许已经有了,我还不知道,我此番去法国就是为了探求救国的真理。师父,我一定不会让你失望的。

"师父,你们的鲜血不会白流的,早晚有一天,我们终究会结束这个乱世,迎来真正的太平。虽然我现在也不知道这条路到底在哪,但是我相信中国不会这么乱下去,也不会这么沉沦、一蹶不振,无数烈士用鲜血来探寻的救国道路不会就此中断。"

一阵微风吹来，烧过的纸钱随风飘散，打着旋儿在空中飞舞，渐渐地落了下去。

此时江面平静，星空寂寥，繁星闪烁，咸声站在太平门外久久仰望着星空，默默无语。

太平之门

华少昌卖了家里的良田和三间祖宅，终于凑足了咸声留学的费用，也终于松了一口气。

"钱没了我们可以再挣，绝不能让咸声在外面受委屈。"

听到妻子这句话，华少昌顿感愧疚，妻子自从嫁到华家，好像没有怎么享福，都是在不停地补贴家用，好不容易攒够了一些家底，想不到这次为了咸声的留学几乎都卖完了，但她仍旧没有丝毫的怨言。

在华少昌抵达重庆的时候，大虎和耿省寨早已在码头等待着他。二人一见他就是一顿抱怨：

"少昌，你这可过分了啊。"

"你还拿不拿我跟大虎当自己兄弟伙了。"

华少昌不明所以，以为得罪了他们，忙不迭地赔不是。

大虎此时有些发怒："听广安的兄弟们说，你卖了自家良田来给咸声凑学费？"

华少昌无奈地点头。

"少昌,有什么困难,你告诉我们啊,何必走到这个地步!大家伙一人一块大洋也能帮你渡过难关了嘛!"大虎说着拿出了一叠大洋递给了华少昌。

"两位兄弟,这钱我不能要。"少昌拒绝了,"我欠你们的太多了,欠春风大哥的太多了,我这辈子都还不上啊。"

"你要是当我们是兄弟的话,这钱你就必须拿着。"大虎说道,"你把钱都给了咸声,一家老小还得生活啊。"

"我还年轻还可以再挣嘛。"少昌强颜欢笑道。

大虎也不待华少昌再推托,一把把钱塞进行李:"少昌,拿着吧,就等于多给咸声储备点钱,毕竟他一走就是好几年,在国外人生地不熟的,多点钱多一份保障。"

耿省寨拍拍华少昌的肩膀叹道:"一代人只能做一代人的事,我们做不了的,就指望他们了!希望我们会生活在他们说的那个新中国里。"

华少昌哽咽起来,他知道这份钱是他们对华咸声的一番心意,他无法拒绝,但这或许也是他们能给予的全部了。

"哭什么,男子汉大丈夫,少昌我发现你越来越脆弱了。"大虎开玩笑说道。

"对啊,大虎说得对,之前觉得你柔弱,但骨子里还是坚强的嘛。怎么越来越多愁善感了。我们在这里,饿不死的。再说这钱是我们给咸声的,等他学成归来,带着我们寻找出路。他不是说了嘛,要建设一个新的中国,我老耿相信他这娃子。"

"对,他说过要救四川父老于水火的。"大虎说道。

"不只是四川,他说过要四万万同胞不再受压迫,人人都有吃有穿！"

听到此处，三人对视，异口同声说道："痛快！"

三人分别后，华少昌很快找到了华咸声，把他带到最繁华的白象街的一家餐馆。

华咸声有些疑惑，一向精打细算的父亲今天是怎么了。忙问道："爸，你还是第一次请我下馆子吃这么好的，我还以为又是豆花饭。"

华少昌笑了："咸声，今天是你十六岁的生日呐，作为父亲当然要为你庆贺一番了。"

听到这里，华咸声顿时呆住了，眼泪忍不住地流下来，他没想到这个从来不善于表达情感的父亲居然记得自己的生日。

"今天是个好日子，别哭。好好吃吧，到了法国，可就没有这个待遇了。"华少昌安慰道。

华咸声犹豫地对父亲说："爸，对不起。我知道这次学费肯定让你犯了难，你只要给够我路费就可以，到了法国我可以勤工俭学。"

"不提这些，学费我都给你准备好了，你大虎叔和耿叔叔又给了不少，足够你在那边生活的了。"华少昌若无其事地说，家里卖地的事他始终没有跟儿子提起。

当华咸声大快朵颐的时候，华少昌慈祥地望着他，想着他马上就要离开家乡去那陌生的国度，还是舍不得，有那么一瞬间他真的想让咸声留下来，想到这里，华少昌眼圈不禁有些发红。

华咸声望着父亲，他知道父亲吃了很多的苦，所以他什么都没说，只是递上了一张手帕。

华少昌接过手帕擦了下发红的眼睛："咸声，到了法国你一定要好好学习，这么多人对你寄予了厚望，这次你大虎叔和耿叔叔几乎将平生的积蓄都给了你。要对得起死去的人和活着的人。"

"老汉，我已经十六岁了，我会牢记你们的嘱托。"咸声劝慰父亲，"第一次来重庆的时候，体育学堂的王培菁老师对我们说他去日本留学的原因，他说民族已到存亡之际，我辈只能奋不顾身，挽救于万一。直到今天临行，我方知这句话的沉重，你放心，我定会做一番事业出来。"

听到此处，华少昌突然觉得儿子长大了，突然想起了潘氏的嘱托，连忙拿出行李："这是你妈亲手给你做的牛肉干，你最爱吃的。"

咸声摸了摸足足有几十斤之重，可以想象母亲是日夜加工赶做出来的。想到母亲，咸声赶忙问道："爸爸，妈妈还好吧。"

华少昌点点头："好着呢，家里有你弟弟陪着，多少都能帮衬着。"

"妈妈年纪大了，我不能陪在身边，以后就靠爸爸和弟弟多照顾着了。"咸声眼眶湿润。

"孩子，自古忠孝不能两全。这个道理爸爸懂，你也不必愧疚，"华少昌笑道，"再说了，反正我和你母亲还年轻，我们还要等你学成归来，为我们创造一个更好的世界。"

第十七章 远赴重洋

与此同时，即将出发的熊智明也在疯狂地寻找雷晚彤，虽然知道希望渺茫，但他还是寻遍了城中大小戏园。他想找到她，向她表白，要她等他回来。可是他又觉得过于莽撞，毕竟前途未卜，难道他让人家白白等着他。他现在似乎明白了她的用意，彻底地离开就是为了彻底死心，只有这样，他才能心无旁骛地努力学习，寻求救国救民之路。

可是这又太过于残忍，难道他和她注定只能擦肩而过吗？

他望着茫茫的江水，痛不欲生。

从别后，忆相逢，几回魂梦与君同。

或许就是如此，每个人都有唯有自己知道而别人不知的故事，或悲或喜或无奈，就藏在那伫立的身影下，那匆忙的脚步中。

他看着腕上的手链，心中暗道："罢了，暂时把一切美好都藏在心里吧，带着你对我的希望和我对你的思念负重前行。待我不负众望，学成归来，从记忆的长河中溯流而上，以故人的姿态回到这里，必来寻你，再听你唱那段《别洞观景》。"

晴空万里，微风轻拂，终于到了启程出发的日子。参加完商会、教育局以及法国驻重庆领事馆为他们组织的盛大欢送仪式后，八十三名学生列队离开夫子庙旁的重庆留法预备学校，前往太平门码头登上法商吉利洋行的"吉庆"号客轮前往上海。他们将在沪短暂逗留后启程，前往法国。

长江边，站满了熙熙攘攘的人群。不管是出发的，还是送行的，每一个人都红着眼眶。江边的人抬眼望向江面。

429

这个时候，华少昌、大虎、耿省寨、顾连江等都前来给华咸声等人送行，句句嘱咐，声声叮咛，似有千万言语都化作了好好保重四个字。

大虎和耿省寨不停地嘱咐咸声："咸声，你放心去学习，你父亲和家里有我们这些叔叔来照顾。"

"咸声，到了那边记得来信，告诉我们《国际歌》的故乡是不是有我们寻找的真理。"顾连江拍拍华咸声的肩膀道。

"智明、少圣，此去法国，路途遥远，有劳你们了，你们三人一定要互相照顾，得空的时候，记得给我写封信，缺钱的时候也及时告诉我，这样我才可以少惦记你们些，我虽然没钱，但多少也能帮衬着你们。"说着话，华少昌抬起胳膊擦了擦眼角的泪，"人老了，这眼睛一受风，就忍不住流泪，还是你们这些小年轻好啊。"

三人默默点头，眼角都溢出泪花。

华咸声安慰父亲道："老汉，你就放心吧，我也不是小孩子了，何况还有大家在，这么多同学大家都可以相互照应，我不会受委屈的。您岁数也大了，平日里多注意休息，别把身体累坏了，等孩儿学成归来，我再好好地孝敬您。"

千言万语也无法表达离别的感情，只好在缓缓的江风中，互相注视，好把对方的样貌映在眼里，刻在心上，好像怕几年后再相见，会互相认不出一样。

众人陆续登上甲板，华咸声摸了摸随身携带的牛肉干，这是母亲对他最深情的思念，他不由得抓紧了它，仿佛母亲就在身边。熊智明则不停地看着码头送行的人群，期望能在里面看到雷晚彤那熟悉的身影。

正在大家各自沉浸在心事中时,华少圣和熊智明突然看到码头边有一人拿着一个大喇叭正在大声对他们喊话,正是商会会长汪云松,于是招呼大家赶紧齐聚到船头。

"诸位学子,去年,我们在夫子池举办开学典礼,今天我来太平门为你们送行!"汪云松站在码头,望着船上的少年们,有些激动,声音中透着哽咽:"对你们在预备学堂的学习来说,是一个结束,但对你们的未来来说,却是全新的开始。一直以来,我等信奉实业救国,可是国家仍然陷入混乱之中,但我相信中国不会一直这么沉沦下去,因为还有你们,还有你们千千万万的少年。"

汪云松停顿了一下又大声道:"牢记救国初心,使命在于少年。梁启超先生的《少年中国说》振聋发聩,你们肩负着救国救民的担子,任重而道远,希望你们不负众望,担当起拯救中国之使命,为我四万万同胞寻求光明大道!"

说到这时,江面上的"吉庆"号忽然响起了启航的船笛声,好似奏起了前进的号角。华咸声回头对大家道:"同学们,来!让我们集体朗读《少年中国说》!作为我们此去的誓言!"

八十三名少年站在甲板,面朝太平门,齐声诵读道:

故今日之责任,不在他人,而全在我少年。少年智则国智,少年富则国富;少年强则国强,少年独立则国独立;少年自由则国自由;少年进步则国进步;少年胜于欧洲则国胜于欧洲;少年雄于地球,则国雄于地球。

> 红日初升，其道大光。河出伏流，一泻汪洋。潜龙腾渊，鳞爪飞扬。乳虎啸谷，百兽震惶。鹰隼试翼，风尘翕张。奇花初胎，矞矞皇皇。干将发硎，有作其芒。天戴其苍，地履其黄。纵有千古，横有八荒。前途似海，来日方长。美哉我少年中国，与天不老！壮哉我中国少年，与国无疆！

江涛拍岸伴随着青年们的琅琅诵读声，仿佛波涛汹涌的江水也在回应着少年们的心声，古老的城门静静伫立，也仿佛沉浸在这誓言之中。每一个人都清晰地记得，那一天的阳光格外明媚，城门格外伟岸，江水也格外清澈。

八十三名学生在这铿锵有力的誓言声中，憧憬在夕阳的余晖里，对着岸上的人不停地挥手告别，直到岸边上模糊的人影也消失不见。

华咸声一直默默地远眺着，目光一直牢牢地注视着晚霞下那古老的城墙，城门上"太平门"三个大字，在夕阳的照射下反射出点点金光，显得格外耀眼，熠熠生辉般地刻在了华咸声的脑海中。

在晚霞的余晖下，徐春风、张培爵、王培菁、顾明山、曾持、佘英、辛佑国、林宝斋、秦载赓等，那些已经不在人世，熟悉或不熟悉的面孔如同幻灯片般在华咸声的脑海中一页页闪过。

最后的逝去和最初的诞生一样，都是人间必然；日落的晚霞和日出的晨曦一样，都是光照人间。那一瞬间，华咸声突然懂了，王培菁当年教会他的那句"为天地立心，为生民立命，为往圣继绝学，为万世开太平"是读书的初心，而今天汪云松那句振聋发聩的"拯救中国之责任，为我四万万同胞寻求光明大道！"则是他们肩负的使命。

重庆于他而言，注定是他的琅嬛福地，他从这里找到了徐春风说的那条路，看到了辛佑国说的那座门。

今天，他从这里启航，远赴重洋，探求救国之路。终有一天，他将回来，打开太平之门，来实现那个新中国的梦——

（全文完）